L'initiation d'une lady

*

Une alliance scandaleuse

JULIA JUSTISS

# L'initiation d'une lady

LES HISTORIQUES

*éditions* Harlequin

*Titre original :* SEDUCTIVE STRANGER

*Traduction française de* PHILIPPE BARBIER



*Ce roman a déjà été publié dans la même collection en 2005 sous le titre* LE DEMON DE MINUIT

*Photo de couverture*
*Sceau :* © ROYALTY FREE / FOTOLIA



83/85 boulevard Vincent-Auriol 75646 PARIS CEDEX 13.
Service Lectrices — Tél. : 01 45 82 47 47
www.harlequin.fr

ISBN 978-2-2808-1773-8 — ISSN 1159-5981

# Prologue

*Château de Sudley*
*Printemps 1808*

La main au-dessus des yeux pour se protéger du soleil, Sarah Sudley observait le cavalier qui, ce matin-là, remontait l'allée du château.

En revenant de sa promenade à cheval, elle avait entendu des sabots crisser sur l'allée de graviers ; et elle s'était dirigée vers le portail pour voir approcher l'inconnu.

Elle n'en devinait que la haute stature, fièrement campée sur un splendide cheval alezan, et les cheveux blonds, qui brillaient comme de l'or dans la lumière du soleil… Encore peu élevé, l'astre l'éclairait par l'arrière, empêchant Sarah de distinguer ses traits — et révélant d'autant plus précisément la largeur de ses épaules.

Comme il arrivait au niveau de la jeune fille, il tira sur les rênes de sa monture et sauta lestement à terre. Sa grande beauté la frappa de stupeur. Il était vêtu d'une jaquette vert anglais et de culottes de peau dévoilant de longues jambes musclées, et son visage finement sculpté était comme un temple en l'honneur de deux grands yeux d'un bleu turquoise étonnant.

Il parut à Sarah avoir déjà vu le bel étranger ; et, en contemplant la finesse des traits, les pommettes hautes, le dessin des lèvres, la rectitude parfaite du nez, elle sut qu'il lui rappelait l'apollon qu'elle avait admiré dans un volume de mythologie grecque qu'elle aimait à consulter, enfant, dans la bibliothèque de son père, à l'insu de ce dernier — car elle croyait commettre un acte coupable en rêvant longuement devant les nus somptueux qui y étaient représentés.

Si Ailis était là, pensa-t-elle en elle-même, elle courrait certainement chercher son chevalet et ses couleurs pour peindre ce cavalier descendu de l'Olympe. Un sourire s'esquissa sur ses lèvres comme elle imaginait sa sœur ordonnant à l'adonis de prendre telle ou telle pose, avant de le saisir sur sa toile de ses longs doigts agiles.

Elle interrompit sa méditation quand elle prit conscience que le demi-dieu s'approchait d'elle, elle qui était dans sa robe usagée et maculée de boue, mal coiffée, des mèches de cheveux s'échappant du chignon qu'elle avait fait rapidement avant de partir à cheval.

Elle referma la bouche qu'elle gardait ouverte depuis l'apparition de l'étranger, mais elle ne put ni empêcher le sang de remonter dans son visage... ni prendre la fuite, ce qui aurait été parfaitement ridicule.

— Bonjour, mademoiselle, fit le visiteur en s'inclinant.

— Bonjour, monsieur, répondit Sarah qui s'étonna, tant elle était émue, de n'avoir pas perdu l'usage de la parole.

— S'agit-il du château de Sudley ? Je suis venu saluer le baron.

— Je suis sa fille aînée. Vous le trouverez dans la bibliothèque. Notre majordome, M. Pringle, va vous conduire à lui.

Un sourire de l'étranger fit apparaître de légères fossettes.

— Merci, mademoiselle. J'espère avoir le plaisir...

Un bruit de pas lui fit tourner la tête : une jeune fille,

suivie d'un valet portant un chevalet et une boîte de couleurs, approchait.

— Sarah ! Te voilà ! Sais-tu si ma commande est enfin arrivée ?

Sarah ne répondit rien, espérant que sa sœur prêterait enfin attention au visiteur.

— Eh bien ! A-t-elle été livrée, oui ou non ?

L'expression ravie de Sarah s'évanouit. Son entretien avec le bel étranger allait se terminer prématurément, hélas, à cause de l'arrivée intempestive de sa sœur !

— Si elle est au relais de poste, repartit-elle enfin, Thomas la rapportera lorsqu'il reviendra du village.

Puis, s'armant de courage, elle se tourna vers l'apollon qui, contrairement à ce qu'elle avait imaginé, ne considérait pas bouche bée sa sœur dont la beauté était pourtant époustouflante, mais les observait toutes deux avec une discrétion polie.

— La barbe ! fit Ailis, toujours aussi indifférente au cavalier. J'espère seulement avoir assez de bleu azuré pour la matinée.

Rougissant quelque peu de l'incivilité de sa sœur, Sarah indiqua du menton le visiteur.

— Ailis ! fit-elle à mi-voix d'un ton pressant.

Sa jeune sœur lui jeta un regard impatient.

— Occupe-toi de lui, Sarah. Je n'ai pas une seconde à perdre. La lumière change si rapidement ! Venez, Jack. Vite !

Talonnée par son serviteur, Ailis s'éloigna sans même lancer un regard à l'étranger.

— Ma jeune sœur est une artiste, comme vous avez dû le remarquer, monsieur, balbutia Sarah, écarlate. Sa peinture passe avant tout ! Elle étudie en ce moment la lumière matinale et… ce travail n'attend pas.

— Qui sommes-nous, pauvres mortels, aux yeux de qui parle aux muses ? fit le cavalier avec humour, rassurant ainsi

Sarah, qui craignait que l'attitude d'Ailis l'eût offusqué. Je ne veux pas vous retarder plus longtemps, mademoiselle. Merci infiniment de votre aide. Je pense que j'aurai le plaisir de vous revoir.

Avant qu'elle ne devinât son intention, il lui prit la main et l'effleura délicatement de ses lèvres. Il s'inclina une nouvelle fois puis, prenant son étalon par la bride, se dirigea vers le château.

Sarah resta un moment immobile, les yeux baissés sur la main qu'il avait baisée. Comme une douce chaleur s'attardait sur ses doigts…

Elle releva les yeux pour s'aviser que le visiteur avait atteint les marches du perron ; un valet d'écurie accourait pour s'occuper de son cheval. Sarah pressa le pas en direction de l'aile du château où se trouvaient les cuisines. Elle ne voulait pas que le cavalier, s'il se retournait, la surprît en train de le fixer béatement.

Lorsqu'elle fut sortie de son champ de vision, elle ralentit le pas et se remémora la merveilleuse scène qu'elle venait de vivre. Le beau visiteur s'était incliné devant elle et lui avait fait le baisemain comme si elle avait été une grande dame — alors qu'elle n'était qu'une brave fille gauche, et qu'elle devait attendre encore un an avant de prendre part à la saison de Londres !

Plus fabuleux encore, il ne s'était pas laissé éblouir par la beauté d'Ailis. Quand celle-ci s'était retirée, il avait repris sa conversation avec Sarah sans se montrer troublé le moins du monde ni laisser à aucun moment son regard dériver vers la jeune fille qui s'éloignait.

Ce qui, dans le cœur exigeant de Sarah, n'avait pas encore succombé devant le sourire charmeur du cavalier ni la beauté stupéfiante de son regard bleu, si bleu ! rendit cette fois les armes.

A Londres, certes, d'où il venait probablement, il devait rencontrer, tous les jours, de jolies femmes, élégantes, vêtues selon le dernier cri de la mode, et il avait appris à ne pas s'émouvoir en leur compagnie, à paraître courtois quel que fût son émoi…

Prenant conscience de la mesquinerie de cette réflexion, Sarah la bannit de son esprit. L'habitude du monde ne diminuait en rien l'excellence de l'éducation de l'étranger. Il était, en vérité, l'image du parfait chevalier — tel qu'il apparaissait dans les récits du Moyen Age.

Mais qui était-il ? Elle ne savait même pas son nom… Mue par l'irrésistible besoin d'en apprendre davantage, elle entra dans la maison, traversa la cuisine, l'office, gagna le hall et passa devant la bibliothèque, d'où s'échappait un murmure de voix. L'étranger devisait avec le baron…

Sarah pourrait encore l'apercevoir quand il ressortirait. Il lui suffisait d'attendre dans le hall. L'hiver prochain, lorsqu'elle ferait son entrée dans la vie sociale londonienne, elle le rencontrerait assurément. Mais, cette fois, elle serait dans une robe très seyante, ses cheveux sertiraient son visage d'une couronne de boucles, sa conversation serait brillante, elle exercerait sur lui la même fascination qu'elle venait d'éprouver en sa présence…

Emue à cette pensée, et alors qu'elle se voyait déjà danser dans les luxueux salons londoniens à la clarté scintillante des lustres de cristal, elle sursauta en entendant la porte de la bibliothèque se refermer.

Elle se blottit dans un recoin du hall et vit passer l'étranger.

Un rayon de soleil formait une sorte d'auréole autour de son visage, incendiant sa chevelure blonde tandis qu'il prenait ses gants et son chapeau des mains du majordome qui s'était avancé vers lui. Laissant échapper un soupir, Sarah observa attentivement ses traits, afin de les graver dans sa mémoire.

Après avoir enfilé ses gants et replacé son chapeau, il prit la cravache que lui présentait M. Pringle et, comme ce dernier s'inclinait avec respect, il lui adressa un petit salut de la tête, puis franchit la porte d'entrée.

La jeune fille lutta contre l'envie de courir jusqu'au seuil pour le regarder s'éloigner. Demeurant stoïquement à sa place, elle écouta le bruit décroissant de ses pas sur les marches du perron avant de se diriger prestement vers la bibliothèque, de frapper une fois à la porte et, sans plus attendre, d'y pénétrer.

— Papa ! s'écria-t-elle à l'adresse de l'homme maigre et chauve qui se penchait sur son grand bureau, griffonnant quelques mots en marge d'un livre.

Avec un léger pincement des lèvres indiquant que ce dérangement l'horripilait, il leva les yeux sur sa fille.

— Qu'y a-t-il, mon enfant ? Je ne voudrais pas interrompre plus longtemps ma traduction, sinon je vais perdre la cadence…

— Je comprends, papa, mais dites-moi, seulement, qui vient de sortir de votre bureau ?

— Je ne sais pas…, commença le baron comme s'il avait déjà oublié le visiteur. Ah ! Oui… le grand jeune homme. Il vient d'acheter Thornwhistle, il me faisait une visite de courtoisie. Il voulait aussi s'entretenir au sujet de certains prés en bordure de nos terres… Il faudrait que tu en parles avec Withers avant son retour. Je n'ai pas de temps à consacrer aux questions agricoles, avec cette traduction qui n'avance pas !

Le beau cavalier était un voisin, il était appelé à revenir à Sudley ! Cette pensée mit Sarah en joie.

— Entendu, papa, mais… si je dois rencontrer ce monsieur… il serait bien que vous me disiez son nom.

— Son nom ? Il a dû me le dire. Je ne l'ai pas retenu. Bah ! C'est sans importance aucune. Il s'annoncera de nouveau lorsqu'il reviendra. Sois gentille, s'il te plaît ; rapporte ce plateau dans la cuisine. Il prend trop de place sur mon bureau.

Consternée de constater, encore une fois, que son père ne s'intéressait à rien en dehors de ses travaux littéraires, la jeune fille prit le plateau.

— A plus tard, papa…

Le baron, qui avait repris sa traduction, ne releva même pas les yeux.

Une idée, qui lui rendit sa bonne humeur, traversa soudain l'esprit de la jeune fille. En rentrant dans le hall, elle déposa le plateau sur une console et partit à la recherche du majordome.

Elle le trouva dans la salle à manger, en compagnie d'un domestique qu'il venait de charger de nettoyer l'argenterie.

— Pringle ! Vous souvenez-vous du nom du jeune homme qui vient de rendre visite à mon père ? Je crois qu'il est appelé à être notre nouveau voisin.

— Il s'agit de lord Branson, mademoiselle.

— Connaissez-vous son prénom et son patronyme ?

— Je ne me souviens pas qu'il les ait dits, mais il a laissé sa carte.

— Merci, Pringle, fit Sarah en virevoltant pour retourner d'un pas rapide dans le hall.

Sur un plateau d'argent, placé sur une table de milieu richement sculptée, se découpait une carte de visite d'un blanc éblouissant. La jeune fille la prit et lut ces mots élégamment gravés : « Quentin Burke, lord Branson ».

Un sourire aux lèvres, elle glissa la carte dans son décolleté. Son héros de l'Olympe avait un nom bien anglais, il était bien de cette terre et de ce temps !

*Quentin*… N'était-ce pas un prénom charmant ?

# 1

*Château de Sudley*
*Avril 1814*

Se rendre à Londres n'exigeait pas moins d'effort que l'un ou l'autre des travaux d'Hercule, se disait Sarah devant l'expression boudeuse de sa sœur. Elle l'avait informée depuis longtemps de son intention de séjourner dans la capitale pour la saison, mais Ailis ne faisait manifestement, elle, aucun effort pour être prête le jour du départ.

— Te souviens-tu, Ailis, que tu m'as promis la semaine dernière que nous pourrions partir vendredi prochain ? fit Sarah en tentant de dissimuler son exaspération. Nos malles sont faites depuis plusieurs jours et tante Catherine nous attend. Elle a, sans doute, déjà accepté et lancé certaines invitations, qu'il serait grossier de décommander au dernier moment !

— Oh ! Ce qu'on s'embête, dans ces réceptions ! répondit Ailis avec un geste de dédain de sa fine main maculée de peinture. Quelle différence cela fait, que nous partions tel ou tel jour ? Les boutiques seront toujours là, et il restera bien assez de sinistres soirées où nous rendre. Je n'en démords pas : ces soirées, données par de vieilles rombières dont le seul souci est de jauger la qualité des étoffes et des bijoux, et de s'informer du lignage des jeunes gens qui font leur entrée dans le monde, sont d'un ennui mortel. Du reste, je te l'ai dit : je ne partirai pas avant d'avoir achevé mon tableau.

Ravalant sa colère, Sarah respira à fond. Après s'être répété pour la énième fois que l'une d'entre elles, au moins, devait se montrer raisonnable, elle parvint à répondre calmement :

— Nous avons conclu un marché, Ailis. Je te laisserai peindre à Londres autant qu'il te plaira. Tu pourras prendre des leçons, rencontrer d'autres artistes, mais tu devras aussi jouer ton rôle de jeune fille bien née qui prend part à sa première saison et se comporte avec toute la modestie et la pudeur requises. Il ne saurait être question, en tout cas, de mettre notre tante dans l'embarras en l'obligeant à annuler ses rendez-vous pour la simple raison que mademoiselle délivre des jugements sans appel sur des personnes qu'elle n'a pas même rencontrées.

— Je crains que tu deviennes, toi aussi, exactement comme je les ai décrites ! rétorqua Ailis. Si je n'étais pas aussi impatiente de profiter de l'enseignement de Maximilian Frank, je n'aurais jamais consenti à t'accompagner. Comme je te le répète depuis une éternité, nous ne ferons que perdre notre temps dans ces réunions mondaines. D'autant plus qu'en ce qui me concerne, j'ai autant envie de me marier que de m'engager dans la marine marchande.

Sarah, très préoccupée par son avenir et celui de sa sœur, ne fut pas longue à réagir :

— Papa ne sera pas toujours là, Ailis. Comment envisages-tu de vivre si tu ne te maries pas ?

— C'est à toi de te marier puisque tu es si amoureuse de Sudley. Tu me laisserais vivre ici et tout continuerait comme avant.

Ce serait sans doute la meilleure solution, songea Sarah. Hélas ! le seul homme qu'elle aurait aimé épouser ne la considérait toujours, après six ans de relations de voisinage, que comme une simple amie.

— Crois-moi, repartit-elle, tu aimerais mieux être maîtresse chez toi.

« Tu pourrais ainsi ordonner tout ce que tu voudrais aux uns et aux autres, petit tyran ! » poursuivit Sarah en son for intérieur.

Elle réprima le sourire qui se formait sur ses lèvres à la pensée des ravages qu'Ailis ferait dans le foyer de son infortuné beau-frère si elle y résidait de façon permanente. Ce serait un enfer. Il importait hautement de lui trouver un mari docile !

— Tu sais que lorsque notre cousin Archibald héritera de Sudley, il viendra y vivre avec sa famille, rappela Sarah à Ailis. Il nous proposera certainement d'y rester, mais je suis sûre, néanmoins, qu'il préférera ne pas avoir deux cousines à charge. Ne crois pas que nous puissions aller vivre chez tante Catherine ; sa maison n'est pas assez grande pour que nous y séjournions longtemps. Sans dot, il nous sera impossible de nous installer dans une demeure convenable. Or, je ne pense pas que tu envisages de louer tes services comme gouvernante ou comme demoiselle de compagnie ? Je suis désolée de devoir te le dire, Ailis, mais si tu veux continuer à vivre en toute indépendance, il te faut trouver un mari. Londres aura au moins le mérite de t'en offrir un choix plus large.

Pour la première fois depuis les nombreuses semaines où elle lui répétait ces mêmes propos, Sarah eut la satisfaction de ne pas voir le regard de sa sœur se vider de toute expression — comme cela se produisait lorsqu'elle refusait d'entendre un conseil. Elle faisait montre, au contraire, d'une attention toute nouvelle.

— Tu as raison, sans doute, répondit-elle d'un air pensif. Il ne me sera certainement pas facile de travailler en paix ici, avec les cinq petits démons d'Archibald constamment dans mes jambes.

Sarah laissa échapper un soupir excédé. Ailis était une incorrigible misanthrope !

— Voici le genre de propos qu'il faudra te garder de tenir en public si tu ne veux pas faire échouer toutes tes chances. La beauté ne suffit pas. Tout gentleman de bonne naissance exigera de toi que tu te montres mesurée en société et que tu ne parles pas à tort et à travers. D'ailleurs, je ne vois pas ce que tu reproches aux enfants d'Archibald. Ils sont absolument adorables !

Ailis haussa les épaules.

— A condition d'aimer les cris, les cavalcades dans les couloirs, les mains poisseuses... La dernière fois que notre cousin est venu avec sa marmaille, l'aîné des enfants me suivait partout comme mon ombre, les autres surgissaient dans mon atelier à tout instant sans crier gare et la plus jeune n'avait rien trouvé de mieux que de me dérober un pinceau chargé de peinture, dont elle barbouillait sa poupée. Elle a eu de la chance que je ne lui donne pas une bonne fessée !

Sans laisser le temps à sa sœur de réagir, Ailis enchaîna, arborant son plus beau sourire :

— Allons, Sarah, avoue-le. Tu étais aussi heureuse que moi lorsque ces sales gosses sont repartis ! Mais je t'accorde une chose : je vais devoir réfléchir à mon avenir. Pas avant, cependant, que j'aie fini ma toile ! Je retourne à mon chevalet avant que la lumière change. J'étais seulement venue te dire que je ne serais pas prête vendredi.

— Me feras-tu la faveur de m'indiquer quel jour tu comptes terminer ta peinture ?

Indifférente au sarcasme qui pointait dans la question de sa sœur, Ailis s'arrêta pour répondre :

— Peut-être au milieu de la semaine prochaine. Je t'en

dirai plus dès que j'aurai une idée plus précise de l'avancement de mon travail.

Sarah ferma les yeux et s'exhorta à la patience. Elle allait devoir envoyer au plus vite un message à leur tante pour la prévenir que leur arrivée était — encore ! — retardée. Elle espérait seulement que cette dernière n'aurait pas déjà convié pour le thé les principales organisatrices de soirées. Les mécontenter ne pourrait avoir que de fâcheuses conséquences sur les chances de succès d'Ailis au cours de la prochaine saison.

Comme souvent depuis que sa sœur était devenue une grande jeune fille, Sarah aurait voulu pouvoir consulter leur mère, décédée de longues années auparavant. D'une grande beauté et d'un fort caractère, à l'instar de sa fille cadette, elle aurait su, sans doute, la manœuvrer. Ailis lui ressemblait beaucoup, si la miniature conservée par Sarah ne mentait pas. C'était la seule image de leur mère qu'il lui était donné de contempler, leur père ayant relégué au grenier un grand portrait en pied de sa femme qui trônait autrefois dans son bureau. Il souffrait trop de son absence pour la voir au fil des jours sur cette toile, belle et rayonnante, lui donnant l'illusion qu'elle le regardait…

— Ne prenez pas la peine de m'annoncer, Pringle, fit une voix familière.

En entendant résonner dans le hall ce timbre chaud et vibrant, Sarah eut un élan de joie. Depuis six ans qu'elle le voyait régulièrement, elle s'était avisée que le demi-dieu qui lui était apparu un matin de printemps était un mortel comme les autres. Elle avait même rencontré d'autres hommes aussi beaux que lord Branson parmi les aristocrates qui venaient à Sudley pour y acquérir des chevaux. Mais il tenait toujours captif entre ses mains le cœur de la jeune fille qui s'était muée en une jeune femme — quand bien même elle avait gardé toute l'innocence de ses seize ans.

Les années s'étaient écoulées bien vite, avec leur lot de

soucis — lesquels avaient jusqu'ici empêché Sarah et Ailis de faire leurs débuts londoniens. C'était leur père, d'abord, qui avait été souffrant ; puis il y avait eu un terrible incendie dans les écuries ; enfin le régisseur était mort subitement, contraignant Sarah à prendre en main la gestion de toute la propriété.

La jeune fille timide et doutant d'elle-même qui s'était maladroitement entretenue avec lord Branson au sujet de pâturages avait acquis, entre-temps, une assurance et une compétence qui faisaient d'elle, à présent, un régisseur efficace du domaine de Sudley.

Le pas de celui qui, à son insu d'ailleurs, régnait sur son cœur se rapprochait ; Sarah releva les yeux ; spontanément, ses lèvres esquissèrent un sourire. Un souffle de bonheur gonfla sa poitrine quand le magnifique cavalier — cet homme dont la présence lui était devenue aussi essentielle que l'air et que l'eau — pénétra dans le salon.

— Bonjour, Quentin, fit Ailis en donnant le bout de ses doigts à lord Branson. Vous arrivez à point pour parler de Londres avec Sarah. Elle n'a que ça en tête. Vous m'excusez. J'ai une toile à terminer.

— J'ai été ravi de vous voir, fût-ce brièvement, répondit lord Branson comme Ailis retirait sa main et franchissait le seuil de la porte.

Il se tourna vers Sarah et ses yeux turquoise se mirent à briller d'une façon qui donnait encore le vertige à la jeune femme après six années d'amitié.

— Quelle merveilleuse surprise vous nous faites, Quentin, dit-elle. Je ne pensais pas que vous viendriez à Thornwhistle si peu de temps après votre dernier voyage. Depuis quand êtes-vous de retour ?

Elle retint sa respiration quand elle sentit ses lèvres sur sa main… Ce simple contact la troublait étrangement. Elle eût aimé fermer les yeux pour en prolonger l'effet…

— Hier soir, répondit lord Branson en s'asseyant dans

le fauteuil à côté de Sarah. Lorsque j'ai eu réglé toutes mes affaires, j'ai eu envie de passer quelques jours dans la maison que j'aime le plus, près de ma voisine préférée, et de voir si elle avait enfin convaincu sa sœur de prendre part à la saison de Londres…

Devinant l'intention de la jeune fille, il arrêta d'un signe de la main son mouvement vers le cordon de la sonnerie.

— Non, je ne prendrai pas de thé. Je ne suis venu que pour échanger quelques mots avec vous.

Sarah ne put retenir un soupir en se rasseyant.

— J'ai bon espoir, cette fois, que nous partions à Londres, répondit-elle. J'ai dû recourir à une forme de chantage pour décider Ailis à quitter Sudley ! Maximilian Frank étant revenu d'Italie pour ouvrir un atelier à Londres, il m'a été facile de lui faire valoir qu'elle pourrait prendre des leçons avec lui. Ailis est folle de sa peinture qui n'est pas… très conventionnelle.

Elle s'interrompit avant de reprendre :

— Je lui ai promis des leçons particulières. Je compte sur vous pour n'en parler à personne !

Devant l'air indigné de lord Branson, Sarah avait en hâte prononcé ces derniers mots.

— Des leçons particulières avec Maximilian Frank ! répéta-t-il, stupéfait. Une jeune fille bien née ne saurait passer ses matinées en compagnie du fils illégitime d'un marchand des Indes orientales ! Croyez-vous pouvoir marier convenablement votre sœur si vous la laissez se compromettre ainsi ?

Bien que les remarques de lord Branson fissent écho à ses propres craintes, Sarah ne put contenir une certaine irritation.

— Vous oubliez sa beauté, Quentin. Et elle n'est pas sans dot — une très belle dot… En outre…

— Votre sœur a vingt ans, la coupa lord Branson,

et elle ne sait toujours pas broder ! Sans parler de ses manières…

Il eut un geste de la main comme pour lui signifier qu'il ne servait à rien qu'elle s'indignât.

— Vous savez que je l'aime beaucoup et que je lui reconnais bien volontiers un immense talent, mais même vous, sa sœur très indulgente, devez reconnaître qu'elle ne réunit pas les qualités qu'un futur époux est en droit d'espérer chez une jeune fille de bonne extraction.

— Cela est vrai, reconnut Sarah d'un air abattu, mais j'espère, moi, lui trouver quand même un mari… qui lui inspirera quelque affection et qui, en retour, l'aimera de tout son cœur — pour ce qu'elle est… et non pour ce qu'elle devrait être.

— A condition que vous puissiez la convaincre de baisser les yeux sur l'un des nombreux prétendants qu'elle ne manquera pas d'avoir. Méprise-t-elle toujours autant le sexe fort ?

— Oh ! oui, fit Sarah en souriant malgré elle. Le fils d'un comte, qui est au nombre de nos voisins, lui fait livrer chaque semaine une brassée de fleurs qu'elle ne regarde même pas et lui adresse aussi régulièrement des vers de sa composition — qu'elle jette au feu sans même les avoir survolés… Il y a peu, le fils du duc d'Arundel, qui avait entendu ses camarades d'Oxford vanter la beauté d'Ailis, a prétendu, pour que sa venue à Sudley ne parût pas inconvenante, avoir été chargé par son professeur de latin d'interroger papa sur des questions de grammaire ancienne. Ailis l'a complètement ignoré, ce qui n'a fait qu'exacerber son ardeur à la conquérir…

— Puisqu'il est question de votre père, pensez-vous que je puisse le rencontrer maintenant ou le croyez-vous si engagé dans ses corrections que toute intrusion l'importunerait au plus haut degré ?

— Il relit son texte, en effet, ces jours-ci, mais vous

pouvez fort bien aller le trouver. S'il est trop pris par son travail, il ne remarquera pas votre présence ! Il semblerait qu'il en soit satisfait, toutefois, car après le déjeuner qu'il a pris avec nous, ce matin, il a eu une assez longue conversation avec ma sœur.

Sans doute Sarah n'avait-elle pas réussi à cacher son amertume car l'expression de Quentin devint compatissante.

— Vous savez, dit-il, qu'au fond de lui-même votre père mesure à sa juste valeur tout ce que vous faites pour Sudley, même s'il vous exprime rarement sa reconnaissance.

— Je crains que vous vous fassiez des illusions, répliqua Sarah qui n'espérait plus, depuis longtemps, que son père fît, un jour, attention à elle.

Elle avait également renoncé à étouffer la jalousie qui s'emparait d'elle chaque fois que le baron manifestait, même brièvement, son affection pour sa fille puînée. Pourtant celle-ci n'avait jamais rien fait pour lui et ne se souciait guère de lui adresser la parole…

Sarah, qui répugnait à se laisser aller à ce genre de réflexions, les chassa de son esprit et, levant les yeux sur lord Branson reprit :

— J'espère que vous avez trouvé votre domaine en bon état ?

— Dans un excellent état ! Et je sais que c'est largement grâce à vous. Manning m'a dit que vous aviez fait semer de l'herbe dans les prés qui ont été inondés cet hiver. Avec toute l'attention que requiert l'administration de Sudley, j'admire fort que vous trouviez encore le temps de vous inquiéter de Thornwhistle !

Le sang monta aux joues de Sarah.

— Ce n'est rien. Je vous avais promis de veiller sur vos terres. C'est normal, après tout, de s'aider entre amis.

— Certes, répondit Quentin en prenant la main de Sarah. Ah, que deviendrais-je sans mon excellente voisine ! Mais je crois qu'il est temps que je fasse, à mon tour, quelque chose pour vous.

Une image traversa l'esprit de la jeune femme. Elle était dans les bras de Quentin et il l'embrassait passionnément... Repoussant cette vision, elle marmonna quelques paroles plus ou moins audibles selon lesquelles rien ne l'obligeait à lui rendre son aide.

— Je ne m'en sens pas obligé, dit-il sans préciser son intention. Je ne serais que trop heureux de vous rendre service... mais peut-être votre père se rend-il aussi à Londres ?

— Non, fit-elle avec un léger accent de dérision.

— Etant donné l'état lamentable dans lequel se trouvaient les diverses propriétés dont j'ai hérité, j'ai dû m'en occuper assidûment depuis quelques années ; mais leur situation s'étant nettement améliorée, grâce à Dieu ! je crois que je peux m'octroyer un peu de repos.

— Enfin une sage décision ! Quand je pense que depuis que nous nous connaissons, vous êtes si souvent par monts et par vaux que nous avons eu une peine considérable à vous convaincre de rester, au moins une fois, à Thornwhistle jusqu'à Noël, pour le célébrer avec nous !

— Et je chéris ce souvenir, Sarah. Je ne vous remercierai jamais assez de m'avoir associé à ce Noël... Sachez, en tout cas, que j'aspire de plus en plus au repos — même si je ne regrette pas de m'être autant démené. S'il m'a fallu huit ans pour assainir ma situation financière, j'ai la joie de vous annoncer que je viens de rembourser à mon banquier la dernière dette laissée par mon père. Branson Park n'est plus grevé d'aucune hypothèque !

— Quelle bonne nouvelle, Quentin ! Comme vous devez être fier !

— Je savais que vous comprendriez mieux que quiconque ce que cela représente pour moi. Du reste je ne suis venu à Thornwhistle que pour vous l'annoncer. Je n'ai encore partagé ma joie avec personne d'autre.

Le magnifique regard bleu dont il enveloppa la jeune femme et le doux sourire qu'il lui adressa éveillèrent en elle le désir de se lever et se jeter dans ses bras. Serrant les accoudoirs de son fauteuil pour s'empêcher de suivre une impulsion qui aurait semblé parfaitement incongrue à lord Branson puisque, comme il venait de le redire sans nulle ambiguïté, il ne la considérait que comme une voisine et amie, elle lui répondit :

— Comme c'est gentil de votre part… Je suis très touchée.

Elle baissa les yeux, troublée. Il n'avait pas détaché son regard d'elle.

— Vous qui êtes toujours si actif, reprit-elle, vous ne resterez sans doute pas longtemps oisif. Avez-vous d'autres projets ?

— J'en ai exécuté un autre récemment pour lequel, du reste, vous avez été une grande source d'inspiration.

— C'est vrai ?

— Oui. J'ai pris Sudley comme modèle pour décorer et meubler le manoir de Branson. Vous ignorez peut-être à quel point j'ai été impressionné par la beauté de votre domaine lorsque j'y suis venu la première fois… Je me suis promis, ce jour-là, d'élever à un même degré de perfection Branson et son parc.

Il secoua la tête en riant.

— Ah, Sarah ! Si vous aviez vu ma propriété à cette époque, vous m'auriez trouvé bien présomptueux ! Les parquets défoncés, les tapis usés jusqu'à la corde, les fenêtres pourries, les sièges recouverts de housses pour cacher leur délabrement…

— Je gage que votre maison est superbe, aujourd'hui, dit Sarah. J'en ai pour preuve la façon admirable dont vous avez restauré Thornwhistle.

— Je ne suis pas mécontent du travail accompli ici, reconnut Quentin sans fatuité. J'aimerais vous montrer Branson également, mais il faut d'abord penser à votre saison londonienne. Comme j'estime avoir bien mérité un peu de repos, et ayant fait récemment l'acquisition d'un domaine, à quelque distance de la capitale, qui demandera beaucoup d'attention pendant les travaux d'aménagement… j'ai décidé de séjourner à Londres pendant la saison des festivités. Qu'en pensez-vous ?

Il serait à Londres en même temps qu'elle ! Elle le verrait aux bals ! Peut-être, même, l'y accompagnerait-il — ainsi, évidemment, qu'Ailis ? Il leur servirait de chaperon, en quelque sorte. Et puis ils pourraient monter à cheval ensemble, converser autour d'une tasse de thé comme ils avaient coutume de le faire à Sudley ou à Thornwhistle. Cette fois, cependant, ils auraient le loisir de se retrouver aussi souvent qu'ils le souhaiteraient, au cours de la saison…

— C'est merveilleux ! s'exclama la jeune femme.

Quentin, apparemment touché par l'enthousiasme de Sarah, eut un large sourire.

— C'est aussi ce que je pense. Je serai à votre disposition lorsque vous aurez besoin d'un cavalier, et je pourrai vous aider à raisonner Ailis, fût-elle sujette à l'une de ses terribles colères ! Il est tout à fait temps, d'ailleurs, pour moi aussi, de chercher une épouse, maintenant que la restauration du manoir de Branson est achevée.

Le cœur de Sarah se gonfla d'espoir alors même que la peur endiguait sa joie. Celle-ci fut, du reste, de très courte durée car, déjà, lord Branson lui tapotait la main :

— Vous, ma fidèle amie, pourrez me conseiller à ce sujet. Vous me révélerez les arcanes du cœur féminin… Et vous saurez, sans doute, m'aider à faire le bon choix.

Sarah, dont toutes les illusions venaient de s'évanouir en un instant, ravala sa salive. Elle serait la bonne et brave amie, celle sur laquelle on peut compter, qui donne de bons conseils et, le cas échéant, prête une épaule consolatrice.

— Oui, certainement, répondit-elle enfin en s'efforçant de sourire. Je serai ravie de vous être utile.

Il serra les mains de la jeune femme dans les siennes avec reconnaissance.

— J'étais sûr de pouvoir compter sur vous ! Et maintenant, si vous croyez que je ne risque pas de le déranger, je vais aller présenter mes respects à votre père. Quand pensez-vous partir pour la capitale ? Préférez-vous attendre la fin des semailles ?

La jeune femme, dont l'esprit était bien éloigné de ces questions, fit un effort pour répondre :

— Non, Withers s'occupe très bien de tout cela sans moi. C'est d'Ailis que dépend la date de notre départ. Cette entêtée veut d'abord terminer sa peinture… Si tout se passe bien, nous devrions quitter Sudley à la fin de la semaine prochaine.

Sarah soupira avant de reprendre :

— A moins qu'elle ne décide de refaire entièrement sa toile.

— Ne parlez pas de malheur, dit Quentin. Je suis enchanté à la perspective de faire la route avec vous… car nous pourrions partir ensemble, si vous le voulez bien. Comme ce sera agréable de voyager dans la même voiture ! Et il sera plus amusant encore de se retrouver ensemble à Londres ! Imaginez deux bêtes de somme comme vous et moi, condamnées à ne penser qu'aux toilettes qu'elles vont porter et à quelles soirées elles vont se rendre ! Après toutes ces frivolités, nous ne serons plus les mêmes.

Il porta les mains de Sarah à ses lèvres puis, se levant, il demanda :

— Monterons-nous à cheval ensemble, demain matin ?

— Oh ! Oui.

— Parfait, dit-il en s'inclinant. A demain.

Sarah, le cœur broyé, le suivit du regard jusqu'à ce qu'il sortît du salon.

Après avoir souffert, pendant six ans, de ne le voir ici qu'épisodiquement et toujours en simples termes amicaux, elle allait devoir, maintenant, endurer presque tous les jours l'horrible spectacle de sa quête d'une femme… Pis encore. elle était censée le guider dans sa recherche !

Humiliée, désespérée, abattue, elle courbait déjà l'échine et se préparait à souffrir en silence quand son orgueil, dans un sursaut, la fit s'emporter contre cette attitude pleine de faiblesse. Elle avait assez pleuré sur son sort. Elle ferait son devoir, comme toujours, et sans rechigner. Si elle partait à Londres, c'était d'abord, et avant tout, pour qu'Ailis se trouvât un mari !

Mais même lorsqu'elle s'armait de courage pour endurer l'insupportable, remontaient du plus profond d'elle-même les rêveries de la petite fille qui avait cru au prince charmant. Elle se voyait dans une robe somptueuse, le visage encadré de boucles impeccables, belle, gracieuse, pleine d'esprit et de fantaisie devant un Quentin Burke ébloui, prenant enfin conscience que sa voisine n'était pas qu'une gentille fille dévouée mais aussi une femme attirante, désirable…

Etait-ce un rêve inaccessible ?

« Londres pourrait vous préparer des surprises dont vous n'avez pas idée, Quentin Burke. »

# 2

Un peu plus tard, après avoir entendu un long monologue du baron au sujet des progrès de sa traduction, Quentin ressortit de la bibliothèque et fut informé par le majordome que Sarah donnait des instructions à la gouvernante. Se résignant à ne la revoir que le lendemain, où ils devaient chevaucher ensemble, il se retira.

Il sauta sur son cheval bai qu'un palefrenier menait par la bride et s'éloigna, tenant les rênes aussi court que possible car l'animal, plutôt fringant, était prêt à partir au galop. Il n'eut l'assurance que la bête était calmée qu'après avoir parcouru la majeure partie de l'allée du château. Il se retourna alors sur sa selle pour regarder la façade d'inspiration antique, avec son portique à colonnades blanches, au milieu du vaste jardin. Les pelouses impeccables et les élégants parterres de fleurs, délimités par des buis parfaitement taillés, conféraient à l'ensemble une impression d'ordre et de sérénité…

Adossées au mur d'enceinte se dressaient les écuries, granges et étables, qui formaient une cour carrée avec les autres bâtiments de la ferme — dont les toits de chaume venaient d'être refaits. Tout était dans un excellent état, comme le manoir de Branson, se félicita Quentin.

Son seul regret était que sa mère n'eût pas vécu assez longtemps pour être témoin du rétablissement de leur fortune ; il espérait qu'elle le voyait du ciel… Il avait, en tout cas, bien des motifs d'être satisfait ; et il se sentait tout à fait libre, à présent, de se distraire quelques mois durant dans la capitale.

Cette perspective le réjouissait d'autant plus qu'il aurait ainsi l'occasion de compenser en partie tout ce que, depuis qu'il avait acquis Thornwhistle, sa fidèle Sarah avait fait pour lui. Elle n'aurait peut-être pas la possibilité de se détendre beaucoup avec la lourde responsabilité, qui lui incombait, de veiller sur sa sœur, mais il serait là pour l'aider et s'assurer qu'elle se divertissait aussi un peu.

Sarah était une jeune fille surprenante ; elle réunissait des dons que l'on trouvait rarement en telle abondance chez une femme. On pouvait la comparer avantageusement aux meilleurs régisseurs du royaume ; elle parlait avec la même aisance d'agriculture, d'élevage ou de littérature — et elle montait à cheval comme personne.

Quentin avait eu le sentiment, dès la première fois qu'il l'avait vue, d'être en présence d'un ami de longue date. Il en oubliait parfois son sexe. Elle ne l'ennuyait jamais avec des conversations futiles sur la mode et ne l'accablait pas plus de commérages. Ses occupations n'étaient pas celles d'une jeune fille ; elle préférait, par exemple, jouer à une partie de whist ou de billard plutôt que de broder ou de laisser ses doigts courir sur le clavier d'un pianoforte.

Mieux encore, à la différence des jeunes filles de son entourage — et particulièrement depuis que sa situation financière s'était radicalement améliorée —, elle ne cherchait pas à lui plaire.

Il eut un petit rire en pensant à l'aspect de Sarah le jour où il était venu pour la première fois à Sudley. De loin, dans sa robe brune usagée, il l'avait prise pour une servante ; mais en s'approchant, il avait amendé son jugement, reconnaissant sa noble naissance à la finesse de sa silhouette, la pâleur de son teint accentuée par le brun doré de ses cheveux bouclés, et l'expression de ses grands yeux noisette. Il lui était venu à l'esprit, alors, qu'elle était peut-être la sœur des elfes dont il croyait entendre les éclats de voix et les chants, les nuits de pleine lune où elles s'étourdissaient en rondes enchanteresses sous les hautes frondaisons des grands bois s'étendant entre Sudley et Thornwhistle.

Cette impression poétique s'effaça, deux jours plus tard, lorsqu'il revint pour s'entretenir avec le baron. L'attitude de la jeune fille l'irrita carrément : ce fut elle, en effet, et non son père, qui le reçut, lui déclarant d'emblée qu'elle allait régler avec lui la question des terres leur appartenant mais intégrées, à titre locatif, au domaine de Thornwhistle.

Croyant, sur le moment, que c'était là une invention de la jeune fille pour se donner de l'importance, il avait refusé net de discuter avec elle. Elle lui avait rétorqué sèchement que c'était elle, et non le baron, qui s'occupait de la gestion des terres de Sudley, et qu'il avait le choix entre travailler avec elle ou se retirer sur-le-champ.

Il était resté… et n'avait pas été long à reconnaître les compétences de Sarah. Il avait même pris l'habitude, par la suite, de la consulter au sujet de Thornwhistle, lui confiant, quelquefois, le règlement de problèmes mineurs. Et il n'avait jamais eu à s'en plaindre…

Il sourit de nouveau en regardant la façade imposante de Sudley. Les fenêtres avaient été repeintes, les gouttières en plomb refaites et la couverture d'ardoises était comme neuve. L'attention permanente de Sarah faisait que le château défiait l'usure du temps.

Il pourrait assurément faire confiance à la jeune femme pour le conseiller dans le choix d'une femme de valeur. Il espérait seulement lui être aussi utile dans sa quête d'un mari pour sa sœur. Il était évident que la chasse ne serait pas aisée, en dépit de la grande beauté d'Ailis. Il faudrait la piloter avec beaucoup de rigueur si l'on voulait lui éviter de commettre un faux pas qui compromettrait tout mariage digne d'elle.

Oui, Sarah aurait, sans aucun doute, besoin de son aide, d'autant plus que sa tante, lady Catherine Mansfield, chez laquelle elle serait hébergée ainsi qu'Ailis, n'était pas, révérence parler, une lumière — et n'avait certainement pas l'autorité suffisante pour s'opposer à sa nièce, d'un caractère très déterminé, et que rien n'arrêtait lorsqu'elle avait pris une décision… au besoin mauvaise.

Quentin, qui ne s'en était pas ouvert à Sarah, jugeait que le baron était très négligent en ce qui concernait l'éducation de sa fille cadette. Un peu comme son propre père, se dit-il avec amertume.

De même que le baron Sudley n'aurait jamais dû laisser reposer autant de charges sur les frêles épaules de Sarah, de même aurait-il dû faire preuve d'autorité à l'égard d'Ailis.

Lorsqu'il eut franchi les grilles du parc, Quentin tourna son cheval vers Thornwhistle et le lança au galop. Il était lui-même critiquable car, même s'il avait été très absorbé, ces dernières années, par le rétablissement de sa fortune, il ne lui était pas interdit, néanmoins, de rechercher une épouse…

Il était grand temps de se réformer et de trouver une femme qui aurait à cœur d'entretenir la nouvelle splendeur du manoir de Branson… et qui lui donnerait les héritiers qui perpétueraient son nom.

Heureusement, il aurait à son côté sa chère amie Sarah. Son humour et son esprit l'aideraient à supporter l'ennui des réunions mondaines. Grâce à elle, la quête d'une épouse ne serait peut-être pas si pénible…

Sarah s'approcha de la porte vitrée et regarda Quentin s'éloigner à cheval. Elle avait espéré l'intercepter à la sortie du cabinet de travail de son père, et l'inviter à dîner. Ils auraient pu parler de leurs futures aventures londoniennes…

Il était trop loin pour qu'elle essayât de le rappeler. Il n'aurait pas entendu sa voix… Il allait lui manquer, une fois de plus ! Bah, elle en avait l'habitude, songea-t-elle en baissant les yeux sur les documents qu'elle avait à la main et qu'elle devait apporter à son père pour les lui faire signer. Elle devait également le prier d'écrire à tante Catherine. Un valet de pied porterait la lettre au bourg, dans l'après-midi, pour qu'elle partît avant la nuit.

Lorsque Quentin eut atteint la route et lancé son cheval au galop, Sarah quitta son poste d'observation et se rendit dans la bibliothèque. Son père venait de s'entretenir avec Quentin ; il ne serait pas encore plongé dans sa traduction. C'était le moment opportun pour aller le trouver.

Elle frappa à la porte du cabinet, attendit un moment, recommença. Après avoir frappé une troisième fois sans obtenir aucune réponse, elle ouvrit la porte.

— Je suis désolée de vous déranger, papa, fit-elle, mais je dois vous faire signer plusieurs documents.

Le baron releva la tête d'un air étonné.

— Sarah ?

Puis, tournant le regard vers le parc :

— Il fait encore jour, ce n'est donc pas l'heure du souper. Qu'y a t-il encore, mon enfant ? Tu sais que je déteste être interrompu, surtout quand j'arrive à la fin d'un chapitre.

— Je suis navrée, père, mais je dois renvoyer d'urgence à Londres l'autorisation que vous a fait parvenir votre homme d'affaires pour qu'il puisse ouvrir un compte bancaire à notre nom.

Comme son père la regardait en fronçant les sourcils, elle reprit :

— Vous souvenez-vous qu'Ailis et moi-même devons partir à Londres la semaine prochaine ?

Il eut un hochement de tête.

— Oui, il me semble que vous en avez parlé. As-tu

pris tes dispositions pour que tout marche à Sudley en ton absence ?

— Bien sûr, papa. Les semailles de printemps sont achevées et les poulains de l'année déjà réservés. Pringle et Hastings sont en charge de la maison et je compte sur Harris pour me prévenir s'il y a le moindre problème à la ferme ou à l'écurie.

Elle conclut sur un ton ironique :

— Vous n'avez pas à craindre que quelque problème domestique vienne troubler votre travail.

Le baron parut satisfait. Il se pencha sur les documents que lui présentait Sarah et les signa. Mais, après les avoir revêtus de son cachet, et alors que la jeune fille allait les reprendre, il lui saisit la main.

— J'ai l'impression que je devrais vous accompagner à Londres même si je déteste cette cité et que je fuis tous les souvenirs qui lui sont attachés.

Sarah considéra son père avec étonnement. Ses yeux étaient embués de larmes ; ils brillaient d'habitude d'une flamme pleine de ferveur lorsqu'il évoquait un passé déjà lointain mais très cher à son cœur.

La jeune femme connaissait l'histoire tragique de la vie de ses parents. Leur rencontre à une grande soirée où la reine de beauté des salons londoniens était tombée amoureuse d'un jeune et beau baron, la publication rapide des bans, le départ en province. Puis, six ans plus tard, le retour à Londres où la mère de Sarah avait de nouveau été élue reine de beauté en dépit de la concurrence de très jolies jeunes filles. Deux mois seulement s'étaient écoulés quand un terrible accès de fièvre l'emporta. Son mari quitta alors Londres en se promettant de ne plus jamais y mettre les pieds.

Emue par l'attitude de son père, Sarah sentit monter en elle un mouvement de tendresse.

— Ne vous faites pas de souci, papa. Tante Catherine

prendra bien soin de nous ; soyez-en certain. Et puis, Londres et ses mondanités vous ennuieraient. Vous ne pourriez pas travailler, ou difficilement. Vous touchez à la fin de votre traduction ; il serait dommage de vous arrêter dans votre élan. Il vous faudra bientôt relire et corriger le texte dans son ensemble, cela requiert beaucoup de calme et de concentration. Or, ce n'est qu'à Sudley que vous pourrez les trouver.

La tristesse s'effaça des yeux de son père.

— Tu as raison... T'ai-je dit que j'ai reçu, hier, un courrier de Briggs, le fameux éditeur d'Oxford ? Selon lui, l'université pourrait s'intéresser à ma traduction et la faire publier. Il m'a demandé de lui en envoyer une copie, sitôt que j'aurai fini.

— Oh ! Nous sommes très fières de vous, papa.

— Merci, ma chérie. Tu veilleras sur Ailis, n'est-ce pas ? Il y a tant de dangers et de tentations à Londres. Ta sœur n'a pas beaucoup de jugement. Contrairement à toi, elle ne comprend pas toujours où se trouve son intérêt.

Ailis... toujours Ailis, s'agaça Sarah en son for intérieur. Elle réussit nonobstant à juguler cette pointe de jalousie.

— Vous pouvez compter sur moi ainsi que sur tante Catherine pour lui éviter toute mésaventure.

— Je l'espère... Prends bien soin de toi aussi, Sarah. Tu as toujours été une excellente fille pour moi. Sans doute bien meilleure que je ne le méritais.

Sarah sentit sa gorge se nouer et ses yeux s'emplir de larmes. Le baron n'était peut-être pas le plus attentif des pères, mais elle l'aimait, et les rares fois où il lui adressait des compliments, elle était profondément touchée.

— Voilà, dit-il en rendant le document à Sarah. Profitez bien de Londres, toi et ta sœur. Et maintenant, je pense que tu n'auras plus besoin de me déranger ? Je viens de relire mes derniers vers et je ne suis pas certain d'avoir bien rendu les rythmes et les harmonies de l'original. Je ne peux pas m'interrompre avant de les avoir récrits. Si je suis constamment perturbé, je n'aurai pas fini avant minuit !

Leur fragile instant de communion était passé, pensa Sarah avec un petit serrement de cœur.

— Je ferai en sorte de ne plus vous déranger, père.

— Je te remercie. Pourrais-tu demander qu'on m'apporte mon repas ici ? Entre la visite de lord Branson et tout le reste, j'ai perdu tant de temps aujourd'hui ! Me voilà forcé de travailler toute la soirée.

Après ce petit déjeuner qu'elle avait eu le plaisir de partager avec lui, Sarah s'était imaginé que son père aurait envie, pour une fois, de faire un bon repas, un peu plus élaboré qu'à l'ordinaire.

On s'évertuait sûrement déjà, en cuisine, à préparer le menu que, pour ce faire, elle avait établi : un rôti de bœuf, une jardinière de légumes et une tarte aux cerises, le dessert favori d'Ailis. Lorsqu'elle apprendrait que le baron voulait être servi dans son cabinet de travail, la cuisinière aurait certainement une crise d'apoplexie !

— Si vous y tenez vraiment, papa..., fit Sarah, découragée. A quelle heure voulez-vous dîner ?

Mais le baron, qui jugeait, sans doute, s'être assez détourné de son travail, avait les yeux baissés sur son manuscrit et n'écoutait plus. Sachant que, s'il daignait lui répondre, son père lui dirait de faire comme bon lui semblait, elle ne prit pas la peine de répéter sa question.

Rassemblant ses documents, elle sortit de la bibliothèque. Elle avait le cœur léger, malgré tout — pour être en possession de cette autorisation, qui financerait leur séjour à Londres. Elle pourrait se rendre dans les librairies, au théâtre, au concert, aux expositions ! Autant de lieux de culture et de plaisir qu'elle ne connaissait que par ouï-dire...

Et surtout, l'occasion lui serait donnée de se présenter à Quentin sous un autre jour. Peut-être son regard se dessillerait-il enfin, et la verrait-il telle qu'elle était ?

# 3

Trois semaines plus tard, par un matin brumeux, comme ils atteignaient l'extrémité de Hyde Park, Quentin tira sur les rênes de son cheval couvert d'écume et se tourna vers Sarah qui freinait également sa jument haletante.

— C'était fantastique ! s'écria-t-elle avec enthousiasme.

Des petites mèches de cheveux d'un brun doré s'échappaient de son chapeau. Les joues colorées par le vent, elle le gratifia d'un si beau sourire qu'il n'eut pas de regret de l'avoir arrachée à son lit de si bonne heure.

— Oui, vraiment, approuva-t-il.

— Merci beaucoup, Quentin, d'avoir insisté pour que je me joigne à votre promenade matinale. Depuis notre arrivée à Londres, j'ai été si occupée que je n'ai pas eu un moment pour moi, et j'avais très envie de monter à cheval.

— Eh bien, il suffit, quelles que soient vos occupations de la veille, que vous preniez la résolution de vous joindre quotidiennement à moi pour un galop dans le parc. J'espère, en tout cas, que votre campagne pour la cause d'Ailis est en bonne voie. Vous m'avez beaucoup négligé au cours des deux dernières semaines… Qu'en est-il de nos intentions de passer la saison en distractions frivoles ?

— Vous me reprochez une délicatesse, celle de m'être efforcée de ne pas réclamer une trop grande part de votre temps ! s'indigna Sarah en retenant sa jument pour qu'elle restât au pas. Du reste, mes premiers jours à Londres ont été fort frivoles. Ailis et moi-même avons fait de folles dépenses vestimentaires — dont je préfère ne pas connaître la somme ! Nous avons fréquenté les cafés les plus en vue, goûté aux glaces de Gunter's et assisté à un spectacle équestre, pendant que vous visitiez, sans doute, le marché aux chevaux de Tattersall's ou les banquettes du White's Club ! Allons, je ne vous ai pas tant manqué.

Satisfait d'avoir réveillé son esprit combatif, Quentin sourit à la jeune femme. Ces promenades matinales étaient certainement un excellent moyen pour Sarah d'avoir un moment à elle, mais il devait trouver d'autres ruses pour l'aider à s'affranchir d'Ailis. Qu'elle ne passe pas tout son temps à lui servir de chaperon !

— Veillez, tout de même, à ce que votre imprévoyante sœur ne vous endette pas avant même le début de la saison.

— Oh ! Ce n'est pas elle qui a la passion des achats, mais notre tante. Alors que nous avons acquis suffisamment de robes pour vêtir tout un gynécée, elle prétend n'y voir que le strict nécessaire. Ailis, en vérité, a une sainte horreur des couturières. Elle refuse d'ailleurs de quitter la maison si c'est pour se retrouver, encore une fois, épinglée des pieds à la tête.

— Londres vous a déjà-t-il vues parées de ces atours ?

— Les soirées n'ont guère commencé. Comme le dit tante Catherine, ces deux premières semaines n'ont été qu'une préparation. Enfin ! Nous disposons maintenant de robes convenables pour nous présenter devant les douairières les plus critiques.

Une lueur espiègle passa dans les yeux de Sarah.

— C'est heureux que ma tante dorme jusqu'à midi : elle aurait une syncope, si elle me voyait dans cette vieille robe ! Mais nous ne nous sommes pas contentées de courir les modistes. Je dois avouer que nous avons passé beaucoup de temps dans les galeries de peintures et que nous sommes allées voir M. Frank, qui a commencé de donner des leçons à Ailis.

Quentin fronça les sourcils. Aucune des relations qu'Ailis nouerait dans le monde des arts ne lui attirerait les faveurs des milieux aristocratiques.

— Vous n'avez pas réussi à la dissuader de les prendre ?

Sarah lui lança un regard exaspéré.

— Vous parlez comme ma tante ! Je n'ai pas même essayé. Ailis n'ayant accepté de venir à Londres que pour perfectionner son art, il me semble que j'ai plus de chance d'obtenir sa coopération en la laissant libre de le faire. Je lui ai assez clairement dit que si elle ne jouait pas le jeu de la vie mondaine, nous rentrerions sans délai à Sudley.

Quentin eut un petit rire.

— C'est ce qu'on appelle du chantage ! Et comment a-t-elle réagi ?

— Elle n'a pas fait d'esclandre, si c'est ce que vous pensez ! Je crois être enfin parvenue à lui faire comprendre que, dans la mesure où notre cousin Archibald héritera de Sudley, elle est bien obligée de prendre des dispositions pour l'avenir. Or le seul moyen pour une femme de garantir sa vie future, c'est d'épouser un homme ; elle a donc tout intérêt à le faire dans le temps que sa jeunesse et sa beauté lui permettent d'exercer un véritable choix… En tout cas, si je la fais chanter, cette bassesse semble porter ses fruits. Notre tante a reçu pour le thé les dames les plus en vue de Londres et Ailis s'est montrée sous son jour le plus avantageux, à la fois charmante et réservée. Lady Jersey et la comtesse Lieven ont toutes deux vanté sa beauté et sa grâce, et ont promis de la recommander dans le monde.

— Ailis, réservée ? Je voudrais le voir !

— Reconnaissez-lui quelques qualités, Quentin, protesta la jeune femme. Elle sait se tenir quand elle le veut.

— Certes, mais combien de temps y consentira-t-elle ?

A peine eut-il posé cette question qu'il la regretta : la lumière qui brillait dans les yeux de Sarah s'évanouissait soudain. Elle craignait par-dessus tout, évidemment, que sa sœur n'en fasse qu'à sa tête, et perde tout crédit…

Avant même qu'il n'imaginât quelque remarque plaisante pour ranimer sa bonne humeur, un sourire s'esquissa sur les lèvres de Sarah.

— Nos deux premières robes du soir seront prêtes demain, dit-elle. Tante Catherine a l'intention de convier à dîner un cercle restreint d'amis pour que nous fassions connaissance, avant de nous rendre au bal de la duchesse d'Avon.

Elle le regarda dans les yeux et reprit, en insistant sur les mots :

— Si vous n'êtes pas trop pris, puis-je compter sur votre présence ?

— Bien sûr. Je serai de même très heureux de vous accompagner au bal.

Elle lui fit une petite révérence.

— Merci, galant chevalier. Sachez aussi que votre présence sera requise à la fin du mois, pour le bal d'Ailis. Tante Catherine est noyée au milieu des échantillons de tissus ; décorer la salle de bal de tulle et de jacinthes blanches *ou* de satin et de roses est, à l'en croire, le dilemme le plus déchirant auquel elle ait été jamais confrontée !

— Je me représente très bien Ailis, partant à la conquête d'un mari, dans une robe de satin blanc, avec des plumes d'autruches piquées dans le chignon, ou de soie rose, avec des boutons de fleurs dans les cheveux, dit Quentin avec un sourire ironique.

Il tenta d'imaginer Sarah en robe du soir, coiffée et poudrée, traversant une grande salle de bal. A la voir dans sa tenue actuelle, si fruste, il n'y parvenait pas.

— Laquelle de ces deux tenues choisiriez-vous ? s'enquit-il avec un petit rire.

Elle le menaça de sa cravache.

— Aucune, comme vous le savez très bien. Quant à Ailis, elle sera certainement en satin blanc, des perles dans les cheveux… Elle ne vous pardonnerait pas de parler ainsi d'elle ! Elle n'aura aucun besoin de « chasser » un mari : un essaim de prétendants se forme autour d'elle dès qu'elle paraît dans un salon. Si vous êtes curieux de connaître ma tenue, apprenez que j'aurai une robe dans des tons de vert, comme il convient à une sœur aînée. Pour moi aussi, ce sera mon premier bal…

— Vous n'avez pas été présentée à la cour pour vos dix-huit ans ? s'étonna Quentin, qui ne pouvait croire que le baron se désintéressât autant du sort de ses filles.

— Non, à l'époque cela n'a pas été possible et… après, il s'est toujours trouvé, comme par un fait exprès, quelque chose qui m'en a empêchée.

Quentin, incrédule, posait sur elle un regard plein de compassion.

Elle détourna les yeux ; une légère rougeur avait gagné son visage.

— Diriez-vous de moi aussi que je suis en chasse ?

— Loin de moi cette pensée !

Comme Sarah le considérait d'un air surpris, il reprit :

— Vous pourriez certainement étourdir de jeunes gens, mais tant que vous ne serez pas fixée sur le sort de votre sœur, vous n'en ferez rien. Or, la quête d'un mari peut prendre toute la saison. Je ne pense pas, en outre, que votre père apprécierait que vous désertiez Sudley pour vivre sous le toit d'un époux.

— Non, sans doute, mais j'y serai bien forcée si, après avoir été la maîtresse du château, je ne veux pas y être un simple hôte, plus ou moins toléré.

Elle avait raison, pensa Quentin. Il était dans son intérêt de se trouver un mari dès cette saison. Mais, troublé par cette perspective qui avait quelque chose d'attristant, il s'empressa de répondre :

— Votre père, heureusement, est en excellente santé. Vous n'avez aucune raison de craindre que votre cousin hérite de Sudley dans un proche avenir.

— Si Dieu le veut, mon père vivra encore de longues années. Il faut, toutefois, que je me préoccupe de mon avenir, pour les mêmes raisons que celles que j'ai exposées à Ailis.

— Certes, reconnut Quentin avec un étrange sentiment de détresse.

Bien qu'il se rendît compte que Sarah n'était plus la jeune fille timide qu'il avait connue à son arrivée à Thornwhistle, il avait gardé l'espoir, néanmoins, qu'elle resterait toujours à Sudley, qu'elle serait toujours son amie, la présence essentielle et rassurante que depuis six ans elle n'avait pas cessé d'être.

— Faites tous les projets que vous voulez, dit-il enfin avec son plus charmant sourire, du moment que cela ne met pas en danger notre amitié.

Elle lui sourit à son tour.

— Il se pourrait que mon mari soit un de vos amis. Ce serait merveilleux. Nous serions tous amis !

Cette éventualité déplut d'emblée à Quentin. Ne voulant pas approfondir la raison de cette aversion, il ne fut que trop heureux d'apercevoir une diversion :

— Je croyais qu'Ailis se levait à midi comme votre tante. N'est-ce pas elle qui arrive là-bas ?

Sarah se retourna sur sa selle.

— Mais si ! C'est elle !

Son expression de surprise joyeuse s'assombrit lorsqu'elle vit dans le sillage de sa sœur, sortant de la courbe que formait à cet endroit l'allée cavalière, un grand jeune homme monté sur un magnifique cheval noir.

Il rattrapa la jeune fille qui ralentit sa monture. S'il n'était pas possible d'entendre leur conversation, Quentin comprit, à la façon dont Ailis inclinait la tête en parlant au jeune homme, qu'elle cherchait à lui plaire ; il y avait déjà entre eux une certaine intimité. L'assurance avec laquelle le cavalier se penchait vers elle disait assez qu'ils ne venaient pas de se rencontrer.

Plissant les yeux dans la lumière du soleil, Quentin cherchait à identifier le jeune homme qui lui était vaguement familier. En vain.

— Qui est ce garçon ? demanda-t-il enfin.

Le visage de Sarah s'était fermé.

— Le vicomte Freemont. Autant que je sache, c'est une sorte de mécène. Nous avons fait sa connaissance à l'atelier de Maximilian Frank la première fois que nous nous y sommes rendues. Depuis ce jour, Ailis a rarement pris une leçon de peinture sans qu'il passe à l'atelier, la plupart du temps au moment même où nous nous apprêtons à partir. Il a d'abord offert de nous raccompagner à la maison puis, la fois suivante, il nous a invitées à manger des glaces chez Gunter's. Bien que tante Catherine ne lui ait pas fermé sa porte, elle nous a laissé entendre qu'il n'avait pas très bonne réputation. Le connaissez-vous ?

— Pas personnellement, bien qu'il soit membre de White's. Il est issu d'une excellente famille, mais on dit de lui, en effet, qu'il n'est pas très recommandable. Ce n'est assurément pas le compagnon idéal pour une innocente jeune fille faisant son entrée dans le monde. Et il n'est pas de très bon ton de la voir se promener avec lui à une heure aussi matinale, sans même un laquais pour garantir l'honnêteté de leur relation.

Sarah ne put qu'acquiescer d'un air consterné. Ils se rapprochèrent du couple, et les impressions de Quentin se trouvèrent confirmées. Ailis et le vicomte avançaient côte à côte, leurs visages tout proches, autant, du moins, que le permettait la position en amazone, et aucun valet ne les suivait, pas même à une grande distance, comme c'était le cas pour Sarah.

Ils formaient cependant un beau couple, constata Quentin malgré lui. Dans une tenue de velours bleu ciel qui mettait en valeur son élégante silhouette, des boucles blondes s'échappant d'un joli chapeau, Ailis avait très fière allure ; et Freemont, avec sa haute stature athlétique, son visage d'adonis et ses cheveux d'un noir bleuté, soutenait la comparaison.

Sarah, si elle partageait la même impression que Quentin, n'en laissa rien paraître.

— Il faudra que je parle à Ailis, se contenta-t-elle de dire à mi-voix.

Ailis les salua bientôt chaleureusement et, sans trahir la moindre gêne, présenta le vicomte à Quentin. A la crispation de ses lèvres et à l'expression de son regard, Quentin devina que Freemont, lui, était parfaitement conscient de l'incongruité de sa présence auprès d'Ailis, à cette heure et dans ces circonstances.

— Promenons-nous ensemble, proposa Sarah.

Au regard qu'elle lui lança, Quentin rapprocha son cheval de celui du vicomte tandis qu'elle-même s'avançait entre ce dernier et sa sœur.

Freemont sourit d'un air entendu et se déporta pour faire place à la jument de Sarah.

— Chaperon ou dragon ? s'enquit-il, ironique.

Quentin darda sur lui un regard glacial.

— Je vous prie de ne pas manquer de respect à Mlle Sudley.

— Je n'avais aucune intention de l'offenser, répondit Freemont. Il ne fait aucun doute qu'une aussi jolie blonde qu'Ailis Sudley requiert une protection.

— Contre vous, sans doute, repartit Quentin.

— Assurément, admit Freemont dans un éclat de rire.

Il toisa Quentin d'un air moqueur.

— Vous êtes donc l'allié de la duègne. Dois-je m'attendre à ce que vous me lanciez un défi ?

Luttant contre l'envie de le jeter au bas de sa selle et de lui ficher une correction, Quentin répliqua sur le ton le plus calme possible :

— Vous m'épargnerez d'y avoir recours si le gentleman que vous êtes se souvient d'avoir affaire à une jeune fille de bonne naissance.

— Certes, mais reconnaissez que cette jeune personne sort de l'ordinaire. Elle est artiste avant tout, et douée d'une façon stupéfiante. Il y a en elle une telle imagination, et l'on sent brûler un tel feu dans son regard pudiquement dissimulé sous ses longs cils… qu'on rêve de libérer ces forces, de goûter sur ses lèvres la saveur de l'hydromel des dieux.

Quentin s'évertua encore une fois à ne pas s'emporter contre l'arrogant vicomte.

— Si vous voulez rêver aux talents cachés de Mlle Sudley tout en jouissant de sa compagnie, je vous conseille de renoncer à toute conduite inappropriée qui pourrait conduire sa famille à vous interdire purement et simplement de vous approcher d'elle.

Freemont rit à gorge déployée.

— Voilà qui est drôle ! Croyez-vous que sa sœur aurait le pouvoir de lui dicter ses devoirs si Mlle Ailis s'écartait de la conduite qu'elle est censée suivre ?

Quentin coula un regard vers Sarah, qui s'entretenait avec sa sœur.

— A votre place, je ne sous-estimerais pas son influence.

Freemont releva un sourcil.

— D'aucuns jugeraient que cette adversité ne fait qu'ajouter du piment au défi.

Quentin serra les poings. Qu'il eût aimé rosser ce libertin !

— Un certain gentleman en particulier, dit-il d'une voix grinçante. Dites-moi, Freemont, est-ce que vous boxez ?

— De temps en temps, répondit le vicomte avec un sourire dédaigneux.

— Nous devrions nous rencontrer, un jour, chez Jackson's. Il me semble que nous sommes à peu près du même poids.

— Peut-être, mais... je préfère préserver mon visage. Il est plus aisé de parvenir à ses fins avec les jolies femmes lorsqu'on est soi-même agréable à regarder. Ce n'est pas vous, monsieur, qui me contredirez !

Le vicomte fit un salut de la tête et donna des éperons. Son puissant cheval se mit aussitôt au trot et rejoignit Ailis, qui venait de prendre de l'avance sur sa sœur.

— Voulez-vous que je vous raccompagne chez votre tante ? demanda Freemont.

— Ne vous donnez pas cette peine, repartit Sarah qui avait à son tour poussé sa jument en avant. Lord Branson et moi-même rentrons à la maison. Nous ne vous offrons pas d'y venir prendre un rafraîchissement : nous devons repartir presque immédiatement.

— Je gage qu'Holden me raccompagnera très volontiers, dit Ailis en jetant un regard provocant au vicomte.

Ce dernier lui prit la main et l'effleura d'un baiser.

— Je suis à votre entière disposition, Ailis. Un ordre de vous ne me sera jamais une contrainte, toujours un honneur.

— Vous voyez ? fit la jeune fille, triomphante, en s'adressant à sa sœur et à lord Branson.

Puis, se tournant vers le vicomte :

— Que dites-vous d'un dernier galop ? Je vous défie d'arriver le premier au boqueteau de châtaigniers.

Sans laisser le temps à Sarah de réagir, les deux cavaliers cravachèrent leurs montures.

S'avisant, sans doute, qu'elle se ridiculiserait en se lançant à leur poursuite, Sarah, tout au contraire, ralentit sa monture pour permettre à Quentin de venir s'aligner sur elle.

— Je suis inquiète, dit-elle.

« Vous avez raison de l'être », songea Quentin.

— Voulez-vous que j'essaie d'en savoir davantage au sujet de Freemont ? suggéra-t-il.

Le visage de la jeune femme s'éclaira et, levant sur lui un regard reconnaissant :

— Oh ! oui. Si vous le pouvez. Pourquoi faut-il qu'entre tous ses galants Ailis choisisse précisément celui dont le comportement est vivement critiqué ? Elle est si naïve ! Elle ne se rend pas compte avec quelle rapidité une canaille de ce type pourrait détruire sa réputation et compromettre tous ses projets.

Quand ils eurent atteint au trot l'extrémité du parc, Ailis et Freemont étaient hors de vue.

— Je vais devoir lui faire la leçon plus sévèrement, cette fois, dit Sarah en soupirant. Et comme il me faut la traîner chez la couturière pour un dernier essayage, elle sera d'une humeur épouvantable tout le reste de la journée !

Quentin faillit s'écrier : « Laissez-la tomber ! » Ne pourrait-il jamais jouir d'une matinée tranquille avec Sarah, sans qu'il fût question de sa sœur ?

— J'espère que vous vous occuperez surtout de vous pendant les essayages, remarqua-t-il, et que vous aussi aurez une belle robe.

Il étendit le bras, serra la main de la jeune femme dans la sienne puis, talonnant son cheval :

— Nous rentrons ?demanda-t-il.

*
* *

Sarah sentit ce même courant qui était passé entre eux la première fois où Quentin l'avait touchée. Et lui ? Eprouvait-il cette force comme jaillissant du fond de soi et se transmettant à l'autre, en une sorte de fusion ?

Quentin s'éloignait déjà, apparemment indifférent à ce qui venait de se passer. Peut-être se trompait-elle ? Laissant de nouveau l'espoir la gagner, elle raccourcit ses rênes et lança sa jument au petit galop.

Comme elle s'y était attendue, elle trouva, de retour chez sa tante, Ailis dans le petit salon situé entre leurs deux chambres, où elle rassemblait son matériel pour sa leçon de peinture.

— Sarah ! fit-elle en la voyant entrer. Tu serais gentille d'aller m'acheter du jaune d'or, cet après-midi, pendant que je serai chez Maximilian. Sinon il m'en manquera pour finir l'étude du coucher de soleil que nous sommes en train de travailler.

Sarah, qui se demandait comment semoncer sa sœur, ne réagit pas quand cette dernière lui donna la boîte de jaune, dont il ne lui restait plus qu'un tube.

— As-tu apprécié ta promenade ? s'enquit-elle.

— Oui, c'était très agréable, repartit Ailis. Peux-tu mettre ce diluant dans ma boîte ?

Sarah rangea le pot que lui passait sa sœur.

— J'ai été surprise de te voir dans Hyde Park. Je ne savais pas que tu avais le projet de monter à cheval, ce matin.

— Je n'en avais pas l'intention jusqu'à ce que Holden vienne me le proposer, juste après ton départ, si je ne me trompe. Il est beau, n'est-ce pas ? Et il a une allure ! Je lui ai dit que j'aimerais faire son portrait.

Elle lança un regard en biais à sa sœur avant d'ajouter :

— Le torse nu, vêtu d'une toge à la mode grecque…

— Ailis ! Tu ne parles pas sérieusement ? fit Sarah, estomaquée.

Sa jeune sœur se contenta de sourire.

— Il faudra que j'en m'en ouvre à Maximilian pour organiser les séances de pose.

— Tu ferais mieux de te concentrer d'abord sur ton étude du coucher de soleil, s'empressa de répondre Sarah. Et de changer d'attitude vis-à-vis de lord Freemont ! Nous ne sommes pas en province, Ailis. Les comportements familiers, qui ne surprennent pas à Sudley, sont très mal vus ici. Tu ne devrais pas l'appeler par son prénom, alors que tu le connais si peu.

Ailis haussa les épaules.

— Maximilian l'appelle ainsi. Je me sentirais ridicule de lui dire « milord » dans l'atelier.

— Une certaine familiarité est peut-être acceptable chez Maximilian Frank, mais elle doit cesser dès que tu franchis le seuil de sa porte. Et s'il t'arrive de nouveau de monter à cheval en compagnie de lord Freemont, fais-toi accompagner d'un valet.

Ailis s'interrompit dans ses rangements et redressa la tête :

— Un valet ? répéta-t-elle avec un rire strident. Y a-t-il un risque qu'il abuse de moi en plein jour dans Hyde Park ? Ou au milieu des attelages, dans une rue passante ? Il serait digne de se produire dans un cirque s'il était capable d'une telle prouesse sur le dos d'un cheval !

— Tu as trop d'imagination... Cependant, quelle que soit ton opinion sur les conventions et la bienséance, en les méprisant, tu jettes le discrédit non seulement sur toi-même, mais aussi sur ta tante et sur moi.

Sarah sourit pour atténuer la virulence de son reproche.

— Moi-même, reprit-elle, je ne sors pas d'ici sans avoir

un valet à ma suite, fût-ce en compagnie d'un vieil ami comme Quentin.

— C'est doublement grotesque, d'autant plus qu'il n'y a aucun risque que Quentin te compromette, même si tu lui en fournis l'occasion.

La remarque était cruelle, et Sarah se mordit la lèvre pour ne pas y répliquer avec humeur.

— Certes, reconnut-elle quand la boule qui s'était formée dans sa gorge eut diminué de volume, mais conviens avec moi que tu connais à peine lord Freemont. Or j'ose affirmer qu'il importe avant tout d'épouser un homme dont la vie présente le moins de mystères possible.

— Qui te dit que j'ai la moindre intention de l'épouser ? Il ne me déplaît pas pour l'unique raison que c'est le premier des jeunes gens soi-disant de bonne naissance qui ne m'ait pas ennuyée à mourir avec des vers ineptes sur la beauté de mes yeux ou soit resté comme paralysé en me voyant entrer dans une pièce. Il apprécie mon travail, Sarah, et il connaît bien la peinture. Sa conversation m'intéresse et il me traite avec simplicité. Il n'éprouve pas le besoin, comme les autres, de me jucher sur un piédestal, il n'est ni timide ni emprunté…

— Je t'entends, mais tu rencontreras beaucoup d'autres hommes séduisants à Londres qui ne seront pas pétrifiés par ta beauté et sauront reconnaître ton intelligence.

— J'en doute, s'ils ressemblent à ces fats que j'ai vu poser chez Maximilian.

— Ils n'auront pas nécessairement la même attitude avec une jeune fille qu'ils courtisent qu'avec un peintre dont ils sont les employeurs.

— Vraiment ? fit Ailis d'un air méprisant. Maximilian est un génie et ils le traitent comme le dernier de leurs domestiques. Leur attitude est à mon sens bien plus révélatrice de leur personnalité que celle qu'ils auraient dans les salons avec une jeune personne dont ils voudraient conquérir le cœur.

— Je veux bien te croire, dit Sarah qui reconnaissait dans le jugement de sa sœur l'influence de Maximilian Frank, pourfendeur de l'aristocratie. Toutefois il me semble que ton professeur a des opinions assez radicales, en ce qui concerne la société… Je serais prudente, à ta place… On ne badine pas avec la monarchie !

Ailis sourit sans répondre.

— Admets qu'il y a des hommes qui ne manquent pas de personnalité parmi les aristocrates, poursuivit Sarah. Quentin n'en est-il pas un exemple ? Tout ce que je te demande, c'est d'accepter de les rencontrer et de te montrer un peu plus… circonspecte dans ta relation avec lord Freemont. Le code de comportement des femmes célibataires à Londres est excessivement strict et dans la mesure où tu n'as pas encore fait ton entrée…

— Assez ! s'écria Ailis. Je t'ai dit cent fois que ça m'est absolument égal d'être appréciée ou non dans les salons. La seule chose qui compte, ce sont les objectifs que je me suis fixés. Quant à Holden, il me plaît et j'ai la ferme intention de le revoir. Tu ferais bien de t'habituer à sa présence !

Sarah luttait pour ne pas laisser éclater sa colère.

— Et toi, ma chère sœur, mets-toi bien dans la tête que si tu veux rester à Londres, il te faudra honorer notre accord et ne rien dire ni faire qui puisse plonger notre tante dans l'embarras.

Sarah arrondit le dos dans l'attente d'une réplique véhémente. A sa grande surprise, Ailis joignit alors les deux mains dans un geste d'imploration :

— Je t'en prie, dit-elle, arrêtons de nous quereller pour des broutilles. Je te promets de me souvenir des règles de la bienséance… si tu cesses de me harceler avec ta morale.

Bien qu'elle considérât, contrairement à sa sœur, que les questions dont elles débattaient étaient d'importance, Sarah ne voulut pas envenimer la situation et sauta sur l'occasion que lui offrait Ailis d'améliorer leurs relations.

— Entendu, fit-elle. Mais… je dois te rappeler, au risque de violer notre trêve, que nous devons nous rendre, ce matin, au dernier essayage des robes que nous porterons à la grande soirée de vendredi.

— Pas aujourd'hui ! gémit Ailis. Je dois absolument terminer, cet après-midi, les esquisses de mon crépuscule !

Une fois plongée dans le travail, la jeune fille s'en laissait moins distraire encore que leur père de ses traductions.

— Débarrasse-toi de l'essayage dès maintenant et je te promets d'obtenir de tante Catherine que tu disposes de tout le reste de la journée pour ta peinture.

— Tiendras-tu ta promesse ?

— Aie confiance, répondit Sarah en passant le bras sous celui de sa sœur. Viens. Allons subir stoïquement les derniers tourments que nous infligera la couturière.

Pendant la longue séance d'essayage, les deux sœurs méditèrent en silence. Ailis rêvait à ses esquisses ; quant à Sarah, elle se demandait si Quentin avait voulu seulement se montrer gentil avec elle en l'incitant à soigner ses atours ou s'il avait lui-même le désir de la voir belle ?

— Enfin…, fit-elle avec un haussement d'épaules en se regardant dans la glace. Si cette robe ne l'amenait pas à la considérer autrement, rien ne changerait jamais son attitude à son égard.

# 4

Quentin ne put ni assister au dîner de lady Mansfield ni accompagner Sarah et sa sœur au bal de la duchesse d'Avon. Il avait cru pouvoir rentrer dans l'après-midi de la nouvelle propriété dont il venait de faire l'acquisition dans la région de Londres ; l'estimation des travaux de réfection, rendus nécessaires par un mauvais entretien, l'y avait retardé.

Quand il avait compris, en fin de matinée, qu'il ne pourrait pas être de retour à temps pour honorer l'invitation à dîner de Sarah, il avait envoyé un messager porter un billet à lady Mansfield exprimant ses regrets et promettant de la rejoindre au bal, ainsi que ses nièces.

La nuit était tombée depuis longtemps lorsqu'il revint au galop dans ses appartements londoniens de St. James Square. Après avoir avalé un plat de viandes froides et bu une pinte de bière, il passa, avec l'aide de son valet, sa tenue de soirée, et se rendit au bal en calèche.

Il y arriva comme les invités faisaient encore la queue pour présenter leurs hommages à la duchesse d'Avon. C'était la fin d'une file qui avait dû être interminable. Ayant accompli ces incontournables civilités, il se mit en quête de Sarah. Sa progression fut entravée par plus d'une mère, pleine d'espoir, souhaitant ajouter son nom dans le carnet de bal de sa fille, qui attendait en rougissant.

Tout en se souvenant du peu de cas que ces mêmes dames avaient fait de lui huit ans plus tôt, lorsqu'il n'avait à offrir qu'un titre modeste, une montagne de dettes et un domaine en décrépitude, Quentin remarqua dans un angle de la salle un important rassemblement de jeunes gens. Pour échapper à la convoitise de matrones calculatrices, il se faufila vivement en direction de ce groupe, au milieu duquel il ne tarda pas à reconnaître Ailis.

Les soupirants, formant cercle autour d'elle, s'échinaient à capter son attention par tous les moyens. S'ils étaient, certes, un peu ridicules, Quentin était bien forcé d'admettre que l'intérêt qu'ils portaient à la jeune fille était justifié. Dans sa robe de satin blanc dont la coupe, très simple, sublimait son admirable silhouette, avec ses belles boucles blondes prises dans un réseau de perles, un triple collier de perles autour de son long cou gracile et les mêmes perles ornant ses délicates oreilles, elle était l'image même de la jeune fille innocente et pudique.

Bien qu'il regrettât les manières un peu rudes d'Ailis et la façon cavalière dont elle profitait de sa sœur, il ne pouvait nier qu'elle était d'une beauté susceptible d'éblouir même le plus désabusé des séducteurs.

Parmi les nombreux galants qui se pressaient autour d'elle ne se trouvaient pas seulement de tout jeunes gens très sensibles à la grâce féminine, mais aussi des hommes plus âgés et plus cultivés. On distinguait en leur sein un quarteron de dandys qui, bien qu'absolument hostiles au mariage, aimaient être vus en compagnie des plus jolies jeunes filles. Ce qui laissait à penser qu'Ailis aurait de grandes chances, cette année-là, d'être élue reine de beauté…

A une plume d'autruche qui s'inclinait et se redressait au gré des mouvements de tête de celle qui la portait, Quentin devina la présence de lady Mansfield, cachée derrière une haie de jeunes gens. Sarah, cependant, restait invisible.

Considérant que c'était le moment de présenter ses hommages à la tante des jeunes filles, il se fraya un chemin à travers la foule des convives. Lady Catherine le reçut avec beaucoup de gentillesse. Après l'échange de quelques propos courtois, il se tourna vers Ailis.

Jouant des coudes et des épaules, il finit par franchir la haie de prétendants et observa la jeune fille à laquelle un jeune homme s'adressait avec volubilité. Elle se contentait de sourire, d'opiner légèrement de la tête, les yeux constamment baissés, et, de temps à autre, quelques mots tombaient de ses superbes lèvres.

Quentin s'avança vers elle pour lui offrir ses compliments et, à la façon dont elle releva les sourcils avec un soupçon d'étonnement mêlé de satisfaction, il comprit que pour l'heure, du moins, elle trouvait distrayant ce rôle de jeune fille sage et réservée. Plût au ciel, dans l'intérêt de Sarah, qu'il en fût ainsi jusqu'à ce qu'elle fût engagée avec l'un de ces hommes très bien nés qui se pâmaient d'admiration devant elle !

Rassuré de constater que l'imprévisible Ailis avait un comportement qu'il n'aurait osé espérer, Quentin céda sa place à un jeune homme qui s'impatientait près de lui, et s'extirpa de la foule.

Il balaya la salle du regard et une forme dorée attira son regard.

Le flux changeant des convives la faisait apparaître et disparaître tour à tour. Il s'agissait de la robe d'une jeune femme qui, chaque fois que la lumière tombant des lustres en touchait la soie, resplendissait. Quentin la regarda avec plus d'attention et s'émerveilla des formes élancées que révélait la fluide matière du vêtement. Elle laissait apprécier le galbe des hanches et la finesse du buste ; un décolleté assez large, mais sans excès, suggérait plus qu'il ne montrait.

Quentin laissa son regard glisser sur les épaules de la jeune personne, son cou fin, les boucles d'un blond vénitien de ses cheveux, et l'arrêta enfin sur de jolies lèvres, qui s'étiraient en une esquisse de sourire… Mais n'était-ce pas l'expression de Sarah ?

Il en demeura bouche bée. Sans nul doute, c'était là sa jeune voisine de Thornwhistle ! Pour se garantir qu'il n'était pas la proie d'une illusion, il ferma les yeux ; les rouvrant, il sut qu'il n'avait pas rêvé : cette jeune femme si séduisante était bien la petite Sarah Sudley.

Mais pourrait-il jamais l'appeler ainsi, désormais ?

Comme il se faisait cette réflexion, il vit entre ses cils un mouvement d'or, souple et gracieux. La jeune femme l'avait reconnu et venait à lui.

— Je désespérais de vous voir, lord Branson ! dit-elle en lui tendant les mains.

Il resta longuement à la fixer d'un air confondu, sans bouger. Il ne pouvait détacher son regard du rectangle de peau d'une blancheur de lys que laissait voir son décolleté. La beauté des épaules, la finesse de la clavicule, la naissance ô combien émouvante de la poitrine…

Il brûlait soudain de révéler à la lueur mordorée des bougies les charmants petits seins qu'il devinait dans le creux d'ombre où il osait à peine poser les yeux.

S'arrachant à son trouble, il articula d'une voix hésitante :

— Sarah… Comme vous êtes belle, ce soir !

« Envoûtante, tentatrice ! » ajouta-t-il en lui-même, serrant les dents pour résister à la tentation de prononcer ces mots devant la jeune femme, laquelle relevait les sourcils, surprise par la façon dont il avait tourné sa louange.

Quentin, qui sentait le sang lui monter aux joues, reprit :

— Votre robe est vraiment très belle. Si toutes celles que vous avez commandées sont aussi réussies, je suis fou d'impatience de vous voir dans chacune d'elles.

Sarah s'empourpra.

— Je crois qu'elles vous plairont aussi. Tante Catherine

sera très heureuse d'apprendre que vous avez approuvé notre choix... Mais rien ne vous contraint à me complimenter, à moins que vous n'ayez saisi l'occasion de vous exercer pour, ensuite, mieux courtiser l'élue de votre cœur ?

— Est-ce la bonne méthode ? fit-il en s'inclinant enfin pour effleurer sa main d'un baiser.

— C'était parfait. Bientôt, du reste, les mères des jeunes filles que vous daignerez courtiser vous accableront à leur tour de flatteries en tout genre !

Il gardait la main de Sarah dans la sienne comme s'il ne pouvait la lâcher et, une nouvelle fois, toucha ses doigts du bout des lèvres, s'enivrant du parfum de chèvrefeuille qui flottait autour d'elle.

Quand il se redressa, il la tenait encore.

« Remets-toi, se dit-il. Il s'agit de Sarah et non d'une demi-mondaine ! »

La jeune femme attendait, décontenancée. Quelque chose dans son regard le déroutait.

Se sentant rougir de plus en plus, Sarah retira doucement sa main et la posa sur le bras du jeune lord.

Il était troublé, songea Sarah, troublée elle-même plus qu'elle n'aurait su dire. Sans doute avait-il senti, comme elle, l'étrange sensation qui était passée entre eux quand il lui avait pris la main ? Cette vibration s'était prolongée quand elle avait mis la main sur son bras...

Elle ne pouvait pas être seule à ressentir cela... Mais peut-être Quentin n'avait-il été troublé que de la voir dans une tenue si différente de celles très frustes auxquelles elle l'avait habitué.

— Trouvez-vous que cette robe soit assez *chic* ? s'enquit-elle. La couturière le prétend, mais nous n'avons guère de références. Ce n'est pas votre cas, Quentin ; vous séjournez souvent ici, et depuis longtemps. Trouvez-vous que ce décolleté soit convenable ? Ni trop osé ni trop pudique ?

Quentin baissa les yeux sur la poitrine de la jeune fille et ne put les en détacher. La peau de Sarah s'échauffa sous l'intensité de son regard, qu'il releva soudain et arrêta sur son visage.

— Il est assez… troublant. Optez pour de plus sages modèles à l'avenir, si vous ne voulez pas que les hommes vous regardent ébahis…

— Vous pensez que je pourrais leur faire un tel effet ?

— Si vous leur en montrez davantage, je ne réponds de rien !

Il avait remarqué qu'elle était une femme ! Elle, qui avait été si consciente de sa virilité la première fois qu'elle l'avait vu, se réjouissait de constater que lui aussi, à présent, était sensible à ses charmes.

Son attitude pour autant s'en trouverait-elle changée ? Elle se promettait de le vérifier au plus vite.

— Avez-vous pu résoudre certains de vos problèmes aujourd'hui ?

Il la fixait comme s'il n'avait pas entendu sa question. Le bruit des conversations et la musique rendaient la chose très vraisemblable…

Elle se rapprocha de lui, si près qu'elle discernait toutes les nuances de ses pupilles, avec leur bleu turquoise étonnant, frangé de longs cils blonds. Une fraîche odeur de savon et de citronnelle émanait de lui, et aussi quelque chose de très masculin. Elle posa son regard sur ses lèvres sensuelles et décidées… et, soudain, elle ne se souvint plus de ce qu'elle avait eu l'intention de lui demander.

« C'est maintenant ou jamais », pensa-t-elle en reprenant son souffle, — dans l'espoir de ralentir les battements de son cœur.

— Ailis est en train de danser cette série de valses,

dit-elle. Il n'y a donc momentanément pas lieu de veiller sur elle. Allons sur le balcon. Nous y respirerons un air plus frais, et pourrons converser sans hausser le ton.

Elle tira sur sa manche et, à sa grande surprise, Quentin lui donna le bras et se dirigea avec elle vers la première porte-fenêtre. Une brise quelque peu humide les enveloppa dès qu'ils marchèrent sur le balcon et Quentin, se tournant vers Sarah, ouvrit les bras comme pour la protéger du froid.

— Vous avez laissé votre châle à l'intérieur. Voulez-vous que nous retournions le chercher ? Je crains que vous attrapiez mal.

Il était si près d'elle ! Elle n'avait nullement froid.

— Ne vous inquiétez pas pour moi, dit-elle en se blottissant contre lui. Au contraire, cette fraîcheur est agréable.

Elle levait les yeux sur lui. Ses lèvres étaient si proches…

— Comment avez-vous trouvé votre nouvelle propriété ? fit-elle enfin, ayant repris le fil de ses idées.

— En bien mauvais état, hélas. Ah ! Vous ai-je dit que je fais procéder à une enquête sur le continent au sujet de lord Freemont ? J'espère pouvoir, bientôt, vous faire sur lui un rapport complet.

— Je me félicite qu'il ne soit pas venu, ce soir. Peut-être trouve-t-il ces divertissements trop sages ?

Elle ne quittait pas des yeux les lèvres de Quentin, et Quentin fixait intensément les siennes. Avait-il, comme elle, le cœur qui battait ? Une voix intérieure l'exhortait-elle à franchir l'infime distance qui les séparait… et à l'embrasser ?

Malgré la boule qui s'était formée dans sa gorge, Sarah parvint à murmurer :

— Il est vrai que, parfois, la sagesse vous pèse…

Le temps s'était figé. Sarah retint sa respiration : les

lèvres de Quentin se rapprochaient des siennes. Quand elle sentit son souffle, elle ferma les yeux…

Le premier effleurement de sa bouche, léger, subtil, éveilla aussitôt chez la jeune fille le désir d'un contact plus intime et plus prolongé. Elle saisit les revers de son habit et, se serrant contre lui, répondit à son baiser.

Il l'enlaça et, donnant libre cours à son désir, l'embrassa avec passion. Sarah avait les tempes qui pulsaient. Un délicieux engourdissement la gagnait…

Mais alors qu'elle attendait plus, qu'elle imaginait les mains de Quentin écartant son décolleté, qu'elle voulait boire à la fontaine de ses lèvres jusqu'à l'ivresse, il interrompit brusquement leur étreinte. S'il n'avait pas continué à la maintenir par les épaules, elle serait tombée.

— Votre… Votre tante doit vous chercher, dit-il d'une voix entrecoupée.

Il s'assura qu'elle tenait bien sur ses jambes puis, une main dans le creux de ses reins, la poussa dans la salle de bal.

Dans sa hâte, il la lui fit traverser à demi et ne ralentit son pas qu'en apercevant lady Mansfield. Il retira incontinent sa main du dos de Sarah.

— J'ai très envie d'une coupe de l'excellent champagne de la duchesse, dit-il en évitant le regard de lady Mansfield. En voulez-vous aussi, madame ? Et vous, Sarah ?

Au bord des larmes tant elle était déçue, la jeune femme opina du chef comme sa tante remerciait le jeune lord de sa sollicitude et celui-ci s'éloigna, trop heureux de pouvoir s'éclipser.

Elle le suivit du regard ; la tête lui tournait autant que les danseurs. Si la voix aiguë de sa tante résonnait au-dessus de la musique et du grondement des conversations, Sarah ne percevait que quelques bribes inintelligibles de ce qu'elle lui disait.

Oui, pensait-elle, la robe de soirée avait fait son effet !

Quentin avait compris qu'elle était une femme, une femme non dénuée de désirs ; et cela l'avait tellement perturbé qu'il avait éprouvé le besoin pressant de lui fausser compagnie…

Quentin vida d'un trait une coupe de champagne puis, la main tremblante, en prit une autre sur le buffet.

Quel démon s'était-il emparé de lui ? Comment avait-il pu embrasser Sarah sur le balcon de la duchesse d'Avon comme s'il s'était agi d'une petite danseuse, dans les coulisses, entre deux passages sur scène ?

Heureusement qu'il avait recouvré un minimum de bon sens avant qu'elle ne perdît connaissance ou, se rebellant, ne le frappât au visage ! Elle était éblouissante, certes, dans sa robe dorée… Il avait été si surpris de la trouver dans cette tenue, alors qu'il s'attendait à la voir dans une robe verte très sobre, que sa folle réaction n'avait rien d'étonnant. Mais pourquoi l'avait-elle soumis à une telle tentation ?

Elle n'était résolument plus la petite jeune fille qu'il avait connue autrefois… Pourquoi lui avait-elle si brutalement révélé sa féminité ? Il lui en voulait un peu de l'avoir pris ainsi au dépourvu. Vraiment, il n'aurait pas dû se laisser aller de la sorte avec une *amie* !

Cependant, en la voyant dans cette robe seyante, tout homme n'éprouverait-il pas le même émoi ? Peut-être ferait-il bien de vider au plus vite sa coupe et d'aller la rejoindre avant qu'elle ne fût assaillie par quelque convive échauffé par la boisson !

Quel revirement inattendu ! Lui qui pensait que Sarah ne jouerait à ce bal qu'un rôle de chaperon auprès de sa jeune sœur !

Il but une autre longue gorgée de champagne et réfléchit aux recommandations qu'il conviendrait de faire à Sarah. Il faudrait lui expliquer très clairement qu'elle ne devait jamais suivre un cavalier sur un balcon désert ! Et encore moins l'y conduire ! Un homme dépourvu de scrupule et doué d'une grande force musculaire, comme c'était souvent le cas de gentilshommes passant l'essentiel de leur temps à chasser à courre, aurait pu profiter de l'innocence de Sarah et, la tenant prisonnière entre ses grands bras, goûter à bien plus qu'à sa jolie bouche…

Si un autre que lui avait eu cette audace, il ne serait pas allé beaucoup plus loin, néanmoins, car il s'y serait opposé en personne et lui aurait donné une sévère correction.

Il ferma les yeux pour chasser cette image de son esprit, mais elle s'imposait à lui malgré ses efforts. Sarah, belle, infiniment désirable, la robe à moitié dégrafée, la poitrine et les jambes nues…

Non ! Il préférait sa Sarah toute simple, dans ses robes de cavalière, crottées et boueuses après leurs galops éperdus dans les allées humides des grands bois.

Mais ses sens encore enflammés par le baiser qu'il avait échangé avec la jeune femme protestèrent. La passion ne pouvait-elle ajouter un zeste de piment délectable à une relation amicale déjà très appréciable ?

Pas avant qu'aient résonné les cloches de l'église de Sudley, répondit la conscience de Quentin. Cette idée, qui venait de le traverser comme un météore, aussi surprenante et inattendue fût-elle, ne manquait pas d'attrait. En épousant Sarah, il entretiendrait une complicité qui lui était chère et serait autorisé à goûter aux plaisirs interdits que laissait entrevoir sa robe dorée…

Cette pensée bouillonna dans sa tête comme les bulles de champagne dans la coupe qu'il avait de nouveau fait remplir et, à leur exemple, elle perdit de sa vigueur et s'éteignit. Du reste, il ignorait si Sarah aurait le même regard que lui sur leur relation et, d'autre part, s'il n'avait aucun doute sur sa capacité à glisser du statut d'ami à celui d'amant, il était sûr, une fois qu'ils se seraient engagés sur cette voie, qu'il n'y aurait plus de retour en arrière possible.

Or, n'ayant jamais eu d'autre amitié féminine que celle de Sarah, il lui accordait un prix inestimable. Il avait, certes, connu quelques jeunes personnes du sexe opposé, mais il n'avait jamais eu un engouement aussi fort pour aucune d'entre elles, à l'exception, peut-être, de cette jolie blonde qu'il avait rencontrée à la sortie d'Oxford et qu'il avait cru aimer à la folie jusqu'au jour où elle lui avait dit que, dans la mesure où il n'allait hériter que d'une baronnie criblée de dettes, elle ne pouvait pas le laisser espérer davantage.

Blessé cruellement par ce rejet, il avait laissé ses anciens compagnons d'études le présenter à des femmes d'un autre milieu, qui se satisfaisaient de cadeaux et n'attendaient rien de plus.

Mais même ces relations, prétendument sans lendemain, étaient assorties de tourments. Il se souvenait d'une certaine rupture avec une chanteuse d'opéra qui avait failli tourner au drame. Et, trois ans plus tôt, il y avait eu cet épisode humiliant, quand son ami Alden, la sœur de ce dernier s'étant entichée de lui, l'avait invité à ne plus se présenter à l'hôtel particulier de ses parents : sa situation financière, même partiellement redressée, était trop mauvaise pour que ceux-ci pussent envisager de lui donner leur fille.

Force lui était de reconnaître que toutes les relations qu'il avait eues avec des femmes avaient été compliquées — à l'exception de son amitié avec Sarah. A cette seule occasion, il avait retrouvé la simplicité et la sincérité des liens qui l'avaient uni à ses meilleurs camarades.

Cette amitié unique et incomparable, il ne voulait ni la perdre ni la compromettre en cédant à la tentation de la chair.

Il lui fallait impérativement réprimer son imagination et s'interdire toute privauté avec la jeune femme !

Convaincu d'avoir fait le bon choix, il termina sa coupe de champagne, en demanda deux autres au serveur puis, s'armant de courage, revint calmement auprès de Sarah et de sa tante.

# 5

Quelques jours plus tard, Quentin attendait Sarah dans le petit salon de lady Mansfield. Trop nerveux pour s'asseoir, il se tenait devant l'âtre et tâchait de recouvrer son calme en observant les flammes.

Il venait d'avoir confirmation des travers du vicomte Freemont par l'enquête menée sur le continent. Le rapport qui lui avait été remis était assez alarmant pour qu'il crût être de son devoir de le faire connaître à Sarah sans délai.

L'urgence de sa mission avait eu pour effet de reléguer au second plan la gêne qu'il continuait d'éprouver après ce qui s'était passé entre Sarah et lui chez la duchesse d'Avon. Malaise qui, ces derniers jours, l'avait conduit à l'éviter.

Se résoudre à n'avoir qu'une relation platonique avec Sarah était une chose, mais la vivre en sa présence en était une autre. Quentin en avait fait l'expérience lorsqu'il était revenu auprès d'elle, le soir du bal, pour lui offrir une coupe de champagne. Il avait eu un si grand désir de la prendre dans ses bras, d'effleurer des lèvres la peau lisse et moirée de sa gorge, qu'il s'était senti presque mal !

Il lui fallait revenir à une relation de pure amitié... Mais comment ? Petit à petit, peut-être ? De la même façon qu'il s'y était pris pour rétablir sa fortune...

Sarah vint l'arracher à ces réflexions. Dans une robe de mousseline verte qui s'accordait à merveille aux belles boucles cuivrées de sa chevelure et à ses yeux noisette, elle le regardait en souriant.

— Quelle bonne surprise de vous voir, Quentin !

— Bonjour, Sarah, répondit-il en prenant les mains qu'elle lui tendait.

Il se raidit à leur contact. Sarah, heureusement, ne les lui laissa pas longtemps — comme si, elle aussi, ressentait de la gêne à le toucher.

— Je vais prier Evans de nous préparer du thé, dit-elle, rompant le silence embarrassé qui s'était installé entre eux. Me rendez-vous une visite de courtoisie ou êtes-vous là pour quelque affaire pressante ? Quoi qu'il en soit, j'espère que nous ne devrons pas sortir car, avec le bal d'Ailis qui aura lieu dans une semaine, la maison est en effervescence et j'ai mille choses à faire. Tante Catherine s'agite en tous sens et je sais qu'elle a plus d'un service à me demander avant que nous ne nous rendions, ce soir, chez lady Cavendish.

Quentin baissa les yeux devant le regard interrogateur que la jeune fille posait sur lui.

— Je ne veux pas de thé, je vous remercie. Je suis venu vous voir pour vous transmettre certaines informations qui ne sauraient attendre.

— De quoi s'agit-il ?

— De lord Freemont. Il vaudrait mieux que vous vous asseyiez.

— Mon Dieu ! Dois-je faire apporter du cognac ? demanda-t-elle avec une ironie désabusée en faisant signe à Quentin de prendre place près d'elle sur le divan.

— Peut-être, répondit-il. Ainsi qu'un bâillon et des entraves pour Ailis !

Sarah soupira.

— Je me doutais que le rapport ne serait pas bon. Parlez ! Je vous écoute.

— Tout n'est pas négatif. Il faut reconnaître à lord Freemont une qualité : c'est un notoire protecteur des arts. Il soutient généreusement les jeunes talents. Las ! ce tempérament de mécène est grevé de graves défauts dont le principal est son penchant pour les femmes, quelles qu'elles soient. On lui attribue de nombreux enfants illégitimes, fruits de ses amours avec des demi-mondaines. Il aurait également engrossé une jeune fille de bonne famille. J'ignore s'il l'a séduite en lui faisant de fausses promesses de mariage ? En tout cas, il est, selon ses anciens camarades d'Oxford, très fier de ses conquêtes féminines ; il se vante souvent qu'aucune femme, fût-elle duchesse ou cendrillon, ne lui mettra la corde au cou.

Sarah ferma les yeux, laissant échapper un petit cri de détresse. Un instant, Quentin craignit qu'elle ne s'évanouît. Elle avait beau être vaillante, elle n'en était pas moins une jeune femme de haute naissance ; sa sensibilité risquait d'être blessée par ce genre de propos.

— Que le diable l'emporte ! s'exclama-t-elle, débarrassant d'un coup Quentin de ses remords. Pourquoi faut-il qu'entre tous les jeunes gens qui lui font la cour, Ailis soit séduite par Freemont ? Je n'ai pas d'autre choix maintenant que de lui interdire la maison.

Elle se tut un instant avant de reprendre :

— Comme sa mauvaise réputation ne fera qu'augmenter l'intérêt d'Ailis, il va être très difficile de les empêcher de se voir. D'autant plus qu'il a ses entrées chez Maximilian…

— Ne pouvez-vous défendre à Ailis de se rendre chez cet artiste ?

Sarah se leva et marcha jusqu'à la fenêtre.

— Je crains qu'elle se cabre si je la prive de ses cours de peinture. Elle ne comprendra pas, d'ailleurs, que je veuille l'empêcher de voir lord Freemont, puisqu'elle n'a aucune intention de se marier.

— Si c'est vraiment le cas, pourquoi la forcer à trouver un mari ?

— Comment vivra-t-elle si elle ne se marie pas ?

Croyez-vous qu'elle puisse tirer un revenu de son art ? Oh ! Pourriez-vous le comprendre ? Même lorsque votre situation était au plus mal, il vous restait la possibilité d'autres choix. Vous pouviez vendre vos quelques terres qui n'étaient pas hypothéquées, et vous engager dans l'armée, ou émigrer aux Etats-Unis. Mais Ailis et moi-même ne disposons d'aucune somme qui ne soit attachée à notre dot — sur laquelle seul un mari a des droits. C'est le destin d'Ailis qui est en jeu, et je ne peux la regarder anéantir toutes ses chances de bonheur sans intervenir.

Elle avait l'air si désespérée qu'il eut envie de la prendre dans ses bras pour la réconforter… Il résista à cet élan de compassion.

— Vous savez, Sarah, que je ne demande qu'à vous aider. Voulez-vous que je lui dise ce que j'ai appris au sujet de lord Freemont ? Elle serait peut-être plus attentive si c'était moi qui lui révélais la vérité sur le personnage ?

Elle hésita avant de répondre :

— Non, je vous remercie, je ne puis accepter votre offre. Ailis va tempêter, pleurer, se lamenter. Je ne veux pas vous exposer à ses furies.

Quentin, qui avait été témoin de certains accès de colère de la jeune fille, n'insista pas.

— Puis-je vous aider d'une autre manière ?

— En nous accompagnant, ce soir ? Vous pourriez occuper Ailis jusqu'à ce que quelque admirateur vienne prendre le relais. Ainsi lord Freemont, s'il se présente, ne pourra pas l'approcher. Mais, bien sûr…

Elle se mit à rougir et, détournant les yeux, poursuivit :

— Cela suppose que vous ne soyez pas dégoûté de moi après ce qui s'est passé l'autre soir…

— Non, bien sûr ! C'était bien plus ma faute que la vôtre… J'avoue que c'était un peu une surprise…

— Désagréable, apparemment, dit-elle sèchement

en lissant les plis pourtant parfaitement ordonnés des rideaux.

— Non ! s'écria Quentin. Enfin… j'ai voulu dire que je n'avais jamais envisagé notre relation sous cet angle. Nous avons été d'excellents amis pendant plusieurs années et, au fond, je préférerais que nous le restions. Si nous continuions sur… ce chemin, il se pourrait que ce fût au détriment de notre belle amitié.

Il se passa la main dans les cheveux d'un air contrit avant de reprendre d'un ton plus enjoué :

— Et je ne voudrais pas la compromettre ! Une amie si bonne que vous ne se trouve pas sous les sabots d'un cheval…

— Je comprends, repartit avec douceur Sarah en jouant avec les embrasses des rideaux. Mais en prenant ce chemin, comme vous dites, ne pourrions-nous pas connaître un mode de relation plus agréable encore ? Ne pensez-vous pas que ça en vaille le risque ?

Le jeune lord eut un geste d'impuissance.

— Honnêtement, je n'en sais rien. Je n'ai pas l'expérience de ce genre de situation. Je sais seulement que j'attache un grand prix à notre amitié. Un certain pas franchi, il n'est plus possible de revenir en arrière… et si nous devions nous en repentir…

Sarah garda longuement le silence ; Quentin, désolé à l'idée d'avoir peut-être trop parlé, attendait, immobile, prostré. Quand il crut le moment venu de se retirer puisqu'il ne trouvait pas un mot à dire pour atténuer le mal qu'il avait fait, Sarah sourit et répondit enfin :

— Rien de ce que vous pourriez faire ne réussirait à détruire notre amitié.

Après un temps, elle ajouta :

— Je serai votre amie jusqu'à mon dernier souffle.

Rasséréné, Quentin se leva d'un bond et marcha jusqu'à la fenêtre.

— Moi aussi, dit-il en prenant la main de la jeune femme pour la porter à ses lèvres.

Un trouble profond l'envahit, qui se prolongea alors même qu'il avait relâché la main de Sarah. Tout redeviendrait comme avant — à condition qu'il pût ignorer cette façon dont son corps réagissait au moindre contact avec elle…

Son rêve était en cendres… Sarah vit le visage de Quentin se détendre, son regard retrouver sa clarté naturelle. Il était soulagé, de toute évidence. Réprimant l'envie d'éclater en sanglots, elle s'obligea à lui parler avec détachement et décida avec lui de leur prochain rendez-vous. Elle le raccompagna ensuite à la porte et, quand l'huis se fut refermé derrière lui, il lui sembla que le bruit de son pas s'éloignant résonnait dans le vide de son cœur.

Le lendemain du bal de la duchesse d'Avon, lorsqu'un message de Quentin l'avait priée de l'excuser de ne pouvoir lui rendre visite, elle avait tenté de se rassurer. Elle avait cru qu'il viendrait le lendemain ; mais les jours s'étaient succédé sans qu'il se manifestât, et elle en avait conclu qu'elle lui avait profondément déplu dans sa nouvelle robe. N'avait-elle pas cherché à le choquer ? Eh bien, elle y était parvenue au-delà de toute prévision.

Il lui faudrait, selon toute vraisemblance, un certain temps pour s'adapter à sa nouvelle apparence et à l'attirance qui existait entre eux. Car il était indéniable que Quentin était troublé par ses nouvelles tenues. Elle s'en était bien rendu compte la nuit du bal et elle en avait encore eu confirmation à l'instant…

Mais toutes ces rêveries étaient vaines. Ne venait-il pas de lui faire clairement comprendre qu'il ne voulait voir en elle qu'une amie ?

Le problème était de savoir si elle serait capable de supporter sa vue sans être dans ses bras… A cette pensée, ses yeux s'emplirent de larmes. Comment souffrirait-elle de ne plus jamais sentir ses lèvres sur les siennes ?

Incapable d'y résister plus longtemps, elle s'abandonna à sa tristesse et, recroquevillée dans un fauteuil, pleura longuement. Puis, se dressant sur ses jambes, elle respira à fond et quitta le petit salon.

Elle avait une mission à accomplir dont elle aurait préféré se dispenser : prier Ailis de renoncer à lord Freemont !

Ce dernier ayant pris l'habitude de s'arrêter parfois chez lady Mansfield pour escorter les deux jeunes filles jusqu'à l'atelier de Maximilian Frank, Sarah informa Evans, le majordome de sa tante, que le vicomte, dorénavant, ne serait plus le bienvenu, avant de gagner la chambre de sa sœur.

Les tempes lui battaient, l'accablant d'une douleur presque aussi forte que la déception qui broyait son cœur. Son chagrin, cependant, ne devait pas l'empêcher de trouver les mots justes pour persuader sa sœur de mettre un terme à son commerce avec lord Freemont. Elle ne pouvait compter que sur son désespoir pour la rendre éloquente et sur sa prière pour qu'Ailis, une fois au moins dans sa vie, se montrât raisonnable.

Elle se tint un instant devant la porte de la chambre, s'armant de courage pour le combat qu'elle allait devoir livrer puis, oubliant son affliction, frappa le panneau de chêne et entra dans la pièce.

Ailis releva la tête d'un air surpris.

— Sarah ! J'allais justement t'appeler ! Je voudrais aller à l'atelier plus tôt, aujourd'hui. Maximilian m'a assurée que ça ne le dérangerait pas que je sois là pendant qu'il travaille. Cela me permettrait de faire le fond de ma toile avant le début de la leçon.

— Je n'y vois aucun inconvénient, mais j'ai besoin d'abord de ton accord au sujet d'une question beaucoup plus importante.

Occupée à préparer son matériel de peinture, Ailis ne releva pas même les yeux.

— Je ne peux rien imaginer de plus essentiel que la préparation du fond dans une peinture, mais si tu me permets de me rendre à l'atelier plus tôt chaque jour, j'accepterai d'assister à tout rituel social horriblement ennuyeux où il te plaira de me traîner. Mais promets-moi qu'il n'y aura plus de thé avec ces vieilles rombières auxquelles notre tante nous a présentées.

— Tu exagères, Ailis. Sache que parmi ces vieilles rombières, comme tu dis, lady Jersey — qui est, d'ailleurs, à peine plus âgée que moi — a la réputation d'avoir énormément de charme et d'esprit. Quant à la comtesse Lieven et la princesse Esterhazy, elles allient, l'une et l'autre, une intelligence remarquable à une vaste…

— Je t'en prie ! Lady Jersey a plus d'esprit que de charme et les deux autres, sorties de leur petit monde aristocratique, n'ont rien à dire. Mais qu'importe. Nous n'allons pas nous disputer pour si peu de chose. Que veux-tu de moi ?

— Ce que j'ai à te dire n'est pas facile à entendre…, commença Sarah d'une voix hésitante, et tu risques de ne pas comprendre la raison de ma requête, mais… il importe que tu m'obéisses. Ailis… Il faut que tu cesses de voir lord Freemont.

Un tube de couleur à la main, Ailis releva les yeux.

— Holden ? Pourquoi ? C'est le seul homme de notre milieu, à Londres, qui comprenne l'art et ne soit pas horriblement conventionnel. Je ne m'ennuie pas avec lui ! Pourquoi voudrais-tu que je me prive de sa compagnie ?

Sarah rapporta à sa sœur, sans lui indiquer sa source, tout ce qu'elle avait appris de la bouche de Quentin. Peine perdue ! Le récit des méfaits commis par lord Freemont n'eut aucun effet sur l'opinion qu'Ailis avait de lui.

— Ce ne sont que des rumeurs colportées par des gens mal intentionnés, répondit-elle en écartant le sujet d'un geste de la main avant de s'occuper de nouveau de ses ustensiles de peinture.

— Je l'ai pensé aussi au début, reconnut Sarah, mais par prudence, et pour te protéger surtout, j'ai demandé à Quentin de prendre des renseignements sur lord Freemont, lesquels sont venus conforter la rumeur. Je suis désolée, Ailis, mais tu ne peux pas fréquenter un homme qui se comporte aussi mal.

Ailis haussa les épaules.

— Il entretient des danseuses et des comédiennes ? Est-ce si grave ? Si c'est un crime, nous pouvons éliminer d'emblée de nos perspectives conjugales la moitié des hommes de la bonne société londonienne.

— Il a fait pire que cela, Ailis ! Il est certes trop fréquent, en effet, dans un certain milieu, que de prétendus gentlemen aient des maîtresses, mais ils se limitent à ces fréquentations et ne se permettraient jamais, comme lord Freemont, de séduire une jeune fille bien née, de la mettre enceinte et de ne pas l'épouser !

— Qui te dit que cette fille ne l'a pas poursuivi ? Pour ma part, j'imagine aisément une jeune fille assez fascinée par sa personne pour renoncer volontairement à l'estime de sa famille et de ses pairs. Combien de jeunes lords repousseraient une jolie femme qui se jetterait à leur cou ?

— Permets-moi de douter qu'une jeune fille comme il faut, même très amoureuse, soit assez folle pour rechercher sa propre ruine. En tout cas, un vrai gentleman se refuserait à elle et la reconduirait discrètement dans sa famille. Pour en revenir à Freemont, il a eu plusieurs enfants illégitimes…

— C'est encore une fois une situation très commune chez les honorables pères de famille qui entretiennent une maîtresse. Dès lors qu'il assure l'éducation des enfants, je ne vois pas ce qu'on lui reproche !

Sarah fixait sa sœur avec exaspération. Comment

pouvait-elle tolérer une conduite qu'elle-même jugeait injustifiable ? Ailis rejetait-elle ses arguments simplement parce qu'elle ne supportait pas qu'on lui dictât sa conduite, ou trouvait-elle sincèrement des excuses à l'intempérance du vicomte ?

Se refusant à le croire, Sarah reprit :

— Le sort de cette jeune fille et de son enfant n'est-il pas désolant ? Ce pauvre petit être, condamné à vie à l'opprobre d'être un bâtard…

— Cette demoiselle a sans l'ombre d'un doute agi en toute liberté, répliqua Ailis. Si elle a regretté son geste par la suite, elle n'a qu'à s'en prendre à elle-même.

— Si tu ne mesures pas la culpabilité de Freemont, c'est très regrettable, mais la société la dénonce et moi aussi. C'est pourquoi je te prie de ne plus le voir !

Sarah s'arc-bouta pour faire front à sa sœur mais, concentrée dans ses préparations, Ailis ne daigna pas même relever la tête.

— J'ai donné des instructions à Evans pour qu'il refuse l'accès de la maison à lord Freemont, continua Sarah. Je compte sur toi pour respecter cette décision et pour éviter de lui parler si nous le rencontrons à l'atelier ou n'importe où ailleurs.

Ailis se retourna enfin vers sa sœur et, plissant les yeux, déclara :

— Tu peux penser ce que tu veux, Sarah, Holden n'en reste pas moins mon ami. Un ami qui me comprend et qui aime les mêmes choses que moi ! Au nom de quoi te permets-tu de m'interdire de le voir ? N'est-ce pas une punition déjà assez dure en soi d'assister à cette saison de malheur ? Cherches-tu à me gâcher la vie ?

— Bien au contraire, repartit Sarah le plus calmement qu'elle put. Je ne souhaite qu'une chose : que tu vives comme tu l'entends ! Or, tu sais parfaitement que le seul moyen de te vouer à l'art, c'est d'épouser un homme gentil qui n'aura d'autre désir que de te rendre heureuse. Détruis ta réputation en te commettant avec Holden Freemont et tu perdras toute chance de connaître le bonheur.

— Souris et tais-toi ! fit Ailis en jetant un dernier pinceau dans sa boîte. Voilà tout le programme que tu me proposes : marie-toi, marie-toi ! Ce refrain m'écœure !

La jeune fille se dirigea vers la fenêtre et Sarah, à bout de patience, marcha sur ses talons en lui martelant aux oreilles :

— Tu ferais bien de ne pas oublier que, si tu ne te maries pas, tu ne pourras plus compter, après la mort de papa, que sur la générosité d'Archibald. Papa t'a toujours permis de vivre ta passion pour la peinture, mais crois-tu que ton cher cousin sera mêmement disposé à la financer ? Pour ma part, j'en doute. Je t'en prie, sois raisonnable, Ailis !

Les éclairs que lançait le regard de cette dernière avant qu'elle ne fît volte-face, et l'accélération de son souffle, visible aux mouvements de ses épaules, disaient assez qu'elle était la proie d'une fureur qu'elle contrôlait de moins en moins.

Sarah, néanmoins, la saisit par le bras et la força à se retourner.

— Tu vas m'écouter ! L'homme d'affaires de papa a déjà accepté d'inclure dans ta dot une disposition selon laquelle il te sera possible, après ton mariage, de disposer de fonds suffisants pour te consacrer à ton art. Sois bien certaine que jamais Archibald ne te fera ce cadeau ! Il ne te reste qu'à trouver un gentilhomme avec lequel tu aies envie de passer le reste de ta vie. Est-ce si difficile de renoncer à lord Freemont contre la garantie de pouvoir peindre aussi longtemps qu'il te plaira ?

— Archibald peut aller au diable ! dit Ailis entre ses dents en se dégageant de l'étreinte de sa sœur, à laquelle elle tourna de nouveau le dos.

— Très bien, fit Sarah. Tu romps notre marché, tu n'en fais qu'à ta tête ? Nous rentrons sur-le-champ à Sudley.

Ailis se retourna lentement vers sa sœur :

— Tu me ferais arrêter mes leçons, tu me forcerais à retourner à la maison ?

— Je ne le souhaite pas, mais s'il le faut, je le ferai.

Le visage contorsionné par la rage, Ailis s'empara du premier objet qui lui tomba sous la main et le lança vers Sarah en s'écriant :

— Je te hais ! Jamais je ne renoncerai à Holden ni à mes leçons avec Maximilian !

Habituée aux réactions violentes de sa sœur, Sarah évita sans peine le petit vase de porcelaine qui éclata contre le mur de la chambre.

Ses grands yeux bleus mouillés de larmes, Ailis croisa les bras sur sa poitrine et dévisagea Sarah.

Bouleversée, également au bord des larmes, cette dernière soutint son regard.

— Je sais que je ne te ferai jamais changer d'idée, mais je peux te contraindre à ne pas commettre davantage d'erreurs jusqu'à ce que tu aies recouvré assez de calme pour réfléchir sereinement à la situation. Je vais envoyer quelqu'un prévenir M. Frank que tu es souffrante et ne peux te rendre à ton cours aujourd'hui. Tu pourras profiter de ton temps libre pour penser à quoi ressemblera ta vie si tu persistes dans ton refus.

— Tu n'oseras pas ! fit Ailis, le souffle coupé.

Sarah tira sur la sonnette.

— Je vais demander à Mary de se rendre de ce pas chez ton professeur.

— Sors d'ici ! éructa Ailis. Et ne reviens pas ! Oh ! Comme je te déteste…

Sa voix s'étrangla et elle éclata en sanglots.

— Je sais combien tu me hais, dit doucement Sarah alors que sa jeune sœur se jetait sur son lit.

Le cœur brisé et à bout de forces, Sarah sortit de la chambre. Il ne servait à rien de rester plus longtemps auprès d'Ailis. Tant qu'elle ne serait pas calmée, elle ne pourrait rien pour elle. Elle avait si mal à la tête qu'elle se rendit directement à sa chambre où elle se laissa tomber sur le lit après avoir tiré la sonnette.

L'esprit tout engourdi, elle attendit que la femme de chambre lui apportât des compresses froides et les lui appliquât sur le front. Elle ne pouvait qu'espérer, une fois la tempête passée, qu'Ailis reconnaîtrait le bien-fondé de son argumentation et respecterait les termes de leur accord.

# 6

L'hôtel de lady Mansfield sembla singulièrement calme à Quentin lorsqu'il s'y présenta pour escorter la tante et ses nièces à la soirée de lady Cavendish. La raison de ce silence lui apparut lorsque le majordome l'informa que lady Catherine et Mlle Ailis gardaient le lit depuis la fin de la matinée et que seule Mlle Sarah l'attendait dans le salon.

Etonné et quelque peu préoccupé, il suivit Evans à travers le hall. Qu'avait-il pu se passer ?

Son inquiétude grandit encore quand, entrant dans le salon, il vit la pâleur et l'attitude de repli sur soi de Sarah.

— Qu'y a-t-il, Sarah ? demanda-t-il dès qu'Evans se fut retiré. Etes-vous malade ?

— J'imagine que j'ai un air pitoyable pour que vous vous alarmiez ainsi, répondit-elle avec une ironie désabusée en lui désignant un fauteuil. J'ai un peu de migraine mais, sinon, je vais bien. Je vous remercie de vous soucier de ma santé.

— Evans m'a dit que votre tante et Ailis avaient pris le lit. Sont-elles malades toutes les deux, à moins que…

La tension, encore bien visible dans les beaux yeux noisette de Sarah, répondit à sa question.

— … à moins qu'Ailis vous ait fait une scène et vous ait laissées, votre tante et vous, complètement abattues ?

La jeune femme laissa échapper un soupir.

— Il n'y a aucune raison de déguiser la vérité, surtout

à vous. Cela s'est très mal passé, en effet. Le récit que j'ai fait de ma confrontation avec Ailis a suffi pour envoyer tante Catherine au lit.

Quentin se sentit de nouveau envahi par un profond ressentiment à l'égard de la sœur de Sarah. Son égoïsme l'exaspérait.

— Vous lui avez dit de ne plus voir Freemont et elle l'a mal pris ?

— Aussi mal que vous pouvez le supposer. Elle m'a dit qu'elle ne renoncerait jamais à son amitié. Je l'ai alors menacée de la priver de ses leçons de peinture et de retourner avec elle à Sudley. Et pour lui prouver que ce n'était pas des paroles en l'air, j'ai annulé le cours d'aujourd'hui et l'ai priée de rester à la maison. Là-dessus elle s'est enfermée à clé dans sa chambre et défend à quiconque d'y entrer.

Encore une fois, Quentin éprouva un besoin pressant de prendre Sarah dans ses bras et de la consoler, mais il se contenta de lui saisir la main et de la serrer dans la sienne.

— Je suis désolé, Sarah. Cela a dû être un moment terrible pour vous.

Le menton de la jeune femme se mit à trembler et ses yeux se remplirent de larmes, plongeant Quentin dans un grand désarroi. Sans lui laisser le temps de trouver quelques mots de réconfort, cependant, elle retira sa main et s'essuya le coin des yeux.

— En effet, reconnut-elle, mais ne craignez pas que je fonde en larmes. Entre les cris d'Ailis et les sanglots de ma tante, j'ai eu assez de démonstrations de souffrance ! Il n'empêche que c'est dur. J'aimerais tant qu'Ailis, un jour, comprenne que je fais cela pour son bien !

— Elle vous reproche tout le bien que vous faites pour elle, et ce n'est pas d'hier.

— Oui, fit la jeune fille, la voix tremblante. Vous avez raison. J'ai tort, peut-être, de vouloir la marier de force, si elle n'en a aucune envie… Mais je ne puis me résoudre à la laisser détruire sa vie, ni permettre que le scandale retombe sur les épaules de notre pauvre tante ! Peut-être devrais-je faire mes bagages et ceux d'Ailis et rentrer à Sudley avec elle, dussé-je la traîner jusqu'à la malle-poste et l'y attacher à un siège.

— Je vous apporterai du laudanum et une corde.

L'éclat de rire, inattendu, de Sarah le surprit autant qu'il le charma.

— Oh ! Quentin… Je suis si heureuse que vous nous ayez fait cette petite visite ! Mais je ne veux pas vous obliger à m'accompagner, ce soir. Ailis ne venant pas avec moi, je n'aurai pas besoin d'aide pour m'assurer qu'elle ne fasse pas de bêtises. Quant à moi, comme je passerai le plus clair de mon temps à expliquer son absence à ses admirateurs, je peux fort bien être seule.

— Ne feriez-vous pas mieux de rester ici et de vous reposer ? suggéra Quentin en considérant avec compassion les traits tirés de Sarah.

— Rester à la maison ? fit-elle avec un haussement d'épaules éloquent. Après la scène d'Ailis et la syncope de ma tante, même une forte migraine ne me retiendrait pas plus longtemps dans cette vallée de larmes ! Quelques heures de conversation avec des gens qui ne s'évanouissent pas toutes les cinq minutes et ne pleurent pas comme des fontaines me feront le plus grand bien. Comme je sais, cependant, que vous trouvez ce genre de distraction un peu ennuyeux, je vous dispense, pour ce soir, de votre rôle de cavalier.

Bien que tenté, sur le moment, d'accepter l'offre de Sarah et de se rendre au White's Club, dont il préférait l'ambiance à celle de ces bals très formels, il changea brusquement d'avis, préférant se garantir que la jeune fille passerait une bonne soirée.

Pour une fois, se dit-il, et alors qu'il était toujours

furieux contre Ailis, quelqu'un se consacrerait à Sarah et rechercherait avant tout son bonheur. En formulant ce vœu, il fut assailli par des images troublantes où il s'employait d'une autre manière, bien plus agréable encore, à rendre la jeune fille heureuse…

Chassant avec vigueur ces pensées de son esprit, il répondit :

— Ça ne m'ennuie pas du tout de vous accompagner, bien au contraire ! J'attendais ce bal avec impatience.

Comme elle relevait les sourcils d'un air interrogateur, il sourit et précisa :

— Je me réjouissais à l'avance d'avoir cette occasion de passer du temps avec vous. Et je suis particulièrement heureux de pouvoir vous apporter mon réconfort dans de telles circonstances. C'est à cela que servent les amis, n'est-ce pas ?

Elle leva les yeux sur lui et les laissa errer sur son visage avant de les arrêter sur ses lèvres.

— Oui, murmura-t-elle. C'est à cela que servent les amis…

L'intensité de son regard brûlait les lèvres de Quentin et, soudain, du plus profond de lui-même, surgit l'irrésistible désir de la prendre dans ses bras et de l'embrasser…

Sans lui laisser le temps de commettre une telle folie, Sarah se retourna et sonna pour se faire apporter sa pèlerine. Quentin ne sut s'il en était soulagé ou déçu…

Dès qu'ils furent dans la calèche de Sarah, la jeune fille ne laissa plus rien paraître de son trouble. Retranchée derrière son calme habituel, elle interrogea Quentin sur sa nouvelle propriété puis s'entretint avec lui au sujet de leurs domaines de Sudley et Thornwhistle.

Après avoir salué lady Cavendish qui avait devant elle une longue file d'invités, Quentin resta légèrement à l'écart de Sarah. Celle-ci ne cessait d'être abordée par des jeunes gens manifestement désolés de ne pas la voir en compagnie de sa sœur.

Dans une robe d'un vert tendre qui laissait deviner les formes harmonieuses de son corps, elle n'était pas sans retenir l'attention de certains invités qui, après s'être enquis d'Ailis, s'attardaient auprès d'elle.

Alors que l'orchestre entamait une valse, l'un d'eux la prit par le bras et l'entraîna vers la salle de bal. D'autres couples les imitèrent et, bientôt, se retrouvant quelque peu isolé, Quentin sentit converger vers lui l'attention des mères de famille cherchant à caser leurs filles. Comme il ne voulait en vexer aucune, il suivit à distance Sarah et son cavalier.

Lequel était lord Sefton, baron affable, de quelques années plus âgé que Quentin. Bien qu'il parût converser d'une façon respectueuse avec la jeune fille, Quentin remarqua qu'il baissait fréquemment les yeux sur son généreux décolleté.

Il eût aimé rejoindre le couple, prendre Sefton à part et le prier d'arrêter de dévorer des yeux Sarah comme s'il se fût agi de quelque petite ballerine de Covent Garden. Seulement, lui-même n'aurait pas agi autrement…

Il ne tarda pas à constater qu'il n'était pas seul à observer le couple. Desmond Waters, qui faisait partie du groupe qui entourait Sarah à son arrivée chez lady Cavendish, l'avait suivie, lui aussi, dans la salle de bal, et la regardait danser.

Quentin était certes troublé de voir Sarah dans les bras d'un autre homme, et être l'objet de la convoitise de plusieurs convives ; mais il se refusait d'en éprouver de la jalousie. Il était tout aussi urgent, en effet, pour Sarah que pour sa sœur de trouver un mari, et c'était maintenant ou jamais, dans ce genre de soirée où étaient réunis un grand nombre de partis potentiels, qu'elle devait se montrer agréable et nouer des liens d'amitié.

S'il aurait préféré, évidemment, que rien ne changeât dans leur façon de vivre, il avait bien conscience que la jeune fille devait profiter de son séjour à Londres pour s'attacher quelque gentilhomme de mérite. Le risque était grand, évidemment, d'assister alors à un changement radical dans leur relation…

A moins qu'il ne réussît à favoriser l'éclosion d'un lien affectif entre l'un de ses amis et Sarah ?

Sa bonne humeur se rétablit spontanément comme il songeait aux avantages d'un tel plan. Si Sarah choisissait l'un de ses amis pour mari, l'heureux élu, connaissant l'état d'esprit de Quentin et son sens moral, ne nourrirait aucune jalousie à son égard et ne s'opposerait pas à ce qu'il continuât d'entretenir — en tout bien, tout honneur ! — une relation d'amitié avec sa femme…

Et de son côté, Quentin aurait l'assurance que Sarah fût l'épouse d'un homme de valeur, digne d'elle. Il aurait, en outre, moins de difficulté à résister à l'attrait qu'elle exerçait sur lui. On ne compte pas fleurette à la femme d'un ami !

Il n'avait, décidément, que de bonnes raisons de favoriser un tel mariage !

Pour mieux se consacrer à la recherche d'un bon mari pour Sarah, il convenait d'interrompre sa propre quête. Il voulait d'ailleurs toujours requérir l'assistance de la jeune femme dans cette recherche. Or, tant que le destin d'Ailis ne serait pas scellé, Sarah n'aurait pas la liberté d'esprit suffisante pour l'aider. Il fallait attendre au moins que cette question fût réglée pour se préoccuper de la recherche d'une épouse.

Il n'était pas pressé, d'ailleurs, de se laisser mettre les fers aux pieds, à la différence des femmes, auxquelles il était conseillé de se marier avant vingt ans.

Il était tout juste dans la fleur de l'âge ; il avait tout son temps pour faire son choix. Dès lors qu'il maintenait sa fortune en son état actuel, il n'aurait aucune peine à trouver une jeune épouse, même dans plusieurs années.

Après avoir passé mentalement en revue la liste de ceux de ses amis susceptibles d'être présentés à Sarah, il se mit à les chercher des yeux, scrutant la foule des convives. Pour sa plus grande satisfaction, il aperçut, en conversation avec leur hôtesse, celui qu'il avait placé en tête de liste, lord Alden Russell.

Quentin attendit que son ami se fût arraché aux griffes de lady Cavendish, grande bavarde devant l'Eternel, et attira son attention d'un signe de la main.

— Quentin ! fit Alden en s'avançant vers lui. Quel plaisir de te voir ! Veux-tu boire avec moi une coupe de champagne à la santé de lady Cavendish, à laquelle j'ai réussi à échapper sans lui promettre de danse ?

— Puisqu'il s'agit du champagne de notre noble hôtesse, il ne me semble pas convenable de lever un toast en son honneur après une telle muflerie, ironisa Quentin. Du reste, je voulais m'entretenir avec toi d'une certaine question…

— Tant que tu ne me demandes pas de t'accompagner pour inspecter des terres envahies de mauvaises herbes, au milieu d'une campagne perdue !

— Tu exagères. Le domaine se trouvait tout à côté d'York et l'auberge où nous sommes descendus avait un excellent bordeaux. Mais ne t'inquiète pas. Cette fois, ma requête devrait te plaire. Connais-tu Mlle Sudley ?

Alden soupira.

— S'il s'agit de danser avec une pauvre fille qui louche et qui a toutes les faveurs de ta sainte mère… ! J'aurais peut-être dû rester auprès de lady Cavendish, après tout ?

— Mlle Sudley ne louche pas, repartit Quentin en acceptant la coupe de champagne que son ami venait de prendre sur le plateau d'un serviteur. Vois-tu la grande jeune fille en vert pâle qui danse là-bas ?

Alden plissa les yeux pour mieux observer Sarah, qui valsait avec grâce. Après l'avoir longuement soupesée de la tête aux pieds, il hocha lentement la tête d'un air appréciateur.

— Pardonne-moi de ne pas t'avoir pris au sérieux, dit-il à Quentin en se tournant vers lui, le regard brillant. Il ne me déplairait pas du tout de faire danser cette petite dame dans un coin sombre de la salle.

Bien que Quentin eût souvent plaisanté avec son ami sur les jeunes femmes qu'ils rencontraient au cours de leurs soirées, cette fois, il trouva la remarque moins drôle.

— Cette petite dame, comme tu l'appelles, rétorqua sèchement Quentin, est pour moi une grande amie.

Le sourire d'Alden s'élargit.

— Je ne serais pas fâché d'en faire aussi une grande amie à condition, bien sûr, que tu n'aies pas de vues sur elle ?

— Nous ne sommes pas à un bal de la Saint-Valentin, dit Quentin, de plus en plus irrité. Mlle Sudley est de haute naissance, ne l'oublie pas !

— Et c'est une amie intime, m'as-tu dit ? Je n'ai pas voulu lui manquer de respect.

Alden releva un sourcil en examinant Quentin.

— Es-tu bien certain de ne pas t'intéresser à cette jeune femme ?

— Oui ; mon seul souci, dans la mesure où elle est arrivée à Londres depuis peu, est de l'aider à rencontrer des jeunes gens de la meilleure éducation. Mais je commence à me demander s'il est bien avisé de te ranger dans cette catégorie…

— Quentin ! protesta Alden. Tes propos sont blessants ! Tu connais la noblesse de mes sentiments.

Il prononça ces derniers mots la main sur le cœur.

— Veille à ce que ta conduite ne démente pas tes

paroles. Mlle Sudley, ne l'oublie pas, est ma voisine à Thornwhistle. Tu as dû m'entendre parler d'elle, plus d'une fois, en termes élogieux. C'est une jeune femme charmante et fort intelligente.

— Alors je serai enchanté de converser avec elle. Tu me la présentes ?

Il mit la main sur le coude de Quentin et le poussa vers les couples qui dansaient.

Quentin commençait à regretter d'avoir parlé de la jeune fille à Russell. Las, il était trop tard pour faire marche arrière. S'il refusait, maintenant, de lui présenter Sarah, il risquait de l'offenser gravement.

— Je compte sur toi pour te comporter en gentleman avec elle, dit Quentin tout en se laissant conduire à contre cœur vers la jeune femme. Je tiens à ce qu'elle passe une bonne soirée. Elle a eu une journée éprouvante et, pour une fois qu'elle n'est pas obligée de chaperonner sa jeune sœur…

— Ah ! fit Alden. Je comprends pourquoi son nom ne m'était pas étranger. C'est la sœur de la superbe blonde ?

Il s'arrêta et considéra attentivement Sarah.

— Elle est belle aussi, quoiqu'elle ne puisse rivaliser avec sa cadette. C'est sans doute la raison pour laquelle je ne la reconnaissais pas. Ainsi c'est l'unique soirée où il est loisible à la duègne de jouer à la séductrice…

La valse s'interrompit et, voyant Sarah faire la révérence pour remercier son cavalier, Russell se dirigea rapidement vers elle. Quentin, qui regrettait de plus en plus son initiative, n'eut plus qu'à le suivre.

En approchant du couple, ils perçurent la voix de la jeune femme :

— Merci, milord.

Lord Sefton retenait sa main dans la sienne.

— C'est à moi de vous remercier, ma chère, d'avoir eu

le courage de vous laisser guider par un pachyderme de mon acabit.

Sarah eut un petit rire.

— Vous plaisantez, milord ! Nous nous sommes retrouvés plusieurs fois aux mêmes chasses et je n'ai jamais vu plus habile homme que vous. Le poids importe peu. Du reste, si vous ne m'aviez pas donné, en maintes occasions, la démonstration de vos talents de cavalier, je ne vous aurais pas vendu l'un de mes meilleurs poulains au printemps dernier.

En levant les yeux sur son interlocuteur, Sarah aperçut Quentin derrière lui et un sourire éclaira aussitôt son visage.

— Vous venez m'inviter à danser, j'espère, lord Branson ?

Une lueur chaleureuse brilla dans le regard de ce dernier comme il s'inclinait devant la jeune femme.

— Bonsoir, lord Sefton, dit-il en se redressant. Permettez-moi, mademoiselle Sudley, de vous présenter mon ami, lord Alden Russell.

Il se tourna vers ledit lord qui s'inclina et prit la main que Sarah lui tendait.

— J'étais impatient de faire votre connaissance, mademoiselle, fit-il après avoir effleuré des lèvres sa main. Quentin m'a beaucoup parlé de vous. Il m'a dit qu'entre mille autres qualités, vous étiez une cavalière accomplie et que vous n'aviez pas votre pareille pour entraîner les chevaux.

— C'est vrai, confirma lord Sefton. Ce sont des écuries de Sudley que sortent les meilleurs chevaux de selle du pays.

— Mlle Sudley a hérité en cela des dons de son grand-père, intervint Quentin. Lorsque j'ai repeuplé mes écuries, j'ai sillonné l'Angleterre du Devon au Yorkshire et du

Sussex au Norfolk ; et je n'ai jamais vu nulle part d'aussi beaux spécimens qu'à Sudley.

— Le poulain que je vous ai acheté s'est révélé absolument exceptionnel, ma chère, reprit lord Sefton. Je chasse avec trois chevaux, à présent. Je passe de l'un à l'autre, évitant ainsi de trop les fatiguer, et j'arrive ainsi à suivre toute une chasse malgré mes cent-vingt kilos. Cela dit, votre cheval est si rapide et si puissant ! Je parierais qu'il me porterait toute la journée si je n'en changeais pas. Rassurez-vous, cependant, je n'entends nullement le soumettre à une telle épreuve. Au printemps prochain, je vous offrirais bien mille livres pour l'un de ses frères…

— Votre offre est très généreuse, milord. Hélas, tous mes poulains sont déjà réservés.

— Il faut donc que vous m'en gardiez un l'année suivante ! Votre élevage n'est pas assez important. Vous devriez demander à votre père de le développer. Vous êtes assurée de ma clientèle et je connais bien une douzaine de personnes qui vous achèteraient régulièrement des chevaux si vous en aviez davantage à vendre.

— J'aimerais bien augmenter le nombre de mes poulinières, mais je manque d'espace.

— Achetez-en, mademoiselle, suggéra Russell. Il se trouve que j'ai une ferme qui pourrait vous convenir. Ce sont d'excellents prés ; si je veux m'en séparer, ce n'est que parce qu'ils sont un peu éloignés de mes autres terres. Et comme leur fermier a choisi d'émigrer aux Amériques à la fin de son bail… j'ai décidé de ne pas en renouveler la location et de les vendre. Je serais très heureux de les proposer à votre père. Je pourrais ainsi m'honorer d'avoir une très jolie voisine…

Russell accompagna sa remarque d'un sourire charmeur qui irrita Quentin au plus haut point.

— Je vous remercie, milord, répondit Sarah en rougissant. Je ne manquerai pas d'étudier votre proposition.

Alors que les musiciens accordaient leurs violons pour la prochaine valse, des couples passèrent près d'eux pour aller occuper le centre de la salle.

— M'accorderez-vous la prochaine danse, mademoiselle Sudley ? s'enquit Alden en offrant le bras à la jeune femme.

Quentin prêta-t-il un sens qu'il n'avait pas au bref regard qu'elle lui lança ? Il lui parut, en tout cas, empreint de regret et de nostalgie.

— Avec plaisir, milord, repartit-elle après un instant.

Comme Russell allait s'éloigner avec Sarah, Quentin le retint d'une main sur l'épaule et lui souffla à l'oreille :

— N'oublie pas qu'elle est complètement innocente. Refrène ton désir.

— Je serai aussi ingénu qu'un enfant de chœur, fit malicieusement Russell.

Quentin, furieux au fond de lui-même, dut se résigner à voir Sarah s'éloigner au bras de son ami tandis qu'il restait en compagnie de lord Sefton. Ce dernier, s'avisant bientôt que lord Branson ne l'écoutait pas, se mit en quête d'un auditeur plus attentif.

En observant Sarah danser avec Russell, Quentin comprit comme jamais pourquoi la valse entre toutes les danses avait les faveurs des jeunes gens. A quel point le cavalier serrait contre lui sa cavalière — et comme, à force de la faire tourner aussi vite, elle devait perdre la tête !

Sarah ne riait-elle pas, en ce moment, en renversant la tête en arrière, cependant qu'Alden baissait les yeux sur sa gorge palpitante ?

Serrant les poings, Quentin porta son regard ailleurs. Russell ne la séduirait pas en une seule danse. Au lieu de les suivre du regard ainsi comme un mari jaloux, il ferait mieux de chercher d'autres amis parfaitement honorables pour les présenter à Sarah ; ce serait le meilleur moyen de la soustraire aux griffes de Russell…

Mais il avait beau se concentrer sur sa mission, son regard revenait toujours au couple. Alden, même s'il ne baissait plus les yeux sur la poitrine de la jeune femme, la tenait encore trop étroitement… Et ne lui chuchotait-il pas quelques paroles tendres à l'oreille ? La façon dont il inclinait la tête vers elle le laissait entendre…

Eh, quoi ! Il n'était pas interdit à Alden de se montrer galant, puisque lui-même avait perdu ce droit !

Il se redressa et, respirant à fond, la nuque droite, arbora une attitude digne et altière. Il était temps de se reprendre en main, de cesser de se tourmenter ainsi. Etait-il jaloux de son ami ? Si c'était le cas, c'était absurde !

Il avait, à peu près, recouvré son calme lorsque la valse toucha à sa fin. Le regard dirigé sur le couple, il attendit qu'il vînt le rejoindre ; las, à son grand désarroi, Alden prit la jeune femme par le bras et l'entraîna dans la direction opposée.

Déconcerté, Quentin les regardait s'éloigner quand il lui vint à l'esprit que cette canaille de Russell avait peut-être l'intention d'entraîner Sarah dans le jardin.

Il s'élança aussitôt derrière eux.

Alden, toutefois, au lieu de se tourner vers les portes-fenêtres ouvrant sur le jardin, s'engageait dans le hall. Une petite antichambre ferait aussi bien l'affaire ! pensa Quentin en se frayant un passage entre les convives. Mais quand il réussit à se rapprocher du couple, il constata qu'il se promenait nonchalamment le long de la galerie et qu'Alden n'était inspiré, apparemment, d'aucune mauvaise intention.

Comme il allait atteindre Sarah et Alden, ce dernier lança un regard par-dessus son épaule et, à la façon ironique dont il lui sourit, Quentin comprit qu'il n'était pas du tout surpris de s'aviser qu'il les avait suivis.

— Où cours-tu comme ça, Quentin ? s'enquit-il. Pars-tu en chasse ?

— Nous allions prendre des rafraîchissements, intervint Sarah. Vous joindrez-vous à nous ?

— Le contraire m'étonnerait, plaisanta Alden.

— Avec plaisir, mademoiselle Sudley, fit Quentin en jetant un regard noir à Russell.

Après une brève dispute entre les deux hommes pour savoir lequel pourvoirait Sarah d'une coupe de champagne et d'un assortiment de viandes froides et de salades, ils allèrent s'asseoir tous trois à une petite table.

— Mademoiselle Sudley, dit Russell, il faut que vous m'en disiez un peu plus sur votre élevage de chevaux avant que je ne vous invite à danser une autre valse.

— Permettez, fit Quentin. Je n'ai pas encore eu le plaisir de danser une seule fois avec Mlle Sudley.

Sarah, en rougissant, leva un regard langoureux sur lui.

— Je serai ravie de valser avec vous, lord Branson.

A peine lui eut-elle répondu avec cette expression de tendresse et cet élan du cœur que Quentin regretta son offre. Lorsque Sarah serait dans ses bras et qu'il sentirait sa poitrine ferme et ronde contre lui, les boucles de ses cheveux lui chatouiller le menton, sa taille fine entre ses mains, il savait bien qu'il ne serait pas en mesure de résister à cet appel qui avait déjà retenti dans son cœur, le soir du bal de la duchesse d'Avon.

Mais il ne pouvait pas lui refuser une danse, à présent qu'il lisait une telle impatience dans ses grands yeux noisette… et puis, cela équivaudrait à laisser le champ libre à Russell !

A moins qu'il ne la conduisît chez sa tante. Il éviterait ainsi de s'exposer à une horrible torture, et empêcherait Alden de faire sa cour à Sarah.

— Je vous réclame une valse, dit-il en regardant la jeune femme dans les yeux, alors que j'aurais dû vous demander comment vous vous portiez. Vous avez réussi à nous cacher votre malaise, mais avec le bruit, la chaleur et la fumée de ces innombrables bougies, votre migraine n'a pas dû s'améliorer. Aussi grande soit-elle, mon envie de danser avec vous passe après votre santé. Permettez-moi, Sarah, de vous raccompagner chez vous. Du reste, vous devez brûler de prendre des nouvelles de votre tante et de votre sœur.

Quentin se tourna vers Alden :

— Lady Mansfield et la sœur de Mlle Sudley étaient indisposées, ce soir.

Il posa de nouveau son regard vers la jeune fille dont le visage s'était assombri et il fut envahi par un sentiment de culpabilité.

— Peut-être avez-vous raison, admit-elle. Mon mal de tête n'est pas tout à fait passé et j'aimerais bien savoir comment vont ma tante et Ailis…

— Et si je vous raccompagnais, moi ? offrit Alden. Vous me consoleriez de cette valse que je n'aurai pas le bonheur de danser avec vous en me donnant l'occasion de mieux vous connaître…

— C'est très aimable de votre part, lord Russell, mais Ailis ne serait pas en état de vous recevoir. Demain, en revanche, si vous souhaitez la voir, je pense qu'elle sera…

— Mademoiselle Sudley ! l'interrompit Alden d'une voix douce. Quand je me présenterai chez lady Mansfield, ce ne sera pas pour rendre visite à votre sœur.

Sarah considéra son interlocuteur sans être certaine de bien comprendre le sens de ses paroles puis, comme ce dernier la pénétrait, elle s'empourpra et baissa les yeux, articulant une réponse inaudible.

Au fond de lui-même, quoique à regret, Quentin dut reconnaître que son ami rendait un service à Sarah en lui révélant qu'elle n'était pas qu'un moyen d'accéder à sa sœur, qu'elle pouvait être appréciée pour elle-même.

Mais il n'était pas disposé à l'en récompenser en le laissant raccompagner la jeune femme.

— C'est très gentil de ta part, Alden, mais je ne voudrais pas que tu te prives de cette agréable soirée chez lady Cavendish. J'ai promis à Mlle Sudley d'être son cavalier pendant cette saison et je ne saurais manquer à ma promesse. D'ailleurs, je tiens à prendre des nouvelles de lady Catherine.

Un sourire ironique se dessina derechef sur les lèvres d'Alden : il ne croyait pas un mot de ce que disait son ami.

— Etant donné la longue amitié qui t'unit à Mlle Sudley et à sa famille, je m'incline, pour cette fois, Quentin.

Puis, s'adressant à Sarah, il reprit :

— Mais j'espère bien mériter moi aussi, un jour, une telle intimité.

Il s'inclina cérémonieusement devant la jeune femme et lui baisa la main.

— Soyez certaine, mademoiselle, que je vous rendrai visite demain.

Et, saluant Quentin :

— Merci pour votre soutien, cher ami.

Sur ces mots, il s'éclipsa.

— Canaille ! marmonna Quentin entre ses dents.

Comme la jeune fille levait sur lui un regard perplexe, il reprit :

— Allons réclamer nos pèlerines au maître d'hôtel… Si nous partons toujours ?

Elle le regarda un moment en silence, comme si elle trouvait son attitude étrange ; mais elle n'osa pas l'interroger.

— Oui. J'avoue que je suis fatiguée. Je serai heureuse de rejoindre mon lit.

« Comme j'aimerais m'y étendre auprès d'elle ! »

La pensée avait jailli de l'esprit de Quentin sans qu'il eût pu la réfréner. Il en fut tout ému et troublé. Si de telles pensées l'assaillaient à tout instant en compagnie de Sarah, il ne serait pas facile de maintenir leur relation dans le strict cadre de l'amitié !

En frémissant, il offrit le bras à la jeune fille et l'entraîna vers le vestiaire.

Il était grand temps de ramener chez elle sa « chère amie » !

# 7

L'expression inquiète qu'il lut dans le regard de la jeune fille, lorsqu'ils prirent place dans la calèche, brisa l'élan amoureux qui s'était emparé de lui un instant plus tôt.

— Craignez-vous qu'Ailis ne soit toujours aussi emportée contre vous ?

— Oui, répondit Sarah en soupirant. Je ne l'avais jamais vue dans un tel état. Depuis notre arrivée à Londres, elle me semble avoir pris de plus en plus d'indépendance d'esprit. Je ne cesse d'appréhender qu'un jour ou l'autre elle ne prête plus la moindre attention à mes recommandations et commette un acte irréparable. Si cela devait arriver, le monde en serait immédiatement informé ! Il n'y aurait aucun moyen d'atténuer son geste et de lui trouver des excuses, comme ce serait le cas si la chose se produisait en province…

— J'espère qu'elle se contentera de vitupérer et de sangloter selon son habitude, dit Quentin pour rassurer Sarah. Mais si elle vous causait de plus gros soucis, n'hésitez pas à m'appeler à l'aide. Vous le savez : vous n'avez qu'un mot à dire pour que je sois à votre côté.

Elle lui sourit d'un air timide.

— Vraiment, Quentin, je ne sais pas ce que je ferais sans vous…

Levant sur lui des yeux brillants de larmes, elle lui prit la main et la serra dans la sienne.

Son désir s'enflamma de nouveau en un instant et il se demanda comment lui aussi, de son côté, pourrait vivre sans ces lèvres humides et tremblantes qui semblaient l'implorer — et dont il aurait pu s'emparer en inclinant simplement la tête…

Pouvait-elle ignorer ce courant qui passait entre eux ?

Comme si elle avait deviné sa question, elle baissa les paupières et avança les lèvres d'une façon qui invitait au baiser…

Alors même qu'il sollicitait tout ce qu'il lui restait de raison pour résister à l'attraction magnétique que Sarah exerçait sur lui, il se vit approcher le visage de celui de la jeune femme jusqu'à sentir son souffle, plus léger qu'une brise sur les monts de l'Olympe, sur ses lèvres…

Soudain, la calèche s'arrêta, les écartant brusquement l'un de l'autre. Un instant après, un air frais s'engouffra dans la voiture, et la jeune fille, prenant la main qui se tendait vers elle de l'extérieur, descendit de la calèche. Quentin la suivit, sa canne et son chapeau à la main, tout en se reprochant d'avoir encore failli céder à ses instincts.

Il paya le cocher puis donna le bras à Sarah pour l'aider à monter les marches du perron. Ils n'eurent pas à tirer la sonnette ; la porte s'ouvrit devant eux et Evans, après avoir débarrassé la jeune fille de sa pèlerine, se tourna vers Quentin, qui lui fit comprendre d'un signe de tête qu'il ne restait pas.

Sarah, interloquée — n'avait-il point voulu s'enquérir de l'état de ses parentes ? —, se tourna vers lui :

— Ne voulez-vous pas attendre que je vous rapporte des nouvelles d'Ailis et de ma tante ?

— Oh ! Elles sont sans doute endormies. Ne les dérangez pas pour moi.

Il aurait dû présenter ses excuses à Sarah pour ce qui venait de se produire dans la calèche, mais un tel désordre régnait dans son esprit qu'il préféra ne rien dire.

— Comme vous voulez, Quentin, répondit-elle après un instant d'une voix calme qui ne laissait rien paraître de ses sentiments. Il ne me reste plus qu'à vous souhaiter une bonne nuit.

— Merci, Sarah… Euh… Je dois me rendre encore dans ma nouvelle propriété demain matin, mais je serai de retour à la tombée de la nuit. Si vous aviez besoin de moi, faites-moi parvenir un message. Je viendrai aussitôt.

Il s'inclina cérémonieusement devant elle.

— Bonne nuit, Sarah.

Elle le regarda longuement, avec une expression impénétrable, puis fit une petite révérence.

— Merci d'avoir eu la bonté de m'escorter chez lady Cavendish, milord. Puissiez-vous faire une bonne route, demain.

Après avoir refusé l'aide d'un valet de pied qui se proposait de lui héler un fiacre, Quentin s'éloigna dans la fraîcheur nocturne. Il espérait qu'une marche rapide le calmerait et l'aiderait à trouver, une fois pour toutes, le moyen de réformer le comportement irrationnel dont il était la victime depuis que, pour son malheur, il avait échangé un baiser avec Sarah.

Il ne manquait pas de volonté, pourtant. Il en avait donné la preuve au cours de ces longues années où il avait reconstitué sa fortune. Pourquoi serait-ce plus difficile de maîtriser sa sensualité ? A moins qu'il ne sous-estimât la force de séduction de Sarah ?

Cette question l'ébranla.

N'avait-il pas fait trop vite bon marché de la violence de cette attirance, et n'avait-il pas bêtement épousé la cause d'une relation platonique, dans la crainte d'il ne savait trop quoi ?

Il fut traversé d'un frisson à la pensée qu'il pourrait

donner libre cours à son désir… Mon Dieu ! Etre libre de la prendre dans ses bras, de goûter à la saveur de sa peau, de respirer son parfum !…

Mais Sarah n'était pas une petite danseuse dont il pourrait se séparer lorsque l'excitation des premiers jours serait retombée. Goûter à ses charmes revenait à se passer la corde au cou.

Ce ne serait peut-être pas une mauvaise union, cependant, si, après les émois de la nouveauté, quand la fièvre serait tombée, ils conservaient la même solide amitié ? A moins que, leur passion consommée, ils n'assistent à l'effritement de leur amitié, et que le mariage ne devienne une prison dans laquelle ils regretteraient pour toujours de s'être laissé enfermer…

Le jeu en valait-il la chandelle ? Quentin se plut à imaginer que oui et il laissa quelques instants son imagination s'embraser, mais le spectre de la rupture se présenta bientôt à lui, et il mesura, soudain, tout ce qu'il perdrait si Sarah lui reprenait son amitié.

Il dut encore une fois convenir qu'il ne voulait pas prendre le risque de détruire irrémédiablement une relation infiniment enrichissante, pour connaître une hypothétique et éphémère passion.

Il lui semblait plus sage, en fin de compte, de donner une nouvelle chance à sa recherche d'un mari pour Sarah. Mais il ne voulait plus d'une fripouille comme Alden ; celui-ci avait montré d'emblée un intérêt équivoque pour la jeune femme ; sa manière de danser avec elle ne trahissait que trop clairement la nature de ses intentions.

Il lui était insupportable, pour l'heure, de voir un homme tenir ainsi Sarah dans ses bras !

« Assez de réflexions sur ce sujet ! » se sermonna-t-il. Il reprendrait cette discussion intérieure le lendemain, sur la route ; revenu de ses émotions, il pourrait raisonner froidement ; ce soir, il était comme ensorcelé par les charmes de la jeune fille.

Se sentant, tout à coup, fatigué au-delà de toute mesure, il fit signe à un fiacre de s'arrêter. Il avait bon espoir de trouver une solution heureuse à son dilemme après avoir dormi — quand bien même cette nuit, lorsqu'il glisserait dans le sommeil, il se laisserait aller une dernière fois à rêver aux lèvres de Sarah, et à son léger parfum miellé…

En proie à une tourmente intérieure à quoi seuls eussent pu être comparés les typhons de la Martinique, la jeune fille regarda Quentin s'éloigner…

Puis, ayant relevé de leur service le majordome et les valets de pied, elle se rendit dans le salon où elle se servit un verre de vin de Porto avec lequel elle monta dans sa chambre.

Dès qu'elle fut en chemise de nuit, elle envoya se coucher la femme de chambre et se laissa tomber dans un fauteuil devant la cheminée. Après quelques gorgées de vin, elle eut l'impression d'être réchauffée — à l'exception de son cœur, qui restait glacé. Plongeant, alors, le visage dans ses mains, elle lutta contre les larmes…

Elle avait repris espoir, en début de soirée. La même fébrilité s'était installée entre eux mais, cette fois, Quentin avait semblé, lui aussi, en avoir conscience. Et ne s'était-il pas montré presque jaloux à partir du moment où il l'avait présentée à lord Russell ? Il avait paru, dès lors, incapable de s'écarter d'elle. Il ne l'avait plus quittée des yeux, l'avait suivie partout où elle allait avec son ami, et elle était certaine qu'il avait tenu à la ramener chez elle pour qu'elle ne dansât pas une seconde valse avec lord Russel.

Et pourtant, dans le fiacre, alors qu'elle ne doutait plus qu'il allait enfin l'embrasser, il avait profité de l'arrêt brutal de la voiture pour interrompre ce qui ressemblait fort à un début de baiser.

Il avait eu l'air, à cet instant, révolté par l'attitude de Sarah et, probablement, par la sienne propre. Peut-être valait-il mieux faire face à la réalité : Quentin ne voulait pas céder au désir et se laisser entraîner contre sa volonté. Et la volonté de lord Branson était plus forte que celle de tous les autres hommes qu'elle avait rencontrés !

« En es-tu bien certaine ? fit une petite voix au fond d'elle. Ne pourrais-tu point attiser son désir et le conduire à perdre toute emprise sur lui-même ? »

Aussi séduisant ce projet fût-il, elle le repoussa aussitôt. Etant donné l'attitude qu'il avait eue avec elle, si elle réussissait à le séduire, il ne la remercierait pas de cette audace. Il risquait même d'être encore plus révolté qu'il ne l'était ce soir, et, en outre, fâché contre elle pour n'avoir pas été fidèle à sa parole. Au lieu de se faire aimer de lui, elle détruirait ce qu'il restait d'amitié entre eux.

*Amitié*... Le mot avait des accents de raillerie quand ce qu'elle voulait au plus profond d'elle-même lui échappait ! L'amitié de Quentin avait-elle assez de prix à ses yeux pour endurer d'être en sa présence sans qu'il ne se passât rien entre eux, pour faire taire le désir crucifiant qu'elle avait d'être dans ses bras ?

Elle but une gorgée de porto en méditant cette question, mais la douleur de son désir insatisfait et sa peur de perdre à jamais l'affection de lord Branson étaient si entremêlées qu'elle renonça à tenter de déterminer quelle solution serait la moins atroce. Elle était trop fatiguée, trop désenchantée pour espérer voir clair en elle-même, et puis elle avait d'autres problèmes à régler.

Elle devrait aller sur la pointe des pieds jusque devant les appartements d'Ailis. Il était inutile, en revanche, de se rendre dans la chambre de sa tante ; si elle avait souhaité qu'elle lui fît un compte rendu du bal à son retour, elle le lui aurait fait savoir par l'intermédiaire de sa femme de chambre. Elle avait dû s'endormir et n'attendait pas de visite de sa part.

Ailis dormait peut-être aussi ; au moins aurait-elle une idée de l'état d'esprit dans lequel elle s'était couchée en allant voir si la porte de sa chambre était verrouillée ou non.

Elle termina son verre de porto puis, s'enveloppant dans son peignoir, sortit sans bruit de sa chambre. Elle longea le corridor jusqu'à la porte d'Ailis et, inclinant la poignée, constata que la serrure était engagée. Elle hésita à appeler sa sœur ; comme aucun rai de lumière n'était visible au bas de la porte, elle n'en fit rien.

Ailis s'était de toute évidence endormie dans le même état de mécontentement que celui qu'elle avait manifesté dans la matinée. L'éveiller maintenant ne ferait qu'accroître cet état, et Sarah n'était pas à ce point malavisée !

Peut-être Ailis serait-elle dans de meilleures dispositions, le lendemain, après une bonne nuit de repos ? se dit-elle, sans y croire, en regagnant sa chambre.

Elle eut un mauvais sommeil entrecoupé de cauchemars où elle voyait une Ailis déchaînée lui jetant des pots de peinture au visage ou un Quentin distant et glacial ne lui adressant ni un regard ni une parole. Peu après le lever du jour, elle renonça à essayer de dormir et sonna sa femme de chambre qui se présenta, échevelée et mal réveillée.

Elle informa Sarah que Mlle Ailis n'avait pas quitté sa chambre de la journée, interdisant l'entrée à tous ceux qui se présentaient, même la fille de cuisine venue lui apporter un repas sur un plateau.

Sarah descendit prendre son petit déjeuner dans le petit salon où, étant donné l'heure matinale, elle prit tout son temps pour boire son thé et déguster ses toasts à la marmelade. Avec son mal de tête persistant et sa peine de cœur toujours aussi cuisante, elle n'aurait pas été en état de supporter, dès le réveil, une crise de rage de sa sœur.

En retardant trop le moment de la confrontation, elle risquait, cependant, d'être de plus en plus à bout de nerfs. Aussi, après avoir attendu dans la bibliothèque que l'heure fût décente, remonta-t-elle à l'étage pour aller trouver sa cadette.

La porte était toujours verrouillée. Cette fois, c'en était trop ! Il était temps qu'Ailis cessât de se comporter en enfant gâtée qui ne prenait en compte que ses désirs et ses besoins. Il fallait qu'elle tînt compte des réalités de la société dans laquelle elle vivait ; qu'elle prît conscience que sa conduite n'avait pas seulement des effets fâcheux sur elle-même mais aussi sur son entourage.

Elle frappa bruyamment à la porte.

— Ailis ! C'est Sarah. Ouvre la porte, s'il te plaît ! Je vais sonner pour te faire apporter ton chocolat et, en l'attendant, nous pourrons discuter.

Elle n'obtint aucune réponse. Elle avait beau tendre l'oreille, elle ne percevait aucun bruit de pas.

Elle frappa de nouveau, plus fort encore.

— Ailis ! Réveille-toi ! Si tu veux être à l'heure pour ta leçon, il faut te lever… En nous dépêchant, nous y arriverons. Et pendant que tu te prépareras, nous pourrons débattre calmement de la question qui nous a sottement divisées…

Aucune réponse. Sarah tambourina sur le panneau de chêne de ses deux poings en criant le nom de sa sœur. Il était impossible qu'elle ne l'entendît pas, fût-elle profondément endormie.

— Ouvre immédiatement !

Las ! lorsque l'écho de son raffut se tut, elle demeura seule avec les jointures de ses doigts endolories et une inquiétude grandissante.

— J'ai compris, Ailis. Je vais aller emprunter son trousseau de clés à la gouvernante. Que cela te plaise ou non, nous allons parler, et sérieusement encore ! Dieu, quelle enfant tu fais !

Sarah ne fut pas longue à trouver la gouvernante. Celle-ci lui confia incontinent ses clés, trop heureuse qu'on ne la chargeât pas de la tâche ingrate de s'introduire elle-même dans la chambre d'Ailis. Lorsqu'elle se présenta derechef devant la porte de sa sœur, Sarah fut envahie par une certaine inquiétude.

Ailis n'était tout de même pas assez désespérée pour commettre une folie ? Non, c'était impensable. Et si peu dans son caractère ! Elle ne trouverait rien de plus dramatique derrière cette porte qu'une chambre au sol jonché de débris de poteries.

En dépit de la vision burlesque que lui présentait son imagination, sa main tremblait quand elle fit tourner la clé dans la serrure.

— Je suis désolée de pénétrer dans ton sanctuaire, Ailis, dit-elle en entrant dans la pièce, mais tu ne m'as pas laissé le choix.

Comme Sarah promenait son regard autour d'elle, le cœur lui battait violemment. Les lourds rideaux ne laissaient entrer que peu de lumière dans la chambre ; assez, toutefois, pour lui permettre de constater qu'elle était parfaitement en ordre. Le matériel de peinture qui encombrait, la veille encore, commodes et tables, avait complètement disparu. Le lit avait été fait — ou n'avait pas servi ?

En évidence sur les oreillers se trouvait une feuille de papier, sur laquelle Ailis avait griffonné quelques mots…

# 8

« Sarah,

» Je pars pour vivre enfin comme j'en ai envie. Ne t'inquiète pas. On prend soin de moi.

Ailis. »

Sarah avait relu trois fois ce billet sans croire à la réalité des quelques mots qui y étaient tracés, puis elle avait sombré dans un genre de torpeur, dont elle sortait à peine.

Elle tira les rideaux et, dans la lumière du soleil entrant à flots, inspecta la chambre.

Sa sœur était partie la veille, sans aucun doute : si elle avait dormi ici, elle n'eût point pris le soin de refaire son lit. Ouvrant la grande armoire, elle constata qu'Ailis avait, en plus de son matériel de peinture, emporté toutes ses robes — à l'exception des tenues de soirée. Elle avait pris aussi ses vêtements d'équitation, sa plus chaude pelisse et jusqu'à ses chaussures de marche.

La jeune femme referma l'armoire et s'approcha d'une commode. Ses tiroirs étaient vides, sauf le dernier, lequel ne contenaient que quelques écharpes et gants assortis, et divers accessoires à paillettes.

Ailis avait pris toutes ses affaires ou presque !… Si, une seconde plus tôt, Sarah avait encore espéré que sa sœur se fût enfuie sur un coup de tête, ce faible espoir s'évanouit tout à fait. Comme elle l'avait écrit, Ailis avait décidé de changer de vie. Son départ n'était pas une lubie ; ce n'était pas une fugue ; elle avait délibérément choisi de quitter sa famille — apparemment, pour toujours.

Sentant ses jambes se dérober sous elle, Sarah s'effondra dans un fauteuil. Elle garda les yeux fermés un instant puis relut le message d'Ailis, qu'elle avait fourré dans la poche de son peignoir.

Elle voulait « vivre enfin comme elle en avait envie… » C'est-à-dire se consacrer exclusivement à la peinture. « On prenait soin d'elle… » Comprenant soudain l'implication de ces mots, Sarah eut un sursaut de colère. Ce « on » désignait évidemment lord Freemont, le généreux mécène — qui allait pouvoir donner libre cours à sa passion pour Ailis !

Elle bondit sur ses jambes, sa faiblesse passagère cédant la place à une volonté inflexible. Son premier devoir était de ramener sa sœur ici, au plus vite, c'est-à-dire avant que la nouvelle de sa disparition ne se répandît dans toute la ville. La réputation d'Ailis et la sienne n'étaient pas seules en jeu ; l'opprobre ne manquerait pas de retomber sur leur tante, qui n'avait pas mérité tant d'ingratitude !

Sans attendre un instant de plus, Sarah sortit de la chambre de sa sœur et en verrouilla de nouveau la porte. Comme elle croisait un domestique dans le corridor, elle le pria d'envoyer quelqu'un aux écuries et de faire seller sa jument puis elle gagna sa propre chambre et sonna Annie.

Quel dommage que Quentin ne fût pas en ville, pensa-t-elle en s'emparant de sa tenue d'équitation. Elle aurait pu compter sur son aide et sur sa discrétion ; mais elle ne pouvait pas attendre son retour pour se mettre en quête d'Ailis, que chaque instant éloignait sans doute un peu plus de Londres.

L'arrivée de la femme de chambre l'arracha à ses pensées.

— Aidez-moi à passer cette robe, Annie, lui dit-elle.

La femme de chambre s'empressa de lui obéir.

— Si j'avais su que mademoiselle montait à cheval, ce matin, remarqua-t-elle d'un ton de reproche, je lui aurais préparé sa tenue.

— C'est de ma faute, Annie. J'ai oublié de vous prévenir. Je dois aller retrouver lord Branson dans sa nouvelle propriété, près de Londres…

Voyant la mine de la domestique s'assombrir, Sarah se hâta d'ajouter :

— Je n'ai pas besoin de vous, Annie. Vous voyez bien, du reste, que je n'y vais pas en voiture. Je me ferai simplement accompagner d'un valet. Robert, sans doute.

— Mademoiselle est bien certaine qu'elle ne veut pas que je l'accompagne ? insista la femme de chambre.

— Absolument, répondit Sarah qui savait combien Annie détestait les voyages en attelage.

Le fait que la domestique eût mal au cœur en voiture l'arrangeait bien, en l'occurrence, car elle préférait avoir le moins de témoins possible dans la mission qu'elle allait entreprendre.

Quand elle eut terminé de boutonner la robe de Sarah, et tandis que cette dernière enfilait ses bottes et ses gants, Annie alla chercher le chapeau de sa maîtresse.

— J'ignore à quelle heure je rentrerai, reprit Sarah. Dites à lady Mansfield, lorsqu'elle s'éveillera, qu'elle n'a aucune raison de s'inquiéter si je reviens tard. Robert m'escortera et, au retour, je serai accompagnée de lord Branson.

— Bien, mademoiselle. Je le lui dirai dès qu'elle s'éveillera.

— D'autre part, Annie… J'ai vu ma sœur, ce matin… Elle est encore très fâchée et ne veut pas être dérangée. J'ai dû refermer sa porte à clé. Je compte sur vous pour informer ma tante et les domestiques qu'elle souhaite rester en paix jusqu'à mon retour.

— Mais les repas, mademoiselle ? Votre sœur n'a pas dîné, hier soir.

— Quand Ailis est préoccupée, elle en oublie jusqu'à se nourrir, sans en pâtir le moins du monde. Elle mangera doublement demain. De toute façon, je lui ai apporté une grande théière et quelques toasts.

Annie acquiesça, même si son regard exprimait un doute profond.

— Je préviendrai Evans, mademoiselle.

Congédiant la femme de chambre d'un petit signe de tête, Sarah prit sa cravache et sortit de la chambre. Même si elle était presque certaine qu'Holden Freemont assistait sa sœur dans sa fuite, elle voulait tout de même commencer par s'en assurer.

La bienséance interdisait à une femme seule de se présenter chez un gentleman ; Sarah n'en prit pas moins la décision, en descendant l'escalier, de se rendre chez lord Freemont. S'il s'était effectivement enfui avec Ailis, la visite qu'elle allait faire sans chaperon à son domicile ne serait qu'un bien petit incident en face du scandale qui allait bientôt éclater.

En quittant la maison, elle trouva Robert qui l'attendait au pied des marches du perron avec sa jument. Il l'aida à monter en selle et elle prit aussitôt la direction de l'hôtel particulier de Freemont.

Tout en parcourant la faible distance qui l'en séparait, elle se demandait avec angoisse si Freemont avait pris la direction de l'Ecosse avec Ailis. Même un scélérat de son espèce n'oserait pas abuser d'une jeune fille comme elle, de bonne naissance et adulée dans les salons, sans l'épouser ; et le lieu le plus propice dans de telles circonstances était à n'en pas douter la petite ville frontalière de Gretna Green.

Freemont savait, bien sûr, que s'il déshonorait Ailis, tous les salons de Londres lui seraient fermés, qu'il ne serait plus convié à aucun bal — qu'il serait littéralement au ban de la société.

Le scandale ne serait pas sans conséquence s'il épousait Ailis devant l'enclume du forgeron de Gretna. Mais si Sarah se rétractait de dégoût à l'idée d'avoir Freemont pour beau-frère, c'était encore préférable à l'opprobre qui retomberait sur toute la famille dans le cas où aucun mariage ne serait célébré.

Alors qu'elle écartait cette éventualité dont elle ne pouvait pas même souffrir l'idée, elle arriva devant l'hôtel de Freemont. Un valet d'écurie s'avança pour l'aider à descendre de sa jument tandis que Robert mettait également pied à terre. Sarah sentit dans son dos son regard désapprobateur quand elle gravit les marches conduisant à la maison d'un homme que sa réputation avait rendu tristement célèbre.

Quelles que fussent les conséquences de cette visite, songea la jeune femme, le valet aurait, à la nuit tombée, un récit croustillant à faire aux autres domestiques…

Habituée à discuter et négocier, Sarah n'eut pas de peine à vaincre la réticence initiale du majordome, qui ne voulait rien dire concernant son maître.

Elle ne tarda pas à ressortir de la maison, les jambes tremblantes : elle venait d'avoir confirmation que le vicomte avait quitté Londres, la veille, dans son cabriolet.

Il ne se rendait pas en Ecosse, cependant, mais dans son domaine du Berkshire.

Ce qui signifiait, si Ailis était en sa compagnie, la honte et la disgrâce pour toute la famille. Une fois en selle, Sarah demeura immobile, laissant flotter les rênes. Habitée par un terrible sentiment d'impuissance, elle réfléchissait, néanmoins, à l'action qu'elle pourrait tenter pour enrayer la marche du destin.

Ailis aurait-elle accepté de suivre Freemont ailleurs qu'en Ecosse ? Pourquoi pas ? N'avait-elle pas affirmé à plusieurs reprises qu'elle ne voulait pas se marier ? Elle avait une telle envie de peindre en toute liberté qu'elle était prête à n'importe quelle concession. En serait-ce une, d'ailleurs, pour elle ? Car il ne faisait aucun doute qu'elle s'était entichée du bel aristocrate.

Le vicomte, toutefois, était plus âgé et certainement moins écervelé qu'Ailis. Sarah, après mûre réflexion, ne pouvait concevoir qu'il fût assez inconscient pour se mettre à dos toute la bonne société londonienne en s'enfuyant avec sa sœur sans intention de l'épouser.

Peut-être Ailis avait-elle confié à Freemont que sa famille lui avait interdit de le voir, le conduisant à cette fuite soudaine ? Et pour s'assurer que personne ne partirait à sa poursuite, il avait sciemment donné une fausse information à son majordome…

Forte de cet espoir, Sarah résolut de se lancer sur la route du nord et de s'informer des fugitifs, le cabriolet de lord Freemont étant facilement identifiable avec sa carrosserie laquée de rouge, ses portes ornées d'armoiries et ses grandes roues peintes en jaune. Les gardiens de barrières de péage repéreraient sans peine un tel attelage d'autant qu'il était tiré par deux immenses chevaux noirs et que le cocher, un fort gaillard aux moustaches rousses lissées à la gauloise, portait également un chapeau et une cape noirs.

— Mademoiselle ? fit Robert. Dans quelle direction voulez-vous aller ? Les chevaux s'impatientent.

— Vers le nord, Robert, repartit-elle en faisant faire un demi-tour à sa jument.

Elle voulait d'abord se rendre à Islington, premier arrêt sur la route de l'Ecosse, où elle s'enquerrait des fugitifs. Pour mener à bien son enquête, elle ne pouvait pas en cacher plus longtemps la nature à son valet, aussi lui fit-elle part de la nature de ses craintes au sujet d'Ailis.

Robert, dont l'expression trahit combien il désapprouvait le comportement de la jeune demoiselle Sudley, l'assura de tout son soutien et de son total dévouement.

Le prenant au mot, Sarah n'hésita pas, en arrivant dans

les faubourgs de la ville, à l'envoyer enquêter auprès des auberges et hôtelleries situées sur la gauche de la route. Elle-même interrogea les établissements sur la droite. Grâce à leur diligence, chaque aubergiste et garçon d'écurie fut questionné. Aucun d'eux, cependant, ne se souvenait d'avoir vu le cabriolet, et les pièces distribuées par Sarah ne rafraîchirent aucune mémoire.

Remerciant le ciel d'être partie si tôt, Sarah poursuivit sa route en direction de Barnet, non sans s'arrêter dans chaque village qu'elle traversait. Personne, hélas, ne se rappelait avoir vu un cabriolet rouge, ni son propriétaire aux cheveux d'ébène et aux manières très aristocratiques.

Lord Freemont avait certes pu éviter les lieux publics et s'arrêter chez des amis, mais cette éventualité était très faible et ne méritait pas d'être prise en compte.

De toute manière Sarah n'avait pas emporté de bagages ni assez de liquidités pour s'avancer jusqu'à Gretna Green. Si elle voulait, par ailleurs, mener la même enquête sur la route du Berkshire et revenir à Londres avant la chute du jour, il lui fallait se tourner dès maintenant vers le sud.

Plusieurs heures plus tard, Sarah, épuisée et désespérée, rentrait dans Londres. Son enquête le long de la route du Berkshire avait été aussi infructueuse que sur le chemin de Gretna. Si Ailis avait réellement quitté Londres en compagnie de Freemont, elle n'avait pris aucune de ces deux routes.

Inquiète et fâchée à la fois, Sarah ne pouvait concevoir de rentrer chez sa tante sans rien savoir de l'endroit où se trouvait Ailis… En approchant de Mayfair, une idée lui traversa l'esprit qui lui redonna un peu d'espoir. Tirant sur la bride de son cheval, elle le dirigea vers la City et fut suivie docilement par Robert qui semblait en bonne forme, sans doute pour s'être restauré dans plusieurs auberges alors qu'elle-même s'était contentée d'y boire du thé.

L'atelier de Maximilian Frank était situé au dernier étage d'une maison près de Covent Garden. Fidèle comme elle l'était à son enseignement, il paraissait vraisemblable qu'Ailis lui eût parlé de ses projets si elle avait effectivement quitté la ville. Et dans ce cas, Sarah priait le ciel qu'elle lui eût indiqué où elle allait et avec qui.

Manifestement surprise et un peu gênée, la servante de Maximilian fit entrer Sarah dans un petit salon du rez-de-chaussée. Son maître était en train de travailler et ne pouvait être dérangé pour le moment, expliqua-t-elle à la jeune femme qui insistait pour parler à l'artiste sur-le-champ.

Lorsque Sarah, cependant, la menaça de monter à l'étage, qu'elle l'y autorisât ou non, et d'aller trouver M. Frank, la domestique consentit à se laisser accompagner par elle jusqu'à l'atelier du peintre dont elle disait, en marmonnant entre ses dents, qu'il serait furieux de cette intrusion.

En atteignant le dernier étage de la maison, la servante frappa violemment à la porte du palier et annonça d'une voix stridente que Mlle Sudley était auprès d'elle et voulait lui parler incontinent.

Après un long silence au cours duquel la servante jeta un regard plein de ressentiment à Sarah, la porte s'ouvrit enfin. Glissant sa dernière pièce dans la main de la jeune femme dont le visage s'éclaira soudain, Sarah entra dans l'atelier.

Vêtu d'une robe de chambre de velours, les cheveux en bataille, l'artiste posa sur elle un regard mi-moqueur, mi-irrité.

— Mademoiselle Sudley ? Que me vaut l'honneur de cette visite quelque peu inattendue ?

Sur un lit de repos, à côté du chevalet, était étendue une jeune femme — qui eût été totalement nue si elle n'avait noué une écharpe autour de ses reins. Le sang aux joues, Sarah comprit quel genre de travail occupait le maître un instant plus tôt… Elle ne voulut pas se laisser entraver par la gêne extrême qu'elle ressentait.

— Je suis désolée, monsieur, de m'être introduite chez vous d'une façon aussi cavalière, mais la raison de ma visite est d'une telle gravité… Serait-il possible de vous parler en privé ?

Un petit sourire se dessina sur les lèvres du peintre.

— Au point où nous en sommes, pourquoi pas ? Veux-tu aller chercher du vin, Florrie ?

La jeune femme se leva d'un mouvement lascif et passa entre Sarah et l'artiste — qu'elle effleura de son corps souple et élancé. Avant de sortir, elle jeta un regard méprisant à Sarah ; il semblait dire qu'elle ne craignait nullement que cette aristocrate, avec son chignon mal fait et sa tenue d'amazone maculée de boue, lui volât son amoureux.

Après le départ de la beauté crue qui, manifestement, le fascinait, Maximilian Frank porta enfin son regard sur Sarah et son sourire un peu ironique fit place à une expression de commisération.

— Vous avez l'air bouleversée, mademoiselle Sudley. Je vous en prie, asseyez-vous. Puis-je vous offrir un rafraîchissement ?

— Non, je vous remercie, monsieur. Je ne reste qu'un instant. Je dois vous interroger… sur un sujet délicat. Puis-je compter sur votre discrétion ?

Le voyant opiner, elle poursuivit :

— Je recherche ma sœur. Elle a fui la maison de ma tante dans la soirée d'hier et, depuis, nous n'en avons aucune nouvelle. J'ai de bonnes raisons de craindre qu'elle se soit enfuie avec lord Freemont. Comme vous pouvez vous le représenter, il faut absolument que je la retrouve et la ramène dans notre famille.

— Ne vous a-t-elle pas laissé un mot d'explication ?

— Si, mais il n'est pas très clair et ne permet pas de savoir où elle est allée. Auriez-vous une idée de l'endroit… ?

— Oui, peut-être.

Sarah leva sur Maximilian Frank son regard noisette où scintillaient soudain d'innombrables paillettes d'or.

— Je vous en prie, monsieur. Parlez !

— J'étais au courant des intentions de votre sœur, même si je ne la croyais pas encore mûre pour les mettre à exécution.

Il eut un geste amical vers Sarah.

— D'abord et surtout, ne soyez plus inquiète ! Je gage que votre sœur va très bien. Elle a eu tort de ne pas vous dire la vérité. Si mes soupçons sont fondés, vous la trouverez à trois rues d'ici, où elle a installé son propre atelier.

Sarah garda le silence un long moment, comme assommée. Au cours de cette interminable journée où elle avait chevauché dans toutes les directions, elle avait imaginé beaucoup de choses, mais jamais qu'Ailis pût se trouver au cœur de Londres, à proximité de son vénéré maître !

— Son propre atelier ? Mais comment ? Comment a-t-elle pu s'offrir un atelier ?

— Votre sœur le méritait, mademoiselle. Elle a beaucoup de talent et elle veut vivre de son art. Je l'en crois du reste parfaitement capable. Pour l'heure, j'ignore les conditions précises de leur arrangement, mais Holden l'a aidée à trouver un appartement et en a négocié le loyer.

— Lord Freemont l'entretient ! fit Sarah en butant sur les mots.

Le peintre releva un sourcil d'un air dubitatif.

— Je n'en sais rien. Vous devriez poser cette question à Ailis. A moins que je ne me trompe, vous la trouverez au numéro 21 de Mercer Street, au dernier étage.

A cet instant, le modèle aux cheveux bruns ouvrit la porte et traversa la pièce, une carafe de vin à la main — qu'elle posa sur une table avant de reprendre sa place sur le lit, où elle s'étendit paresseusement.

Maximilian Frank, qui ne l'avait plus quittée du regard dès qu'elle était entrée dans l'atelier, reporta son attention sur Sarah.

— Vous en savez à présent autant que moi, dit-il en se dirigeant vers la porte. Si vous voulez bien me permettre de reprendre mon travail, mademoiselle ?

— Bien sûr... Pardonnez-moi de vous avoir dérangé, monsieur. Et merci de votre aide.

— Ne me remerciez pas, mademoiselle Sudley. Je sais ce que c'est. Les sentiments fraternels ne me sont pas étrangers...

Il tapota affectueusement la main de la jeune femme.

— Ne soyez pas trop fâchée contre votre sœur. Elle n'a certainement pas conscience de vous avoir fait autant de mal. Elle fait passer la peinture avant toute chose... C'est le propre des artistes de tout sacrifier à leur art.

La tête lui tournait lorsque Sarah descendit l'escalier. Elle avait cru, naïvement, que ce qui pouvait arriver de pire à Ailis, c'était de s'enfuir avec Freemont ! songea-t-elle en laissant échapper un petit rire hystérique. Il aurait tellement mieux valu qu'Ailis fût sur la route de l'Ecosse avec le séduisant vicomte ou, même, en chemin vers son château du Berkshire — plutôt que de partager sa vie au cœur même de la cité !

Car la société aristocratique verrait d'un plus mauvais œil l'audace dont faisait preuve la jeune fille en choisissant de vivre de son art. On eût plus aisément excusé la victime d'une folle passion amoureuse...

On ne lui pardonnerait jamais d'avoir trahi son milieu en se mettant au rang des petites gens contraintes de gagner leur pain à la sueur de leur front. Si Maximilian Frank ne se trompait pas sur les intentions d'Ailis, elle serait totalement rejetée par le beau monde !

Et il en serait pratiquement de même pour tous les membres de sa famille… Sarah réprima le gémissement qui montait de sa gorge. Comment annoncerait-elle la nouvelle à sa tante ?

Bien qu'elle n'eût d'autre désir que de rentrer se coucher et de pleurer sous ses draps, il était de son devoir de se rendre à l'adresse que lui avait indiquée Maximilian Frank.

Rassemblant ce qui lui restait de forces, elle prit la direction de Mercer Street.

# 9

Quelques instants après, Sarah se tenait devant la porte close d'un appartement situé sous les toits d'une maison sobre mais convenable. La main tremblante, elle souleva le marteau et le laissa retomber.

Bientôt, une jeune servante en robe grise et charlotte blanche vint lui ouvrir. Au moins, pensa-t-elle, ce n'était pas Freemont !

— Votre maîtresse est-elle là ?

— Qui dois-je annoncer ?

— Sa sœur, répondit Sarah qui respirait difficilement.

Car si elle était soulagée d'avoir retrouvé Ailis, elle n'en était pas moins bouleversée devant l'évidence terrible de la déchéance imminente de leur famille.

— Mais ne prenez pas la peine de m'annoncer, reprit-elle en passant devant la servante.

Sans laisser le temps à cette dernière de protester, elle traversa un petit vestibule, puis un salon où s'entassaient des malles et des boîtes, et marcha jusqu'à une porte dans le mur opposé.

La main sur la poignée, elle s'arrêta le temps de maîtriser le rire nerveux qui lui chatouillait la gorge comme elle songeait aux propos qu'elle allait tenir à sa jeune sœur. Celle dont elle avait assuré l'éducation depuis la mort de leur mère et qu'elle avait chérie comme sa propre enfant se révélait, depuis la veille, une toute autre personne que celle qu'elle avait cru connaître. Elle ne savait plus comment se comporter avec elle…

Elle ouvrit lentement la porte et vit Ailis en train de disposer son matériel de peinture sur des étagères.

— Oh ! Sarah, c'est toi ! fit-elle en lui lançant un regard par-dessus son épaule. Ce n'est pas le meilleur moment pour me rendre visite. Je dois tout ranger avant la nuit pour pouvoir me remettre au travail dès demain. Te souviens-tu si l'ocre rouge que j'avais commandé m'a été livré la semaine dernière ? Je n'arrive pas à le retrouver.

Ailis parlait sur un ton détaché comme si elle avait quitté sa sœur quelques heures plus tôt, après avoir pris le thé avec elle, et que cette dernière eût été parfaitement au courant de son récent déménagement ; elle s'adressait à Sarah comme si celle-ci n'avait pas passé la journée à cheval à la rechercher d'Islington à Barnet et sur la route du Berkshire !

La fatigue qui la paralysait fut balayée par une rage si violente que Sarah se sentit incapable d'articuler un mot.

— Ne reste pas plantée ici à ne rien faire, fit Ailis. Rends-toi utile ; apporte-moi la boîte de couleurs qui se…

— Ailis ! fit Sarah d'un ton outré. Je ne suis pas venue te voir pour t'aider à déballer tes affaires !

— Ah bon ? fit Ailis, trop occupée pour accorder un autre regard à sa sœur. Alors pourquoi es-tu venue ?

— Parce que je suis en selle depuis l'aube et que je t'ai cherchée partout !

Ailis leva enfin les yeux sur sa sœur, l'air perplexe.

— Comment as-tu pu croire que je quitterais Londres ? Mon professeur et mon travail sont ici !

— Si tu avais été un peu plus précise dans le message que tu m'as laissé, tu m'aurais épargné une journée épuisante !

— Je n'ai pas dit où j'allais ? J'étais pressée quand je l'ai rédigé. Comment m'as-tu trouvée ?

— J'ai pensé, enfin, à rendre visite à Maximilian Frank qui m'a indiqué l'adresse de… ton atelier.

D'un ample geste de la main, Sarah désigna la salle qui ouvrait sur le nord par de grandes fenêtres ; des rouleaux de toile et des châssis encombraient ses étagères.

— Oui, acquiesça Ailis avec un sourire de contentement.

— As-tu l'intention de vivre ici ?

— Et comment ! Je n'avais pas pensé m'y installer aussi rapidement mais après ta diatribe contre Holden, et dans la mesure où je ne voulais pas me séparer de lui, j'ai considéré que le moment était venu de prendre mes distances.

— Cet atelier est-il une idée de lord Freemont ?

— Il me l'a suggéré, mais j'avais déjà formé ce projet depuis fort longtemps.

Sarah n'en revint pas.

— Tu avais pris la décision de t'établir seule alors même que nous étions encore à Sudley ?

Ailis opina.

— Pour quelle autre raison crois-tu que j'aie accepté de venir à Londres ?

Sentant ses jambes se dérober sous elle, Sarah se laissa tomber sur une chaise.

— Comment as-tu pu nous mentir ainsi ?

Ailis haussa les épaules.

— M'aurais-tu laissée venir à Londres si tu avais connu mes intentions ?

La réponse à cette question ne faisant aucun mystère, Sarah l'éluda.

— De quoi vivras-tu ? Tu ne crois quand même pas que papa va subvenir à tes besoins ?

Ailis eut un geste désinvolte de la main.

— Oh ! Je n'ai pas d'inquiétude à ce sujet. Avant que

nous partions, papa m'a signé un ordre de prélèvement important sur son compte.

— Papa t'aurait donné les moyens d'assurer ton autonomie ? Je ne peux pas le croire !

— Ça ne s'est pas passé exactement comme ça. Tu connais papa… Je lui ai présenté un ordre de paiement en lui disant qu'il s'agissait d'une dépense nécessaire et il me l'a signé sans même relever le nez de son dictionnaire. D'autre part, j'ai déjà obtenu une commande qui me rapportera une bonne somme et j'en attends plusieurs autres…

— Et Freemont, dans tout ça ?

— Oh ! Le chou ! Il a été adorable. Sans lui je n'aurais jamais pu déménager aussi promptement. Nous avons trompé l'attention d'Evans en sortant par la porte de service ; tout le monde, ou presque, étant déjà couché, ma fuite s'est faite dans la plus entière discrétion.

— Il est prêt à t'entretenir ?

— Oui, mais pas moi. Il n'en est pas moins mon amant ; cependant, je ne suis pas sa chose. Je tiens à ma liberté. Je suis ruinée, certes, mais c'est ce que je voulais. Tu ne m'ennuieras plus avec tes idées de mariage et je pourrai me consacrer exclusivement à la peinture.

Touchée au vif, Sarah rétorqua :

— Je ne voulais que te protéger, et permettre que tu te voues à ton art !

— Eh bien, te voilà exaucée !

De nouveau un sentiment de révolte s'empara de Sarah.

— N'as-tu pas conscience des conséquences de tout ceci ? Quel effet crois-tu que ça aura sur la vie de tante Catherine et sur la mienne ?

— Après la tempête, tout reviendra à la normale. Notre tante n'a qu'à aller rendre visite à quelque amie ou parente en province et y attendre que les commérages se soient tus. Quant à toi, je te suggère d'arrêter de te conformer à la volonté des autres et de mener ta propre vie. Ce qui ne signifie pas retourner soigner papa… N'as-tu pas encore compris qu'il ne remarquera jamais ce que tu fais pour lui ?

L'une après l'autre, les paroles brutales de sa sœur, d'autant plus blessantes qu'elles étaient pleines de vérité, s'abattaient sur elle et l'oppressaient. Aurait-elle voulu répondre à Ailis que le souffle lui aurait manqué.

Mais cette dernière n'attendait, de toute évidence, aucune réponse, car elle enchaîna :

— Il se fait tard. A moins que tu veuilles m'aider, tu ferais mieux de rentrer chez tante Catherine, pour que je puisse achever tranquillement de mettre de l'ordre dans ce fourbi. Demain, je dois me lever dès les premières lueurs du jour.

Telle une automate, Sarah se leva et marcha en silence vers la porte. Dans son dos, elle entendait s'affairer sa sœur qui avait déjà repris son rangement.

— Higgins ! cria Ailis à la servante qui attendait ses ordres. Pose ce flacon de vernis sur l'étagère, près de l'huile. Maladroite ! Prends garde de ne pas le faire tomber !

Un instant après, Sarah, qui venait de descendre l'escalier sans même s'en rendre compte, se retrouva sur le trottoir, complètement désorientée. Robert, qui l'y attendait, s'enquit aussitôt de sa sœur.

— Avez-vous vu Mlle Ailis ? demanda-t-il en considérant avec inquiétude les traits tirés de Sarah. Va-t-elle bien ?

— Oui, Robert. Elle habite ici et se porte à merveille. Je suis désolée de vous avoir traîné avec moi toute la journée sur dc fausses pistes.

Ne sachant que répondre à cette remarque, Robert ne fit aucun commentaire et aida sa maîtresse à remonter en selle.

« Quelle idiote je suis ! » pensait-elle. Elle aurait voulu rire de sa bêtise, mais elle craignait que son rire ne se muât en sanglots…

Elle était si fourbue que, sans les bras solides de Robert, elle se serait laissée tomber de sa jument en arrivant devant l'hôtel particulier de lady Mansfield. Elle ne dut qu'à son orgueil de réussir à gravir les marches du perron et à traverser le hall dignement.

Le cœur brisé et les membres rompus, elle n'aspirait qu'à se prélasser longuement dans un bain bien chaud avant de sombrer dans le sommeil.

Mais il lui fallait d'abord parler à sa tante, même si elle ne se sentait pas la force de supporter la crise de larmes et les lamentations que ne manqueraient pas de déclencher ses révélations. Ne sachant pas si Ailis avait été aperçue ou non, au cours de la journée, en compagnie de Freemont, particulièrement à bord de son cabriolet, il importait qu'elle informât au plus vite lady Mansfield des derniers événements avant qu'une relation de celle-ci ne le fît avec toute la fausse commisération de rigueur en de telles circonstances.

Elle s'était préparée à trouver la maison dans une profonde agitation au cas où la disparition d'Ailis aurait été découverte, mais le personnel avait observé scrupuleusement ses recommandations, s'abstenant de frapper à la porte de sa jeune sœur. Femmes de chambre et filles de cuisine n'avaient peut-être pas osé non plus déranger la jeune demoiselle Sudley, craignant de déclencher l'une de ses terribles colères.

Robert était, maintenant, sans doute, harcelé de questions par les autres domestiques, et elle avait beau l'avoir prié de ne donner que des réponses évasives, elle savait qu'il ne lui serait pas facile de cacher longtemps la vérité.

Après avoir dépassé la porte toujours close de la chambre d'Ailis, Sarah se présenta devant celle de sa tante, restée ouverte. Elle entra dans la vaste pièce où lady Mansfield, s'étant abandonnée aux mains dévouées de sa camériste, achevait de se préparer à sortir.

— Sarah, ma chérie ! s'exclama lady Catherine. Tu es enfin de retour !

Le large sourire de lady Mansfield s'évanouit quand elle baissa les yeux sur la tenue débraillée de sa nièce.

— Mon Dieu ! On voit que tu reviens de la campagne. Si tu te dépêches, tu peux encore prendre un bain, te changer et être prête à temps pour aller au bal de lady Standish.

— Je suis fort lasse, ma tante. Je préférerais rester ici et me reposer.

— Je m'en doute, après une journée à cheval ! Tu auras, du moins, rendu service à lord Branson. Quel gentil garçon ! J'espère qu'il mesure tout ce que tu fais pour lui.

En pensant à la réaction de Quentin quand il apprendrait les derniers événements, Sarah sentit sa gorge se nouer. Elle ignorait ce qui lui ferait le plus mal : son air scandalisé ou la compassion qu'il ne manquerait certainement pas de lui prodiguer ?

Elle secoua la tête pour chasser les pensées qui la tourmentaient. Elle avait bien assez souffert, aujourd'hui, sans chercher d'autres causes de torture. Ce n'était pas le moment de penser à Quentin…

— Ma tante, répondit-elle, je dois m'entretenir avec vous d'une question de la plus haute importance.

Lady Mansfield se rembrunit.

— Grendle ? dit-elle à sa femme de chambre. Voulez-vous me donner mon écharpe pailletée d'or ? Je crois l'avoir laissée dans la bibliothèque.

Dès que la domestique eut quitté la pièce, elle se tourna vers Sarah :

— Il s'agit d'Ailis, n'est-ce pas ? J'ai frappé à sa porte, cet après-midi, en pensant que la faim aurait raison de sa mauvaise humeur, mais elle n'a jamais répondu. Aurait-elle commis l'irréparable ?

— Non, mais…

Sarah désigna un fauteuil.

— Vous devriez vous asseoir, ma tante.

— C'est donc si grave ! gémit lady Mansfield en s'écroulant sur une bergère. Je savais que j'aurais dû retirer de sa chambre ce vase de Meissen ! Ton oncle me l'avait rapporté d'Allemagne et c'était l'un de mes préférés.

— Hélas, ma tante, les frasques d'Ailis n'ont rien de comparable avec le bris de quelque porcelaine, dit la jeune fille en soupirant. Je nc sais quels mots employer pour atténuer le malheur dans lequel elle nous plonge. Autant vous dire la vérité tout simplement : Ailis a quitté votre maison dans la nuit — Dieu merci dans la discrétion la plus totale. Je ne me suis rendu compte de son départ que ce matin, à l'aube. Redoutant qu'elle se soit enfuie avec lord Freemont, j'ai caché à tous son absence ; et j'ai passé toute la journée à cheval à essayer de retrouver sa trace.

— Seigneur ! Rassure-moi, Sarah. Dis-moi que tu l'as retrouvée et ramenée à la maison !

— Je l'ai retrouvée, en effet. Et elle est en parfaite santé. Mais je n'ai pas réussi à la convaincre de revenir chez vous… Je dois vous faire l'aveu, ma tante, qu'Ailis loue un logement près de Covent Garden, où elle s'est installée comme artiste. Elle entend vivre de sa peinture !

Lady Mansfield regarda longuement sa nièce comme si elle avait parlé chinois. Lorsque le sens des propos de Sarah la pénétra enfin, elle eut un air horrifié.

— Ailis a l'intention de travailler ? fit-elle d'une voix blanche. Ici, à Londres ?

Le sang reflua de son visage et Sarah sut qu'elle allait défaillir. Elle rappela aussitôt la caméariste et, tandis qu'elle s'agenouillait devant sa tante et lui tapotait les joues, lui demanda d'apporter des sels.

Après bien des efforts, lady Mansfield revint enfin à elle-même — pour laisser éclater sa détresse et conjurer le ciel de lui accorder une fin prochaine.

Quand elle en eut assez de verser des larmes, elle se fit

porter dans son lit où, exténuée, elle s'endormit. Sarah put enfin regagner sa chambre. Une tisane fumait sur sa table de chevet. Les tempes lui battant comme au plus fort de ses migraines, elle n'aspirait plus, elle aussi, qu'à quitter ce monde. La boisson calma quelque peu sa douleur mais n'interrompit pas le tournoiement de ses pensées — qui l'empêchait de sombrer dans le sommeil comme elle l'aurait tant désiré.

Ailis avait raison au moins sur un point. Quelle que fût sa décision pour l'avenir, il n'y avait aucune raison pour qu'elle restât plus longtemps à Londres, où elle serait l'objet de la risée publique. Sa tante, du reste, lui suggérerait certainement de se rendre avec elle à Bath, chez l'une de ses très bonnes amies, pour échapper à la première vague de commérages.

Un moment, elle fut la proie de la colère. Lady Mansfield aimait, par-dessus tout, la vie mondaine et la société londonienne. Et elle allait être forcée de s'exiler pour fuir le jugement de ses pairs ! C'était trop injuste ! Puis, s'adressant au ciel, Sarah pria pour que l'on n'imputât pas à la tante la responsabilité des erreurs de la nièce alors qu'elle n'avait eu aucune part dans son éducation et s'était contentée, pour lui permettre de faire son entrée dans le monde, de l'accueillir sous son toit.

La situation de Sarah était plus problématique. En qualité de sœur de la jeune révélation tombée en disgrâce, elle ne serait plus jamais invitée aux soirées les plus prestigieuses ; mais si elle voulait n'être pas complètement exclue de la vie sociale londonienne, il lui faudrait revenir dans la capitale avant la fin de la saison et affronter les médisances.

En prenant ces résolutions, Sarah eut un mouvement de rage et elle se retint d'imiter le geste d'Ailis. Lancer contre le mur la coupe de Meissen qui ornait sa table de chevet l'eût pourtant soulagée !

Bah ! L'espoir de faire un bon mariage était certes

résolument perdu, mais dans la mesure où le seul homme qu'elle aurait aimé épouser ne voulait pas d'elle, il lui était indifférent, au fond, de savoir qu'elle serait, bientôt, absolument discréditée…

Que devenait Quentin, d'ailleurs ? Il avait promis de lui rendre visite dès son retour à Londres. Il avait dû être retardé, et c'était tant mieux : s'il était arrivé en fin d'après-midi, comme il l'avait annoncé, lady Catherine aurait compris que Sarah lui avait menti en prétendant aller le rejoindre…

Il viendrait sans doute le lendemain, et si c'était après s'être rendu chez White's, il aurait peut-être déjà été informé de la terrible nouvelle. Elle se représentait déjà son beau visage furieux et douloureux… Enfin ! Elle savait qu'à la différence de tous les autres, il ne la rejetterait pas et resterait son fidèle ami.

Des larmes roulèrent subitement le long de ses joues… Comme elle avait soif des paroles apaisantes qu'il ne manquerait pas de lui dire ! Devant son désarroi, ne renoncerait-il pas à la prudence pour la prendre dans ses bras ? Elle puiserait tant de force dans une simple étreinte !

Mais ne franchirait-elle pas alors les fragiles barrières de l'amitié ? Supporterait-elle d'avoir ses bras autour d'elle et de ne pas sentir le contact de ses lèvres ? Que se passerait-il si elle perdait le contrôle de ses sens et qu'elle provoquait Quentin de mille manières ? La repousserait-il comme au bal de la duchesse d'Avon ?

Le souvenir brûlant de cette soirée passa sur elle telle une vague voluptueuse et cruelle. Non ! Jamais elle ne pourrait supporter derechef une telle souffrance, ni une telle vexation !

Elle s'interdirait de revoir Quentin tant qu'elle ne se serait pas remise de l'épreuve qu'elle traversait et n'aurait pas une vision plus claire de son avenir. Elle voulait avoir recouvré suffisamment de force et de confiance dans la vie pour ne pas fondre en sa présence…

Cette décision prise, elle se calma quelque peu. Oui, elle allait quitter Londres, mais pas en compagnie de sa tante — qui la presserait certainement d'y retourner dès que possible pour faire front aux critiques. Elle ignorait pour l'heure si elle serait un jour d'humeur à le faire. Elle ne savait pas précisément ce qu'elle voulait…

Elle avait besoin avant tout de paix et de solitude. Dès l'aube, elle ferait ses bagages et, quand sa tante serait éveillée, elle l'informerait qu'elle rentrerait à Sudley par la première malle-poste.

# 10

Deux jours plus tard, en fin d'après-midi, la calèche qu'avait prise Sarah au relais de poste s'arrêta au pied des marches de l'imposant péristyle du château de Sudley.

Aussitôt, un valet de pied accourut et déplia le marchepied de la voiture avant d'en ouvrir la portière. Il aida Sarah à descendre et fit appeler incontinent Pringle — qui fut très surpris de voir sa jeune maîtresse.

Sarah le rassura tout de suite sur l'état de santé de sa tante et de sa sœur puis, comme ils pénétraient dans le hall, lui exprima son désir de voir son père sans délai. Elle lui expliquerait, lui promit-elle, la raison de son brusque retour à Sudley, une fois qu'elle aurait parlé au baron.

Le majordome informa Sarah qu'en l'absence de ses filles, le baron quittait rarement, et pour ainsi dire jamais, le sanctuaire de sa bibliothèque. Il avait même pris l'habitude de s'y faire apporter ses repas et, s'il n'y avait pas quelque plateau à porter ou à débarrasser, le personnel était invité à ne le déranger sous aucun prétexte.

Sarah remercia Pringle de tous ces renseignements alors qu'ils arrivaient devant les grandes portes à double battant de la bibliothèque. Au cours de sa longue journée de voyage, elle avait pu réfléchir à son aise à ce qu'elle dirait à son père, au personnel et à ses relations du comté, et elle voulait, si possible, s'en acquitter au plus vite.

Quand bien même le baron ne jugerait pas le moment opportun…

Après avoir frappé à la porte et sans attendre de réponse, elle entra.

Lord Sudley n'avait rien entendu. Penché sur son manuscrit, il lisait à mi-voix le texte qu'il avait sous les yeux et dont, selon toute probabilité, il éprouvait ainsi l'harmonie. Sarah prit le temps d'observer le visage aux traits fins et à l'expression intelligente et triste de l'homme qui lui avait donné la vie.

Un élan d'affection jaillit de son cœur, balayant momentanément la peine, l'inquiétude, le ressentiment et la peur qui régnaient en elle depuis quelques jours. Elle remarqua que l'index de la main droite de son père était taché d'encre et, selon son habitude, sa cravate nouée de travers, sa veste et son gilet dépareillés.

— Papa ! dit-elle d'une voix forte. Je dois m'entretenir avec vous au sujet d'Ailis.

Lord Sudley releva les yeux en fronçant les sourcils d'un air importuné.

— Sarah ? C'est déjà l'heure du dîner ?

La jeune fille prit conscience avec un serrement de cœur que son absence n'avait pas même été remarquée.

— Non, pas encore, papa. J'arrive à l'instant de Londres et je dois vous donner d'urgence des nouvelles d'Ailis.

— Ah ! Oui ? Elle passe la saison à Londres chez votre tante, c'est vrai. A-t-elle reçu une proposition de mariage d'un jeune homme digne d'elle ?

Consternée devant la réaction de son père, Sarah se laissa tomber dans le seul fauteuil qui n'était pas encombré de livres.

— Pas vraiment, papa. Ailis a choisi une tout autre voie que le mariage. Vous savez combien elle se passionne pour la peinture ? Eh bien, elle renonce au mariage, tourne le dos à la bonne société et se voue corps et âme à son art ! Je l'ai laissée à Londres dans l'atelier qu'elle vient de se louer.

Considérant que les faits dont elle venait de faire état étaient bien assez accablants sans évoquer en plus la relation d'Ailis avec lord Freemont, Sarah se cala contre le dossier de son fauteuil en attendant la réaction de son père.

Allait-il — pensa-t-elle avec une amère ironie — accueillir la nouvelle en s'arrachant les cheveux et en lui reprochant de s'être montrée bien négligente avec sa sœur, ou avec un détachement poli ?

Alors que son père s'imprégnait du sens de ses paroles et qu'elle voyait changer l'expression de son visage, la colère se réveillait dans le cœur de Sarah qui retenait ses larmes.

Après un long silence, lord Sudley laissa échapper un profond soupir.

— Elle est perdue pour nous ? s'enquit-il faiblement.

— Hélas… J'ai essayé de la raisonner, mais elle est restée inflexible. Tout ce qu'elle voulait, c'était s'installer dans son propre atelier et vivre de son art. Elle n'a accepté d'aller à Londres, d'ailleurs, que dans cette intention. Le scandale qui va en résulter sera épouvantable.

Le silence s'établit de nouveau entre Sarah et son père, et la jeune femme fut la proie de sa mauvaise conscience. Mais elle repoussa aussitôt ce sentiment. Elle n'allait tout de même pas demander pardon à son père de ne pas avoir réussi à inculquer à sa sœur un sens assez aigu de la position qu'elle était appelée à occuper dans la société et de ses devoirs envers sa famille. Cet échec n'était-il pas aussi imputable en partie à lord Sudley ?

Ce dernier, loin d'accuser sa fille aînée, regardait au loin d'un air pensif.

— La sagesse, me semble-t-il, nous enseigne de faire fructifier nos dons. Cette exigence passe bien avant les conventions sociales.

— C'est exactement ce que pense Ailis.

Lord Sudley opina.

— Est-elle heureuse ?

Etonnée d'entendre cette question dans la bouche de son père, Sarah prit conscience qu'elle n'avait pas même pensé à se la poser.

— Oui, papa, je le crois.

Lord Sudley leva les bras d'un geste d'impuissance comme pour signifier qu'il n'y avait rien à ajouter.

— Vas-tu retourner à Londres ?

— Je ne sais pas..., répondit évasivement Sarah qui n'arrivait pas à comprendre comment son père pouvait accepter aussi facilement le changement de vie radical de sa fille puînée. Mon avenir ne m'apparaît pas encore très nettement...

Le baron hocha de nouveau la tête et prit sa plume : d'évidence, selon lui, l'entretien était terminé.

— Je pense que tu m'instruiras de tes intentions quand tu sauras ce que tu veux ? Et maintenant, s'il te plaît, j'aimerais terminer ce chapitre avant le dîner.

« Il ne remarquera ni n'appréciera jamais ce que tu fais... » Pour son irritation, la petite phrase d'Ailis lui revint à la mémoire. Sarah se dressa sur ses jambes et sortit en coup de vent de la bibliothèque.

Maintenant qu'il était rassuré au sujet de sa petite chérie, qu'il la savait heureuse, il était parfaitement satisfait et n'éprouvait pas le besoin de consoler sa fille aînée dont, pourtant, tout espoir de mariage se trouvait condamné par le scandale que causait sa cadette. Il n'avait pas eu un mot de compassion, ne s'était pas même enquis de savoir comment elle pourrait, un jour, tenter de faire son retour dans le monde.

Se mordant les lèvres pour retenir un torrent de larmes, Sarah partit à la recherche de Pringle. Elle voulait ne rien cacher de la situation au majordome pour qu'il fût capable de répondre aux multiples questions qui ne manqueraient pas de lui être posées, ainsi qu'aux critiques qui seraient exprimées devant lui dès que la nouvelle de la disgrâce d'Ailis se serait répandue dans le comté. Sarah, d'ailleurs, mettrait elle-même au courant lady Arden, l'épouse du comte d'Arden, le plus grand seigneur de la région.

Sarah eut un petit sourire triste. La noblesse campagnarde au milieu de laquelle elle avait grandi la fuirait-elle ou la traiterait-elle avec le même dédain que celui dont elle serait bientôt l'objet à Londres ?

Lorsqu'elle aurait rédigé la lettre à l'attention de lady Arden, elle serait enfin libre. Elle n'aurait plus à répondre aux questions insidieuses ni faire bonne mine devant les regards inquisiteurs, et consacrerait son temps à son plus grand plaisir : monter sa jument sur les terres de Sudley.

L'équitation avait toujours eu sur elle un effet apaisant. Aussi, quand les soucis liés à l'exploitation du domaine et les sautes d'humeur d'Ailis la nantissaient de maux de tête, avait-elle pris l'habitude de les dissiper en galopant à travers bois et prés.

Cette fois encore, elle essaierait de la sorte d'atténuer le battement douloureux qui accablait ses tempes depuis sa confrontation avec Ailis. Dans la solitude de la campagne, elle aurait tout loisir de réfléchir aux remarques de sa sœur et de faire la part de celles qui étaient fondées et de celles qui ne l'étaient pas.

Elle méditerait alors sur son avenir. Peut-être orienterait-elle sa vie dans une toute autre direction ?

Quentin ne revint à Londres que le surlendemain du jour où il était censé rentrer. Les mises au point qu'il convenait de faire avec le nouveau régisseur avaient exigé sa présence une journée de plus ; il n'avait pu arriver à temps pour accompagner Sarah chez lady Standish.

Désolé de n'avoir pu la soutenir alors qu'elle avait eu à

pâtir du terrible caractère de sa sœur, il voulait lui rendre visite le plus rapidement possible. Aussi, au lieu de diriger sa monture vers son appartement de St. James Square, lui fit-il prendre Upper Brook Street, où se dressait l'hôtel particulier de lady Mansfield.

En arrêtant son cheval devant la maison, il eut la surprise d'entendre tirer les verrous de la porte. Un instant après, elle s'ouvrit et un valet de pied parut.

Il attendit qu'un palefrenier eût pris son cheval par la bride avant de gravir les marches du perron, et constata aussitôt que, contrairement aux autres jours, les éléments en laiton de la porte, poignée, marteau, judas, n'avaient pas été astiqués. Un frisson lui courut le long du dos. Ailis n'avait pas pu commettre un acte si déshonorant que Sarah et sa tante eussent jugé nécessaire de partir sur-le-champ ?

Ses craintes lui semblèrent se confirmer, hélas, lorsque parut Evans, le visage plus sombre et pâle que jamais, et qu'il lui annonça, comme Quentin demandait à la voir, que Mlle Sudley était en province. L'inquiétude de Quentin s'accrut encore quand, après un silence révélateur, le majordome lui apprit que lady Mansfield et Ailis étaient également parties.

— Que s'est-il passé ? s'enquit-il d'une voix précipitée. Et ne me donnez pas une réponse évasive comme votre maîtresse vous a certainement invité à le faire. Je suis assez intime avec la famille pour qu'on n'ait le front de me servir des sornettes !

Le visage impassible d'Evans prit une expression soucieuse.

— Certes, milord, mais mon rôle n'est pas de divulguer ce que je ne sais d'ailleurs pas précisément… Je vous suggère d'aller trouver lady Mansfield à Bath, où elle a rejoint sa très bonne amie, Mlle Quimbly.

Le majordome s'interrompit un instant avant de reprendre :

— Mlle Quimbly s'est trouvée mal, récemment, et a requis la compagnie de lady Mansfield.

Sarah et sa tante avaient fui à Bath ! Qu'avait donc fait Ailis pour provoquer un départ aussi subit ?

Quentin scruta les traits d'Evans, mais ils étaient redevenus parfaitement impénétrables. Le majordome n'avait évidemment dit que ce qu'il était autorisé à révéler.

— Je vous remercie, Evans. Je vais aller rendre visite à votre maîtresse à Bath.

— Vous ferez bien, milord. Lady Mansfield sera, j'en suis sûr, très touchée d'une telle marque d'amitié.

Considérant qu'il était assez sorti de sa réserve en faisant cette remarque, le majordome se drapa derechef de toute sa dignité pour raccompagner lord Branson à l'extérieur, où l'attendait son cheval.

Il vint à l'esprit de Quentin que, s'il déjeunait au White's Club, il en apprendrait certainement plus sur la folie commise par Ailis.

Il rentra d'abord à St. James Square pour changer de vêtements et boire une pinte de bière puis il sauta dans un fiacre et se fit conduire à son club. Comme il était encore tôt, les salons étaient presque vides ; mais parmi les octogénaires qui lisaient leur journal, Quentin espérait au moins tomber sur une connaissance qui pourrait le régaler — triste festin, en l'occurrence ! — des derniers potins.

Il ne tarda pas à repérer lord Andover, dans le fauteuil où il avait coutume de s'asseoir, près d'une porte-fenêtre. Vieil ami de son père, lord Andover était un célibataire affable et bavard ; il se repaissait de commérages, s'empressant de les rapporter à tous ceux qui avaient la patience de l'écouter. Trait de caractère que Quentin déplorait mais qui, dans le cas présent, pouvait se révéler très utile.

— Quentin, mon garçon, quel plaisir de vous voir ! Vous venez faire un tour dans la capitale ? Je me demande toujours comment vous supportez cette vie campagnarde.

Respirer l'odeur de la bouse aurait tué votre père depuis longtemps.

— Je n'en doute pas, monsieur, répondit Quentin en s'asseyant.

Il fit signe à un serveur de lui apporter un verre de vin puis tapota le bord du journal déplié sur les genoux du vieil homme.

— Avez-vous lu quelque nouvelle croustillante ?

— Oui ! Un scandale tout à fait inouï et qui vient tout juste de se produire ! Figurez-vous que cette jeune beauté, Ailis Sudley, qui venait d'être présentée à la cour… Mais n'avez-vous pas des terres dans le même comté que les Sudley ? Il est vrai que vous en avez un peu partout en Angleterre, maintenant que vous êtes très fortuné… n'est-ce pas ?

— Pas autant que vous l'insinuez, repartit Quentin avec un sourire tendu. Je suis très lié aux Sudley dont je suis le voisin, en effet, mais dites-moi… Que s'est-il passé ?

— Un événement unique, comme je n'en ai pas vu depuis quarante ans dans cette ville !

— Soyez plus précis, insista Quentin qui commençait à perdre patience.

— J'ai assisté à plus d'un faux pas au cours de ma vie et vu plus d'une jeune fille tomber en disgrâce, mais je n'avais encore rien lu d'aussi incroyable !

— Ailis Sudley est retournée dans sa campagne ?

Lord Andover eut un petit sourire espiègle.

— Pas du tout. C'est beaucoup plus drôle. Mais puisque vous me dites que vous êtes intime avec les Sudley, vous pourriez avoir tous les détails en allant trouver cctte jeune beauté. Elle s'est installée à côté de Covent Garden ; elle y loue un atelier d'artiste. Elle entend devenir portraitiste. Une jeune fille de noble extraction ! A-t-on jamais rien ouï de pareil ?

— Ailis Sudley a pris son indépendance et prétend vivre de son art ? fit Quentin, épouvanté.

Une telle conduite la coupait à jamais de la bonne société !

— C'est ce que j'ai cru comprendre... Mais il faut que vous sachiez que Freemont passe beaucoup de temps chez elle. Si vous lui rendez visite, frappez fort avant d'entrer. Je présume que vous m'avez compris ?

Lord Andover roula les yeux d'une manière suggestive en prononçant ces derniers mots.

— Mon Dieu ! murmura Quentin. Je ne m'étonne plus que lady Mansfield ait trouvé refuge à Bath.

Les conséquences seraient très dommageables à une veuve bien établie dans la haute société londonienne, mais ne le seraient-elles pas encore plus pour une jeune fille comme Sarah ? Ailis avait compromis tout son avenir !

C'était pour sa chère amie une vraie catastrophe...

S'il s'était rendu au White's dans l'intention de prendre un bon repas après une matinée à cheval, il se rendait compte qu'il n'avait plus faim. Sarah devait être désespérée. Il lui fallait la rejoindre sans tarder !

Il s'efforça, nonobstant, de faire bonne mine devant son interlocuteur et écouta les autres potins dont il était question dans le journal. Puis, après s'être excusé auprès de lord Andover de ne pouvoir rester à déjeuner, il fit signe à un valet de s'approcher et le pria de lui trouver instamment un fiacre.

Il prépara ses affaires en un tournemain et, moins d'une heure plus tard, il galopait à bride abattue en direction de Bath. Si tout se passait bien et qu'il trouvait de vaillants chevaux à chaque relais, il serait aux côtés de Sarah dès le lendemain matin.

Le seul avantage de cette situation par ailleurs désolante, pensait-il en chevauchant, c'était qu'il ne serait plus obligé de présenter des prétendants à Sarah, du moins pas avant un certain temps.

Après avoir couru les routes jusque tard dans la soirée

et être reparti dès l'aube sous une pluie battante, il arriva à Bath au milieu de la journée, couvert de boue et épuisé. Il se rendit directement à la meilleure hôtellerie de l'élégante cité où il se fit préparer un bain bien chaud et servir un repas qu'il prit dans des vêtements secs. Puis il chargea un valet de pied de se renseigner sur l'adresse de Mlle Quimbly et sur les moyens de s'y rendre.

Dès qu'il obtint ces renseignements, il se rendit à ladite adresse, le cœur battant. Par saint Georges, dans quel état trouverait-il Sarah ?

Si le maître d'hôtel qui l'accueillit parut douter qu'il fût le bienvenu, l'autorité avec laquelle Quentin lui demanda de l'annoncer le fit obtempérer. Le jeune lord fut condamné à battre de la semelle dans le hall pendant près d'une demi-heure avant que le maître d'hôtel ne revînt lui dire que lady Mansfield allait le recevoir.

Au terme d'un long entretien avec la tante de Sarah, qui versa bien des larmes, il apprit enfin, avec une profonde déception, que sa nièce était retournée à Sudley par la malle-poste, la veille de son propre départ pour Bath.

Elle aurait aimé l'y emmener, expliqua lady Mansfield en se tamponnant le bord des yeux avec son mouchoir, mais Sarah était partie fort brusquement — et sans même lui dire quel jour elle viendrait la rejoindre pour qu'elles pussent tenter, si cela était seulement possible, de réparer le mal qu'Ailis avait fait à sa réputation.

La pauvre femme éclata de nouveau en sanglots. Elle aurait, gémissait-elle, bien peu d'influence sur l'opinion de l'aristocratie ; et l'avenir de sa malheureuse Sarah risquait fort d'être aussi compromis que celui de sa scandaleuse sœur !

Quentin s'obligea à rester encore une longue heure en compagnie de lady Mansfield à qui il distilla quelques mots de réconfort au milieu de ses interminables jérémiades. Il était si impatient de partir qu'il n'essaya pas même de dissiper le malentendu qui s'immisça dans l'esprit de son interlocutrice lorsqu'il lui fit part de son intention de partir immédiatement pour Sudley. Elle le remercia avec effusion d'apporter son soutien à sa chère nièce dans les terribles moments qu'elle traversait et, lorsqu'il se retira, il lut dans le regard de lady Mansfield une reconnaissance et un espoir sur la nature desquels nul n'eût pu se méprendre.

En retournant à son hôtel, il réfléchit à la situation. Etant donné la répugnance de la bonne société londonienne pour tout ce qui était nouveau, le comportement d'Ailis avait assurément anéanti les chances qu'avait sa sœur de trouver un bon parti…

Or, lui-même serait appelé, tôt ou tard, à se choisir une épouse.

Ne serait-ce pas une bonne idée de répondre à l'espoir de lady Mansfield et de faire en sorte que sa conclusion, un peu hâtive, certes, mais qui découlait naturellement de l'attitude qu'il avait eue et des propos qu'il avait tenus, s'accordât à la réalité ?

Il lui suffisait tout simplement d'épouser sa meilleure amie, Sarah Sudley !

# 11

Deux jours après son retour à Sudley, Sarah, assise dans le petit salon, attenant à sa chambre, qui lui servait de bureau, pestait devant la réponse de lady Arden, que Pringle venait de lui remettre :

« Ma chère Sarah,

» Comme vous devez être affligée par l'inqualifiable attitude de votre sœur ! L'infamie dont elle s'est rendue coupable retombe injustement sur toute une famille qu'aucune opprobre n'avait jamais salie ! Et vous-même, victime innocente, voyez votre honneur, jusqu'alors intact, flétri par de tels agissements !

» Soyez assurée que si je n'étais pas retenue à Arden par mille devoirs, j'accourrais auprès de vous pour vous soutenir dans ces moments difficiles.

» Mais j'ai encore beaucoup à faire pour la présentation de Jenny à la saison prochaine. Vous vous doutez, du reste, qu'avec cet événement majeur en perspective et compte tenu de la sensibilité et du caractère impressionnable d'une jeune fille de son âge, il serait judicieux, pour le moment, qu'elle ne vous rencontrât pas.

» Mme Hamilton et moi-même nous sommes entretenues à votre sujet et nous pensons toutes deux qu'il serait de même préférable que vous vous absteniez pour un temps de prendre part aux activités charitables de la paroisse. Bien sûr, dès que nous le jugerons convenable, vous pourrez reprendre votre place parmi nous.

» En attendant, croyez bien en toute la sympathie de votre voisine et amie ! »

Drôle d'amitié, pensa Sarah avec dégoût en reposant la lettre sur le bureau. La réponse de lady Arden aurait peut-être été encore plus cinglante, eût-elle été postée à Londres, mais elle lui interdisait, tout de même, toutes relations avec ses amis du comté et l'enjoignait à ne participer à aucune de leurs activités…

Elle referma le livre de comptes qu'elle venait de contrôler attentivement et s'adossa à son siège en bâillant. La réaction de lady Arden, fût-elle décevante de la part de qui s'était toujours proclamée son amie (et avait été crue), n'avait rien d'inattendu. Et si telle était l'attitude à laquelle elle devait s'attendre chez qui l'avait connue depuis le berceau, la conclusion à laquelle elle était parvenue lors de son long voyage de retour à Sudley était sans doute la bonne.

Elle n'éprouvait guère le désir de revenir au sein d'une société qui condamnait, pour les méfaits d'un autre, un individu à l'ostracisme. Méfaits, d'ailleurs, qui n'auraient jamais dû entraîner la mise à l'index de son auteur. Ailis, au fond, ne se trouvait au rebus de la société que pour en avoir défié les conventions ! Etait-ce là un si abominable crime ?

Au cours de sa réflexion, elle avait fini, également, par considérer que les remarques de sa sœur n'étaient pas sans fondement. Elle avait peut-être exagéré en lui faisant le reproche de vivre par procuration, et n'avait-elle pas eu le désir secret qu'un peu de la splendeur de sa sœur rejaillît sur elle ? En tout cas, si elle avait été prête à tout pour qu'Ailis pût prétendre au meilleur mariage, maintenant que ce but ne pouvait plus être poursuivi, elle ne voyait pas l'intérêt de regagner l'estime de la haute société.

Elle devait aussi admettre qu'Ailis avait raison de dire

que leur père n'avait jamais reconnu ce qu'elle faisait pour lui. Et elle était bien obligée de constater que c'était la même chose avec Quentin…

Son séjour à Londres lui apprenait que le domaine de Sudley et son père vivaient fort bien sans elle. De même, Quentin, à Thornwhistle, n'aurait qu'à employer quelqu'un pour seconder son régisseur si ce dernier s'avérait incapable d'exploiter le domaine sans l'aide d'une voisine serviable à trop bon compte.

Quant à l'association charitable de la paroisse, il lui était indifférent de n'en plus faire partie. Elle y avait surtout *servi*, là encore, à maintenir la paix entre lady Arden, infatuée d'être la première dame du comté, et Mme Hamilton, qui se vantait d'avoir un comte dans sa famille, et qui, en qualité de femme de pasteur, estimait que son opinion prévalait sur celle des autres. Sarah était souvent rentrée de leurs réunions avec une migraine comparable à celles que provoquaient en elle les colères d'Ailis.

« Est-elle heureuse ? » avait demandé leur père en parlant de sa fille cadette, et Sarah n'avait pu répondre que oui. Eh bien, ce droit au bonheur, elle le revendiquait aussi pour elle, à présent. Elle allait enfin faire ce que, secrètement, elle désirait depuis l'enfance : vivre au milieu des chevaux — et pour eux. Les bêtes ne valaient-elles pas mieux que les hommes ?

Elle avait compris très tôt que le seul endroit où elle était vraiment heureuse à Sudley, c'était les écuries. Les meilleurs moments de sa prime jeunesse s'étaient déroulés en compagnie de son grand-père dans les stalles qu'il avait fait édifier pour y élever ses poulinières.

Elle l'avait vu pendant plusieurs années s'évertuer à l'amélioration de ses chevaux de chasse — si fructueusement qu'un animal sorti des écuries de Sudley obtenait déjà, à l'époque, tous les suffrages.

Ses parents, qui s'étaient connus à la chasse au renard,

autrement dit, qui avaient partagé de fols galops à travers champs, avaient contribué activement aux efforts de lord Sudley. Et, à la mort du grand-père de Sarah, l'année de ses sept ans, les écuries de Sudley étaient célèbres dans le comté et dans tous ceux qui le bordaient.

Après la mort de sa mère, cependant, son père cessa de s'intéresser à l'élevage des chevaux, pour lequel son épouse bien-aimée s'était passionnée, et abandonna de plus en plus cette part de ses occupations à son métayer puis à Sarah.

La jeune fille, au fil des ans, s'était vouée, corps et âme, à l'amélioration de la race et, aujourd'hui, les poulains de l'écurie de Sudley étaient vendus avant même leur naissance. Comme elle l'avait dit à lord Russell, elle aurait voulu en augmenter le nombre ; mais elle ne pouvait disposer d'une superficie plus grande en herbage et les écuries étaient déjà pleines.

L'occasion lui était donnée, peut-être, de réaliser son rêve. Puisque la bonne société du comté la rejetait, rien ne l'empêchait plus d'acquérir, au mépris du qu'en-dira-t-on, un autre domaine assez vaste où elle irait vivre seule, se consacrant exclusivement à l'élevage des chevaux.

Elle ne doutait pas que les acheteurs resteraient tout aussi nombreux. Elle n'aurait affaire, d'ailleurs, qu'à des hommes, ce qui simplifierait considérablement les relations.

Elle rouvrit le grand livre de comptes et survola les bénéfices réalisés au cours des dix dernières années. Sous sa direction avisée, Sudley avait fait d'excellents profits. Elle avait assez donné de sa personne pendant cette décennie pour mériter le financement de son projet. Puisque lord Russell proposait de lui vendre un domaine convenant, selon lui, à l'élevage, elle enverrait son régisseur en faire l'inspection ; et s'il trouvait les terres de bonne qualité, elle ferait une offre d'achat.

Ailis lui avait donné l'exemple quant à l'art et la manière

de subtiliser une somme à leur père. Il suffisait qu'elle lui présentât une autorisation de prélèvement sur son compte et il la signerait sans même être curieux de son affectation.

Pour être parfaitement heureuse, il lui faudrait, bien sûr, encore autre chose…

Or comme il était hors de question d'espérer, un jour, être aimée de Quentin Burke, elle avait pris la décision de le voir le moins possible.

Il était à Londres, du reste, pour se trouver une femme, et elle n'avait aucune envie de l'assister dans cette recherche. Leurs relations ne deviendraient-elles pas compliquées, voire impossibles, après son mariage ? Il était préférable qu'elle s'éloignât de Thornwhistle. Elle échapperait ainsi à la torture de le savoir tout près et, pourtant, résolument inaccessible.

Dans son propre intérêt, en épousant sa nouvelle vie, elle laisserait derrière elle son amitié pour lui.

Sourde à la petite voix qui lui répétait qu'elle ne pourrait jamais lui tourner le dos tout à fait, elle revint à ses comptes pour établir quelle somme elle pourrait s'allouer sans rompre l'équilibre financier du domaine.

La voix se faisant insistante, elle lui rétorqua enfin qu'elle avait déjà versé toutes les larmes de son corps pour Quentin et qu'il était temps d'oublier les rêves de la petite fille et de mener concrètement sa vie femme.

Elle tourna une page du grand livre si brusquement que la lettre de lady Arden s'envola et chut à terre. Sarah, sans y penser, se pencha pour la ramasser ; soudain, elle arrêta son geste. « Pleutre ! songea-t-elle. Tu n'as pas même eu le courage d'aller dire à lady Arden ce que tu pensais de son procédé ! »

Et, au lieu de ramasser sa lettre, elle l'écrasa sous son pied. Premier acte de rébellion, se dit-elle avec un petit rire en se plongeant encore une fois dans ses comptes. Oh ! Que c'était bon de se révolter !

Comme elle vérifiait une addition, Pringle l'interrompit pour lui annoncer l'arrivée d'un visiteur.

Lord Branson l'attendait dans le salon…

Quentin vit venir à lui une Sarah parfaitement détendue et sûre d'elle-même.

— Quentin ! Quelle bonne surprise ! fit-elle en lui tendant les mains. Et quelle gentille visite !

La trouver en si bonne forme le rassura — et l'étonna. Sa répudiation ne lui faisait donc pas plus d'effet ?

Il espérait, toutefois, que cette assurance, fût-elle une grande marque de courage, ne la faisait pas méjuger de la situation désespérée où elle se trouvait…

En tout cas, et même s'il ne voulait pas se l'avouer, derrière l'admiration que la dignité de Sarah lui inspirait, se cachait une pointe de déception qu'elle ne se fût pas précipitée dans ses bras en sanglotant.

— Je ne m'attendais pas à vous voir à Sudley au cœur de la saison londonienne, reprit-elle alors qu'il portait les mains de la jeune fille à ses lèvres. Quelque problème vous a-t-il appelé à Thornwhistle ?

Déconcerté par la question, il laissa retomber ses mains.

— Sarah… Vous vous doutez bien que je n'aurais pas fait tout ce chemin pour une simple histoire de fermage ! Je suis venu pour vous aider, autant que je le peux. Je suis désolé de n'avoir pas été auprès de vous quand… tout cela a eu lieu. Je me suis mis en route dès que j'ai su ce qui s'était passé. Qu'avez-vous l'intention de faire ?

— Voulez-vous une tasse de thé ?

Si affronter dignement l'adversité était une qualité, elle poussait là un peu loin l'héroïsme, songea-t-il avec un soupçon d'irritation.

— Volontiers, quoique je sois surtout venu pour réfléchir avec vous à la situation dans laquelle Ailis vous a laissée.

— J'ai un projet, répondit-elle en lui désignant un fauteuil en face duquel elle prit place. J'avais eu l'intention de vous écrire pour vous en informer, mais puisque vous êtes ici, autant vous l'apprendre de vive voix : je ne pourrai plus à l'avenir superviser votre domaine de Thornwhistle comme je l'ai fait jusqu'à aujourd'hui car je vais quitter définitivement Sudley. Vous pouvez garder Manning comme régisseur. C'est un homme de confiance.

— Ne vous préoccupez pas de Thornwhistle ! Où voulez-vous aller ? A votre place, j'irais rejoindre lady Catherine à Bath. Votre tante vous y aidera à préparer votre retour à Londres…

— Je ne veux pas même en entendre parler ! s'écria-t-elle, le sang aux joues. Je ne m'étais rendue dans la capitale qu'afin d'y trouver un mari pour Ailis. Dans la mesure où, d'une certaine manière, elle s'y est établie et qu'elle s'y trouve bien, je n'ai aucune raison d'y revenir.

— Vous n'envisagez pas, tout de même, de vivre pour toujours à l'écart du monde ? Allons, Sarah ! Je ne vous ai jamais vue reculer devant un obstacle ! Je reconnais que ce sera désagréable au début, mais, dès que le scandale sera oublié, toutes les personnes bien nées et douées de bon sens conviendront que vous ne pouvez pas être tenue pour responsable des fredaines de votre sœur. Les plus prétentieux des jeunes gens, certes, sont perdus pour vous ; est-ce une si grande perte ?

— Je n'ai pas peur de revivre à Londres, Quentin. Simplement, je n'en ai aucune envie. Je n'ai rien à y faire.

Elle avait donc perdu tout espoir de se marier ! Elle exprimait cette résignation avec une telle sérénité que Quentin sentit une sorte d'oppression sur sa poitrine. Non seulement il lui était douloureux d'apprendre qu'il était indifférent à la jeune fille de se trouver à Londres quand il y était mais, en outre, elle s'excluait de la vie sociale et renonçait au mariage !

A la fois rempli de tendresse pour la vaillante Sarah et de rage contre sa sœur, qui avait écrasé toutes ses chances de bonheur, il ne sut que répondre.

— Il y a longtemps déjà que je rêve de développer notre élevage, mais à Sudley c'est impossible, faute de place. J'ai donc décidé d'acheter une autre propriété, plus grande, et d'y transporter tous mes chevaux. J'y vivrai seule, au service de mes bêtes.

— Ce n'est pas un travail de femme ! protesta Quentin qui jugeait que le scandale équivaudrait presque à celui produit par Ailis. Vous ne parlez pas sérieusement.

Elle le toisa du regard.

— Je vous assure du contraire. Je pensais que vous m'estimeriez assez compétente pour m'encourager dans ce sens.

— Je ne mets pas votre compétence en doute, grands dieux ! Je sais mieux que quiconque que ce n'est pas grâce à votre père si les chevaux issus des écuries de Sudley sont les meilleurs du royaume ! Mais c'est une chose très différente d'assurer un élevage alors que vous vivez sous le toit du baron et qu'il est le maître officiel du domaine, et de se livrer aux mêmes activités dans une totale indépendance ! Vous vous condamneriez à être coupée pour toujours de la société, sans aucun espoir de rédemption dans le cas où, un jour, vous recouvreriez un peu de bon sens !

L'expression de Sarah devint glaciale.

— Rassurez-vous, Quentin. Je dispose de toutes mes facultés. J'aime m'occuper des chevaux et, comme vous le faisiez remarquer, j'y excelle. Pourquoi ne voulez-vous pas que je tente ma chance ? Dois-je attendre à Sudley que le cousin Archibald en hérite ? Ou dois-je vivre avec ma tante Catherine plus ou moins en marge de la bonne société, et remercier le ciel de cette faveur insigne chaque fois que je serai conviée à un dîner ou à une soirée d'un moindre prestige ? Dois-je me transformer en vieille fille et espérer le prince charmant qui fermera les yeux sur le scandale de ma sœur et qui, en daignant m'épouser, gagnera le droit de dilapider ma dot ?

— Non, bien sûr, repartit Quentin avec impatience. Il vous reste cependant la solution de vous marier avec moi.

Elle resta silencieuse un moment, fixant du regard Quentin comme pour lire dans son âme. Ce qu'elle crut deviner lui déplut.

— Oh, dit-elle. Vous vous sacrifieriez pour m'arracher à mon exil ? Comme c'est noble de votre part !

— Sarah… Je ne l'ai pas dit dans cet esprit !

Il se passa la main dans les cheveux, affolé lui-même par la proposition qu'il venait de faire, et conscient qu'il s'y était bien mal pris.

— Je ne voulais pas vous demander votre main de cette façon… J'étais venu vous voir dans cette idée et puis… sans me laisser le temps de vous exprimer mes intentions, vous m'avez exposé les vôtres. Et elles m'ont, je le confesse, tout à fait désorienté…

Elle étudia de nouveau son visage avant de répondre :

— Je ne vous comprends pas, Quentin. Ce que vous m'avez dit, à la suite du bal de lady Cavendish, m'a démontré clairement que vous ne m'aimez pas… On ne se marie pas par pitié, mon ami.

Il se pencha pour prendre la main de Sarah et la frôla de ses lèvres.

— Quoi que j'aie pu dire ou faire, le bal de la duchesse d'Avon reste pour moi un souvenir merveilleux, murmura-t-il.

Elle retira sa main comme qui se brûle et, se levant d'un bond, marcha jusqu'à la croisée.

— Que feriez-vous si, m'ayant épousée, vous rencontriez, plus tard, une jeune femme qui ne serait pas à vos yeux une simple amie mais qui enflammerait votre cœur et votre esprit ? s'enquit-elle en regardant, au loin, les cimes des grands arbres.

— J'ai déjà vécu trente-deux ans sans la rencontrer ; je crois qu'il y a peu de chance que cela m'arrive au cours des années qu'il me reste à vivre. Du reste, vous pourriez me faire confiance, Sarah. Me croyez-vous si dépourvu d'honneur ?

Elle se retourna avec un petit sourire, mais son regard était distant.

— Non, répondit-elle. Je n'ai jamais mis en doute votre sens de l'honneur.

Quentin sourit à son tour : son espoir se ranimait. Il avait surpris Sarah ; elle s'attendait si peu à son offre, dans les circonstances dramatiques qu'elle traversait ; mais quand elle y repenserait, dans la paix de Sudley, elle concevrait certainement que l'affection qui les liait justifiait pleinement cette proposition.

Et puis Sarah avait la tête sur les épaules. Elle avait trop le sens des réalités pour refuser sa demande en mariage. Même avant le scandale commis par Ailis, en raison de son titre et de sa grande fortune, le monde aurait regardé comme un triomphe pour la jeune demoiselle Sudley d'avoir réussi à conduire lord Branson à l'autel. L'orgueil n'inspirait pas ces réflexions : il savait qu'elles étaient celles du monde.

Et lorsque Sarah aurait dit oui, il aurait toute liberté de la prendre dans ses bras et de l'embrasser avec cette passion qu'il contenait, lui semblait-il, depuis un siècle…

La jeune femme s'éclaircit alors la gorge pour arracher Quentin à sa méditation et, levant sur lui ses grands yeux noisette :

— Aussi flattée, déclara-t-elle, que je sois de votre

offre, lord Branson, je ne puis vous laisser faire un si grand sacrifice.

Puis, se dirigeant vers la porte :

— J'en suis navrée, mais j'ai des comptes à terminer avant la fin de la matinée.

Elle tira la sonnette.

— Pringle va vous raccompagner. Je vous souhaite un agréable retour à Londres.

Avant que Quentin eût compris ce qui se passait, elle lui fit la révérence et s'éclipsa.

Quentin resta interdit un moment sans savoir que faire jusqu'à ce qu'il prît conscience que sa chère amie venait purement et simplement de l'éconduire !

Oui, elle l'avait congédié, ni plus ni moins, comme s'il n'avait été qu'un simple voisin venu rendre une visite au moment le moins opportun — alors qu'il était sur les routes depuis trois jours pour elle et qu'il venait de la demander en mariage !

Emu, irrité au-delà de toute expression, il galopa jusqu'à Thornwhistle où, enfin, en remontant l'allée du manoir, au milieu de ce parc magnifique que lui avait inspiré Sudley, il commença à se calmer.

Il se rendit au petit salon et s'y fit apporter une bouteille de bordeaux. Le verre à la main, il se mit à aller et venir — et ne put s'empêcher de penser qu'il avait été très maladroit. Las ! il avait été si troublé par les propos de la jeune femme, de l'entendre lui exprimer son intention de vivre seule, qu'il lui avait brutalement offert le mariage. Il aurait sans doute fallu aborder la question pas à pas, et envelopper sa demande de mots tendres et affectueux…

Il fallait tout recommencer. Il irait la voir dès le lendemain matin et, cette fois, il saurait lui parler, toucher son cœur.

Plus il pensait à elle, plus il prenait conscience de son attachement. Il lui serait insupportable de la savoir loin, exploitant seule un domaine. Lorsqu'ils seraient mariés, il ne freinerait pas son ambition, au contraire ; il savait qu'elle réussirait brillamment et qu'il en retirerait beaucoup de fierté. Bien sûr, il serait présent lorsqu'elle négocierait avec les acheteurs ; car il ne souffrirait pas qu'elle fût soumise aux plaisanteries qui ont cours dans ce milieu très masculin…

Le lendemain, en fin de matinée, Quentin se rendit donc à Sudley. A ce moment de la journée, Sarah aurait accompli ses tâches matinales et ne refuserait pas de faire quelques pas dans le parc avec lui. Il lui prendrait la main, lui parlerait avec douceur, et elle redeviendrait son amie fidèle, peut-être même la prendrait-il dans ses bras et goûterait-il à la saveur de ses jolies lèvres ?…

Quand il aurait conquis le cœur de la jeune femme, il irait trouver son père. L'heure du repas serait un moment propice pour le distraire de son travail et lui demander officiellement la main de sa fille.

Il retournerait alors au petit salon avec Sarah et, dans cette belle pièce où hier elle l'avait repoussé, ils célébreraient leur engagement autour d'une coupe de champagne, avant d'autres baisers plus passionnés encore…

Il se sentait ému comme jamais en descendant de cheval et en gravissant les marches du péristyle. Il lui semblait que ses jambes allaient se dérober sous lui ; ses mains tremblaient.

Il se répétait la phrase, très belle et très émouvante, et dont il avait soupesé chaque mot, qu'il allait prononcer devant Sarah, si bien qu'il n'entendît qu'à demi la réponse de Pringle au bonjour automatique qu'il lui avait adressé.

Le majordome, surpris par la distraction inhabituelle de lord Branson, reprit sur un ton plus ferme :

— J'ai le regret de vous informer, milord, que Mlle Sudley est repartie pour Londres, ce matin.

# 12

Une semaine plus tard, en fin d'après-midi, Sarah montait l'escalier conduisant à sa chambre, dans l'hôtel particulier de sa tante.

Elle avait eu la surprise, en arrivant à Londres, d'y trouver cette dernière, qui l'avait devancée de quelques heures. Elle lui avait écrit à Bath pour lui faire part de son intention de retourner dans la capitale et lui demander l'autorisation de séjourner chez elle ; mais, au lieu de prévenir le majordome de l'arrivée imminente de sa nièce, lady Catherine était venue l'accueillir en personne.

Bien qu'elle considérât qu'il s'était écoulé trop peu de temps depuis le scandale pour que Sarah et elle-même pussent se montrer de nouveau en société sans provoquer une levée de boucliers ou susciter la consternation générale, cette généreuse femme souhaitait être auprès de sa nièce pour la réconforter et n'avait pas craint de retourner à Londres.

Sarah, qui ne voulait pas accabler sa tante en lui avouant la véritable raison de son retour dans la capitale, lui annonça d'emblée qu'elle n'était là que pour rencontrer l'homme de loi de son père, avec lequel elle avait plusieurs questions importantes à régler.

Ce qui n'était pas un mensonge car, ce jour même encore, elle avait eu rendez-vous avec M. Smithers.

Un sourire aux lèvres, elle posa son réticule sur une

chaise et les documents qu'elle avait rapportés sur la commode. M. Smithers, qui savait depuis longtemps que c'était Sarah et non pas lord Sudley qui dirigeait les affaires de la famille, n'avait été nullement surpris lorsqu'elle lui avait demandé de faire une offre pour des terres mises en vente par lord Russell.

Or, elle venait d'apprendre que les négociations étaient en cours et qu'aucun obstacle ne semblait s'opposer à cet achat. Dès que l'acte serait signé, Sarah retournerait à Sudley et commencerait à acheminer ses chevaux et son matériel dans la nouvelle propriété.

Elle espérait s'installer dans sa nouvelle demeure au plus vite. Car elle ne doutait pas que Quentin reviendrait à la charge et qu'elle serait derechef confrontée à un douloureux dilemme : s'abandonner dans ses bras, comme elle en avait eu une terrible envie, la dernière fois qu'elle l'avait vu, ou placer son honneur au-dessus de ses sentiments et refuser un amour inspiré par la pitié…

Elle ne voulait plus souffrir. Le sacrifice que Quentin avait été sur le point de faire en l'épousant représentait pour elle une inqualifiable humiliation. Elle préférait ne plus le voir plutôt que de revivre une telle épreuve !

Indépendamment de l'issue des négociations d'achat, elle avait une autre question à régler.

Laissant échapper un soupir, elle se saisit du message qu'Evans lui avait apporté à son retour et le lut une dernière fois :

« J'ai appris par Holden que tu étais en ville.

» Viens me voir. S'il te plaît. »

Et elle garda les yeux baissés sur l'écriture grande et bien formée de sa sœur, comme si cette élégante calligraphie recelait le mystère de son âme.

En recevant ce billet, Sarah avait eu envie d'en faire une boule et de le jeter au feu. Les paroles cruelles d'Ailis résonnaient encore à ses oreilles et elle n'avait aucune envie de se soumettre à d'autres commentaires acides de sa part.

Mais n'étaient-elles pas sœurs ? L'affection qui la liait à Ailis était plus forte, elle en était certaine, que la douleur qu'elle avait éprouvée par sa faute. N'avait-elle pas veillé sur elle pendant toute sa jeunesse ? Elle ne pouvait imaginer être séparée de sa sœur, quelle que fût la peine qu'elle lui eût infligée…

Du reste, le « s'il te plaît » tout à fait inhabituel par lequel Ailis avait conclu sa lettre ne pouvait-il pas s'interpréter comme une façon de demander pardon ?

Elle voulait, en tout cas, savoir si les commandes annoncées avaient été réellement passées et si sa sœur arrivait à subvenir à ses besoins. La somme qu'elle avait prélevée sur le compte de leur père était très inférieure au montant de sa dot et ne garantirait pas longtemps son autonomie…

Or, dans son isolement actuel, Sarah avait très peu de chance d'avoir des nouvelles de sa sœur autrement qu'en allant la trouver dans son atelier de Mercer Street. Ni les commérages, car elle évitait les mondanités, ni sa tante, qui ne serait pas avant longtemps d'humeur à recevoir Ailis chez elle, ne lui en donneraient…

Un petit sourire honteux se dessina sur les lèvres de Sarah. Oui, elle se rendrait bien chez Ailis, quoi que l'on pût penser de cette démarche…

La lumière de cette fin d'hiver baissait déjà. Ailis serait, sans doute, en train de nettoyer ses pinceaux et ses brosses. C'était le meilleur moment pour la visiter.

« Tu organises encore ton temps en fonction d'Ailis et de ses besoins », ironisa-t-elle, non sans amertume. Comme il était difficile de se défaire de ses habitudes !

Tante Catherine faisait la sieste tous les jours. Il serait aisé de sortir de la maison et d'y revenir sans avoir à expliquer où elle était allée !

Ce dernier argument s'ajoutant aux autres, Sarah enfila ses gants, prit sa pelisse et sortit dans la rue.

Une demi-heure plus tard, elle avait la main sur le marteau de la porte de sa sœur et regrettait déjà d'être là. Si elle avait été certaine que le fiacre avec lequel elle était venue attendait toujours devant la maison, elle aurait redescendu l'escalier en courant…

Rassemblant son courage, elle leva le marteau et le laissa retomber trois fois. L'estomac noué, elle attendit que la servante vînt lui ouvrir. La blessure n'était manifestement pas encore refermée ; et ses larmes étaient prêtes de nouveau à ruisseler…

Ce ne fut pas sa domestique, mais Ailis elle-même qui parut sur le seuil.

Sarah ouvrit la bouche pour formuler un bonjour mais aucun son ne sortit de ses lèvres.

Les deux sœurs se regardèrent en silence un moment puis Ailis ôta sa blouse maculée de peinture et serra Sarah dans ses bras avec force.

— Sarah ! Je suis si heureuse que tu sois venue !

Au cours de toutes les années qu'elles avaient passées ensemble, Ailis, très peu démonstrative, n'avait que rarement embrassé sa sœur aînée.

Bouleversée, Sarah la serra à son tour dans ses bras alors que les larmes qui lui gonflaient les paupières se mettaient à couler le long de ses joues, et sur les cheveux d'or de sa petite sœur.

Ailis, qui pleurait également, s'écarta enfin de sa sœur.

— De quoi avons-nous l'air, à pleurer ainsi comme deux cruches ? Entre !

Elle prit Sarah par le bras et l'entraîna à l'intérieur du logement.

— Higgins ! cria-t-elle en direction d'un réduit qui devait servir de cuisine. Sers du thé dans l'atelier, paresseuse !

Voyant Sarah retirer sa pelisse, elle s'empressa de dégager le divan du matériel de peinture dont il était encombré et l'invita à y prendre place. Puis elle débarrassa un fauteuil en vis-à-vis où s'entassaient toutes sortes de choses et s'y laissa tomber.

— Tu as reçu mon message ? fit-elle en levant ses grands yeux bleus sur Sarah qui acquiesça d'un signe de tête. Je n'ai jamais été très attentive à la souffrance des autres, mais je sais que je t'ai fait du mal. Je t'en demande pardon, Sarah. Je ne pensais pas vraiment ce que je t'ai dit… enfin, tu me comprends. Lorsque je suis en colère, ma langue parle plus vite que je ne le voudrais. De toute façon, je voulais prendre mon envol, un jour ou l'autre, et on ne s'arrache pas aux siens sans douleur. Notre discussion au sujet d'Holden m'a servi de prétexte. Pour te décourager, j'ai commis ce qui, je le savais, était irréparable.

Sarah eut un sourire contracté.

— Tu as parfaitement réussi ton coup.

Ailis la considéra d'un air attendri puis, retrouvant naturellement son expression mutine, continua :

— Cela dit, je ne t'ai pas fait venir pour te demander pardon, car je ne regrette rien de ce qui s'est passé. Je voudrais seulement que tu cesses de te préoccuper des autres et que tu commences à penser à ta propre vie.

— Eh ! figure-toi que, grâce à toi, je m'en suis préoccupée. J'ai d'ores et déjà engagé des négociations pour l'achat d'un autre domaine. Ce qui me permettra d'acquérir une paire de pur-sang irlandais dont je rêve depuis un an mais que les écuries de Sudley ne pouvaient accueillir. Grâce à ces étalons, j'améliorerai considérablement la race de mes chevaux. Je fais le pari que dans quelques années les poulains de Sudley seront les plus recherchés d'Angleterre.

— Tu n'as donc pas l'intention de rester à Londres, dans cette société crispée sur d'absurdes principes ? Merveilleux !

Je vais prier Holden de nous apporter du champagne pour que nous levions un toast à nos nouvelles vies !

Renonçant à exprimer son sentiment au sujet de la présence du vicomte dans la vie de sa sœur, Sarah demanda :

— A ce propos… vas-tu réussir à t'en sortir toute seule ?

— Mieux que ça ! Je suis sur le point de devenir une artiste très prospère !

Une lueur espiègle brilla dans le regard d'Ailis.

— Mes commandes sont assez insolites, je l'avoue. Elles n'ont rien à voir avec ce que tu imagines.

— Ce ne sont pas des portraits ?

— Si… d'une certaine manière. C'est une série d'études, pour le compte de lord Wolverton. Max dit que mes dessins sont si bons qu'ils ne manqueront pas d'enthousiasmer les amis de Wolverton et que je me trouverai bientôt avec plus de commandes que je ne pourrai en assumer.

— C'est formidable, Ailis ! s'exclama Sarah, gagnée par l'admiration. Comme je suis fière de toi !

Le sourire d'Ailis s'élargit.

— Ce n'est pas exactement le genre de peinture que j'envisageais de faire. Mais Max peut vendre ces séries à un tel prix que je disposerai d'une somme suffisante pour subvenir à mes besoins jusqu'à ce que j'obtienne des commandes de portraits à l'huile. Ces dessins sont un excellent entraînement, et assez stimulants… Veux-tu les voir ?

— Oh ! avec plaisir, fit Sarah en se levant pour suivre sa sœur jusqu'à son chevalet, sur lequel était placée une grande chemise.

— Il s'agit des premières esquisses que lord Wolverton a vues. Max les aimait tellement qu'il les avait accrochées dans son atelier. A l'origine, j'avais intitulé cette série : « Désir. »

Ailis ouvrit la chemise et présenta à Sarah le dessin

d'une jeune fille, les yeux voilés de larmes, regardant au loin avec tristesse et envie. Son expression émut Sarah si fortement qu'elle s'écria :

— On dirait qu'elle vient de perdre l'amour de sa vie !

— Peut-être… Lord Wolverton, cependant, y a vu autre chose.

Ailis donna à sa sœur le second dessin.

Cette fois, la jeune fille semblait intimidée et comme hypnotisée par un objet qui se trouvait hors du cadre. Elle avait desserré le peignoir qu'elle portait déjà dans le premier dessin, laissant voir ses épaules nues d'une façon assez suggestive.

— Oh la la ! fit Sarah.

Ailis lui passa la troisième esquisse. La jeune fille avait perdu beaucoup de sa réserve et laissé tomber son vêtement à la taille. Les lèvres entrouvertes, elle bombait le torse, la pointe des seins tendue…

Sarah, la gorge nouée, ne pouvait parler. Alors qu'elle gardait les yeux baissés sur le dessin, Ailis lui présenta le suivant.

Les dernières traces de pudeur s'étaient effacées du regard de la jeune personne qui avait ouvert son peignoir et, une jambe négligemment repliée, tenait les doigts d'une main à l'intersection de ses cuisses non pour dissimuler, mais pour attirer l'attention sur l'écrin précieux qu'ils couvraient.

Le sang aux joues, Sarah leva une main tremblante vers son visage pour s'éventer.

— Combien de dessins vas-tu encore me montrer ?

Ailis pouffa de rire.

— Plusieurs. Tu devrais peut-être t'asseoir.

Sarah se laissa tomber sur la chaise que sa sœur avançait pour elle. Ce qui était heureux car ses jambes se seraient sans doute dérobées sous elle si elle avait été debout quand

Ailis lui présenta la cinquième esquisse. L'amant apparaissait, enfin, de côté et à genoux, sa puissante érection bien visible, les lèvres contre les replis intimes que la jeune fille entrouvrait pour lui.

Sarah ne pouvait plus respirer. Un frisson courait de la pointe de ses seins à son ventre et à ses cuisses… là, précisément, où l'homme représenté sur l'esquisse titillait la jeune fille.

A la fois effarée et fascinée, elle regarda, bouche bée, sa sœur disposer devant elle les autres dessins : l'amant présentant sa force mâle à l'entrée du sexe de la jeune fille tandis qu'il dévorait ses seins de baisers ; la jeune fille à genoux devant son amant dont elle emprisonnait les attributs entre ses lèvres ; les deux amants côte à côte et se gratifiant l'un l'autre de caresses intimes ; et, enfin, la jeune fille la tête rejetée en arrière, les mains sur les épaules de son amant qui venait en elle avec force…

— En fin de compte, j'ai intitulé cette série : « Séduction », crut bon de préciser Ailis.

Sarah, prostrée sur sa chaise, demeurait sans voix. Elle avait déjà vu des nus antiques dans la bibliothèque de son père et, ayant vécu à la campagne, elle n'ignorait pas la façon dont les animaux s'accouplaient ; mais elle n'aurait jamais imaginé qu'un homme et une femme pussent se donner du plaisir aussi diversement.

Lorsqu'elle revint de sa stupéfaction, sa première réaction fut de se demander comment Ailis pouvait avoir une telle connaissance de la sexualité.

— Comment as-tu pu… imaginer ces scènes ?

Ailis rit de nouveau.

— Que tu es innocente, Sarah ! fit-elle en versant dans une tasse le thé fumant que la servante venait d'apporter. Holden n'est pas mon premier amant. Il y a plusieurs années déjà…

— Plusieurs années ? l'interrompit Sarah, abasourdie.

— Oui. Je commençais à m'intéresser au nu quand j'ai remarqué, à Sudley, un jeune valet de ferme d'une très grande beauté. J'ai réussi à le convaincre de poser pour moi contre quelques pièces de monnaie. Et, à force de voir ce corps souple et musclé… le désir d'y goûter m'a pris…

— Mais n'avais-tu pas conscience des risques que tu courais ? Qu'aurais-tu fait si tu étais tombée enceinte ?

Ailis haussa les épaules.

— Je ne l'ai pas été, et maintenant, je sais prendre mes précautions.

Effarée par la réponse de sa sœur, Sarah ne voulut pas en savoir plus sur ce sujet.

— Mais après… n'étais-tu pas gênée de rencontrer ce garçon ?

— Je lui avais recommandé de garder le silence et de ne pas s'approcher de la maison. L'avantage d'être à Londres, maintenant, c'est de pouvoir trouver des modèles très facilement.

— Tu as fait ces esquisses… sur le vif ? s'enquit Sarah en s'étranglant.

— J'ai eu recours à une fille de joie. Il ne lui a pas été difficile d'adopter ces positions… Mais je n'ai pas encore trouvé de modèle masculin. Aussi, pour certains dessins, Holden et moi-même avons posé devant une glace. Ce chou était content de pouvoir me rendre service !

Il était heureux, finalement, songea Sarah avec effroi, qu'Ailis ne fût pas restée chez leur tante. Si cette dernière avait découvert de tels dessins dans la chambre de sa nièce, son cœur aurait jeté l'éponge !

— J'ai l'impression que tu en as assez entendu sur cette matière pour aujourd'hui, reprit Ailis. Il y a d'ailleurs une autre question dont j'aurais voulu m'entretenir avec toi. Si tu as décidé d'avoir tes propres écuries et de t'en occuper seule au lieu de te battre pour reprendre ta place dans la bonne société londonienne, tu dois avoir renoncé à un mariage de convention ? Alors qu'envisages-tu de faire avec Quentin ?

Comme sa sœur butait sur les mots sans réussir à formuler aucune réponse, Ailis eut un geste impatient de la main.

— N'essaie pas de me faire croire que tu n'es pas folle amoureuse de lui ! J'ai beau être préoccupée par ma peinture, je ne suis ni aveugle ni sourde. As-tu l'intention de te marier avec lui ?

— Eh bien… Après ton départ… il a offert de m'épouser. Un noble sacrifice pour m'éviter de mourir vieille fille.

— Dois-je comprendre que tu as repoussé ce geste de galanterie ?

— Oui. Je n'ai guère envie d'épouser un homme qui demande ma main par pitié.

— Agis comme bon te semble. Néanmoins, si tu as envie de lui, fais le nécessaire pour l'avoir. Je peux te donner des conseils, si tu veux…

7 heures sonnèrent soudain dans la pièce voisine.

— Mon Dieu ! fit Sarah, se levant. J'avais complètement oublié qu'il était si tard. Si je veux être à l'heure pour le dîner, il me faut partir immédiatement.

Une lueur rusée dans le regard, Ailis raccompagna sa sœur à la porte.

— Oui, retourne chez tante Catherine avant qu'elle s'inquiète. Higgins va héler un fiacre pour toi… Oh ! Attends un peu. Il y a quelque chose que j'aimerais te donner…

Ailis retourna dans son atelier tandis que Sarah enfilait sa pelisse et ses gants. Elle revint peu après, un dessin à la main.

— C'est pour toi.

Sarah pensait que plus rien ne la troublerait, après ce qu'elle avait déjà vu ; mais, lorsqu'elle baissa les yeux sur le dessin, elle fut de nouveau bouleversée.

Elle avait devant elle un homme couché sur le côté, dans le plus simple appareil, exhibant un sexe turgescent — un homme qui la regardait et avait les traits et le sourire de Quentin !

— Ailis… Comment as-tu pu représenter lord Branson dans… dans cet état ? s'écria-t-elle, partagée entre l'envie de s'indigner et celle de rire.

— Il ne m'a fallu que quelques instants pour donner le visage de Quentin à Holden. Ils sont tous les deux grands et bien bâtis… Garde-le et rêve de ton bien-aimé.

A cet instant, Higgins parut au sommet de l'escalier pour annoncer qu'un fiacre attendait devant la maison.

Ailis prit le dessin des mains de sa sœur et le roula avant de le lui rendre.

— Reviens me voir, fit-elle en serrant Sarah une dernière fois dans ses bras.

— Promis.

Sarah suivit la servante dans l'escalier et se retrouva dans la rue sans bien comprendre où elle était ni ce qu'elle y faisait.

Une fois à bord du fiacre, elle ferma les yeux et respira profondément. Elle était heureuse d'avoir rendu visite à Ailis. Plus rien, bien sûr, ne serait comme avant entre elles, mais, du moins, s'étaient-elles retrouvées ; et Sarah avait le sentiment qu'une nouvelle amitié allait pouvoir s'épanouir entre elles.

Une joie et une confiance toutes nouvelles se répandaient en elle. L'espoir, derechef, gonflait son cœur…

Oui, tout était possible — même, peut-être, séduire Quentin ! songea-t-elle en caressant du pouce l'esquisse qu'elle pressait contre son sein.

# 13

Tout au long du dîner, Sarah n'écouta sa tante que d'une oreille distraite : les moments qu'elle venait de passer avec Ailis ne cessaient de lui revenir à l'esprit. Cependant, lorsque le valet de pied débarrassa la table, un tremblement dans la voix de lady Mansfield attira l'attention de la jeune femme.

Il était manifeste que sa tante pensait à la réception à laquelle elles auraient dû se rendre le soir même si Ailis ne s'était pas rendue coupable d'un tel scandale. Elle sourit, néanmoins, avec courage, en demandant à Sarah :

— Aimerais-tu faire une partie de whist avec moi ? Sinon, j'ai une tapisserie à terminer…

Sarah eut, soudain, mauvaise conscience. Maintenant qu'elle avait presque réglé ses affaires à Londres, il était temps de confier à sa tante quels étaient ses vrais desseins.

— Ne pourrions-nous simplement converser au coin du feu ? suggéra-t-elle.

L'expression de lady Catherine s'éclaira.

— Certainement… Chaque jour j'en ai envie… Cette histoire a dû te faire tant de mal, après tous les espoirs que tu avais fondés sur ta sœur ! Et je ne parle pas des tiens…

Lady Mansfield soupira.

— Je ne voulais pas te forcer à évoquer cette question avant que tu n'y fusses prête, mais je crois qu'il serait bon que nous commencions à réfléchir ensemble à ton avenir.

Sarah sentit sa résolution vaciller. Las, lady Catherine

ne méritait-elle pas mieux que d'être mise devant le fait accompli ?

— J'emporte la carafe de vin et nos verres dans le salon ? s'enquit la jeune fille en pensant que sa tante aurait besoin de réconfort quand elle saurait tout de son projet.

Lady Catherine opina du chef et les deux femmes s'en furent dans le salon.

— Si nous avons traversé une rude épreuve, il ne faut pas te laisser abattre, dit lady Mansfield en s'asseyant. Je jouis encore de quelque crédit, et j'ai l'assurance du soutien de deux femmes influentes. Je pensais d'abord…

— Je sais, ma tante, que vous êtes prête à tous les efforts possibles et imaginables pour m'aider à retrouver une place dans le monde, mais je sens, au plus profond de moi-même, que je dois prendre un autre chemin.

— Mon Dieu ! fit lady Mansfield dont le sourire s'évanouit tandis qu'elle tendait la main vers son verre. Ce que je vais entendre ne va pas me plaire, n'est-ce pas ?

Sarah sourit, les yeux humides.

— J'ai peur que non, ma tante ; du moins, au début.

Lady Mansfield but une gorgée de bordeaux.

— Autant tout me dire d'un coup.

Sarah s'éclaircit la gorge avant de commencer :

— Vous savez, ma tante, que papa, depuis des années, me laisse m'occuper seule de Sudley. Or, comme je crains en me mariant de perdre le contrôle des finances et de l'élevage, je crois… que je préfère rester célibataire. Rien ne me satisfait plus que de m'occuper de mes chevaux. J'entends, par ailleurs, agrandir mes écuries. Dans ce but, je suis venue à Londres pour acheter de nouvelles…

— Mais Sarah, l'interrompit lady Mansfield, tu n'as eu le temps de connaître pour ainsi dire personne avant que ta sœur… Crois-moi, ma chérie, le jour où tu rencontreras le jeune homme qui te convient, tu ne te préoccuperas plus de savoir qui commande qui ! Toutes ces questions te sortiront de la tête. Je t'en prie, accorde un peu plus de temps à la question du mariage avant de te convaincre que tu n'as aucun goût pour cet état.

Sarah prit une expression attristée.

— L'ennui, ma tante, c'est que j'ai déjà rencontré cet homme, et qu'il n'éprouve pas les mêmes sentiments à mon égard. Il a pris une place si grande dans mon cœur qu'il m'est impossible de considérer le mariage avec un autre. Il est par conséquent plus sage que je me résigne à demeurer vieille fille.

— Ma pauvre chérie ! Tu ne dois pas renoncer ! Il y a certainement un moyen de sortir de cette situation. Voyons… un tête-à-tête très intime, une…

— Oh ! non, ma tante ! se récria Sarah partagée entre l'envie de rire et la gratitude. S'il ne veut pas m'épouser de son plein gré, il ne sert à rien d'insister.

— Très peu d'hommes ont vraiment le désir de se marier, rétorqua lady Mansfield. La plupart ont besoin d'un coup de pouce pour se décider. Je t'assure que de vivre avec ton mari sera infiniment plus distrayant que de résider chez ton père. Et puis, tu auras certainement des enfants. Je n'ai pas eu ce bonheur, moi-même… D'ailleurs, que feras-tu le jour où Archibald héritera de Sudley ? Tu ne crois quand même pas qu'il te laissera t'occuper seule de l'élevage de chevaux !

— Non, bien sûr, répondit Sarah en tripotant son verre.

Elle eut un profond soupir et reprit :

— Je suppose que je ne me suis pas expliquée assez clairement. Je n'ai pas l'intention de vivre à Sudley. J'emmènerai tous mes chevaux dans le domaine dont je suis en train de faire l'acquisition et dont je serai seule propriétaire. Archibald, quand il héritera de Sudley, n'aura aucun pouvoir sur moi.

Lady Catherine, comprenant ce qu'impliquait cet aveu, ouvrit tout grands les yeux.

— Tu y vivras seule ? Et tu dirigeras un élevage ? Mais, Sarah, tes clients seront essentiellement des hommes !

— Oui, selon toute probabilité.

— Dès que ta nouvelle situation sera connue, ta réputation sera détruite ! s'exclama lady Mansfield d'une voix traversée de sanglots.

— Cela ne sera pas si grave. Je serai au fin fond de la campagne, où les potins circulent moins vite. Et, vous savez, tante Catherine, que le monde s'intéresse peu à ce qui se passe en province.

Lady Mansfield remua la tête d'un air d'incompréhension totale.

— C'est ta vie, ma petite chérie... Du moins ne causeras-tu pas un scandale aussi épouvantable que ta sœur.

Voyant dans cette réponse un début d'acceptation, Sarah, dans un élan de reconnaissance, se leva et étreignit lady Mansfield.

— Comme vous êtes bonne, tante Catherine, de ne pas me condamner ! Oh ! merci, mille fois merci !

— Tu pourrais me remercier si j'avais réussi à te trouver un mari honorable, mais si tu ne veux pas me laisser t'aider dans cette entreprise... promets-moi, au moins, ma chérie, d'être heureuse.

— J'essaierai de l'être.

— Et maintenant, ma petite, si tu veux bien me pardonner, je crois que je vais aller me coucher. Tes révélations m'ont épuisée.

— Je vais vous conduire à votre chambre, ma tante.

Après avoir serré une dernière fois lady Catherine dans ses bras, Sarah gagna sa propre chambre et sonna Annie, qui l'aida à se déshabiller et à passer une chemise de nuit. Lorsque la domestique se retira, cependant, elle était si émue et énervée en repensant aux événements de la journée qu'elle quitta son lit et alla s'asseoir dans un fauteuil, près de l'âtre où rougeoyaient des braises.

Les talons sous les fesses, elle se tenait recroquevillée sur elle-même et songeait aux moments passés auprès de sa sœur, aux aveux que celle-ci lui avait faits, à l'amant qu'elle avait eu alors qu'elle n'avait pas seize ans…

Soudain incapable de résister davantage à la tentation, elle sauta à terre et courut ouvrir le tiroir de la commode. Elle en retira le dessin que lui avait donné Ailis et une chaleur troublante l'envahit comme elle laissait son regard s'y attarder.

Le corps de Quentin avait-il cet aspect ? Qu'éprouverait-elle à le voir étendu nu sur un lit ? Ne pourrait-elle le découvrir, un jour, en en faisant son amant ? Elle avait acquis, au cours des dernières semaines, un tel dégoût du monde qu'elle était disposée à commettre une folie, un acte inconcevable pour elle autrefois !

Oui, elle se donnerait à Quentin si l'occasion s'en présentait et s'il ne la repoussait pas…

A la fois blessé et furieux d'avoir été éconduit par Sarah, Quentin séjourna quelques jours à Thornwhistle où il eut tout le loisir de mesurer à quel point la jeune fille lui manquait. Jamais il ne s'était avisé avec autant de lucidité combien il avait besoin d'elle, de sa compagnie et de son amitié, comme de ses conseils avisés. Et s'il avait eu passagèrement le désir de l'oublier après ses rebuffades, il éprouvait, maintenant, chaque jour un peu plus fortement, le désir de la retrouver.

Dès qu'il eut pris toutes les dispositions nécessaires pour que le domaine de Thornwhistle fût correctement géré en son absence — et en l'absence, désormais définitive, de Sarah —, il prit le chemin de la capitale.

Il priait pour que la jeune femme se fût remise de son

émotion et qu'il la retrouvât telle qu'il l'avait toujours connue. Elle l'écouterait comme avant, il trouverait les mots justes pour la convaincre d'unir leurs destins…

Il arriva à Londres en fin d'après-midi et, ne sachant s'il devait visiter Sarah dans la soirée ou s'il était préférable de la prévenir par un message de son retour dans ses appartements de St. James Square, il prit la décision de se rendre d'abord chez Ailis.

Il songeait fortement, depuis quelques jours, à aller la trouver pour lui exprimer ses sentiments sur sa conduite. Il éprouvait un impérieux besoin de lui représenter tout le mal qu'elle avait causé à sa sœur, n'étant pas certain qu'elle en eût conscience. D'autre part, il espérait qu'Ailis aurait quelque information utile à lui transmettre au sujet de Sarah.

Il s'arrêta chez lui pour se rafraîchir et changer de vêtements puis, s'étant informé de l'adresse d'Ailis, qui n'était plus un mystère pour personne, il s'y présenta. Une servante l'introduisit sans aucune difficulté auprès de sa maîtresse qui le reçut dans son atelier, assise sur un divan.

— Quentin ! fit-elle d'un ton enjoué. Comme c'est gentil de me rendre visite !

La légère pointe d'ironie dans la voix de la jeune fille était largement compensée par son aimable sourire, aussi Quentin jugea-t-il plus à propos d'échanger d'abord quelques mots anodins avec elle avant de se lancer dans sa diatribe.

— Vous avez un bien bel atelier, Ailis. Je suppose que la lumière matinale y est parfaite ?

— En effet, et lorsque le temps est clair, elle reste très bonne tout l'après-midi. Je n'avais encore jamais pu m'adonner à la peinture d'une façon aussi constante.

— Vous avez reçu des commandes ?

— Oui, plusieurs. J'en termine une, d'ailleurs, qui m'assure un très gros apport financier.

— Sarah n'est plus opposée à votre installation ?

— Non. Elle a été choquée au début, mais, maintenant, je crois qu'elle est très heureuse pour moi. Savez-vous qu'elle est venue me voir ici hier ? J'ai la joie de vous annoncer que nous sommes de nouveau en excellents termes.

— Je n'en doute pas, elle est si généreuse avec ceux qu'elle aime, répondit Quentin d'un ton légèrement cassant.

Puis, incapable de se contenir plus longtemps, il ajouta :

— Mais je n'arrive pas à comprendre, après tout ce qu'elle a fait pour vous, que vous ayez pu lui jouer un tour pareil. Je sais que vous êtes jeune et que vous placez votre art au-dessus de tout, mais n'auriez-vous pas pu la laisser jouir de la saison jusqu'à son terme ?

Le regard bleu d'Ailis était devenu dur et froid comme l'acier. Comme Quentin s'interrompait pour reprendre son souffle, elle lança, sarcastique :

— Vous avez fini ?

L'absence complète de remords qu'elle affichait acheva de rendre Quentin furieux.

— Non ! s'écria-t-il. Comment avez-vous pu lui faire autant de mal ? Car vous n'ignorez pas, j'espère, que vous avez brisé sa vie ? Elle s'est occupée de vous comme de son propre enfant depuis la disparition de votre mère et, pour récompenser cet amour, vous l'avez mise, égoïste que vous êtes, au ban de la société !

Ailis releva les sourcils avec impertinence.

— Ça, par exemple ! Avant de vous inquiéter de la paille qui m'obstrue la vue, occupez-vous de la poutre qui bouche la vôtre !

— Que voulez-vous dire ?

Elle se leva, dardant sur lui son regard perçant.

— Tout simplement que Sarah, ces dernières années, ne s'est pas contentée de travailler dur à Sudley. Je crois me souvenir qu'elle se rendait souvent à Thornwhistle et qu'elle y passait des après-midi entiers à résoudre vos problèmes.

Lorsque vous daigniez lui rendre visite, elle annulait tous ses rendez-vous pour être à votre disposition ; et lorsque vous partiez, les tâches qu'elle n'avait pas eu le temps d'accomplir la retenaient jusqu'à une heure très tardive. Si j'ai accepté égoïstement, comme vous dites, toute l'attention qu'elle m'a prodiguée sans jamais rien lui donner en retour, croyez-vous avoir agi autrement avec elle ? Avez-vous jamais voulu savoir ce que désirait la femme derrière l'amie serviable ? Vous devriez, peut-être, lord Branson, répondre à cette question avant de m'accuser d'avoir profité de ma sœur ! Et maintenant, si vous le permettez, je dois me changer. Higgins va vous raccompagner à la porte.

Sans même laisser à Quentin le temps de répondre, elle tourna les talons et passa dans la petite pièce contiguë à son atelier, qui lui servait de penderie.

Furieux, Quentin se dressa sur ses jambes si brusquement qu'il renversa la chaise sur laquelle il était assis, sortit de la pièce et s'engagea dans l'escalier.

Comment osait-elle l'accuser ainsi ? Sarah l'avait souvent aidé, certes, mais il lui avait aussi souvent rendu service. Comme deux grands amis…

Alors qu'il descendait les dernières marches, la voix aiguë d'Ailis résonna derechef à ses oreilles et il eut l'impression que le sol se dérobait sous lui. Une autre voix parlait en lui, une voix douce, presque suppliante, qui lui demandait s'il ne serait pas possible d'allier de la passion à leur relation — une suggestion que, jusqu'à présent, il avait fermement rejetée.

N'y avait-il pas un soupçon de vérité dans les remarques d'Ailis ? S'était-il jamais demandé sincèrement ce que Sarah attendait, elle, de leur relation ?

N'avait-il pas, plutôt, toujours cherché à maintenir leur amitié dans des limites qui *lui* convenaient ?

Quand il fut dans la rue, sa colère s'était déjà muée en remords.

Il fronça les sourcils en repensant aux propos qu'il avait tenus à Sarah, les comparant à ceux que venait de lui tenir Ailis.

Sarah ne pouvait tout de même pas le considérer comme un égoïste, incapable de reconnaissance ?

Elle n'avait jamais rien exprimé de tel ; mais si, au fond d'elle-même, elle éprouvait ce sentiment à son égard… c'était atroce !

Eh ! N'était-ce pas la raison pour laquelle elle avait repoussé sa demande ?

Ce soupçon était intolérable ; il lui fallait en avoir le cœur net. Il rendrait visite à Sarah, dès le lendemain matin, pour mettre un terme à son tourment.

# 14

Après une nuit agitée où Quentin ne cessa de lui apparaître sous l'aspect qu'Ailis lui avait donné, Sarah s'éveilla, nerveuse, torturée par un désir inassouvi…

Elle s'assit dans son lit, et le frottement des draps sur la pointe de ses seins lui transmit un frisson voluptueux. Fermant les yeux, elle se représenta la main de Quentin sur sa poitrine…

Trouverait-elle la force de dominer sa pudeur et la rigueur de son éducation pour permettre qu'un jour une telle scène ait lieu ? Et arriverait-elle à franchir les limites imposées par leur amitié pour conduire Quentin à commettre ce qu'il s'interdisait strictement de faire ? Ce ne serait pas aisé car si elle était certaine d'une chose, c'était bien de celle-là. Quentin se laisserait mourir de désir plutôt que de se laisser aller avec une jeune fille de bonne famille.

Il lui faudrait trouver un artifice pour le conduire à commettre un tel acte. Mais ne serait-ce pas encore plus douloureux de s'arracher aux bras de Quentin après s'être donnée à lui que de savoir que jamais elle ne goûterait la saveur de son corps ?

Eh ! Parvenait-elle à le séduire, elle aurait le souvenir de ses caresses et de ses baisers, du contact de sa peau contre la sienne ; un souvenir exceptionnel, qui ensoleillerait toute sa vie. Elle connaîtrait enfin la nature de cette mystérieuse et irrésistible attirance qui unissait les hommes aux femmes…

La solution était peut-être de se travestir, de cacher son identité à Quentin. Certes, s'il découvrait la vérité après avoir consommé le péché, il voudrait réparer l'injure que, selon lui, il lui aurait faite, et lui imposerait le mariage. Et elle ne pouvait envisager d'être unie à un homme qui ne l'aimerait pas sincèrement…

Bah ! Quelles que fussent les conséquences de ce stratagème, elle s'emploierait à le vivre, se dit Sarah en s'adossant à ses oreillers. Oui, sa décision était prise. Elle ne quitterait pas Londres avant d'avoir séduit Quentin !

Elle sourit et tira la sonnette pour réclamer son chocolat. Elle n'avait encore aucune idée de la façon dont elle s'y prendrait, au juste, pour être la maîtresse de Quentin, ne serait-ce qu'une nuit. Mais Ailis, sans doute, saurait la conseiller. Elle lui rendrait de nouveau visite dans la soirée.

Tremblant dans la fraîcheur matinale, elle enfila un peignoir et alla s'asseoir près de l'âtre, dont les cendres venaient d'être remuées par sa femme de chambre. Le petit bois qu'elle y avait jeté fumait déjà et des flammes ne tarderaient pas à lécher l'écorce des deux grosses bûches.

Annie revint avec le plateau du petit déjeuner et, tout en buvant à petites gorgées son chocolat fumant, Sarah jeta un œil distrait aux titres du journal.

A la fin des pages mondaines, son regard tomba sur un encadré au sujet d'un bal masqué qui devait avoir lieu le premier jour du printemps dans les jardins de Vauxhall, avec rafraîchissements et grand orchestre.

« Un bal masqué ! L'occasion est trop belle ! » murmura-t-elle avec ravissement.

On frappa soudain à la porte et la femme de chambre parut sur le seuil.

— Pardonnez-moi de vous déranger, mademoiselle, mais lord Branson est dans le salon. Le recevrez-vous ?

Si elle avait peu de temps pour le mettre au point dans tous ses détails, Sarah avait déjà l'esquisse d'un plan en tête.

— Oui, répondit-elle. Dites-lui que j'arrive.

Tout joyeux d'apprendre que Sarah allait le rejoindre dans un instant — il avait redouté, en effet, qu'elle ne refusât de le voir —, Quentin répéta en lui-même les propos qu'il avait l'intention de lui tenir.

Il éviterait d'évoquer sa précédente demande en mariage et s'enquerrait de ses projets tout en lui exprimant sa reconnaissance pour tout ce qu'elle avait fait pour lui. Il essaierait, ensuite, d'aborder le sujet qui le préoccupait — en souplesse, et en prenant bien soin de ne pas la braquer.

Comme il entendait approcher un bruit de pas, il resserra sa cravate et respira à fond. Plût au ciel que celle qui allait entrer dans ce salon fût la Sarah qu'il avait toujours connue et appréciée, et non l'étrangère distante et glaciale qu'il avait vue à Sudley quelques jours plus tôt.

La porte s'ouvrit et Sarah fit son entrée, un sourire radieux aux lèvres et les mains tendues.

— Quentin ! Quelle merveilleuse surprise ! Je vous croyais encore à Thornwhistle.

Le jeune lord fut soulevé par une joie immense. Sa Sarah était de retour !

Il lui prit les mains et les embrassa avec ferveur.

— Je suis arrivé à Londres hier soir. Nous ne nous sommes vus que très brièvement à Sudley… J'aimerais que vous me parliez de vos projets. Sont-ils en bonne voie ?

Si elle souhaitait lui présenter des excuses pour la façon dont elle l'avait reçu la dernière fois, il venait de lui en donner l'occasion.

Il se préparait déjà à l'écouter avec bienveillance, mais elle lui répondit sans la moindre gêne :

— Excellente, je vous remercie. Et je vais moi-même

beaucoup mieux. Alors, ne vous croyez pas obligé de me raconter des sornettes comme l'autre jour.

— Des sornettes ?

— Oui, cette histoire de mariage ! Oh, vous avez réussi à me tromper sur le moment ; j'ai cru à une demande légitime. Quand j'ai compris le fin fond de l'affaire, je me suis calmée. Vous avouerez que vous ne pouviez pas vous prétendre mon fidèle ami et au même moment me demander ma main !

— Je… Je ne le pouvais pas ?

Elle éclata de rire.

— Bien sûr ! Vous ne m'avez fait cette proposition que pour m'interdire de m'installer seule sur un autre domaine ! Ce n'est là ni un geste amical, ni un geste amoureux. Croyez-vous que je ne sois pas capable de diriger un élevage ni de traiter avec une clientèle masculine que je connais depuis toujours ? Vos allusions, à ce sujet, sont une insulte pour moi et pour ceux qui sont, dans leur grande majorité, des amis de notre famille.

— Certes… je vous comprends.

— Vous me rassurez, Quentin. Mais au fond de moi je n'ai jamais douté de vous car si j'ai appris quelque chose à votre sujet, depuis que je vous connais, c'est que vous ne jugez des gens et des situations que par ce que vous en voyez et non par ce qu'on vous en dit. Et que vos critères ne sont pas ceux du monde. A plusieurs occasions déjà, vous m'avez exprimé votre admiration pour mes aptitudes à diriger et administrer. Pourquoi me la refuseriez-vous, aujourd'hui, quand je vais enfin accomplir ce dont je rêve depuis toujours ?

— Cela n'aurait pas de sens.

— Non, aucun. Je ne peux attribuer votre égarement qu'à un accès de compassion devant la détresse à laquelle j'étais sujette.

— C'est vrai… Vous sembliez désespérée.

— N'avions-nous pas décrété, du reste, une semaine plus

tôt, que la passion et l'amitié étaient incompatibles ? fit-elle en détournant les yeux. Il aurait été bien présomptueux et indélicat de votre part de changer unilatéralement les termes de notre accord sans tenir compte de mes préférences.

— Présomptueux et indélicat, répéta Quentin d'un air consterné.

— Dieu merci, vous n'êtes ni l'un ni l'autre, reprit Sarah en serrant doucement sa main dans la sienne. Ce n'était donc là qu'un malentendu.

Une vague de tendresse le souleva, mais il y résista, de crainte de commettre un nouvel impair.

— Vous comprenez, j'espère, dit-il en cherchant les mots les mieux appropriés pour traduire sa pensée, que je n'ai jamais désiré que votre bonheur.

Un voile de tristesse assombrit le regard de Sarah.

— Je le sais, repartit-elle dans un souffle.

Elle laissa encore un instant sa main dans celle de Quentin puis la retira lentement — si bien qu'il eut l'impression d'une caresse.

— Parlons maintenant de mes projets, dit-elle d'un ton enjoué.

Atterré par les reproches qu'elle lui avait faits, Quentin n'entendit que d'une oreille distraite le récit des négociations conduites par Sarah pour l'achat de nouvelles terres.

Quand elle l'eut achevé, elle leva sur lui ses yeux noisette pleins de douceur, comme autrefois à Sudley, et dit :

— Je voudrais vous demander une faveur, Quentin.

Ramené brusquement à la réalité par ce beau regard et par le ton de la question, Quentin s'empressa de répondre :

— Une faveur ? Mais comment ! S'il est en mon pouvoir de vous satisfaire, je le ferai.

Elle le regarda dans les yeux avec intensité et il crut l'entendre murmurer : « Faites que ce soit vrai ! »

Mais sans lui laisser le temps de réagir, elle reprit, la main sur son bras :

— C'est bien peu de choses, je vous l'assure. Seulement, comme vous le savez, ma vie sociale, pour l'heure, est très réduite, et je ne tarderai pas à retourner à la campagne, où les distractions sont si rares… Bref, il se trouve qu'on donne un bal costumé dans les jardins de Vauxhall, vendredi, que cela m'amuserait d'y aller avant de m'enterrer dans ma province, et qu'il me faut un cavalier.

— Je serai très heureux de remplir ce rôle, répondit-il, ému par cette requête révélatrice de la jeunesse de Sarah. Votre tante vous accompagnera-t-elle ?

— Je ne le pense pas. Elle n'aime guère les mascarades… J'ai rendez-vous avec mon homme de loi, cet après-midi-là. Aussi nous retrouverons-nous certainement directement dans les jardins… Je vous enverrai un message pour vous dire où exactement. A présent, Quentin, si vous le voulez bien, je vais vous abandonner ; un rendez-vous important m'attend. Toujours pour mes affaires !

Elle se leva et lui donna ses mains à baiser.

— A vendredi, dit-il à mi-voix.

Elle fit la révérence et il libéra ses mains à regret avant de s'incliner avec déférence. Comme il atteignait la porte, elle le rappela :

— Quentin !

Il se retourna.

— Merci d'être mon ami.

Il sourit. Ses oreilles bourdonnaient tant il était ému.

— Vous pouvez compter sur moi.

« Ça ne s'est pas trop mal passé », pensa-t-il, un moment plus tard, en montant dans le fiacre qu'Evans avait fait héler pour lui. Il avait, en tout cas, évité un nouveau désastre, et leur amitié semblait renaître de ses cendres.

Même s'il ne comprenait pas très bien l'attitude de Sarah, dans la mesure où elle avait eu la grâce de lui montrer un chemin pour se tirer du bourbier où il s'était engagé, il le suivrait. Qu'importe si elle avait ou non pris au sérieux sa demande en mariage ; il la réitérerait et, cette fois, il espérait bien emporter l'adhésion complète de celle avec laquelle, il l'avait comprit, il ne pouvait être simplement question d'une relation platonique.

Sarah pénétra dans l'atelier de sa sœur un peu avant la chute du jour. Elle découvrit Ailis, qui avait fini son travail, se reposant sur son divan une tasse de thé à la main.

— Je suis désolée de venir à l'improviste, mais il fallait que tu saches !

Ailis leva des yeux interrogateurs sur sa sœur.

— Quoi donc ?

— Je vais tenter de séduire Quentin, c'est décidé ! J'aurai besoin de tes conseils, bien sûr, pour assurer le succès de mon plan.

Le regard d'Ailis s'éclaira.

— Voilà une bonne nouvelle ! Sarah change de vie ! Assieds-toi. Higgins va te servir une tasse de thé.

Trop agitée pour s'asseoir, Sarah se mit à aller et venir dans la pièce tout en parlant à sa sœur du rendez-vous qu'elle avait donné à Quentin.

— J'aurai besoin de ton aide pour le costume. Il faut que je sois absolument méconnaissable.

— Ça n'est pas impossible. Comme il ne t'a jamais vue dévêtue, pourvu que tu conserves ton masque, il ne te reconnaîtra pas à ton corps.

Sarah pouffa en rougissant.

— Je ne sais pas si je pourrai aller jusque-là… Surtout, je n'ai aucune idée de quelle manière…

— Inspire-toi des esquisses que je t'ai montrées. Je te les prêterai si tu veux. Je ne connais pas d'homme qui résisterait aux gestes et aux postures qui y sont représentés. Quant à ton déguisement, j'ai la personne idéale pour te le confectionner. Il s'agit de l'un de mes modèles, une comédienne de Drury Lane.

— Il me faudrait aussi une adresse où aller avec lui.

— Les fantaisies en plein air ne manquent pas de charme.

— En public ? s'écria Sarah, épouvantée.

— Je plaisantais, répondit Ailis. Max aura une solution, j'en suis certaine.

Cramoisie, Sarah but une gorgée de thé. Sa main tremblait et le cœur lui battait à tout rompre.

— Je crains tout de même que toute cette mise en scène ne serve à rien, avoua-t-elle, perdant soudain toute confiance. Je n'arriverai jamais… Ma pudeur…

Ailis remua la tête en signe de dénégation.

— Tu seras dans un tout autre état d'esprit. D'abord, tu seras déguisée, maquillée. Nous te choisirons une robe très décolletée, et de soie, pour qu'il sente ton corps à travers l'étoffe. Tu auras bu du champagne, tu auras dansé… Il t'aura serrée dans ses bras, embrassée… Dès que vous serez seuls dans le petit appartement que j'imagine — avec son alcôve, son lit aux gros rideaux pourpres, ses coussins de satin, ses épais tapis, ses peintures suggestives, ses miroirs savamment disposés… Tu verras. Les gestes s'enchaîneront avec le plus grand naturel !

Sarah hocha la tête d'un air pensif.

— N'as-tu pas dans ton atelier d'autres dessins à me montrer ? fit-elle timidement.

Ailis éclata de rire.

— Y prendrais-tu goût ? Tu seras peut-être ma prochaine cliente ! Mais cela ne t'avancerait pas. Tu risquerais même de t'y perdre. En revanche, je peux te faire rencontrer lady Joy Marchand. Je viens de recevoir d'elle la commande d'un portrait en pied. La connais-tu ?

— C'est la maîtresse de lord Bellingham. Celle que le

duc d'York a voulu lui prendre en lui proposant dix mille livres, que Bellingham a refusés…

— Exactement. Je vois que tu n'ignores rien des dessous de la vie londonienne. Lady Marchand est une femme exquise, pleine de charme et talentueuse. Dans un certain sens, bien sûr, mais tu m'as comprise… Je gage qu'elle te donnera d'excellents conseils.

Sarah n'en croyait pas ses oreilles. Sa petite sœur, son innocente et pure Ailis, recevait chez elle la plus sulfureuse des courtisanes du siècle !

Comme elle restait sans voix, Ailis reprit :

— Je lui enverrai un message, demain, pour lui demander de venir en début de soirée. Je proposerai aussi à Rachel, la comédienne, de s'arrêter ici avant de se rendre au théâtre. Avec le concours de ces deux expertes du déduit, je me fais fort de te transformer en une séductrice qui offrira à lord Branson la nuit la plus torride de toute sa vie !

# 15

Le lendemain soir, Ailis ouvrit elle-même la porte à sa sœur.

— Je me doutais que c'était toi, dit-elle, un verre de vin à la main. Tiens, c'est pour toi.

Elle donna le verre à Sarah et l'entraîna dans le salon.

— Rachel est déjà là. Nous allons pouvoir commencer ton éducation ! Lady Marchand ne viendra que lorsque tu seras habillée. Tu pourras ainsi t'exercer sous sa direction dans la tenue que tu porteras en présence de Quentin.

Ailis, qui tenait Sarah par le bras, éclata de rire en la faisant tourner sur elle-même.

— Nous allons bien nous amuser !

— Espérons que ça ne se termine pas en farce, marmonna Sarah avant de boire une gorgée de vin pour se donner du courage.

— Il n'y a aucun risque, protesta Ailis. Tu seras parfaite… Mais peut-être as-tu changé d'avis ?

— Non. Je veux tenter ma chance. Cela dit, je ne suis pas certaine d'être à la hauteur. J'ai une peur horrible d'échouer.

Lorsqu'elles entrèrent dans le salon, une jeune femme brune et pulpeuse se leva du divan où elle était assise.

— Vous ne pouvez pas échouer, mademoiselle, dit-elle sans autre entrée en matière. Vous êtes belle. Vous n'aurez qu'un geste à faire pour que ce monsieur soit à vos genoux.

— Rachel sait y faire avec les hommes, expliqua Ailis. Rachel Vouillé est comédienne. Elle joue à Drury Lane.

— Vous interprétez lady Macbeth, n'est-ce pas ? fit Sarah. Avec Edmund Kean ? Vous êtes excellente dans ce rôle.

La comédienne considéra Sarah avec un très vif intérêt.

— Vous me voyez extrêmement flattée car lorsque Edmund monte en scène, il éclipse tous les autres comédiens.

— Est-ce difficile de jouer avec lui ?

— Non, au contraire. Son talent est contagieux ! Nous sommes une race plutôt égoïste et vaniteuse. S'il ne faisait que nous reléguer dans l'ombre, nous refuserions de jouer avec lui.

Rachel se tourna vers un fauteuil où reposait une pile de vêtements.

— Parlons plutôt de votre propre rôle, reprit-elle. J'ai apporté plusieurs robes pour que vous puissiez choisir celle qui vous ira le mieux. Il va sans dire que ce sont des robes de séductrice. Leurs coupes sont très osées mais seyantes. Elles devraient vous assurer le succès…

— Je pensais me faire passer pour la veuve d'un aristocrate français fuyant la Révolution. Je ne dirais pas un mot d'anglais, et il me serait plus aisé de contrefaire ma voix en français…

— Excellente idée, approuva Rachel. Je voudrais être une petite souris et, cachée dans un coin, assister à la scène. Il vous faudra une robe noire, si vous portez le deuil. J'en ai apporté une en velours qui vous ira à ravir.

Un instant après, Rachel et Ailis s'affairaient autour de Sarah qui avait quitté sa robe et passé la robe noire en question. Une perruque aux boucles noires serrées convenait parfaitement à son teint et à ses yeux noisette. Lorsqu'elle fut entièrement parée, Rachel la fit se déplacer dans la pièce, s'agenouiller et s'étendre sur le divan pour vérifier qu'elle était libre dans ses mouvements et que la perruque restait bien en place.

— Tu es complètement transformée, dit Ailis. Si je t'avais croisée dans la rue dans cette tenue, je ne t'aurais jamais reconnue.

— J'ai peur que le décolleté ne soit trop plongeant, fit observer Sarah. Je ne voudrais pas que l'on me prenne pour une fille de mauvaise vie.

— N'ayez aucune crainte à ce sujet, répliqua Rachel. Vous êtes absolument princière dans cette tenue. On pense seulement que vous aimez la vie et qu'en dépit de votre veuvage, vous ne repousseriez pas les hommages d'un gentleman à condition qu'il fût de votre rang. Tournez-vous, s'il vous plaît. Marchez jusqu'à la fenêtre et revenez... sans oublier un léger déhanchement suggestif : les hommes en sont fous.

Rachel et Ailis échangèrent un regard entendu.

— S'il ne tombe pas à vos genoux, dit la comédienne, c'est qu'il ne sait pas apprécier une jolie femme. Vous êtes sublime dans cette robe. Vous verrez que dès qu'il vous aura parlé et qu'il aura dansé avec vous, il n'aura de cesse de vous toucher et d'effeuiller vos vêtements, tels les pétales d'une rose.

— Elle a raison, renchérit Ailis, tu es superbe.

Prenant sa sœur par la main, elle la conduisit dans l'atelier, devant une psyché.

— Regarde-toi !

— Bonté divine ! fit Sarah en portant la main à sa bouche. C'est moi, cette créature ?

Dans la glace se dressait une grande jeune femme, très mince, à la carnation d'autant plus pâle qu'elle tranchait sur le velours noir de la robe. La voilette fixée à son chapeau aux larges bords soulignait le charmant ovale de son visage, tout en dissimulant ce dernier. La taille, très haute et serrée, mettait en relief sa jolie poitrine qui semblait sur le point de jaillir hors de la robe.

— Il ne pourra pas détacher son regard de toi, promit Ailis.

— Ni aucun autre homme ! s'exclama Rachel. Je vous conseille de garder l'étole de soie sur vos épaules jusqu'à l'arrivée de votre prince charmant. Elle est très belle. Voyez vous-même.

Elle présenta l'accessoire à Sarah :

— Elle est ornée de très jolies broderies. Ce sont, du reste, des fleurs de lys, en accord avec votre personnage.

Elle pirouetta pour prendre sur la tablette de la cheminée le verre de vin que lui avait servi Ailis, et le vida d'un trait avant de lancer :

— Il faut que je vous laisse si je ne veux pas rater le lever de rideau !

Elle fit une révérence à Sarah et sortit de l'atelier avec Ailis qui mettait un point d'honneur à raccompagner jusqu'à la porte une comédienne aussi talentueuse.

Seule, Sarah se regarda dans la psyché et, levant les bras, virevolta avec grâce. La robe en velours noir épousait impeccablement les formes de son corps élancé et son contact avec la peau était doux comme une caresse. Se lançant un regard malicieux à travers la voilette, la jeune femme éprouva avec ravissement l'illusion d'être une femme fatale.

« Je touche au but ! » pensa-t-elle, étourdie de bonheur, en rejetant la tête en arrière.

Elle riait toute seule lorsque Ailis revint auprès d'elle.

— Le déguisement est parfait. Il ne te manque que l'essentiel…

La jeune artiste s'approcha d'une commode et en ouvrit le tiroir supérieur.

— Tiens, fit-elle en se retournant. Voici la clé du paradis. Je savais, en demandant ce service à Maximilian, qu'il me le rendrait, puisque c'est au nom de l'amour ! L'un de ses amis, un sculpteur qui étudie en ce moment les marbres d'Italie, lui a laissé son appartement. Je t'y conduirai dès demain pour que tu en connaisses les moindres recoins, et que tu en modifies la décoration, si tu en as envie. Tu verras, c'est très intime.

— Crois-tu que Quentin puisse me reconnaître ? s'enquit Sarah, soudain saisie d'inquiétude.

— Aucun risque, si tu n'oublies pas de parler français ! Prends garde aussi, lorsque tu auras retiré ta voilette, de demeurer dans l'ombre. Et le lendemain matin, ton premier geste sera de la remettre devant ton visage.

— Malgré cette robe somptueuse et… très aguichante, j'ai peur de ne pas y arriver, reprit Sarah, taraudée par le doute. Comment m'assurer que cette nuit reste inoubliable pour lui ?

— Grâce aux leçons d'une professionnelle de la séduction. Je l'entends justement qui arrive.

Les deux jeunes femmes se rendirent dans le salon. La servante venait, en effet, d'y introduire lady Joy Marchand.

Ayant grandi auprès de sa sœur, Sarah était habituée à côtoyer quotidiennement la beauté ; elle n'en fut pas moins éblouie en découvrant lady Joy. D'une sensualité vibrante et d'une extrême élégance, elle était sans doute la jeune femme la plus séduisante qu'il lui eût jamais été donné de contempler.

Le profil grec, le minois charmant, aux lignes fines et délicates telles celles d'une porcelaine de Saxe, les cheveux blonds et bouclés, le teint pâle et la peau lisse comme le porphyre, elle souriait de ses jolies lèvres en forme de cœur en scrutant Sarah de son magnifique regard d'un bleu de gentiane.

Il n'était pas étonnant que lady Joy fît tourner la tête des plus éminents personnages du royaume !

— Comme c'est gentil de votre part, lady Joy, de venir nous apporter vos lumières, dit Ailis.

— C'est un plaisir de se plier aux caprices d'une aussi grande artiste, repartit lady Joy. Voici donc votre sœur ?

Lady Joy se tourna vers Sarah qui lui fit une profonde révérence, comme s'il s'était agi d'une princesse. Bien que de basse naissance, lady Joy avait un maintien et une manière de parler dignes d'une reine.

— Enchantée de faire votre connaissance, lady Joy, dit Sarah.

Lady Joy répondit par un petit salut de la tête et retira sa pelisse qu'elle donna à Higgins. Si la robe du soir d'un bleu sombre qu'elle portait, d'une coupe très pudique, ne découvrait que ses épaules et la naissance du décolleté, ce qu'elle révélait était d'une telle beauté qu'il était inutile d'en montrer davantage.

— Asseyez-vous, dit Ailis en désignant une bergère à la jeune femme et en face de laquelle elle prit place elle-même.

Sarah, assez troublée par la présence de cette femme si belle et à la réputation si sulfureuse, s'assit sur le divan et attendit sagement qu'on lui adressât la parole.

— Si j'ai bien compris, dit la courtisane en dirigeant son regard inquisiteur sur Sarah, vous souhaitez séduire un homme ?

— Oui, madame, répondit la jeune fille en rougissant. Hélas, je crains d'échouer, car j'ignore tout des choses de l'amour.

— Vous êtes vierge ?

— Oui, avoua Sarah, cramoisie.

— Etes-vous bien certaine de vouloir séduire cet homme ? Si vous y parvenez, vous risquez fort de perdre toutes vos chances de vous marier…

— C'est que… l'homme auquel je veux me donner n'éprouvant pour moi que de l'affection, le mariage entre nous est impossible ; j'aimerais tout de même, cependant, passer une nuit entre ses bras.

— D'où le déguisement ?

— Oui, car s'il me reconnaissait, il voudrait m'épouser, au nom de l'honneur — ce que je ne pourrais tolérer… quand j'attends de lui, en vain, hélas, de l'amour.

— Pouvez-vous subvenir à vos besoins sans vous marier ?

— Un élevage de chevaux très prospère me le garantit.

Lady Joy acquiesça.

— En ce cas, j'accepte de vous donner mes conseils. Le premier consiste à vous préserver d'une grossesse. L'éponge imprégnée de vinaigre reste le procédé le plus efficace… Où rencontrerez-vous votre homme ?

— Au bal masqué des jardins de Vauxhall.

— Mmm… Il fera nuit. Vous vous rencontrerez à la lueur des bougies. Cette cape sera jetée sur vos épaules ?

Lady Joy désigna le grand carré de soie noire à cheval sur le dossier du divan. Ailis se leva et le disposa sur les épaules de Sarah.

— La blancheur de votre peau à la lumière des torches captera le regard de votre amoureux, déclara la courtisane après l'avoir observée un temps. Vous pourrez enflammer son désir en détachant négligemment les cordons de votre étole pour laisser apparaître vos épaules nues et votre gorge. Il n'aura plus qu'une idée en tête : couvrir de baisers cette poitrine diaphane.

Sarah fut parcourue d'un frisson. Elle imaginait le visage de Quentin penché sur son décolleté, la chaleur de ses mains à travers la finesse de la soie…

— Lorsqu'il vous invitera à danser et vous conduira vers la salle de bal, reprit lady Joy, exercez une petite pression de la main sur son bras. Il comprendra. Et lorsque vous danserez la valse, frottez, comme par inadvertance, votre poitrine à la sienne. Il sera plus que disposé à vous raccompagner chez vous pour festoyer de ces merveilleux appâts.

— Mais là… je ne saurai plus comment m'y prendre.

— Vous ne savez absolument rien de la chose ? s'enquit lady Joy d'un air ingénu.

Sarah fit non de la tête en s'empourprant derechef.

— Elle a vu mes esquisses ! intervint Ailis.

— Parfait. Suivez-en les différentes séquences. La progression en est idéale.

Sarah sourit et redressa le menton pour montrer qu'elle assumait pleinement ce qu'elle se proposait de vivre.

— Si vous vous souvenez bien de l'enchaînement de ces gestes, votre futur amant ne se doutera pas une seconde de votre innocence. Il sera si ensorcelé que vous régnerez en maîtresse absolue sur son cœur.

— Croyez-vous qu'il puisse…, commença Sarah sans oser terminer sa phrase.

— Tomber amoureux de vous ? acheva lady Joy, devinant la pensée de la jeune femme. Incontestablement… Il ne tiendra sans doute qu'à vous de donner suite à cette nuit de séduction.

Lady Joy se leva et sourit gracieusement en tendant la main à Sarah.

— Je vous souhaite de réussir, mademoiselle. Soyez sûre d'avoir en main tous les atouts pour y parvenir.

— Lady Joy doit nous quitter, elle est attendue pour dîner, fit Ailis. Merci infiniment d'être venue. Je vous attends demain matin pour notre séance de pose.

Sarah fit la révérence à la sublime courtisane qui, accompagnée d'Ailis, sortit du salon dans un bruissement d'étoffes légères, répandant autour d'elle un capiteux parfum de rose.

De nouveau seule, Sarah fut assaillie incontinent par l'angoisse et le doute. Elle aurait voulu être déjà vendredi ; elle brûlait d'impatience de partager avec Quentin ces moments de sensualité croqués avec art par Ailis. Mais elle redoutait aussi terriblement l'horrible séparation dont ils seraient suivis…

« Qu'importe ! » se dit-elle, recouvrant subitement sa confiance. Elle goûterait à l'amour sans limite, jusqu'à l'extase… Elle et Quentin se hisseraient sur des cimes vertigineuses !

# 16

Quentin consulta sa montre de gousset puis laissa son regard vagabonder sur la foule costumée qui se pressait sous les colonnades des jardins de Vauxhall, où était installé l'orchestre. C'était un défilé de reines et de rois, de princes et de princesses, de valets, de bouffons, de chevaliers et de leurs dames ; ils n'avaient de commun que les dominos et les loups que, pour n'être pas reconnus, ils portaient sur leurs costumes.

Bien qu'il ne fût pas encore tard, un certain nombre d'hommes titubaient déjà et abordaient bruyamment des femmes aux tenues très légères qui, après avoir fait mine de les repousser en les frappant de leur éventail, éclataient de rire et les accompagnaient dans les coins sombres des jardins, derrière les bosquets.

Si, face à de tels libertinages, Quentin comprenait mieux pourquoi lady Mansfield n'avait pas souhaité accompagner sa nièce à cette mascarade, il était surpris qu'elle lui eût permis d'y venir.

Sans doute avait-elle eu pitié de Sarah, injustement privée de sorties par la faute de sa sœur. Il ne serait pas lui-même aussi débonnaire et se promettait de raccompagner Sarah chez sa tante après quelques valses et un ou deux verres de punch à l'arack…

Sarah avait déjà une demi-heure de retard. Elle lui avait adressé un message lui expliquant que, n'ayant pas le temps de repasser chez sa tante, elle se rendrait directement de chez l'homme de loi de son père au bal ; pour le rassurer, elle avait précisé qu'elle se ferait accompagner d'un employé de Smithers, lequel resterait auprès d'elle jusqu'à son arrivée.

Mais il avait beau scruter les jardins, il n'apercevait aucune jeune femme portant la robe de velours rouge qu'elle lui avait décrite. Il commençait à s'impatienter sérieusement quand il vit s'approcher de lui une femme mince et élancée, toute de noire vêtue, et dont le visage était dissimulé par une voilette.

Son cœur se mit à battre. Sans être dans la tenue annoncée par Sarah, la personne qui venait dans sa direction en avait la taille, l'élégance, la démarche souple… Elle allait passer tout près de lui, mais sans le voir, car elle avait le regard tourné de côté, comme si elle aussi cherchait quelqu'un dans la foule des masques.

Sarah avait peut-être opté pour une autre robe au dernier moment ? pensa-t-il. Il ne pouvait pas prendre le risque de la laisser passer à côté de lui sans réagir.

Il tendit la main et retint la femme par le bras.

— Qu'est-ce qui vous prend ? s'écria cette dernière en français en se tournant vers lui.

— Veuillez m'excuser, madame, répondit Quentin dans la langue de Molière, mais je vous avais prise pour une amie avec laquelle j'ai rendez-vous.

L'étrangère garda le silence. Sans doute réfléchissait-elle à l'attitude qu'il convenait d'adopter en de telles circonstances.

— J'accepte vos excuses, monsieur, repartit-elle enfin, car vous me semblez sincère.

A cet instant, un jeune garçon s'approcha de Quentin et s'inclina devant lui :

— Lord Branson ? fit-il.

Comme Quentin acquiesçait d'un signe de tête, il lui tendit un morceau de papier plié en quatre.

— Une dame qui était chez M. Smithers m'a confié un message pour vous.

Quentin prit le billet et donna une pièce au jeune garçon. Puis, à la lumière des flambeaux, il lut les quelques mots que lui avait écrits Sarah, où elle exprimait sa déception de ne pouvoir le rejoindre. Epuisée par la réunion avec l'homme de loi de son père, elle souffrait d'une migraine qui la contraignait à rentrer se coucher chez sa tante. Elle lui souhaitait, néanmoins, une bonne soirée, l'enjoignant à profiter de l'occasion pour se distraire et à lui raconter ensuite ses exploits. Elle le réassurait, *in fine*, de son profond regret de ne pouvoir être avec lui.

Un peu irrité par les exhortations cavalières de Sarah à s'amuser à ce bal comme s'il n'avait eu aucun sentiment pour elle ni aucun projet auquel elle fût étroitement associée, il replia le message et le fourra dans la poche de sa jaquette.

Lorsqu'il releva les yeux, la femme à la voilette était toujours devant lui. Il aurait pu avoir un élan d'humeur contre elle, mais elle ne lui inspirait aucune antipathie — au contraire, même.

— J'espère que vous n'avez pas reçu de mauvaises nouvelles, monsieur ? dit-elle.

— Pas du tout, madame. Seulement un peu décevantes.

Il s'apprêtait à souhaiter une bonne soirée à l'inconnue et à quitter le bal quand il vit l'un des nombreux fêtards l'empoigner par la taille en clamant d'une voix avinée :

— Tu me donnes un baiser, ma belle ?

La jeune femme tenta de se dégager de l'étreinte de l'ivrogne, mais avant même qu'elle n'eût crié son dégoût, Quentin saisit l'importun par le bras et le lui retourna dans le dos.

— Laisse cette dame en paix, lui ordonna-t-il.

L'homme leva les yeux sur Quentin et, mesurant sa taille et sa carrure, se garda bien de se révolter.

— Je ne lui voulais pas de mal…, marmonna-t-il en baissant la tête.

Comme il s'éloignait, la femme en noir porta pudiquement la main sur son décolleté.

— Mille mercis, monsieur, dit-elle.

Avec un petit mouvement des épaules, elle remit en place son châle puis en resserra les cordons. Quentin ne pouvait détacher son regard de cette poitrine, dont la rondeur s'imprimait dans la robe de velours. La pointe des seins même y était visible…

Il étouffa un gémissement ; une sensation de chaleur courut sous sa peau…

— Si vous souffrez cet avis, madame, répondit-il, vous ne devriez pas venir seule à ce genre de bal.

« Et certainement pas dans cette robe », ajouta-t-il en son for intérieur.

— Mais je n'étais pas seule ! J'étais avec mes amis dans les jardins quand nous avons été submergés par une bande de masques qui m'ont entraînée avec eux. Lorsque j'ai pu m'en extraire, mes amis avaient disparus. Je les ai cherchés ; comme ils restaient invisibles, j'ai décidé de les attendre près de l'orchestre…

— Eh bien ! Je puis vous aider à les retrouver — dans la mesure où, en restant à vos côtés, je vous éviterai de pénibles rencontres…

— C'est très aimable de votre part, monsieur, mais je ne puis accepter votre offre.

— Taratata ! Je ne me pardonnerais pas d'abandonner à son sort une aussi jolie femme, au milieu d'une foule aussi désordonnée et tapageuse.

De nouveau, la femme étudia Quentin à travers sa voilette.

— Je ne devrais pas accepter, monsieur, car je ne vous connais pas ; mais vous avez eu un noble comportement avec moi… et je ne puis, en effet, concevoir de rester seule parmi tous ces pochards.

— N'ayez crainte que mon comportement change à votre égard, madame. D'ailleurs, et bien qu'il ne soit pas d'usage de se présenter à une mascarade, permettez-moi de le faire exceptionnellement.

Quentin s'inclina en disant :

— Lord Branson, pour vous servir, madame.

L'inconnue fit la révérence :

— Eléonore de Tamerville, repartit-elle en tendant sa main gantée.

Quentin l'effleura d'un baiser et huma avec délices le parfum de lys dont le gant de peau était imprégné.

Puis, avec un contentement et une sensation de plénitude qu'il ne s'expliquait pas, il prit la jeune femme par le bras et l'entraîna dans une allée. Ils eurent beau chercher dans tout le parc, ils n'y rencontrèrent jamais les amis d'Eléonore de Tamerville.

Ils revinrent enfin près de l'orchestre et cette dernière retira le bras que son cavalier gardait serré contre lui.

— Il fait si sombre, nous avons dû passer près d'eux sans les voir… Mais je ne puis abuser plus longtemps de vos instants, milord. Ils doivent me chercher de leur côté. Ils me retrouveront certainement…

— Il est hors de question que je vous laisse seule en ce lieu, madame. Voudriez-vous un verre de punch ? Pendant que nous prendrons une consommation au buffet, vos amis auront peut-être la bonne idée de vous y chercher ?

Pour devancer le refus de Mme de Tamerville, il ajouta :

— Vous me feriez plaisir en acceptant, madame.

— Puisque vous me le proposez aussi courtoisement, milord, j'y consens.

Tout en gardant un œil sur la jeune femme pour s'assurer qu'elle n'était pas de nouveau abordée par quelque fripon, il se fit servir deux verres de punch et deux assiettes de charcuterie. Quelques pièces à un serviteur et il fut autorisé à conduire la jeune femme dans une loge, surplombant le parc, d'où ils voyaient parfaitement passer la foule.

— Ainsi, vous êtes française ? interrogea Quentin en s'asseyant en face de Mme de Tamerville.

— Oui. J'ai quitté la France avec M. de Tamerville pour fuir la Révolution. Mon malheureux mari a combattu comme officier au sein de l'armée anglaise, dans l'espoir que Napoléon serait détrôné ; il est mort au combat avant que son vœu ne fût exaucé. Ayant perdu toute ma famille, victime de la Terreur, je suis demeurée en Angleterre après la mort de mon cher Philippe.

— Vous y avez des amis, du moins ?

Elle laissa échapper un soupir.

— Quelques-uns avec lesquels, justement, je suis sortie, ce soir. Je ne les accompagne que très rarement à ce genre d'événement... Ils ont insisté, vantant l'excellence de l'orchestre. Et comme j'adore danser... Ah ! j'ai eu tort de me laisser tenter.

Touché par le récit de la vie de cette jeune femme et par son ton mélancolique, Quentin ressentit le besoin de l'aider à oublier, fût-ce le temps d'une soirée, les souffrances de la vie.

— Madame... me ferez-vous l'honneur d'une valse ?

— Milord... je ne sais si je puis accepter... Je porte encore le deuil de mon mari, comme vous le voyez...

— Ne venez-vous pas de me dire que vous aimiez danser et que vous étiez venue ici pour cela ?

— Certes. Nonobstant je ne suis pas certaine que ce soit raisonnable...

— Je vous en prie, madame !

Bien qu'elle fît non de la tête, elle lui tendit la main.

— Ce n'est pas bien ce que vous faites, monsieur.

— Au contraire, répondit-il avec un sourire en la conduisant vers la piste de danse.

Une main dans le creux du dos de la jeune femme, il se mit à valser avec elle. La poitrine de Mme de Tamerville, qu'il voyait se gonfler au rythme de sa respiration, effleurait, par moments, sa jaquette, et il sentait sa ferme élasticité à travers les étoffes. Une irrésistible envie montait en lui de se pencher sur cette gorge blanche comme une colombe et de la dévorer de baisers, de s'enivrer de son parfum... Et ses doigts brûlaient de la caresser.

Etait-elle, comme il l'imaginait, plus douce encore que le velours de la robe ?

A mesure qu'ils dansaient et que son désir croissait, Quentin prenait conscience qu'il s'était privé de compagnie féminine depuis trop longtemps. Peut-être le moment était-il venu de s'abandonner enfin ?

La jeune femme qui, grâce à Dieu, ne pouvait lire dans ses pensées, prit avec ferveur, à la fin de la valse, sa main dans les siennes.

— C'était merveilleux, merci mille fois, monsieur ! Je n'avais jamais dansé avec autant de plaisir depuis le dernier bal donné à Versailles avant cette terrible journée du 14 juillet. Je vous en sais gré du fond du cœur.

Quentin s'inclina.

— Le plaisir était pour moi, madame. Mais je constate que vos amis ne vous cherchent guère. Voulez-vous que nous fassions un autre tour des jardins ?

— Non, il importe peu qu'ils soient encore là ou non. Je suis très fatiguée. J'aimerais rentrer chez moi. Ah ! je ne sais comment vous remercier de votre gentillesse, milord ! J'avais oublié l'agrément que procure la compagnie d'un vrai gentleman.

Elle lui fit la révérence et tourna les talons.

— Attendez ! fit-il en la retenant par le bras. Vous ne

songez pas à rentrer chez vous seule dans la nuit ? Sans vouloir me montrer présomptueux, je crois que vous devriez me laisser vous escorter jusqu'à votre logement.

Elle remua la tête.

— Non, monsieur. Vous vous êtes déjà bien assez dérangé pour moi.

— Absolument pas, je vous l'assure. D'ailleurs, je vais devoir moi aussi trouver un passeur pour franchir la Tamise, puis un fiacre pour me raccompagner chez moi. Il ne me coûtera aucun effort de vous déposer sur mon chemin.

Elle laissa son regard descendre vers le fleuve puis, d'un air hésitant, le porta sur Quentin :

— Je me sentirais plus tranquille, en effet, si vous aviez la gentillesse… Mais êtes-vous bien certain que ça ne vous causera pas trop de dérangement ?

— Pas le moins du monde, affirma Quentin en offrant son bras à la jeune femme.

Après un bref instant d'indécision, elle lui donna le sien.

Ils descendirent sur les quais. Ils y trouvèrent un passeur, dans la barque duquel ils montèrent. Lorsqu'ils furent côte à côte sur l'étroit siège et que les vaguelettes les bercèrent, les jetant l'un contre l'autre, Quentin devint de plus en plus conscient du corps délié de sa compagne, dont il sentait contre lui la hanche ronde et douce…

Leur intimité fut plus grande encore dans le fiacre. Comme ils roulaient sur les avenues sablées et que résonnait le bruit des sabots, il fut harcelé par l'envie de glisser la main dans le décolleté très échancré de Mme de Tamerville, que le châle de soie, négligemment posé sur ses épaules, cachait à peine.

A défaut de satisfaire son envie, il passa discrètement le doigt sous le col cassé de sa chemise excessivement empesée pour la décoller de son cou et mieux respirer…

Aussi éprouva-t-il un certain soulagement quand le fiacre s'arrêta à l'adresse que la jeune femme avait indiquée.

Elle leva les yeux sur lui :

— Je ne devrais pas vous le demander mais… le hall et l'escalier de la maison sont très sombres. Pourriez-vous m'accompagner jusqu'à mon appartement ?

— Bien sûr.

Il donna une pièce au cocher pour qu'il l'attendît et aida la jeune femme à descendre.

Dans le hall, cette dernière alluma une lampe à huile suspendue à une potence et, le bougeoir au poing, s'engagea dans l'escalier. Elle le gravit jusqu'à son sommet, où elle s'immobilisa devant une porte.

Un croissant de lune venait de se lever et se découpait dans le ciel étoilé à travers la fenêtre du palier, auréolant d'un halo nacré le visage de la jeune femme — qui se dressa sur la pointe des pieds pour prendre une clé dans une niche cachée derrière un volet.

Quentin, en l'observant, se demanda quel sort l'avenir réservait à cette charmante veuve si éloignée de sa patrie — et, soudain, il éprouva le désir de relever sa voilette et de l'embrasser jusqu'à en perdre la raison…

Elle fit jouer la clé dans la serrure et ouvrit la porte. Se tournant alors vers Quentin, elle posa la main sur son bras.

— Je ne sais si je puis… Mais non, ce serait extravagant ! Vous allez me prendre pour une femme légère, pour une débauchée…

Un frisson parcourut le jeune lord de la tête aux pieds en entendant ces mots.

— Mais non… pas du tout… De quoi s'agit-il ?

— Tout simplement que je suis veuve, comme vous le savez, et que mon cher Philippe me manque horriblement. Il était grand comme vous. C'est étrange… vous lui ressemblez… A tel point qu'à l'idée que vous allez partir, je suis toute bouleversée.

Elle reprit sa respiration et poursuivit dans un très faible souffle :

— Je ne voudrais pas rester seule, ce soir. Ah ! revivre une nuit d'amour, une seule…

Elle eut un mouvement de recul en s'exclamant :

— Mais c'est impossible ! Vous êtes marié, n'est-ce pas ?

— Non !

— Alors, vous avez une fiancée ?

— J'ai demandé, récemment, la main d'une jeune femme, mais elle m'a repoussé.

— La sotte ! dit Mme de Tamerville à mi-voix.

Puis, regardant Quentin dans les yeux :

— Vous voulez bien rester avec moi pour cette nuit, n'est-ce pas, monsieur ? fit-elle sur un ton presque suppliant. Nous nous consolerons l'un l'autre…

Il brûlait d'accepter ; mais il avait mauvaise conscience à cause de Sarah — même si celle-ci n'avait pas voulu de lui. Peut-être le moment était-il venu de ne voir qu'une amitié dans la relation qui les unissait ?

S'il en était ainsi, pourquoi refuserait-il de passer la nuit avec cette femme qui avait tant souffert, et lui demandait un peu d'amour ?

Lorsqu'elle posa la main sur la sienne, il se laissa conduire à l'intérieur de l'appartement.

Elle verrouilla la porte derrière eux puis guida Quentin, à travers plusieurs pièces plongées dans l'obscurité, jusqu'à une chambre où, dans une alcôve, se dressait un grand lit à baldaquin.

Puis elle posa le bougeoir sur une table de chevet et,

se retournant vers Quentin, le serra dans ses bras dans un mouvement de passion.

Lorsqu'elle le vit lever la main pour lui retirer sa voilette, elle s'y opposa farouchement.

— Non, mon amour… Vous verrez tout de moi, sauf mon visage. Je ne retirerai ma voilette que lorsque nous aurons éloigné la lumière.

— Pourquoi ? murmura Quentin. Vous savez que je ne vous ferai aucun tort.

— Je vous crois mais, n'ayant aucun revenu depuis la mort de mon mari, je suis obligée d'enseigner le français et la musique aux enfants de votre milieu. Or, une préceptrice doit être au-dessus de tout soupçon. S'il vous arrivait de me reconnaître dans la rue…

— Jamais je ne vous trahirais !

Elle posa un doigt sur ses lèvres.

— Je n'en doute pas ; mais lorsque je vous verrai, sachant ce que nous aurons fait ensemble, c'est moi qui me trahirai ! En revanche, si je suis la seule à vous reconnaître, ce sera pour moi une petite joie secrète…

— Une joie, cruelle, que je ne pourrai pas partager avec vous !

— Vous avez votre vie. Pour nous, il ne peut y avoir qu'une nuit. Le comprenez-vous ?

Il acquiesça à regret.

— Seulement s'il le faut.

— Consolez-vous, milord. Je suis à vous jusqu'au lever du jour…

Elle laissa glisser son châle le long de ses épaules puis, se tournant, présenta son dos à Quentin, tout en désignant les lacets noués au sommet de sa robe, et lui intima :

— S'il vous plaît, monsieur.

# 17

— Vos désirs sont des ordres, madame, répondit-il en détachant d'une main frémissante les lacets de la robe.

Puis il défit les innombrables petits boutons qui descendaient jusqu'aux reins. Lorsqu'il eut terminé, la robe glissa le long des épaules de Mme de Tamerville, de ses hanches, de ses longues jambes qui se dessinaient dans le jupon de soie, et s'affaissa autour de ses chevilles.

La jeune femme se retourna et il porta instinctivement les mains sur ses seins dont les pointes étaient tendues sous l'étoffe légère du déshabillé. Il voulait la dépouiller de ce vêtement et découvrir la poitrine pommelée et ferme qui avait attiré son regard toute la soirée… mais elle repoussa doucement ses mains.

Elle commença alors à faire glisser lentement, l'une après l'autre, les bretelles du déshabillé, puis dénuda sa poitrine dont elle offrit la sculpturale beauté à la contemplation muette de Quentin.

— Ces deux petits mignons vous plaisent, milord ? demanda-t-elle en cueillant délicatement ses seins qu'elle remonta pour leur donner l'aspect qu'ils avaient lorsqu'elle était vêtue.

— Oui, répondit-il d'une voix altérée par l'émotion.

— Voulez-vous que je continue ?

Il fit oui de la tête et, sans attendre, elle défit les lacets de son déshabillé, qu'elle retira, puis elle glissa deux doigts sous sa culotte et la fit descendre jusqu'à la naissance des cils sombres et soyeux de son intimité.

— Encore ? fit-elle avec suavité.

— Oui…

Elle se retourna et acheva de se dévêtir lentement puis, dans la tenue d'Eve ou presque, car elle n'avait pas encore retiré ses bas, elle lui fit de nouveau face.

— Dois-je continuer, milord ? s'enquit-elle lascivement.

Incapable de prononcer le moindre mot, il acquiesça d'un signe de la tête.

Elle s'assit au bord du lit et, levant une jambe, défit sa jarretière ainsi que le bas qui lui était fixé, puis leva l'autre jambe et fit de même.

— Venez, mon amour, murmura-t-elle.

Il s'approcha et se penchait sur elle pour l'entourer de ses bras quand elle lui saisit les poignets et les ramena de chaque côté de son corps.

— Pas encore, dit-elle dans un souffle en l'enveloppant de ses jambes pour l'attirer contre elle. C'est à mon tour de vous regarder…

Il voulut exprimer son assentiment ; sa voix s'étrangla sans qu'il put proférer le moindre son.

« Qui ne dit mot consent », conclut intérieurement la jeune femme en défaisant le nœud de cravate de Quentin.

Elle déboutonna sa chemise, en écarta les pans, révélant son splendide torse, et suivit de l'index le dessin de la clavicule jusqu'au creux du cou, à la base de la gorge.

— Que vous êtes beau, dit-elle à mi-voix en contemplant son harmonieuse musculature.

Elle resserra l'étreinte de ses jambes pour le sentir plus fortement contre elle tandis qu'elle faisait tomber jaquette et chemise de ses épaules. Il était à demi nu, livré à la curiosité de son regard et de ses mains fines qui le parcouraient langoureusement, lui arrachant des soupirs, le caressant avec délectation…

Il était si impatient de la serrer dans ses bras qu'il aurait voulu, maintenant, qu'elle oubliât ses épaules et ses pectoraux pour s'intéresser aux régions ordinairement cachées de son anatomie ; mais elle n'y descendait qu'avec une lenteur lancinante…

Elle se mit enfin à défaire les boutons de sa culotte et, avançant le buste pour la faire glisser le long des jambes de Quentin, elle colla ses seins à sa poitrine nue, embrasant d'un coup tous ses sens.

Se contenir était devenu une torture. Il brûlait de s'étendre sur le lit et de s'unir à elle. Elle comprit sans doute l'urgence de son désir car elle le repoussa pour se dresser sur ses jambes, puis le fit asseoir sur le lit. Elle se pencha aussitôt et lui retira ses bottes, offrant à sa vue l'ensorcelant spectacle d'une poitrine ferme et palpitante…

Quand elle eut achevé de le dévêtir, elle lui ordonna de s'allonger, monta sur le lit et s'assit à califourchon sur lui, l'écrin soyeux de son intimité au contact de sa force mâle.

Il encercla la taille de la jeune femme et cambra les reins, tentant de la posséder. Elle s'y refusa. Elle s'inclina, lui massa la taille, alternant douceur et énergie, puis déplaça ses mains sur son ventre, les dirigea vers son sexe qu'elle titilla de ses longs doigts fins avant de le saisir et de le soumettre à un bref mouvement de va-et-vient.

Un gémissement lui échappa. Quentin gardait les yeux baissés sur ces mains délicates, aux ongles nacrés, qui palpaient ses attributs avec sensualité…

Bientôt, comme la jeune veuve s'était replacée au-dessus de lui, elles le guidèrent en elle, dans le fourreau tendre et chaud de sa féminité. Il cambra les reins pour entrer plus profondément et il devina qu'elle retenait un cri tandis que ses mains et ses bras, en appui sur les épaules de Quentin, se raidissaient.

— Vous ai-je fait mal ?

— Non… Il y a si longtemps que cela ne m'est pas arrivé… C'est un peu comme une première fois.

— Il fallait le dire… Je vais aller tout doucement.

La jeune femme se détendit et adopta une meilleure position qui permit à Quentin d'entrer, à chaque mouvement, un peu plus profondément en elle.

— Ça va ? demanda-t-il en se figeant lorsqu'il fut entièrement en elle.

— Oui, répondit-elle voluptueusement. C'est merveilleux.

Quentin s'enhardit et, saisissant le corps délié de Mme de Tamerville, s'activa avec plus de force. Répondant à chacun de ses assauts en cambrant les reins, elle se mit à vagir.

Stimulé par le plaisir qu'elle manifestait sans retenue, Quentin ne fut plus en mesure de contrôler beaucoup plus longtemps le sien et, fermant les yeux, cessant de respirer, il s'y abandonna…

Il s'éveilla au cœur de la nuit. Elle dormait, la tête dans le creux de son épaule, douce et chaude contre lui. Il savoura longuement sa présence puis, la sentant bouger comme si elle sortait de la torpeur dans laquelle ils avaient sombré, il lui prit la main et la porta à ses lèvres.

— C'est un bonheur indicible de vous sentir près de moi, madame, dit-il.

Elle murmura une réponse et, bientôt, se retrouva assise sur lui, les mains jointes au-dessus de la tête, les reins arqués, offrant aux regards de Quentin la vision de sa divine poitrine, haute et ferme.

Il posa les mains sur ses épaules et la fit s'incliner vers lui jusqu'à ce qu'il pût recueillir la pointe de ses seins entre ses lèvres. En geignant, elle savoura les folles caresses de Quentin…

De même que les tétons de la jeune femme se tendaient sous les baisers, la force mâle de Quentin retrouvait sa vigueur, exaspérée par ses frottements contre son ventre…

Il vint en elle et, cette fois, fut très attentif à la montée de son plaisir, écoutant son souffle, interprétant le moindre de ses gémissements, s'efforçant de devancer ses désirs.

Au moment même où il perdit le contrôle de ses sens, elle se mit à pousser de petits cris en se serrant de toutes ses forces contre lui et il fut emporté par une vague de plaisir indicible.

Ils somnolèrent dans les bras l'un de l'autre et lorsque, au sortir de cet engourdissement passager, Quentin sentit la jeune femme blottie contre lui, il fut envahi par un tel bonheur qu'il en oublia la défense de cette dernière et souleva le coin de sa voilette, laquelle n'avait jamais quitté son visage.

Elle se réveilla aussitôt et saisit sa main.

— C'est interdit, méchant garnement, dit-elle sur un ton de reproche.

Elle s'écarta incontinent de lui et descendit du lit, exposant sa nudité aux regards de Quentin, complètement envoûté par ses charmes.

Elle le laissa la contempler quelques instants puis souffla la bougie, plongeant la chambre dans une profonde obscurité. Il entendit alors un bruissement léger d'étoffe et comprit qu'elle retirait sa voilette.

Un bruit de pas presque inaudible et elle revint s'étendre près de lui. Il l'enlaça aussitôt et, se penchant sur elle :

— Je vais enfin vous voir, dit-il en suivant de l'index le dessin du visage de la jeune femme.

Après avoir deviné le sourire qui se formait sur sa bouche, il poursuivit son inspection avec ses lèvres — qu'il arrêta enfin sur celles de Mme de Tamerville.

Ils échangèrent un long et merveilleux baiser…

Il s'immisçait déjà entre ses cuisses quand elle le repoussa.

— Pas encore, mon amour. Il nous reste beaucoup à découvrir…

Sur ces mots, elle se mit à parcourir son robuste corps de baisers…

Plus tard dans la nuit, il s'éveilla de nouveau et effleura de la main l'épaule de la jeune femme, qui s'était elle aussi endormie.

Elle lui avait donné la preuve d'une affection qui confinait à l'amour, pensait-il quand Mme de Tamerville remua en soupirant.

Il se pencha pour cueillir un baiser sur ses lèvres. Il aurait voulu en garder à la mémoire le contour — dans l'espoir de reconnaître la jeune femme s'il la croisait, un jour, dans les rues de Londres…

Comme si elle avait pénétré ses intentions, elle se redressa et murmura :

— Il est tard, mon ami. Partez avant les premières lueurs du jour. Quelqu'un pourrait, sinon, vous apercevoir lorsque vous sortirez, et je n'entends pas prendre ce risque.

Il voulut protester, mais elle s'était déjà glissée hors du lit ; et il sut à certains bruissements d'étoffe qu'elle rassemblait leurs vêtements. Un instant après, elle lui prit la main et l'engagea dans une manche de sa chemise.

C'était trop tôt, beaucoup trop tôt ! songea-t-il, bien qu'il comprît la prudence de Mme de Tamerville. Désireux de retarder le moment de la séparation, il la prit dans ses bras et interrompit ses efforts pour le rhabiller en lui donnant un long et ardent baiser.

— Vilain garçon ! dit la jeune femme d'un ton plaintif en s'écartant. Il n'y a plus de temps à perdre.

Elle enfila un peignoir de satin pour se protéger contre lui, mais elle ne montrait pas dans ses gestes une détermination aussi forte que dans ses paroles. Après avoir enfin réussi à lui faire revêtir sa chemise, elle lui présenta son caleçon et sa culotte qu'elle n'eut pas la force de lui faire enfiler sans avoir d'abord caressé amoureusement sa force mâle.

Se redressant avec un soupir, elle acheva de le reboutonner avant de lui donner sa jaquette et ses bottes, qu'il laissa tomber sur le sol.

— Me laisserez-vous voir votre visage ? s'enquit Quentin, bien qu'il connût d'avance la réponse à sa question.

— Non, mon amour, repartit-elle en lui prenant les mains pour les embrasser.

— Pourrais-je vous revoir ?

Son hésitation fit bondir le cœur de Quentin.

— Je ne crois pas que ce soit raisonnable.

Sentant son indécision, il insista :

— Allons, ma tendre amie ! Dites oui, je vous en conjure !

Sans un mot, elle s'éloigna et ralluma la bougie. Elle avait replacé sa voilette et, visiblement, attendait qu'il enfilât ses bottes et sa jaquette et partît une fois pour toutes.

Il n'en fit rien, cependant, et, s'approchant d'elle, passa délicatement le doigt sur la voilette derrière laquelle elle se cachait.

— Vous ne me faites toujours pas confiance ?

— Je vous en prie, partez maintenant.

Elle alla prendre derechef sa jaquette et la lui fit enfiler, ainsi que ses bottes, avant de lui tirer sa révérence.

— Bonne journée, milord.

Il la regardait, incapable de faire un pas. Comment avait-elle pu l'envoûter d'une telle façon ? Jamais il ne lui avait été aussi pénible de conclure une aventure amoureuse.

— Puis-je revenir vous voir demain soir ? eut-il la surprise de s'entendre demander.

Il attendit la réponse de la jeune femme, la gorge nouée et les jambes tremblantes.

Elle fit enfin oui de la tête, en murmurant :

— C'est de la folie… mais, oui, venez à minuit.

Une joie incommensurable l'envahit.

— Je vous promets que cette nuit sera si folle que vous ne l'oublierez jamais ! A demain… à minuit.

Elle ouvrit la porte et, après s'être assurée qu'il n'y avait personne dans l'escalier, invita d'un geste Quentin à sortir.

Elle lui permit un dernier baiser sur ses mains puis referma la porte derrière lui.

A la fois émerveillé et terrifié, Quentin resta sur le palier jusqu'à ce que le pas de Mme de Tamerville se fût éloigné. Que n'aurait-il donné pour voir le visage de cette femme ! Si sa vie était tragique, elle était capable de donner tant de bonheur !

L'aube se levait ; il distinguait une pâle lueur à travers les carreaux de la fenêtre. Il sortit de sa poche sa montre de gousset et parvint à en distinguer les aiguilles. Dans moins de vingt heures, il serait de retour sur ce palier !

Vibrant d'impatience et de joie, il se décida à descendre l'escalier.

Quelques heures plus tard, Sarah était assise dans le salon de sa sœur et buvait du chocolat chaud. Après avoir congédié la servante d'un geste impatient de la main, Ailis se tourna vers sa sœur aînée :

— Alors ? Ne t'avais-je pas dit que ce serait merveilleux ?

Sarah sourit.

— Oui, tu avais raison.

— N'as-tu pas été déçue, toutefois, de le voir en chair et en os après t'être repue de mon dessin ?

Sarah eut un petit rire.

— Oh ! non ! Pas du tout !

Ailis rit à son tour.

— Il faut que je lui demande de poser pour moi. Ainsi je pourrai t'offrir un souvenir de cette nuit magique.

— Il se pourrait qu'elle ne soit pas la seule… Je suis, d'ailleurs, venue te voir de si bon matin à ce sujet. Crois-tu que je puisse passer une seconde nuit dans l'appartement de l'ami de Maximilian ?

L'expression d'Ailis devint grave.

— Ne crains-tu pas de trop t'engager dans une relation qui n'était au départ qu'un amusement ?

— Je ne suis plus sûre de rien, répondit la jeune femme d'un air rêveur en réprimant le tremblement dans sa voix.

Elle ne voulait pas laisser sa sœur lire dans les tréfonds de son cœur. Car les moments passés avec Quentin avaient conforté ses sentiments pour lui… Oui, le plaisir indicible qu'elle avait éprouvé dans ses bras avait renforcé son amour, elle en était certaine, de même que l'amour qu'elle éprouvait déjà pour lui auparavant n'avait fait que rendre ce plaisir plus intense encore. Il lui avait été, d'ailleurs, presque impossible de le renvoyer…

C'est pourquoi, contrairement à toutes ses résolutions, elle avait fini par accepter un autre rendez-vous.

Au cours de cette nuit merveilleuse et dans les premières heures qui l'avaient suivie, elle n'avait pas éprouvé que du bonheur. Des émotions auxquelles elle ne s'était pas préparée l'avaient assaillie. Elle avait d'abord ressenti de la culpabilité : n'avait-elle utilisé Quentin pour son plaisir ? Fait naître en lui des sentiments pour une personne illusoire ? Et puis, lorsqu'elle l'avait conduit à évoquer sa vie amoureuse, elle avait eu l'impression de commettre une grave indiscrétion — quoiqu'elle regrettât, en même temps, de n'avoir pas eu le courage de lui demander s'il aimait ou non cette jeune femme qui l'avait repoussé…

Peut-être l'aimait-il ?

Si c'était le cas, comme elle était stupide !

— Vas-tu lui dire la vérité ?

La question d'Ailis ramena brutalement Sarah au présent.

— Non ! s'écria-t-elle.

— Tu as eu de la chance de ne pas perdre ta perruque, hier soir. Si vous êtes aussi fougueux cette nuit, je ne serais pas surprise qu'il finisse par te reconnaître. Combien de temps entends-tu jouer ce petit rôle ? Si tu veux garder Quentin comme amant, il serait beaucoup plus simple de laisser tomber ton masque.

— C'est impossible ! S'il découvrait que je suis Mme de Tamerville, tu sais autant que moi qu'il m'offrirait de m'épouser.

Elle laissa échapper un soupir qui trahissait l'intensité du bonheur qu'elle avait connu dans ses bras — et sa tristesse à l'idée de devoir y renoncer.

— Or, ce ne serait pas viable, même si cette éventualité me fait rêver…

Ailis haussa les épaules.

— Si tu aimes tant être avec lui, je ne comprends pas pourquoi tu te poses autant de questions. Refuse tout simplement de l'épouser. C'est ce que je fais avec Holden chaque fois qu'il m'indispose avec ses demandes en mariage. Il ne peut pas t'épouser de force, après tout !

— Holden insiste pour t'épouser ? fit Sarah, trop heureuse de sauter sur l'occasion de ne plus parler d'elle. Le séducteur notoire a trouvé, enfin, plus fort que lui ? Bravo !

Ailis tempéra l'enthousiasme de sa sœur d'un geste de la main.

— Je gage qu'il ne me propose de m'épouser avec une telle opiniâtreté que parce qu'il sait que ma réponse sera négative. Je l'aime beaucoup et je reconnais que c'est un excellent amant, mais aucun homme n'aura jamais assez de charme pour me convaincre de me lier à lui indissolublement.

Le mariage avec Quentin ne serait pas une prison, songea Sarah avec nostalgie. Ce pourrait être un bonheur sans fin… à la seule condition qu'il aimât d'un amour sincère la jeune femme qui avait refusé de l'épouser. Or, il n'avait rien confessé de tel à Mme de Tamerville.

A défaut d'un véritable amour, elle se contenterait d'une autre nuit de passion — quand bien même ne serait-ce pas elle, mais la mystérieuse Eléonore, la bénéficiaire des virils hommages de lord Branson.

— Pourrais-tu me donner quelques-unes de tes éponges ? demanda-t-elle à Ailis.

Cette dernière posa sa tasse de thé et disparut derrière un paravent. Un instant après, elle revint avec un petit sac de toile qu'elle donna à Sarah.

— Emploie-les comme il se doit, dit-elle. Mais pour en revenir à notre discussion, je reste persuadée que tu devrais dire la vérité à Quentin.

Devant l'expression dépitée de Sarah, elle s'empressa d'ajouter :

— Je sais que tu ne le feras pas, mais s'il arrive que ta perruque tombe et ta voilette avec, ne viens pas me dire que je ne t'aurais pas mise en garde.

Sarah prit le petit sac et le rangea dans son réticule. Tout était clair dans sa tête. Après une dernière nuit volée à Quentin, elle le laisserait partir et poursuivrait sa propre vie, sans un regard en arrière.

— C'est absurde, rétorqua-elle. Pourquoi la perdrais-je ce soir, alors qu'hier je n'ai eu aucun problème ? Ce n'est que pour une nuit. Dans un aussi bref délai, comment diable les choses pourraient-elle mal tourner ?

# 18

Deux jours plus tard, Quentin était assis devant son bureau de St. James Square, les yeux baissés sur les livres de comptes de la dernière propriété qu'il avait acquise dans les entours de Londres. Mais au lieu de réfléchir sérieusement à ces prosaïques questions domaniales, il laissait sa pensée dériver à tout instant vers les deux nuits magiques qu'il avait partagées avec Mme de Tamerville.

Si, la seconde nuit, comme lors de la première, elle ne l'avait pas autorisé à lui retirer sa voilette, elle avait accepté d'inverser les rôles et qu'il devînt le meneur de danse. Il avait ainsi passé une grande partie de la nuit à honorer le corps d'Eléonore, à la lumière dorée de la bougie, goûtant avec ses lèvres chaque parcelle de sa peau, s'enivrant de son parfum et de sa beauté.

Avait-il apprécié davantage le moment où, ayant soufflé la bougie et ôté sa voilette, elle lui avait offert ses lèvres, et qu'il avait repris son exploration enchanteresse — que rendait peut-être encore plus intense l'obscurité ? Il l'avait conduite, assurément, sur des sommets vertigineux ; là, sur le point de sombrer dans un abîme de plaisir, elle l'avait supplié de la prendre enfin…

Quelques coups légers frappés à la porte le ramenèrent à la réalité moins exaltante des colonnes de chiffres étalées sur son bureau. Quand il aurait effectué certaines vérifications, une soirée de célibataire, hélas guère plus excitante, s'étirerait devant lui. Bien qu'il l'en eût conjurée sur tous les tons, l'exquise Mme de Tamerville avait refusé, certes à regret, qu'il revînt chez elle une troisième fois.

La voix étranglée par l'émotion, elle lui avait fait valoir que le risque était trop grand pour l'un comme pour l'autre. Il s'était incliné devant cette décision sans appel. Il semblait inéluctable de ne plus jamais la revoir…

Sans l'avoir, d'ailleurs, jamais vue.

S'il avait la chance, un jour, de la croiser dans une rue de Mayfair, la reconnaîtrait-il ? Ne serait-ce pas elle seule qui le reconnaîtrait, et l'observerait à la dérobée, comme elle l'avait prédit ?

Un sentiment confus de regret, de révolte et de désarroi s'immisça dans son cœur…

On frappa de nouveau.

— Entrez ! cria-t-il avec humeur.

— Veuillez me pardonner, milord, dit son maître d'hôtel en s'inclinant, mais… vous n'avez pas donné d'instructions à la cuisinière au sujet du dîner.

Etait-il si tard ? Il lança un regard au cartel sur la cheminée : c'était déjà la fin de l'après-midi. La veille, il avait dormi presque toute la journée, dans un état quasi extatique. Embrassant du regard les documents qui s'entassaient sur son bureau depuis trois jours et auxquels il avait à peine touché, il mesura l'ampleur du désastre.

— Je ne dînerai pas ici, répondit-il enfin, épouvanté par la perspective d'une soirée seul avec lui-même. J'irai en ville. Commandez un fiacre dans une demi-heure.

Il n'y avait rien d'étonnant, du reste, à ce qu'il se sentît mélancolique à l'issue d'une rencontre aussi passionnelle. Une soirée au White's Club avec de vieilles connaissances, un repas fin et d'excellents vins lui rendraient sa bonne humeur…

Il réussirait ainsi, peut-être, à oublier que, cette nuit, il ne retrouverait pas une femme belle et mystérieuse, toute de noir vêtue et cachée derrière une voilette, qui le conduirait sur des chemins qu'il n'avait jusqu'alors jamais empruntés…

Il arriva au White's une heure plus tard et trouva les salons aussi animés qu'il avait pu l'espérer. Lord Andover, à sa place habituelle, l'aperçut dès qu'il entra et lui fit de grands signes.

— Eh bien, jeune homme ! lança-t-il comme Quentin venait à lui un peu contre son gré car il n'avait aucune envie d'ouïr les derniers potins. Cela fait plusieurs jours que je ne vous ai vu. Etiez-vous encore dans votre campagne ?

— Non, monsieur, mais j'ai été assez occupé, repartit Quentin qui revoyait en pensée comment il avait récemment employé son temps.

— Vous dînerez bien en ma compagnie ?

Quentin, ne sachant comment se dépêtrer de cette situation, s'assit sur le siège que l'ami de son père lui désignait.

Lord Andover l'observa de la tête aux pieds de ses petits yeux malicieux.

— Vous avez tout à fait l'aspect d'un homme qui vient de passer un bon moment. Etes-vous allés rendre visite à votre voisine, la jeune demoiselle Sudley, qui est devenue artiste peintre ?

Irrité par la première remarque de lord Andover, Quentin profita de la seconde pour assener certaines vérités :

— En effet, j'ai rendu visite à Ailis Sudley, et je ne l'ai pas trouvée en pleine débauche comme vous pourriez l'imaginer. Elle était devant son chevalet, et les nombreux dessins et peintures qui encombrent son atelier attestent qu'elle consacre tout son temps à son art. Et elle ne cachait pas d'amant dans une armoire !

— Elle vit seule ? Comme c'est triste, une si jolie fille !

— Elle n'est pas complètement seule puisqu'elle a une servante.

— Elle est donc à même de s'en payer une ? Cela ne pourra pas durer ; elle aura sous peu besoin d'un protecteur. J'ai entendu dire que Freemont lui tournait furieusement autour… Qu'attendez-vous pour en faire autant ?

Le vieil homme tapota le genou de Quentin.

— N'êtes-vous pas un fidèle ami de la famille ? Vous auriez toutes vos chances si vous faisiez vos avances rapidement à cette jeune beauté.

— C'est impensable, répliqua Quentin d'un air offensé. Précisément parce que je suis un ami de la famille et qu'à ce titre j'ai la confiance du baron et de Sarah Sudley. N'oubliez pas, Andover, que j'ai connu Ailis en jupes courtes.

— Eh bien, raison de plus de la redécouvrir sans ses jupes ! fit lord Andover en éclatant de rire.

— Je ne pense pas que lady Mansfield ni Sarah Sudley apprécieraient d'apprendre que celui qu'elles tenaient pour un ami et un homme d'honneur a profité de l'estime qu'on lui accordait pour suborner leur nièce et jeune sœur.

— Lady Mansfield, qui est absolument sans reproche, aurait peut-être quelque droit à se montrer offusquée, mais la sœur aînée devrait d'abord se préoccuper de sa propre réputation. J'ai appris qu'elle rendait régulièrement visite à l'artiste et qu'elle s'était liée d'amitié avec certaines de ses amies d'un milieu moins que recommandable. Si elle continue à fréquenter ce monde, on l'assimilera à sa sœur. Il est vrai qu'elles sortent du même ventre.

— Que voulez-vous dire ? interrogea Quentin.

— Que feue la baronne de Sudley n'était pas un parangon de vertu. Si un homme a été affublé de cornes dans sa vie, c'est assurément le baron. C'est pour cela qu'il s'est réfugié dans l'étude des anciens…

Avant qu'il pût réagir contre l'injustice d'un tel propos, Quentin entendit résonner une voix dans son dos.

— Vous parliez des Sudley ?

Il se retourna et reconnut Alden Russell.

— Russell ! fit lord Andover. Joignez-vous à nous. Vous connaissez les petites Sudley, n'est-ce pas ?

— Je n'ai jamais été présenté à la plus jeune, répondit Russell en s'asseyant à la table de lord Andover, mais Branson m'a fait connaître l'aînée — une fille, du reste, fort jolie et fort intelligente. Elle se distingue surtout dans l'art de diriger un élevage et une ferme, comme peut l'attester lord Branson, qui a eu souvent recours à ses services.

Puis, se tournant vers Quentin, il ajouta :

— A ce propos, mon homme d'affaires vient de conclure la vente de certaines de nos terres à Sarah Sudley.

— Le domaine des Reynolds ? s'enquit Quentin.

— Exactement. Elle désire développer son élevage et ces terres sont parfaitement adaptées à cet usage. Elle sera amenée, je l'espère, à y venir fréquemment, et j'aurai ainsi l'occasion de la voir. Je lui proposerai mes services et serai en mesure de lui faire connaître les environs, ainsi que leurs habitants…

Quentin éprouva une envie difficilement contrôlable de gifler la face hilare de celui qu'il avait eu la présomption d'appeler son ami lorsqu'il l'avait présenté à Sarah. Il fallait absolument intervenir au plus vite auprès de celle-ci pour la dissuader de s'installer seule à Reynolds, où elle deviendrait une proie trop facile pour ce prédateur sans scrupule.

Il ne put réagir aux propos irritants de Russell car ils furent rejoints, à cet instant, par plusieurs membres du club, et la conversation roula sur des sujets très divers jusqu'à ce que fût abordée la question des dernières lois actuellement en discussion à la Chambre des communes.

Quentin, qui en d'autres circonstances, se serait passionné pour un tel débat, ne le suivit que distraitement. Gagné de nouveau par l'angoisse qui succède aux plus grands moments de bonheur quand on les croit résolument finis, il attendit la fin du repas, pour ne pas attirer l'attention, et discrètement s'éclipsa.

Renonçant à héler un fiacre, il dirigea ses pas vers St. James Square. Il avait besoin de voir clair en lui-même. Une marche dans la nuit fraîche l'aiderait à mettre de l'ordre dans ses pensées. Il était notamment surpris d'avoir complètement oublié Sarah au cours des derniers jours. Depuis sa rencontre avec Eléonore de Tamerville, en vérité. Dès qu'il avait su qu'elle n'honorerait pas leur rendez-vous dans les jardins de Vauxhall, il s'était laissé fasciner par l'énigmatique femme en noir.

Mais, en apprenant que son amie avait acquis la terre de Russell, elle était revenue brusquement au premier plan de ses pensées ; et la blessure que lui avaient laissée au cœur leurs deux dernières rencontres s'en trouvait ravivée.

Il devait en convenir, Sarah lui avait beaucoup manqué. Ç'avait d'abord été leur amitié, leur camaraderie presque masculine, dont il s'était langui ; puis il avait compris que son attachement pour elle était bien plus profond. A tel point qu'il en était arrivé à la conclusion qu'il ne pourrait être heureux sans elle.

Et à présent que se profilait avec précision la menace de la concurrence de Russell, son désir de conquérir le cœur de Sarah, et de donner à la jeune femme la place qu'elle méritait dans sa vie, se trouvait décuplé.

Le remords, tout à coup, se présenta à lui avec force. Il trouva aisément des arguments pour l'écarter. Lorsqu'il était tombé sous le charme de Mme de Tamerville, Sarah avait déjà répondu négativement à sa demande en mariage, et elle venait de lui faire savoir qu'elle ne viendrait pas à leur rendez-vous. Il n'avait, en fait, commis aucune trahison à son égard. Si une promesse de mariage les avait déjà unis, il aurait su résister aux avances de la femme en noir, aussi tentantes fussent-elles.

Cependant, Eléonore de Tamerville avait pris une place dans son cœur qu'elle n'était pas près de quitter non plus. S'il devait renoncer à unir sa vie à celle de Sarah, il serait indubitablement tenté de la courtiser assidûment et d'en faire son amante.

Qui était-elle, cette femme à laquelle il importait tant qu'il ne vît pas son visage ? Une préceptrice comme elle le lui avait déclaré, ou une comédienne comme son costume pouvait le laisser croire ?

Quelle que fût sa véritable condition, elle menait une existence bien précaire…

Quand il l'avait aperçue dans les jardins de Vauxhall, sa silhouette lui avait rappelé celle de Sarah ; et il avait eu encore cette impression quand, entrant dans son appartement, elle lui était apparue nimbée du halo nacré de la lune.

Mais les deux femmes n'avaient guère de points communs. Mme de Tamerville gagnait difficilement sa vie au service d'une famille noble alors que Sarah régnait sur l'un des élevages de chevaux les plus prospères du royaume. Réfugiée dans un pays étranger, l'aristocrate française donnait l'impression d'une grande fragilité qui éveillait en soi le désir de la protéger ; Sarah, elle, après avoir été exclue des salons mondains, n'en avait pas moins gardé les pieds sur terre et s'était forgé un nouvel avenir dont elle était la seule maîtresse.

Les deux jeunes femmes avaient tout de même une caractéristique commune, indépendamment de la silhouette élancée : elles étaient l'une et l'autre fort désirables. Il avait fait l'expérience des charmes de Sarah lors du bal de la duchesse d'Avon, et il ne doutait pas qu'elle pût rapidement devenir aussi habile dans le déduit que Mme de Tamerville !

Sarah n'aurait qu'à cultiver un peu sa sensualité et il tomberait complètement sous son charme. Se permît-elle les gestes audacieux d'Eléonore, il en perdrait la tête. Et ses lèvres… Il en gardait un souvenir merveilleux, alors, si elles osaient ce que celles de Mme de Tamerville ne craignaient pas de faire !…

Comment avait-il pu être assez stupide pour interrompre les premiers baisers qu'ils avaient échangés avec Sarah et croire, avec toute la sincérité de son cœur, que la jeune femme et lui-même dussent se cantonner à une simple amitié ?

Il se sentit, soudain, redevable à la charmante veuve de lui avoir permis de comprendre qu'il pouvait connaître un bonheur merveilleux auprès de Sarah. « Mille mercis, ma tendre Eléonore, pensa-t-il, de m'avoir enfin ouvert les yeux — ceux du cœur, qui permettent de lire dans l'âme de la personne aimée. Grâce à vous, je vois enfin que le bonheur est tout près de moi et que je n'ai qu'à tendre la main pour le saisir… »

Un sourire aux lèvres, il accéléra le pas. Il devait, hélas, se rendre de nouveau, le lendemain, dans le domaine dont il venait de faire l'acquisition ; mais il allait envoyer un message à Sarah la prévenant qu'il lui rendrait visite le surlendemain. Et alors, il trouverait les mots justes pour conquérir son cœur et obtenir qu'elle tombât dans ses bras.

Tout en marchant, cependant, le souvenir de Mme de Tamerville le taraudait — et il ne pouvait s'empêcher de penser que ce serait une grave injustice si celle qui lui avait révélé l'art d'être heureux restât seule et dans le besoin.

Si, comme elle le lui avait dit, elle était la veuve d'un aristocrate mort en combattant Napoléon, il était de son devoir de la récompenser pour le don qu'elle lui avait fait et de la sortir de sa situation précaire. Il lui épargnerait ainsi d'être plongée dans la misère, s'il advenait que son employeur la renvoyât ; ce qui était peut-être le cas, d'ailleurs, eût-il eu vent des deux nuits qu'il venait de passer chez elle…

Sans doute refuserait-elle une aide financière ; mais elle n'avait aucune raison de repousser un emploi sûr au sein d'une famille respectable. Or il savait qu'une tante de sa mère était à la recherche d'une nouvelle dame de compagnie, après le décès de celle qui avait partagé une grande partie de son existence. Cette vieille tante Jane était une femme très douce ; aveugle, elle avait surtout besoin d'une personne qui acceptât de lui faire la lecture.

Il n'avait parlé que français avec Mme de Tamerville mais, vivant en Angleterre depuis plusieurs années, il ne doutait pas qu'elle parlât correctement la langue de Shakespeare. De toute façon, sa tante, dont le père avait été ambassadeur auprès des cours européennes, parlait couramment le français.

Tante Jane habitait un charmant manoir dans les environs de Londres ; ainsi Mme de Tamerville ne serait pas privée du commerce de ses quelques amis londoniens. La position serait sûre et Quentin compléterait discrètement le salaire de Mme de Tamerville, lui garantissant ainsi une sorte de dot si jamais l'envie la prenait de se remarier.

Mais, bien sûr, avant de la proposer pour une telle place, il devait prendre quelques renseignements sur sa personne…

La façon la plus aisée de les obtenir était de lui rendre visite. Il serait obligé de ne pas tenir compte de la requête de la jeune femme et de se présenter de nouveau à son domicile — mais, cette fois, sans espoir d'y passer la nuit, se dit-il avec un serrement de cœur.

Un bref entretien avec elle, la tête froide, lui permettrait de déterminer si elle était réellement la veuve d'un aristocrate français ayant quitté son pays pour fuir la Révolution, ou une comédienne qui s'était jouée de lui…

Il s'arrêta pour consulter sa montre. Etait-il trop tard pour se présenter chez elle ?

Non. La soirée n'était pas encore très avancée. C'était

même, peut-être, le moment idéal pour lui rendre visite ; elle passait certainement toute la journée à donner ses leçons.

Considérant qu'il était de son devoir de voler, sans délai, au secours de la mystérieuse veuve, il héla un fiacre et se fit conduire à Mayfair.

Même si ses intentions étaient nobles, il ne pouvait nier qu'une sorte de fièvre s'était emparée de lui au moment où il était monté en voiture. Avait-il la ferme intention d'épouser Sarah ? Quelque lien indéfinissable l'attachait à la dame en noir…

Bah ! Dès qu'il se serait assuré qu'elle ne manquerait de rien pour le reste de ses jours, il pourrait consacrer toute son attention à Sarah.

Lorsqu'il eut atteint le palier de Mme de Tamerville, son cœur battait la chamade, autant à cause de l'émotion que pour avoir monté l'escalier quatre à quatre. En reprenant son souffle, il tira la sonnette.

Allait-elle lui claquer la porte au nez ? A moins qu'elle n'ouvrît les bras pour l'accueillir ? Si elle était aussi bouleversée que lui, ne lui demanderait-elle pas de passer une dernière nuit à son côté ?

Rêvant à cette éventualité, il attendit plusieurs minutes sans qu'aucune réponse ne lui parvînt. Il agita alors une nouvelle fois la sonnette.

Son impatience se dissipait d'instant en instant, cédant la place à un désappointement croissant. Etait-elle déjà couchée ? C'eût été surprenant : il n'était pas très tard. D'autre part, elle lui avait laissé entendre qu'elle sortait très rarement. Et, à cette heure, elle était certainement de retour chez elle…

Il prit le risque de frapper à la porte, et de l'appeler ; mais, après plusieurs essais, de crainte d'alarmer les voisins, il dut y renoncer.

La déception était cuisante. A moins d'enfoncer la porte,

ce qu'il ne se voyait pas faire, il n'avait aucun moyen de vérifier si elle était ou non chez elle.

Répugnant à reconnaître l'échec de sa tentative, il sonna de nouveau plusieurs fois ; puis, enfin, admettant que la mystérieuse femme en noir n'était pas chez elle ou qu'elle dormait trop profondément pour l'entendre, il se résolut à partir.

En descendant l'escalier, il se sentit presque soulagé de n'avoir eu aucune réponse. Il pourrait, ainsi, ce soir, vouer à Sarah toutes ses pensées. Voire, lui écrire…

# 19

« Ma chère Sarah,

» Encore une fois, je dois me rendre dans mon nouveau domaine et suis privé du bonheur de votre compagnie.

» J'espère que cette méchante migraine qui vous a empêchée de me rejoindre au bal masqué n'est plus qu'un mauvais souvenir.

» En attendant de vous revoir dès mon retour à Londres, je vous assure de ma fidèle amitié.

Votre dévoué Quentin. »

La main tremblante, Sarah reposa le message sur le plateau d'argent où fumait son chocolat.

Quentin allait venir la voir ! Dans un ou deux jours !

Elle repoussa le plateau et bondit hors de son lit.

Il s'assiérait dans le divan du salon de tante Catherine et s'attendrait à ce qu'elle lui servît du thé, qu'elle s'assît près de lui tandis qu'ils converseraient de choses et d'autres…

Comment pourrait-elle souffrir d'être à côté de lui ? « Mon Dieu ! Ayez pitié de moi ! » se dit-elle en prenant son visage dans ses mains.

Il lui serait impossible de voir Quentin sans penser à son corps nu dans la lueur vacillante de la bougie ; ni d'effleurer ses doigts sans les imaginer agaçant sa féminité…

Non qu'elle regrettât ces deux nuits de rêve où elle avait dormi dans ses bras. Elle lui en aurait volontiers accordé une troisième ; pour la lui refuser, elle avait dû se faire violence !

Sa lettre, d'une certaine manière, la décevait cruellement ; car en dépit de tous les efforts qu'elle avait déployés pour n'être pas reconnue, elle avait entretenu le secret espoir que Quentin percerait le mystère de la dame en noir et comprendrait, enfin, qu'ils étaient destinés l'un à l'autre — qu'ils ne formaient qu'une seule et même chair.

Elle n'avait pas de raison, toutefois, de se sentir trahie, du fait que Quentin eût succombé aux charmes d'une autre. N'avait-elle pas sollicité ses sentiments chevaleresques pour mieux le prendre au piège ? Et puis, quel homme normalement constitué aurait refusé les avances d'une veuve aussi aguichante ? Ne devait-elle pas, au contraire, se réjouir d'avoir aussi aisément et radicalement séduit celui qui, depuis six ans, retenait son cœur captif ?

Après avoir vécu cette symbiose admirable des corps, sinon des âmes, il aurait été impossible à Sarah d'accepter le mariage, au cas où Quentin l'aurait reconnue.

Il ne lui aurait demandé sa main, alors, que pour réparer un acte qu'il aurait jugé sacrilège étant donné son innocence ; mais aucun grand amour, à la hauteur des espérances de Sarah, n'aurait pu survivre à un tel engagement. Etant donné la beauté des moments intimes qu'ils avaient vécus, Sarah n'aurait pu envisager de partager sa vie avec l'ennemi qu'une telle union forcée aurait nécessairement engendré.

N'avait-elle pas un peu trop présumé de ses forces en volant, dans le seul but de satisfaire la curiosité de ses sens, quelques nuits d'amour à l'élu de son cœur ?

Elle avait, sans conteste, manqué de jugement et de sagesse.

Lors de leur seconde nuit d'amour, une telle harmonie était née entre leurs corps et leurs esprits qu'ils en étaient arrivés à anticiper — sans jamais se tromper — le désir de l'autre. Comment pourrait-elle, désormais, s'asseoir sur le même divan que Quentin et faire comme s'il ne s'était jamais rien passé entre eux ?

Elle s'était mise à aller et venir dans la chambre en réfléchissant à la façon dont elle pourrait le recevoir et conserver une distance suffisante entre eux. Il n'y en avait pas, conclut-elle après un moment. Dès qu'il entrerait dans le salon, Quentin lui prendrait les mains pour les embrasser et, sans doute, les garderait dans les siennes quand ils seraient assis, côte à côte, et converseraient ; il serait alors impossible à Sarah de se comporter en simple amie, avec le souvenir des mains de Quentin sur son corps, de sa bouche sur ses seins, de sa force mâle en elle…

Avec le temps, peut-être, ces brûlantes sensations s'apaiseraient ; et elle trouverait la force de se maîtriser de nouveau en sa présence, comme elle avait réussi à le faire pendant six ans de relations platoniques…

Mais elle n'atteindrait cette maîtrise de soi ni demain ni après-demain.

Quelle raison pourrait-elle invoquer pour retarder le jour de leur rencontre ?

Elle avait signé l'acte d'achat de la terre de Reynolds la veille. Elle pouvait fort bien écrire à Quentin pour l'informer qu'elle quittait Londres afin de s'occuper du transport de ses chevaux dans leurs écuries flambant neuves. Etant donné qu'elle serait extrêmement occupée à Sudley, elle lui suggérerait de venir la voir, dans quelques semaines, en sa nouvelle résidence. D'ici là, elle aurait eu le temps de s'organiser un cadre de vie dont elle n'aurait pas à rougir.

Il ne pourrait s'offusquer d'une telle requête, n'est-ce pas ?

Elle marcha jusqu'à la fenêtre et leva les yeux vers le ciel matinal. Une lumière laiteuse baignait la ville qui s'éveillait. Des bruits familiers s'élevaient : la résonance sourde des sabots sur le sol pavé, le grincement des roues cerclées de fer, les cris d'un vitrier...

Sarah baissa les yeux et vit la marchande de pains entrer dans la maison voisine avec son grand panier rempli de brioches et de pains frais. Une fille de cuisine de sa tante venait de sortir pour faire une course et pressait le pas en traversant la rue, au milieu des attelages...

La solution qu'elle avait envisagée était incontestablement la meilleure. Elle avait, certes, un peu honte de fuir, mais elle aurait été encore plus humiliée si Quentin, en la voyant se troubler, avait établi un lien entre elle et sa mystérieuse rencontre dans les jardins de Vauxhall.

Un peu plus calme après avoir pris sa décision, elle se tourna vers la grande armoire et en sortit ses robes. Elle allait appeler la femme de chambre et lui faire emballer tous ses vêtements, de façon à prendre la malle-poste en début d'après-midi.

Elle serait tellement occupée par son déménagement qu'elle n'aurait pas le temps de se tourmenter au sujet de Quentin. Et tout en organisant sa nouvelle vie dans le domaine de Reynolds, elle durcirait son cœur contre lui et essaierait d'oublier les longues conversations qu'ils avaient autrefois à Sudley, leurs chevauchées à travers les prairies le long de la rivière, leurs parties de billard...

Elle essaierait, surtout, de ne plus penser à ses mains, à ses lèvres, aux instants de délice et de paix entre ses bras, après la passion amoureuse — et de ne plus nourrir ce rêve délicieusement trompeur selon lequel le grand amour qu'elle lui portait, allié à l'affection qu'il éprouvait pour elle, suffirait à les faire vivre ensemble comme mari et femme.

Mais comme c'était dur de renoncer à la tendresse de Quentin, à l'indicible plaisir qu'il avait su lui donner, un plaisir dont elle n'aurait pas tardé à devenir l'esclave si elle avait accepté de tenir encore quelques nuits le rôle de

Mme de Tamerville ! Nier cette folle attirance réduisait en cendres son cœur.

Des larmes roulèrent sur ses joues et elle les essuya avec humeur du revers de la main…

Aucun homme n'était parfait, pas plus Quentin qu'un autre. Elle allait établir une liste de tous ses défauts et, peut-être, parviendrait-elle à se convaincre qu'il ne méritait pas son amour — qu'elle pourrait trouver ailleurs le bonheur ?

Quand elle serait solidement établie à la tête de son nouveau domaine et qu'il ne se sentirait plus le devoir d'assurer son avenir, peut-être pourrait-elle renouer avec lui une relation de simple amitié ?

A son retour à Londres, Quentin trouva la missive de Sarah l'informant qu'elle venait de quitter la ville.

Un vague sentiment de déception s'empara de lui en prenant connaissance de ses exigences. N'aurait-elle pas pu attendre un jour de plus avant de partir et lui donner toutes ces explications de vive voix ?

L'attitude de Sarah le blessait. Cette fois, il éprouvait très nettement l'impression qu'elle cherchait à l'éviter…

Si c'était le cas, cependant, c'était en contradiction avec l'attitude cordiale qu'elle avait eue avec lui lors de leur dernière rencontre. Bah ! N'était-il pas normal, après tout, qu'elle fût impatiente d'aller s'installer aux Reynolds ? Elle rêvait tellement de ce changement de vie ! Et après ce qu'Ailis lui avait fait, on pouvait concevoir qu'elle eût besoin de cette nouveauté radicale…

Il brûlait d'envie de la rejoindre au plus vite, mais pour avoir remis en état plus d'une propriété, il savait combien il lui aurait été désagréable d'y recevoir de la visite avant d'en avoir terminé les travaux de réfection.

Dans la mesure où le domaine se situait dans un coin très rural du Hampshire, la bonne société londonienne ne serait pas rapidement informée de l'indépendance prise par Sarah. Il ne pouvait donc invoquer comme excuse, pour venir déjà auprès d'elle, l'obligation dans laquelle il était, néanmoins, à long terme, de la demander en mariage, afin de lui épargner l'opprobre d'une exclusion plus sévère encore du milieu aristocratique.

S'il ne voulait pas irriter inutilement Sarah, il était préférable d'attendre, comme elle le lui laissait entendre d'ailleurs, quelques semaines avant d'aller la voir.

Le seul motif de satisfaction dans ces événements récents était lié à l'ignorance dans laquelle se trouvait Russell de la rapidité avec laquelle sa nouvelle voisine entendait prendre possession de la propriété qu'il lui avait vendue. Mais en dépit de ces circonstances, Quentin craignait de ne pas réussir à se montrer amical envers lui s'il le rencontrait au White's, dans la soirée. Aussi décida-t-il de dîner seul chez lui.

Au lieu de ressasser toujours les mêmes questions, il essaierait, après le repas, de régler un problème en suspens, et dont la solution ne dépendait que de lui : il irait rendre visite à Mme de Tamerville.

Un frisson voluptueux courut sous sa peau, aussitôt suivi d'un sursaut de mauvaise conscience. Il devait reconnaître que la fascination qu'exerçait sur lui la mystérieuse veuve avait quelque chose d'inquiétant.

Il ne s'agissait pourtant que d'une attirance fondée sur une grande sympathie et une bonne dose de concupiscence. Dès qu'il aurait épousé Sarah, avec qui il avait des liens autrement plus profonds, et qu'il partagerait son intimité, le souvenir d'Eléonore s'estomperait bien vite, telle la lueur d'une bougie dans le jour naissant…

Plus tôt il réglerait la question de l'avenir de la dame de Vauxhall, plus tôt il pourrait se préoccuper sereinement de son avenir avec Sarah. Après avoir prié un valet de pied de lui trouver un fiacre, il demanda à son valet de chambre de lui apporter son manteau.

Quelques instants plus tard, le cœur battant, il montait seul pour la seconde fois l'escalier conduisant à l'appartement de Mme de Tamerville, et tirait la sonnette. Comme personne ne lui répondait, il frappa à la porte avec son poing. En vain…

A cet instant, lui revint à l'esprit le geste d'Eléonore, lorsqu'ils étaient arrivés sur le palier. Elle avait pris une clé dans une niche, cachée derrière le volet de la fenêtre.

Il le fit pivoter et, levant le bras, plongea la main dans la cavité aménagée dans l'épaisseur du mur. Il ne rencontra rien qu'un peu de poussière…

Quentin, qui avait tout prévu, sortit alors de sa poche le passe-partout confectionné par le forgeron du manoir de Branson à la suite de la perte d'un jeu de clés. Ayant jeté un regard dans l'escalier pour s'assurer qu'il n'y avait personne, il l'introduisit dans la serrure.

Il dut s'y reprendre à plusieurs fois. Enfin, la porte s'ouvrit. En frémissant, il pénétra dans l'appartement et appela la jeune femme. N'obtenant aucune réponse, il traversa le vestibule, le salon, et entra dans la chambre où il constata que le lit avait été refait, avec des draps impeccablement repassés.

Ce qui l'avait surpris dès les premiers pas dans le logement, c'était une impression très nette de vide et d'abandon. Rien, aucune trace n'indiquait qu'une personne eût vécu en ce lieu au cours des jours précédents. La coiffeuse, près de la fenêtre de la chambre, n'était encombrée d'aucune fiole, d'aucun flacon de parfum, d'aucune boîte de poudre, ni peigne, ni brosse, ni rubans.

L'âtre du salon était froid. Aucun journal, pas de travaux de tricot. Sur l'évier de la cuisine ni assiettes, ni verres, ni couverts. De même, nulle marmite ou casserole sur le fourneau.

De plus en plus consterné, il retourna dans la chambre et ouvrit l'armoire. Elle était vide. Mme de Tamerville, de toute évidence, n'habitait plus ici !

Leurs nuits d'amour avaient-elles eu un témoin ? La jeune femme avait-elle été dénoncée à ses employeurs et, privée de gages, avait-elle été contrainte de quitter son appartement ? Sans ressources, où avait-elle pu aller ?

Comment croire, cependant, qu'autant d'événements sinistres se fussent enchaînés dans un si bref délai ! En tout cas, quelles qu'aient été les raisons qui avaient poussé Mme de Tamerville à fuir son appartement, il considérait de son devoir de la retrouver et de s'assurer que rien de grave ne lui était arrivé.

Incapable de s'expliquer pourquoi il éprouvait un aussi impérieux besoin de retrouver la mystérieuse veuve, il referma à clé la porte de l'appartement et dévala l'escalier.

La gardienne de la maison, dont les cheveux gris s'échappaient d'une charlotte d'un blanc douteux, se tenait sur le pas de sa porte, un balai à la main. Son expression revêche s'effaça quand elle vit approcher Quentin, dont elle apprécia la condition au premier coup d'œil.

— Milord ? fit-elle en esquissant une révérence.

— Je suis navré de vous déranger, madame, mais je m'étonne de ne pas trouver chez elle l'une de vos locataires, Mme de Tamerville.

Devant le regard suspicieux de la concierge, il s'empressa d'improviser :

— Ma sœur, qui emploie cette dame comme préceptrice pour ses enfants, m'a prié de venir la chercher. Sauriez-vous où je pourrais la trouver ?

La femme le fixa en fronçant les sourcils.

— Je n'ai pas de locataire de ce nom, milord.

Le nom que la jeune femme lui avait indiqué était donc faux, pensa Quentin, nullement étonné. Un patronyme fallacieux, ce n'était après tout qu'une seconde voilette…

— Peut-être ai-je mal lu le nom de cette jeune personne. Ma sœur l'a griffonné rapidement sur un morceau de papier et son écriture n'est pas toujours lisible ; mais sans doute connaissez-vous cette jeune femme, grande, mince, très brune et s'exprimant avec un accent français ?

La gardienne fit non de la tête.

— Il n'y a jamais eu d'étrangers dans cette maison. Etes-vous sûr d'être à la bonne adresse ?

— Oui, absolument. Je puis même vous dire qu'elle occupe l'appartement sous les combles. Ma sœur m'a décrit dans le détail l'escalier et le palier y conduisant, et j'ai parfaitement reconnu les lieux…

La femme secoua la tête une nouvelle fois.

— C'est un monsieur qui loue ce logement. Un artiste. Il passe l'hiver en Italie. A Rome, m'a-t-il dit.

Déconcerté, Quentin garda le silence un instant. Une explication, qui lui déplaisait particulièrement, lui était venue spontanément à l'esprit…

— Ce monsieur est-il marié ? s'enquit-il d'une voix incertaine. Sa femme aurait pu revenir d'Italie avant lui ?

La concierge haussa les épaules.

— Je n'en sais rien, milord. Tant que les locataires paient leur terme, je ne leur demande pas de comptes. Je ne me mêle pas de leurs affaires.

Bien que frustré par la réponse de la gardienne, Quentin fut tout de même satisfaisait qu'elle ne confirmât pas son hypothèse.

— Savez-vous à quelle date il sera de retour ?

— Il n'a rien dit, mais le loyer est payé jusqu'à l'automne.

Craignant, s'il poussait plus avant son interrogatoire, d'éveiller les soupçons de la femme qui le considérait déjà d'un drôle d'œil, Quentin jugea le moment venu de se retirer. Ou la gardienne était une excellente actrice et il n'apprendrait rien de plus en la harcelant de questions ou, plus vraisemblablement, elle ignorait tout de l'existence de Mme de Tamerville et ne pouvait, par conséquent, lui fournir aucune information à son sujet.

— J'ai décidément dû me tromper en lisant le mot de ma sœur, déclara Quentin. Je vous prie de m'excuser, madame.

Il sortit de sa poche une pièce de monnaie et la mit dans la main de la femme. Celle-ci le gratifia aussitôt d'un large sourire édenté.

— Merci, milord, fit-elle. A votre service, milord.

Quentin sortit dans la rue et sauta dans le premier fiacre qui passait. Questions et suppositions tourbillonnaient dans son esprit. La prétendue Mme de Tamerville était-elle l'épouse de l'artiste ? Elle avait nécessairement un lien avec lui, sinon elle n'aurait pas été en possession de la clé de son logement.

Peut-être n'était-elle pour cet homme qu'une simple amie, à laquelle il demandait de veiller sur son appartement en son absence ?

Si c'était le cas, que devait-il croire de ce qu'elle lui avait dit ?

La seule chose dont il était sûr, c'était qu'une forte passion l'avait uni à cette inconnue.

Mais, dans la mesure où il avait décidé de demander une nouvelle fois la main de Sarah, il ne voulait pas s'attarder sur ce souvenir. Mieux valait oublier Eléonore — enfin, cette sublime créature, quel que fût son nom — qui, au fond, était seule responsable de son destin. Les précautions qu'elle avait prises pour n'être pas reconnue ne démontraient-elles pas qu'elle n'attendait aucun secours de sa part ?

Quentin avait beau se rassurer ainsi, il ne pouvait se garder de penser que, si le récit de la vie de cette femme était vrai, elle était peut-être en grande difficulté, aujourd'hui, à cause de leur rencontre.

Il lui vint, soudain, à l'esprit que le monde des artistes

était réduit et que, peut-être, Ailis ou son mentor, Maximilian Frank, connaissait le peintre dont il venait de crocheter l'appartement…

Alors, avec un peu de chance, il découvrirait, de fil en aiguille, la véritable identité de la jeune femme à la voilette…

Préceptrice veuve et vertueuse à l'exception de ce petit intermède dont il avait été l'heureux bénéficiaire ? Modèle posant nu pour des peintres et des sculpteurs ? Comédienne ? Danseuse ? Ou, encore, courtisane qui s'était plu à mystifier un gentleman trop crédule ?

Il souffrait de penser que cette merveilleuse jeune femme eût pu se moquer de lui, alors même qu'il la serrait dans ses bras et sentait son cœur et son âme, comme jamais auparavant, s'épancher en elle.

Nonobstant, dans le même temps qu'il essayait de se convaincre qu'elle s'était joué de ses sentiments, il revoyait la dignité de ses gestes, de son port de tête, de ses attitudes, la distinction de sa diction, le raffinement de ses manières… Il ne pouvait pas croire qu'elle n'eût pas les origines nobles dont elle se targuait.

De toute façon, il éprouvait si fortement le besoin de savoir la vérité à son sujet qu'il ne voyait pas d'autre issue, pour libérer son esprit, que de poursuivre son enquête jusqu'au bout — quelles qu'en fussent, d'ailleurs, les conclusions…

« Trop tard pour rendre visite à Ailis », pensa-t-il à regret comme il était sur le point de crier au cocher de changer de direction.

Il se présenterait chez elle, le lendemain, à la première heure.

# 20

A peine Quentin avait-il ouvert les yeux qu'il sautait à bas de son lit. Allait-il enfin, aujourd'hui, lever le voile de sa mystérieuse dame en noir ?

Il courut à la fenêtre, dont il tira les lourds rideaux. L'aube se levait, claire en dépit des nuages gris perle — ourlés pour l'heure d'un fin liséré d'or — qui se massaient à l'horizon. Lumière idéale pour un peintre car constante. Assurément, Ailis serait à la tâche de grand matin. Il devait arriver chez elle avant qu'elle ne s'installât à son chevalet ; il risquait, sinon, de se voir éconduit par sa domestique.

Lorsqu'il se présenta à l'atelier, elle n'avait pas encore fini son petit déjeuner et elle l'invita, très courtoisement, à prendre une tasse de café.

Dans un déshabillé de satin bleu ciel, elle était confortablement installée sur un divan, une jambe allongée devant elle, laissant voir ou deviner certains appâts de sa féminité.

C'était étrange, pensa Quentin en observant la poitrine généreuse de la jeune fille comme elle levait le bras pour boire son café, qu'il ne fût pas davantage attiré par sa grande beauté. Elle le laissait, à la vérité, tout à fait froid ; tandis que sa sœur, dont la beauté était moins conventionnelle, exerçait sur lui une irrésistible attirance.

— Que me vaut l'honneur de votre visite, lord Branson ? s'enquit Ailis lorsqu'il fut assis.

Puis, sans attendre sa réponse, elle ajouta :

— Soyez bref, je vous prie. J'ai très peu de temps à vous accorder.

« Gracieuse hôtesse », songea Quentin en souriant.

— Moi qui rêvais de voir briller longuement votre charmant esprit ! répondit-il.

— Vos basses flatteries n'y feront rien, mon cher Quentin. Bien ! Pourquoi êtes-vous là ?

— J'ai besoin d'un renseignement. J'essaie de retrouver un artiste et… je pensais que vous le connaissiez peut-être, vous ou votre ami Maximilian Frank .

Ailis eut une expression interloquée.

— A quoi vous servirait cet artiste ?

— A décorer le manoir de Branson. J'aimerais orner certaines pièces de natures mortes.

— Heureusement que ni moi ni Maximilian ne faisons ce genre de peinture car, sinon, j'aurais été extrêmement vexée que vous ne nous ayez pas engagés pour cela… Ce peintre est donc un spécialiste des natures mortes ?

— Oui. C'est pour cette raison qu'on me l'a recommandé.

— C'est un de vos amis qui vous en a parlé ?

— En effet, repartit Quentin avec une certaine impatience, mais cela importe peu.

— Vous me semblez bien irritable, remarqua la jeune femme avec une pointe d'ironie.

— Non, pas du tout… mais je croyais que vous aviez très peu de temps à m'accorder.

Elle esquissa un sourire en acquiesçant de la tête.

— Certes… Eh bien, me direz-vous le nom de cet artiste ?

— Hélas, je ne le connais pas. J'ai eu l'occasion d'admirer sa peinture, mais… lorsque j'ai demandé son nom au propriétaire des tableaux, celui-ci m'a répondu qu'il ne s'en souvenait plus.

Comme Quentin s'y était attendu, cette dernière remarque provoqua incontinent l'indignation de la jeune femme.

— Voilà une attitude typique de la noblesse de ce pays ! s'exclama-t-elle, le regard jetant des éclairs. Elle ignore absolument les auteurs des œuvres d'art au milieu desquelles elle prétend aimer vivre !

— C'est désolant, je vous le concède volontiers, fit Quentin. Toutefois, mon ami se souvenait de l'endroit où vivait le peintre. Il s'agit d'un appartement au dernier étage d'une maison de Maiden Lane, à Mayfair. Pas très loin d'ici.

— Maiden Lane ? fit Ailis, soudain pensive. En êtes-vous bien certain ? Je ne connais aucun artiste réputé habitant cette rue. Il est vrai qu'il y a peu de temps que je vis à Londres… Si vous le voulez, j'interrogerai Maximilian à ce sujet.

— Oui, je vous remercie, fit Quentin, visiblement déçu.

— Il est en province, en ce moment, reprit la jeune femme, chez un client dont il fait le portrait, mais je le questionnerai dès son retour.

— Quand pensez-vous qu'il reviendra ?

— Je ne le sais pas précisément… Il se pourrait qu'il lui faille plusieurs semaines pour achever son travail. Comme tous les grands artistes, Max est un perfectionniste.

Exaspéré, Quentin se dressa sur ses jambes.

— Je vous ai fait perdre assez de temps, Ailis. Je vais vous laisser travailler.

— Ne voulez-vous pas que je vous montre certaines esquisses avant de partir ? proposa la jeune femme en se levant également.

En dépit de sa frustration, Quentin était curieux de voir quel genre de compositions avait été demandées à une artiste débutante comme Ailis.

— Certainement. Vous me feriez un grand honneur.

Elle le précéda dans son atelier où elle prit un carton à dessins.

— La première esquisse a tellement plu à Maximilian qu'il l'a suspendue dans son atelier. Très vite, l'un de ses clients lui en a commandé une série, expliqua Ailis en montrant à Quentin le dessin de la jeune fille fixant un objet invisible.

— Ce client sait-il que c'est vous l'auteur de l'œuvre ?

— Maximilian s'est contenté de lui dire qu'elle avait été faite par l'un de ses élèves les plus prometteurs, répondit Ailis en ouvrant le carton à dessins. Convaincu de les obtenir à un prix très inférieur à celui qu'aurait exigé le maître, ce client aurait passé une commande encore bien plus importante si Maximilian, vantant la qualité du dessin, n'en avait pas demandé un prix qui en fût digne. Grâce à lui, je ne manquerai de rien pendant plusieurs mois, et j'espère vendre dans les mêmes conditions la série de couchers de soleil sur laquelle je travaille d'arrache-pied en ce moment.

— Toutes mes félicitations, Ailis ! Votre carrière, semble-t-il, débute sur les chapeaux de roue.

Depuis le premier jour où il avait vu ses travaux, Quentin avait considéré que, en toute objectivité, Ailis était une excellente artiste ; et il se réjouissait sincèrement de son succès. Constater qu'elle allait vivre de son art, en outre, l'aidait à supporter le préjudice qu'elle avait causé à sa sœur même si, au fond de lui-même, il continuait à lui en tenir rigueur.

— J'ai décidé de ne pas inclure cette esquisse dans la série, donc elle est à vous, si vous la voulez, dit la jeune femme en donnant un dessin à Quentin. Comme j'envisageais de vous l'offrir un jour, j'y ai apporté récemment une petite modification…

— Merci, dit Quentin en prenant le dessin. Je suis très touché.

— J'espère, surtout, que vous le serez d'une autre manière, dit Ailis avec un petit rire de gorge.

Lorsque Quentin baissa enfin les yeux sur l'esquisse, il demeura sans voix.

Elle représentait un couple. Une jeune femme au corps délié occupait le premier plan ; elle était allongée sur le côté, le visage enfoui sous l'un de ses bras, la masse bouclée de ses cheveux tombant en cascades sur ses épaules et encadrant, la magnifiant, une poitrine ronde et ferme.

Une impression de grande décontraction émanait d'elle, comme si elle venait d'être comblée de tendresse et d'amour ; du reste, son amant, étendu derrière elle, le visage dans l'ombre, se penchait sur son épaule, qu'il embrassait ; son bras reposait sur la hanche de la jeune femme, sa main sur son bas-ventre, et deux doigts entre les cils de son intimité…

Ce qui, dans cette esquisse, empêchait Quentin de reprendre son souffle, ce n'était pas seulement qu'elle était l'œuvre de la jeune fille qu'il avait connue alors qu'elle n'était encore qu'une enfant mais, surtout, que le corps féminin qui y était plaisamment figuré ressemblait en tout point à celui de sa mystérieuse veuve des jardins de Vauxhall !

Il croyait se voir avec elle lorsque, après s'être aimés avec passion, ils étaient restés tendrement l'un contre l'autre. Souvent, le dos tourné, elle s'appuyait ainsi à lui, abandonnée entre ses bras, tendre et douce, telle une biche. Et de ses doigts mutins, il la caressait, ravivant le désir en elle…

Cette pensée enflamma les sens de Quentin comme une coulée de lave et il dut relever vivement les yeux pour échapper aux torrides images qui venaient se superposer au dessin.

Ailis le regardait en souriant.

— Je vois qu'il vous plaît.

— Euh… J'avoue que je suis… euh… un peu déconcerté… Comment, Ailis, avez-vous pu imaginer une telle scène ?

Elle éclata de rire.

— Vous êtes drôle, Quentin, comme, du reste, tous les hommes de noble extraction. Et, comme eux, vous êtes un bel hypocrite ! Ah ! Vous êtes tous très à l'aise dans les bras de vos maîtresses, mais vous ne supportez pas de parler simplement d'amour ou de considérer un nu en compagnie d'une femme du monde.

Elle remua la tête d'un air excédé.

— Même Holden, qui a pourtant la plus mauvaise réputation qu'on puisse imaginer, a été choqué en voyant pour la première fois ces dessins.

Quentin aurait voulu rétorquer à Ailis qu'une certaine pudeur s'imposait dans de telles circonstances et qu'il était du devoir d'un gentleman de protéger la sensibilité d'une jeune femme bien née ; las ! il ne put trouver les mots qui convenaient. D'ailleurs, il aurait parlé en vain ; celle à qui ils étaient destinés n'étant plus capable de les entendre.

— Toutes vos commandes portent-elles sur ce genre de dessins ? demanda-t-il enfin.

— Oui… Les autres sont beaucoup plus audacieux. Je préfère ne pas vous les montrer ; ils vous scandaliseraient, sans doute !

Quentin se félicita de cette retenue ; non qu'il craignît d'être « scandalisé », comme le disait Ailis ; il n'était pas si prude ; mais, si les autres esquisses étaient aussi évocatrices des charmes de Mme de Tamerville, il aurait probablement perdu le contrôle de lui-même.

Ailis fut de nouveau sujette à un éclat de rire.

— Allons, Quentin. Ne soyez pas aussi provincial. Il est tout à fait normal pour une femme de mon âge d'avoir déjà quelque expérience de l'amour. Imaginez que je sois mariée depuis plusieurs années et que j'aie déjà donné plusieurs héritiers à mon mari ; vous ne seriez pas étonné, n'est-ce pas, que vos contemporains rêvent de me tenir dans leurs bras exactement comme la jeune femme représentée sur le dessin que vous avez entre les mains ?

Quentin baissa les yeux sur l'esquisse et les en détourna aussitôt car il se sentait, maintenant, la proie d'un désir douloureux. Il voulut protester contre les propos d'Ailis mais, au moment où il ouvrait la bouche, lui revint à la mémoire ce qu'il avait entendu dire au White's Club au sujet de feue lady Sudley.

— Je vous remercie, Quentin, d'avoir eu la délicatesse de ne pas me contredire, dit Ailis en prenant son interlocuteur par le bras.

Elle le manœuvra vers la porte.

— Je suis désolée de vous chasser, mais je dois me mettre au travail.

Elle le dévisagea et ajouta d'un air espiègle :

— Prenez bien soin du dessin.

— Ce… Cela va de soi, répondit-il d'un air gêné.

— Je me mettrai en relation avec vous dès le retour de Maximilian, dit-elle encore en prenant le grand manteau de Quentin, pendu à une patère.

Dans le mouvement, elle fit tomber d'autres vêtements pendus à côté.

Quentin se pencha aussitôt pour les ramasser.

— Laissez-moi faire…

— Merci, Quentin, fit-elle en avançant la main vers un châle noir.

Quelque chose dans le tissage du morceau d'étoffe retint l'attention de Quentin qui referma instinctivement la main dessus.

— Qu'est-ce que c'est ? dit-il en l'observant de plus près.

Ailis haussa les épaules.

— Un châle.

Il le palpa entre le pouce et l'index avec la très nette

impression de l'avoir déjà longuement touché. Il était orné de broderies de fleurs de lys... à l'instar de l'étole de soie que Mme de Tamerville portait sur ses épaules.

— Certes, répondit-il, mais où l'avez-vous eu ?

— Il est à Sarah. Je le trouve si beau que je lui ai demandé de me le prêter pour en draper mes modèles.

Sarah ? Il n'arrivait pas à en croire ses oreilles ! Mais n'était-il pas ridicule d'en conclure qu'elle pût être la mystérieuse jeune femme en noir ?

— Depuis quand l'avez-vous ?

Ailis releva les sourcils d'un air étonné.

— Deux jours, je crois. Je l'ai gardé après qu'elle est venue m'annoncer son intention de rentrer à Sudley pour entreprendre son déménagement. Vous êtes au courant de ses projets, je suppose ?

Quentin n'écoutait plus Ailis. Il passait inlassablement le tissu entre le pouce et l'index en se répétant qu'il avait déjà eu ce vêtement entre les mains.

— Vous êtes vraiment certaine qu'il appartient à Sarah ?

— Oui, je n'en ai aucun doute. Pourquoi me posez-vous cette question ?

Le jeune lord eut une moue embarrassée. Il ne pouvait concevoir que Sarah et Mme de Tamerville fussent la même personne. Elles avaient des caractères si différents ! Certes, il y avait de grandes similitudes dans leur silhouette...

— Eh bien... J'ai vu le même style de châle sur une jeune personne, très récemment. Le tissu est superbe et, sans doute, fort apprécié, en ce moment, à Londres.

— Je ne le crois pas. C'est un accessoire plutôt rare, selon moi. J'étais avec Sarah lorsqu'elle l'a acheté et il était le seul de ce type chez le marchand. Admirez la finesse de ces broderies ; ce n'est assurément pas là un article courant...

— Ah ! bon ? fit Quentin, de plus en plus déconcerté, en rendant le châle à Ailis.

La jeune femme le plia soigneusement, tandis que Quentin enfilait son manteau ; puis, lui prenant des mains le dessin qu'elle lui avait donné, elle le glissa presque subrepticement à l'intérieur de l'étole.

— Tenez, dit-elle en le nantissant de l'ensemble. Vous le rendrez à Sarah ; vous la verrez probablement avant moi.

— Ce n'est pas sûr… Sarah m'a demandé d'attendre un peu avant de lui rendre visite.

Ses pensées tournaient si vite dans sa tête qu'il ne pouvait leur donner aucun ordre. Il fallait qu'il rentrât au plus vite chez lui pour y réfléchir à ces nouveaux mystères !

Bien qu'il fût dans une profonde confusion et incapable de poursuivre plus longtemps une conversation avec Ailis, il trouva spontanément une formule de courtoisie pour prendre congé d'elle et se retrouva, soudain, seul dans l'escalier, serrant sur son cœur le châle de Sarah et le voluptueux dessin qui, peut-être, la représentait ?

Dans la lumière plus crue du dehors, il examina de nouveau attentivement l'étoffe de soie puis, fermant les yeux, passa les doigts sur les motifs qui lui parurent, au toucher, identiques en tout point à ceux de la dame en noir.

Il en eut le vertige, comme s'il sortait d'un long tunnel plongé dans l'obscurité et déboulait soudain à la lumière du jour.

Un moment interloqué, il cligna des yeux dans la lumière blanche qui tombait de la voûte céleste puis, apercevant un fiacre, il se fit ramener chez lui.

De retour dans sa chambre, et réconforté par un verre de cognac, il fit passer en revue dans son esprit tout ce qu'il avait appris et, derechef, parvint à la même conclusion : si ce châle était une pièce unique, comme l'avait laissé entendre Ailis, Mme de Tamerville et Sarah ne faisaient qu'une.

N'avait-il pas songé, d'ailleurs, plusieurs fois à sa chère

amie alors qu'il caressait le corps de la mystérieuse dame en noir ? Oui, sa façon de tenir la tête, certains gestes, le galbe de ses hanches, le dessin de ses longues jambes avaient évoqué en lui, à maintes reprises, le souvenir de Sarah.

Et n'était-ce pas à cause d'elle qu'il s'était retrouvé à la mascarade ? Ne lui avait-elle pas demandé, pour permettre l'exécution de son stratagème, qu'il la rejoignît sur place ? Il lui avait été facile, alors, de l'accoster sous un déguisement — ce qui avait servi de signal au jeune garçon qui s'était présenté, peu après, pour l'informer que Sarah ne serait pas au rendez-vous.

Tout ceci était cousu de fil blanc, certes, mais presque trop. Il ne pouvait décidément pas croire Sarah capable d'un comportement tel que celui de Mme de Tamerville. N'était-il pas aberrant d'imaginer Sarah, jeune aristocrate dont la virginité n'était pas à mettre en doute, dans le rôle d'une veuve rompue aux pratiques de l'amour le plus imaginatif et intrépide ?

Il s'avisa alors que cette étrange comédie n'avait pu être pensée et mise en place que par Ailis en personne. Une telle perversité était bien dans son tempérament ! Il n'y avait qu'à voir son dessin !

Une colère noire s'empara de lui. Comment Sarah avait-elle pu s'abandonner aux pernicieux conseils de sa sœur, et oser abuser ainsi de sa confiance ? Il n'attendait rien d'autre de son immorale cadette, mais Sarah… sa Sarah si pure et innocente…

Il se remémora les premiers instants d'intimité avec la mystérieuse veuve en noir ; elle s'était montrée à la fois très sensuelle et expérimentée et, par ailleurs, avait réclamé de la douceur car, avait-elle argué, il y avait si longtemps…

Il avait cru benoîtement qu'étant veuve depuis plusieurs années, elle avait besoin de se réhabituer à la présence d'un homme — alors qu'elle était tout simplement vierge !

Il revit, subitement, le petit sourire énigmatique d'Ailis

lorsque, en lui remettant le dessin, elle avait précisé l'avoir récemment modifié. Tellement changé que le modèle ressemblait étrangement à Mme de Tamerville... Il semblait, donc, ne faire aucun doute qu'Ailis était impliquée dans cette fourberie !

Qui d'autre qu'elle, au surplus, aurait pu disposer aussi facilement de l'appartement d'un artiste ? Et n'avait-elle pas créé, comme l'allusion à ses autres esquisses le sous-entendait, un véritable guide pictural de séduction à l'usage des novices ?

Ailis s'était moquée de lui dans les grandes largeurs, en prétendant ne pas connaître de peintre habitant dans l'appartement de Maiden Lane !

Il serra les poings et fit un effort considérable pour ne pas en frapper les murs. Si Ailis avait été près de lui à cet instant, il lui aurait été extrêmement difficile de ne pas lui donner une bonne correction !

Et pourtant, lorsqu'il laissait son regard caresser le dessin, qu'il avait, comme sans y penser, étalé sur son lit, sa fureur se muait en désir ; contre sa volonté, il revivait certaines scènes des deux nuits voluptueuses passées dans l'alcôve de Mme de Tamerville.

Pourquoi corrigerait-il la personne qui lui avait permis de vivre les deux plus belles nuits de sa vie ? N'aurait-il pas dû, au contraire, l'en remercier ?

Une autre pensée traversa son esprit et il posa brutalement son verre sur la tablette de la cheminée. Il n'était pas étonnant que Sarah eût fui Londres avant son retour ! Elle était incapable de mentir, et elle se serait trahie si elle s'était trouvée en face de lui !

Le talent de comédienne dont elle avait fait montre, déguisée, le visage dissimulé par une voilette et falsifiant sa voix pour mieux servir la fable d'une étrangère, elle aurait été incapable d'en user, privée de tout artifice, et en sa présence. Si elle s'était trouvée en face de lui, ce jour même, elle aurait été incapable de soutenir son regard et n'aurait su que rougir de la tête aux pieds !

Des sentiments contradictoires s'affrontaient en lui. Si Sarah se révélait être Mme de Tamerville, il serait conduit à la répudier en tant qu'amie ; mais ne serait-ce pas prodigieusement émouvant de savoir que celle qui l'avait enchanté d'une si merveilleuse manière était celle-là même qu'il souhaitait épouser et à qui il voulait jurer son amour ?

Il désirait l'épouser avant cet épisode romantique et, à présent, il avait toutes les raisons de vouloir plus encore en faire sa femme. A moins qu'elle n'eût radicalement changé après cet intermède amoureux... Ayant découvert la force de sa séduction, ne serait-elle pas tentée, ultérieurement, de l'exercer sur d'autres ?

Cette éventualité ne lui semblait pas, toutefois, conforme à ce qu'il savait de Sarah. Il paraissait beaucoup plus logique de penser qu'elle ne s'était donnée à lui que par amour, et pour connaître dans ses bras un bonheur qu'elle ne pensait pas trouver ailleurs.

Ne l'avait-elle pas repoussé pour avoir eu le sentiment qu'il lui offrait de l'épouser par charité ? Elle-même ne pouvait concevoir de se marier que par amour !

Pour la conquérir, il fallait lui prouver qu'il l'aimait. Il l'avait, certes, déjà montré indirectement, à l'occasion de leur aventure — à condition, bien sûr, qu'il se fût réellement agi de Sarah —, mais elle voudrait peut-être s'assurer que son amour était autant fondé sur les sens que sur l'esprit ?

Il but une nouvelle gorgée de cognac. Il lui fallait, toutes affaires cessantes, découvrir si Sarah et Mme de Tamerville n'étaient bel et bien qu'une seule et même personne.

Le plus simple aurait été, *a priori*, de retourner voir Ailis et de lui demander, sans autre préambule, ce qu'il en était. Or il doutait qu'elle lui répondît sincèrement. Ce ne serait qu'une occasion supplémentaire pour elle de se moquer de lui !

Il pouvait, toutefois, se rendre à Bond Street et courir les marchands d'étoffes, à la recherche d'une étole de soie noire ornée de fleurs de lys. Si ses efforts demeuraient vains, il aurait la quasi-certitude d'avoir dormi deux nuits dans les bras de Sarah !

# 21

Trois semaines plus tard, Sarah s'adossa à son fauteuil, dans la petite bibliothèque qui lui servait de bureau, et laissa son regard vagabonder sur la campagne. Par la fenêtre, orientée à l'est, qui faisait face à sa table de travail, elle avait une vue plaisante sur des pelouses fraîchement fauchées au-delà desquelles s'étiraient les prairies soigneusement closes où s'ébattaient ses étalons.

Au nord et à l'ouest, le manoir était cerné par d'autres prairies entourées de clôtures, où paissait le troupeau de ses juments.

Sarah avait eu l'heureuse surprise de trouver des écuries, des granges et des étables en excellent état.

N'ayant aucune dépense à engager pour leur réfection, elle pouvait concentrer ses efforts sur l'extension des bâtiments — les écuries, en particulier, dont elle envisageait de doubler la superficie.

Elle avait pu, en outre, consacrer une somme d'argent suffisante à la restauration de la maison — et, même, installer un nouveau fourneau dans la cuisine, pour la plus grande satisfaction de la cuisinière et des quelques autres domestiques qui avaient accepté de quitter Sudley avec elle.

Le déménagement avait duré une semaine et elle avait passé les deux suivantes en compagnie des charpentiers, des menuisiers, des maçons et des peintres.

Elle avait fait venir aussi plusieurs étalons d'Irlande, dans l'intention d'améliorer encore la valeur de ses chevaux de chasse.

Une telle paix régnait dans les prairies qui entouraient le manoir de Reynolds, et la qualité de l'herbe y était si exceptionnelle, qu'elle ne doutait pas d'obtenir d'excellents — et profitables — résultats.

Ses chevaux, elle en était certaine, seraient heureux ici…

Sarah n'avait qu'un autre souhait : trouver, elle aussi, le bonheur aux Reynolds.

Ses journées étaient longues et épuisantes, mais elle s'en réjouissait car, ainsi, elle n'avait que très peu le loisir de penser à Quentin.

Elle y pensait parfois cependant, et dans ces moments son esprit se déchaînait.

Devait-elle continuer de chérir, par-dessus tout, les moments d'ivresse qu'elle avait connus dans ses bras, ou condamner sans appel le stratagème qu'elle avait mis en place pour le séduire ?

Une chose était sûre, en tout cas, elle avait pris une sage décision en fuyant Londres. Non seulement, en le revoyant, aurait-elle couru le risque de se trahir ; mais il lui manquait si cruellement que le sachant dans la même ville et à sa portée, en quelque sorte, elle n'aurait jamais résisté au désir de lui donner un autre rendez-vous clandestin.

Elle n'avait pas pensé qu'en s'offrant à lui, elle s'en rendrait l'esclave, qu'elle n'aurait de cesse d'être, de nouveau, la bienheureuse victime de ses caresses et de ses baisers…

Comme elle avait dû le faire, depuis son arrivée aux Reynolds, chaque fois que le souvenir de Quentin la taraudait, elle sortit d'un tiroir de son bureau la feuille de papier sur laquelle elle s'était mis en tête d'établir la liste de ses défauts.

Le premier qu'elle y avait inscrit était « directif ».

Il l'était, assurément, mais pas du tout dans le désir exclusif de s'imposer aux autres. Ce qui le motivait, c'était le bénéfice que l'autre pouvait tirer de son autorité ; il n'avait aucune autre ambition que d'embellir la vie de ceux qui l'entouraient — exactement comme elle, du reste.

Ne fallait-il pas barrer ce défaut qui, au fond, ressemblait davantage à une qualité ?

Elle prit sa plume et biffa le mot.

Le deuxième défaut signalé était « arrogant », mais en sondant sa mémoire, elle ne put trouver aucune occasion où Quentin se fût signalé comme tel. Il défendait âprement ses opinions, certes, mais jamais sans écouter avec patience et attention ses contradicteurs. Et il lui arrivait même, parfois, d'amender ses jugements, s'il était convaincu que les arguments de son interlocuteur étaient supérieurs aux siens.

Elle raya « arrogant » d'un gros trait d'encre.

Elle fit de même d'« insensible, prétentieux et sans humour », mais elle ne put raturer la phrase dont la seule vue lui serrait le cœur : « il ne m'aime pas ».

Après avoir vécu plus de vingt ans avec son père, elle connaissait la signification de ces mots. Le plus grand désir de se faire aimer et tous les efforts du monde pour y parvenir ne suffisaient pas à changer le cœur de l'autre à votre égard.

Peut-être aurait-elle dû simplement s'avouer vaincue et déchirer la liste. Loin de l'aider à se convaincre qu'elle avait de la chance d'avoir pu se soustraire au charme de Quentin, celle-ci ne servait qu'à lui rappeler ses qualités et la laissait dans un regret plus cuisant encore qu'il ne fût pas près d'elle…

Oh ! Elle s'était assez lamentée sur elle-même, se dit-elle avec humeur en replaçant la feuille dans son tiroir. Lorsque le souvenir de ses deux nuits de passion avec Quentin s'estomperait, la fascination qu'il exerçait sur elle s'en trouverait d'autant diminuée. Elle réussirait enfin à juguler cette inqualifiable faiblesse qui la poussait à ne rêver que de lui et à l'attendre malgré elle, brûlant du désir de sentir sa peau, son odeur, sa chaleur…

Peut-être hâterait-elle sa marche vers l'oubli après l'avoir revu et repris une relation qui, officiellement, n'avait jamais été qu'amicale, à l'exception de quelques baisers échangés lors d'un bal ?

Elle ne pouvait plus, maintenant, repousser la visite de Quentin. Elle lui avait déjà écrit deux fois pour lui parler des progrès de son installation et l'inviter, indirectement, à ne pas se présenter encore. Ne devait-elle pas l'avertir qu'elle était prête à le recevoir ?

Eh ! Ne mourait-elle pas d'envie de le voir ici, de lui montrer sa nouvelle maison, ses superbes écuries et ses nouveaux chevaux irlandais dont elle était si fière ?

On frappa à la porte et les battements du cœur de Sarah redoublèrent.

Idiote ! se dit-elle en invitant celui ou celle qui avait frappé à entrer. Il ne s'agissait certainement pas de Quentin — à moins qu'il n'eût pas eu la patience d'attendre qu'elle le priât de venir ? Réprimant son impatience par quelques paroles crues — plus dignes d'un palefrenier que d'une jeune femme bien née —, elle se décida enfin à se lever de son siège et à se tourner vers la porte.

Derrière le maître d'hôtel se tenait un visiteur ; mais, bien sûr, ce n'était pas Quentin. Il s'agissait de son ami, l'ancien propriétaire des lieux, lord Alden Russell.

— Lord Russell, mademoiselle, annonça le maître d'hôtel.

Un sourire aux lèvres, ledit lord entra dans la bibliothèque et s'inclina.

— Quel bonheur de vous voir dans notre comté, mademoiselle Sudley ! Si j'avais su que vous aviez déjà pris possession de vos nouvelles terres, j'aurais montré beaucoup plus d'entrain à venir passer quelque temps à Hillcrest Manor, selon le souhait de ma mère qui, après un hiver à Londres, brûlait de retrouver l'air pur du Hampshire.

— Merci, milord, répondit Sarah avec une révérence et un charmant sourire. Je suis très touchée par votre sollicitude.

Pourquoi n'aurait-elle pas réagi avec courtoisie à l'amabilité de son nouveau voisin ?

— Je crains de vous déranger, dit-il en désignant le bureau encombré de documents. J'interromps votre travail…

— Vous tombez à point, au contraire. J'avais besoin d'une récréation, et j'allais faire servir le thé. Vous le prendrez avec moi, n'est-ce pas ?

— Hélas ! Je ne puis rester. Une commission pour ma mère m'avait mis en chemin vers le bourg lorsque, passant devant vos terres, j'ai vu les nouvelles barrières. J'ai pensé que vous étiez peut-être arrivée.

— Revenez pour le thé un autre jour, suggéra Sarah en congédiant le maître d'hôtel d'un signe de la main. J'espère néanmoins que vous allez m'accorder encore quelques instants ?

— Comment me priverais-je de cette joie alors que j'ai eu le bonheur de vous trouver ici ?

Les paroles de lord Russell agirent comme un baume sur le cœur de Sarah. Depuis la folie commise par Ailis, elle n'avait cessé de se durcir pour se protéger des critiques acerbes. Aussi les propos affables d'Alden étaient-ils comme une pluie longtemps attendue sur une terre desséchée.

— Si je comprends bien, votre mère aime la vie campagnarde, mais vous préférez la ville ? dit-elle en désignant deux fauteuils, près de l'âtre où se consumaient de grosses bûches.

Avant de s'asseoir, Russell prit la main de la jeune femme et l'effleura d'un baiser.

— Certes…, murmura-t-il. Avant que j'en découvrisse les charmes…

Un petit frisson passa de l'un à l'autre que Sarah n'eût, sans doute, pas remarqué avant l'épisode des jardins de Vauxhall. Grâce à l'expérience qu'elle avait acquise sous l'apparence de Mme de Tamerville, elle savait désormais interpréter la légère pression des doigts de lord Russell et la vibration de sa voix.

« Je l'attire », songea-t-elle non sans une certaine satisfaction ; mais n'étant pas absolument sûre d'avoir bien saisi le sous-entendu de son propos, elle fit mine d'y répondre avec candeur.

— Cela ne m'étonne pas. La campagne est si belle dans cette contrée ! Du reste, je voulais vous exprimer ma reconnaissance pour l'état exceptionnel des prairies et des bâtiments. Votre homme de loi m'avait vanté les Reynolds et j'avoue qu'en y arrivant je n'ai pas été déçue. C'est une terre qui conviendra parfaitement à mon élevage.

— Allez-vous l'élargir à d'autres races ? demanda lord Russell, apparemment nullement vexé que Sarah ne fût pas entrée dans son jeu galant.

— Non, je vais continuer à produire des chevaux de chasse en essayant d'améliorer la race grâce à de nouveaux croisements, essentiellement avec des pur-sang irlandais. A Sudley, où je manquais de pâtures, j'étais obligée de vendre la majeure partie de mes poulains ; ici je pourrai en conserver davantage et, ainsi, sélectionner les meilleurs sujets.

— Tout ceci est fort prometteur. Lorsque vous serez tout à fait installée, je serais heureux de faire avec vous le tour de vos écuries…

— Avec plaisir.

Lord Russell se leva.

— Bien ! J'ai assez abusé de votre temps, mademoiselle Sudley. J'entendais seulement vous souhaiter la bienvenue et vous dire de ne pas hésiter à venir me chercher à Hillcrest si vous rencontrez une quelconque difficulté.

— C'est très gentil, répondit la jeune femme en se levant à son tour.

— Quand votre père doit-il vous rejoindre ? demanda lord Russell comme Sarah le raccompagnait à la porte. J'aurais dû remettre ma visite à plus tard quand, à cette même question, votre maître d'hôtel m'a répondu qu'il n'était pas ici, mais j'étais trop impatient de vous… Oh ! J'oubliais de vous transmettre l'invitation de ma mère. Elle a convié quelques relations de voisinage à dîner, demain, et serait heureuse de vous compter parmi elles. Elle a l'intention d'organiser une réception plus importante, lorsque le baron sera arrivé, pour vous présenter à la bonne société du comté.

Le sang monta aux joues de Sarah. Elle aurait pu donner une réponse évasive à lord Russell afin d'éviter de lui dire de façon explicite que son père ne la rejoindrait jamais, mais elle aurait eu mauvaise conscience de profiter de l'amitié de ses nouveaux voisins en les laissant ignorer la nature de sa nouvelle situation.

— Mon père est un érudit qui consacre tout son temps à l'étude des anciens et à la traduction de leurs écrits. Je crains qu'il ne soit plongé trop profondément dans ses travaux pour trouver le temps de venir ici. Il ne s'intéresse guère aux questions d'élevage… Pour être franche, je vous avouerai enfin qu'il n'a aucune intention de quitter Sudley.

Le sourire de lord Russell s'évanouit.

— Oh ! J'avais espéré que vous résideriez plus ou moins en permanence dans notre comté… Enfin, un élevage aussi important exigera de vous de fréquentes visites…

Il soupira et reprit :

— Je devrai m'en contenter, n'est-ce pas ? Quoi qu'il en soit, je vous en prie, venez dîner à Hillcrest demain, même sans votre père.

Il se pencha pour prendre de nouveau la main de la jeune femme et ajouta de sa voix de velours :

— Je ne dois pas perdre une occasion de vous voir.

Il effleura des lèvres le bout des doigts de Sarah qui ressentit le même frisson que précédemment et constata, sans passion, que lord Russell était assez bel homme.

— Avant d'accepter l'invitation de votre mère, milord, je tiens à ce que vous sachiez… que mes visites ici seront plus que fréquentes. J'ai l'intention de résider en permanence aux Reynolds…

Puis, rougissant comme une pivoine, mais déterminée à ce qu'il n'y eût aucun malentendu à ce sujet, elle ajouta :

— Sans mon père.

Les sourcils de lord Russell s'arquèrent et il demeura un moment silencieux.

Sarah devinait ses pensées. Avant même la mise en garde de Quentin, elle savait qu'une femme vivant seule s'exposait aux critiques en tout genre, aux propos grivois et, même, aux propositions malhonnêtes.

S'armant de courage, elle se prépara à réagir contre toute remarque ou regard équivoques que ne manquerait pas de lui adresser lord Russell lorsqu'il aurait pris conscience de toutes les implications de son aveu.

Cette situation était plus humiliante et désagréable qu'elle ne l'aurait imaginé, se dit-elle en redressant le menton d'un air résolu.

— Quel courage ! dit-il enfin en s'inclinant avec respect. Ma mère sera sans doute aussi intéressée que moi de vous entendre parler de tous vos projets, demain soir.

Sarah, qui retenait son souffle, se remit à respirer. Etait-il possible qu'il ne l'eût pas bien comprise ?

— Vous croyez ? Je… Je ne voudrais pas mettre votre mère dans l'embarras.

Il éclata de rire.

— Il en faut plus pour troubler ma mère. Elle est d'une

autre trempe ! Vous devriez bien vous entendre… A demain, n'est-ce pas ?

Il avait parfaitement compris sa situation et souhaitait, néanmoins, demeurer son ami. Sarah en fut émue presque jusqu'aux larmes.

— Je ne sais comment vous exprimer ma gratitude, milord, dit-elle humblement. Je me réjouis à la pensée de faire la connaissance de votre mère.

Il s'inclina et déposa un baiser sur la main de Sarah mais, cette fois, il laissa plus longuement ses lèvres au contact de la peau douce de la jeune femme.

Cette dernière retira sa main. Las ! N'était-elle pas dupe ? N'avait-il pas, tout de même, de mauvaises intentions à son égard ?

— Je me sens infiniment redevable à lord Branson de nous avoir présentés l'un à l'autre, dit Russell, et j'espère que nous deviendrons de grands amis.

Elle fit la révérence en réponse à son dernier salut et, partagée entre la méfiance et la sympathie, elle le suivit du regard comme il sortait de la bibliothèque. Quel genre d'amitié souhaitait-il nouer avec elle ?

Qu'il l'invitât à dîner en compagnie de sa mère plaidait en faveur de la pureté de ses intentions ; nonobstant elle ne le connaissait pas assez pour en être sûre.

Aux questions qu'elle se posait, Ailis répliquerait certainement qu'elles étaient hors de propos ; voire elle lui conseillerait de profiter de l'attirance que lord Russell manifestait pour elle pour se propulser dans la vie sociale du comté. Elle lui suggérerait même, peut-être, de le prendre pour amant…

Ce serait, en tout cas, un moyen de l'aider à ne plus penser à Quentin et de calmer le désir qui la harcelait.

A la seule pensée des mains et des lèvres de Quentin sur son corps, elle fut envahie par une sensation voluptueuse…

Les nuits volées à Quentin lui avaient appris, cependant, certaines dures réalités de la vie. Lorsqu'elle avait dû lui refuser une troisième nuit, elle avait eu l'impression qu'on lui perçait le cœur. Elle ne se sentait pas capable de revivre une épreuve pareille…

Si elle avait vécu avec Quentin une expérience contraire aux principes moraux qu'elle avait reçus, c'était à cause d'Ailis. Elle n'avait jamais eu aucun désir de défier la société en refusant les liens du mariage et en alignant les amants. Et depuis un mois qu'elle vivait seule et éloignée de toutes mondanités, elle devait convenir que ce n'était pas aussi exaltant qu'elle l'avait imaginé.

Depuis l'enfance, elle avait toujours été prise dans un réseau de relations et assumé les responsabilités qui, dans ce cadre, lui incombaient. Non seulement elle avait dirigé de nombreuses années le personnel de Sudley, mais elle avait exercé aussi une certaine autorité sur sa jeune sœur tout en participant aux activités charitables de la paroisse. Et bien sûr, au cours de sa vie de châtelaine, elle avait souvent été amenée à recevoir et à être reçue.

A présent, elle trouvait pénible de n'avoir aucune vie familiale ni sociale. Même si son père et Ailis n'étaient pas toujours très loquaces, du moins prenait-elle ses repas avec eux à Sudley.

Elle redoutait presque, après un mois aux Reynolds, de se retrouver à table, seule devant son assiette — la présence discrète et silencieuse du valet de pied étant une piètre compagnie. Et elle trouvait terrifiant, certains soirs, dans le salon, de n'entendre que sa respiration régulière et les craquements du feu.

Et comment passerait-elle les jours de fête ? Serait-elle seule encore le soir de Noël ? Et à la Saint-Sylvestre ?

Quentin avait eu raison de la dissuader de prendre une décision aussi radicale, de se couper si complètement de la société.

Mais si elle prenait pleinement conscience, maintenant, qu'elle aurait aimé avoir un mari et des enfants pour partager sa vie dans ce manoir, elle ne ferait jamais cette confession à Quentin le jour où il viendrait lui rendre visite !

Elle était trop certaine qu'il sauterait sur l'occasion pour la faire consentir au mariage ; or elle ne supporterait pas, surtout après les heures de passion qu'ils venaient de vivre ensemble, qu'il l'épousât par devoir.

La vie commune ne serait envisageable pour eux que si Quentin lui témoignait un amour aussi inconditionnel que celui qu'elle lui vouait. Or, c'était un rêve ! Si, en six ans d'amitié, il n'avait pas décelé dans son cœur un attachement qui ressemblât peu ou prou à de l'amour, il n'en éprouverait jamais pour elle.

Cette conclusion, à laquelle elle parvenait toujours, se laissait-elle aller à rêver à un avenir avec Quentin, l'aurait encore une fois plongée dans une profonde mélancolie si une pensée plus optimiste ne lui avait traversé l'esprit.

Elle ne pouvait épouser Quentin mais, peut-être, lord Russell allait-il lui faire la cour ? Et s'il se révélait aussi honorable et digne de confiance qu'il le lui avait initialement semblé, consentirait-elle à l'épouser ?

Pour le moment, bien sûr, ce serait impossible. Elle était trop imprégnée, corps et âme, de son cher Quentin, mais, peut-être… quand elle ne sentirait plus la brûlure de ses doigts sur sa peau, le désir de la maternité la conduirait-elle à accepter l'amour d'un autre ?

En réfléchissant à cette possibilité, elle comprit, soudain, pourquoi Quentin semblait si confiant quand il la pressait de s'unir à lui. Il y avait quelque chose de rassurant dans l'idée de se marier avec une personne pour laquelle on n'éprouvait que de l'amitié. Une telle union ne pouvait conduire sur les sommets du bonheur, mais elle vous épargnait des souffrances cuisantes comme celles dont elle venait de faire l'expérience.

Elle laissa échapper un soupir et, se tournant vers la fenêtre, regarda en direction du manoir de Hillcrest.

Indépendamment de ses intentions réelles, l'amitié et les attentions manifestées à son égard par son nouveau voisin lui avaient réchauffé le cœur et rendu l'espoir d'échapper à son isolement.

Lord Alden Russell ne serait-il pas l'antidote idéal à son fol attachement pour Quentin Burke ?

En ce début de soirée, Quentin s'assit à son bureau de St. James Square et parcourut distraitement des yeux les invitations qu'il avait reçues pour ce même jour. Après trois semaines d'une vie mondaine très nourrie qui l'avait vu se rendre à des dîners, des concerts, des bals, à l'opéra, au théâtre et à divers spectacles de ballets, aucune des sorties qui lui étaient proposées, ce soir, ne le tentait.

A son arrivée à Londres, alors qu'il souhaitait être aussi libre que possible pour pouvoir accompagner Sarah chaque fois qu'elle avait besoin d'un cavalier, il avait été appelé à plusieurs reprises dans le domaine qu'il venait d'acquérir. Et maintenant qu'il avait particulièrement besoin d'être occupé pour ne pas trop penser, il n'avait plus aucune raison de s'y rendre ! Que la vie était mal faite !

La veille, ayant un besoin désespéré d'activité, il y était allé à cheval pour constater, comme il s'y attendait, que le nouveau régisseur faisait merveille. Au moment où il allait repartir, d'ailleurs, l'homme lui avait fait remarquer qu'il n'était plus nécessaire qu'il perdît son précieux temps à venir dans sa propriété, puisque tout allait parfaitement.

Les sœurs Sudley n'étant plus sous sa coupe, et se trouvant libéré de toute affaire pressante, il avait fait, pour la première fois, l'expérience de l'attention exceptionnelle que les mères de filles à marier accordaient à un célibataire tenu pour un très bon parti.

Il devait reconnaître qu'au cours des premiers jours, il avait pris un grand plaisir à être autant recherché par de très distinguées mères de famille qui, avant qu'il ne rétablît sa fortune, eussent tout fait pour que leurs chères enfants ne croisassent pas son chemin.

Cependant, dans la mesure où l'on connaissait son amitié pour Sarah et Ailis, il lui devenait de plus en plus pénible de s'entendre dire à chaque soirée qu'il avait dû être extrêmement déçu par le comportement d'icelles et qu'il avait, par conséquent, d'autant plus de raisons de se réjouir de rencontrer telle ou telle jeune fille à l'éducation parfaite et aux mœurs irréprochables.

La mère qui vantait les mérites de sa fille en ces termes la désignait alors de la main et celle-ci, après avoir baissé les yeux, les relevait et lui lançait un regard effronté.

Il lui devenait de plus en plus difficile, à mesure que les jours passaient, de ne pas interrompre les mères dénigrant les deux jeunes filles pour mieux vanter les mérites de leur progéniture, et de leur dire tout le bien qu'il pensait d'elles.

Au fond, se disait-il par moments, Sarah n'avait peut-être pas eu tort de tourner le dos à la bonne société.

Sarah…

Chaque fois qu'il pensait à elle, des sentiments confus l'envahissaient. Elle lui manquait et, sachant que Mme de Tamerville se cachait, certainement, derrière elle, il brûlait de la revoir.

Il avait pratiquement écarté tout doute au sujet de l'identité de la veuve des jardins de Vauxhall après avoir fouillé scrupuleusement les étals des marchands d'étoffe de Bond Street. Nulle part, il n'avait retrouvé le châle de soie noire brodé de fleurs de lys. Comment ne pas considérer, à l'issue de cette enquête, que Sarah et la mystérieuse veuve ne fussent qu'une seule et même personne ?

Hélas, au terme de trois semaines d'une douloureuse méditation, il ignorait toujours comment il devait agir.

Sa première réaction, en apprenant que Sarah avait quitté Londres, avait été de partir immédiatement la rejoindre et d'avoir une confrontation avec elle, sans lui laisser le temps de s'y préparer. Il l'aurait regardée dans les yeux d'une certaine façon ; si elle n'avait pas rougi, comme la jeune fille d'autrefois n'aurait pas manqué de le faire, il aurait su, sans doute possible, le fin mot de l'énigme.

Plus il réfléchissait aux moments de passion qu'il avait vécus avec Mme de Tamerville dans l'appartement de Mayfair, plus il était convaincu que Sarah n'avait fait cela que par amour. Elle avait voulu le connaître charnellement sans le contraindre à l'épouser, sachant, ou plutôt croyant savoir qu'il ne nourrissait pas pour elle des sentiments assez forts. Pour la convaincre du contraire, pour lui confesser son amour, il lui faudrait choisir soigneusement ses mots…

Quelle femme étonnante, tout de même ! Il la savait déjà intelligente, courageuse et digne, mais qu'elle fût capable en outre de jouer un tel personnage pour parvenir à ses fins, c'était ahurissant.

Il n'était pas étonnant que le souvenir de Mme de Tamerville le poursuivît comme son ombre. Rien de plus exaltant ne pourrait lui arriver que de partager la vie d'une femme capable dans une même journée de chevaucher à bride abattue, de diriger un élevage, de régner sur le personnel d'une grande maison, de recevoir des convives en parfaite hôtesse puis, la nuit venue, de se transformer en une séductrice consommée — et de vivre des heures torrides avec l'homme qu'elle aimait.

Ne prenait-il pas le risque de s'enticher jusqu'à la folie d'une telle personne ?

Mais ne l'était-il pas déjà ?

Ah ! Il était à deux doigts de faire seller son cheval et de la rejoindre au grand galop.

Les Reynolds seraient un paradis s'ils y vivaient ensemble...

Il en était presque convaincu, mais il lui restait à vaincre encore quelques réticences.

La séduction hors du commun que Sarah avait su exercer sur lui le jetait, par moments, dans le doute à son sujet, et il craignait que, émoustillée par cette expérience libertine, elle se révélât incapable de se contenter d'un seul homme.

L'image du cocu, gratifié d'immenses cornes, se dressait devant lui et paralysait son élan.

Or était-il concevable que Sarah en usât ainsi avec lui ? La longue amitié qui les unissait, la connaissance qu'il avait de son cœur, lui confirmaient décidément qu'elle n'avait eu recours à la duplicité, pour le séduire, que par amour.

Quelle que fût l'intensité du désappointement dans lequel le plongeait cette même duplicité, il n'en restait pas moins qu'après ce qui s'était passé entre eux, l'honneur lui dictait de l'épouser. Le seul problème était de savoir s'il le ferait de tout cœur ou l'esprit encombré de doutes et de soupçons...

En tout cas, s'il y avait une vérité en la matière, c'était qu'il s'ennuyait terriblement d'elle et qu'envers et contre tout, il la voulait dans sa vie.

Espérant que le temps l'aiderait à éclaircir ses sentiments, il avait lutté contre le désir d'aller la retrouver sans délai et était resté à Londres, où il s'était ennuyé à mourir à toutes ces vaines soirées mondaines.

Un geste d'humeur le fit jeter à travers la pièce les invitations entre lesquelles il n'arrivait pas à se décider.

« Que les filles à marier aillent au diable ! » s'exclama-t-il en se dressant sur ses jambes.

Il passerait la soirée dans son club où il était sûr, au moins, de retrouver quelques bons amis. Quant à Sarah, il lui donnait trois jours. Si dans ce délai il n'avait pas reçu de ses nouvelles, il irait la trouver au fond de l'Hampshire, que cela lui plût ou non !

Une heure plus tard, il entra au White's Club, où il aperçut immédiatement lord Andover, fidèle à son poste. Il réprima un juron ; mais, répugnant à blesser le vieil homme en passant devant lui comme s'il ne l'avait pas vu, il se força à sourire et vint à lui.

— Branson ! s'écria lord Andover. Vous joindrez-vous à moi, mon jeune ami ? J'espérais vous voir un jour ou l'autre, quand vous vous lasseriez de collectionner les cœurs…

— Ma « collection », comme vous dites, milord, paraîtrait bien misérable au Casanova que vous fûtes, répondit Quentin. Et si vous vous résigniez à abandonner cette forteresse masculine, je gage que vous en *collectionneriez* encore beaucoup.

Lord Andover éclata de rire.

— Vous vous moquez de moi, mon garçon ! Je suis beaucoup trop âgé pour ce genre de sport, mais il est vrai qu'autrefois… Je ne pense pas, pourtant, avoir jamais été l'égal d'un certain jeune lord…

Il pointa du doigt le journal ouvert sur ses genoux.

— Les colonnes mondaines du *Morning Post* font état d'un certain lord B. qui, après s'être trop souvent absenté pour se rendre dans son domaine près de Londres, est enfin de retour dans la capitale où, hier soir, il a fait battre le cœur des plus jolies jeunes filles présentes au bal donné en l'honneur de Mlle…

Quentin eut un geste irrité de la main.

— J'étais, hier soir, le seul morceau à peu près comestible que ces très honorables mères de famille eussent à se mettre sous la dent.

— Oui, c'est vrai, approuva lord Andover. Plusieurs de

leurs favoris avaient décampé. Alden Russell, le premier d'entre eux, est parti sur ses terres pour y tenir compagnie à sa mère, dont la santé fragile exigeait qu'elle respirât l'air de la campagne...

Quentin, soudain pâle, planta son regard dans les yeux du vieil homme.

— Russell est dans le Hampshire ?!

— Oh, il n'y restera pas longtemps. Il n'est pas comme vous ; il préfère Londres et ses jolies femmes à la compagnie des vaches. Je me souviens, à ce propos, d'une anecdote fort piquante. Je...

Quentin n'écoutait plus. Russell séjournait au manoir de Hillcrest, à une dizaine de kilomètres des Reynolds ! Sarah ne tarderait pas à faire l'objet de toute son attention, à en juger par sa façon de la dévorer des yeux dans les bals londoniens ! Une attention, pensa Quentin avec un sursaut de colère, qui ne serait pas longtemps respectueuse, dès qu'il aurait compris que Sarah allait vivre seule sur son domaine !

A la pensée de Russell séduisant une Mme de Tamerville esseulée et privée de tendresse qui se laisserait prendre dans ses bras puis porter jusqu'à son lit, Quentin, qui souffrait tout autant que la jeune femme, sans doute, de l'absence de caresses et de baisers, sentit monter en lui une fureur indomptable. Il aurait voulu que Russell fût en face de lui pour lui tordre le cou !

Bondissant sur ses jambes, il renversa presque le fauteuil sur lequel il était assis.

— Pardonnez-moi, milord, mais je dois partir sur-le-champ, annonça-t-il en esquissant un salut. J'ai une affaire urgente à régler.

Puis, sans prêter attention à l'expression consternée de lord Andover, il tourna les talons et quitta le club.

Il allait faire son sac, ce soir, et il partirait pour le Hampshire dès le lendemain, à la première heure.

Il avait confiance en Sarah ; mais si elle se sentait aussi seule et peu satisfaite que lui, si son corps était aussi affamé de volupté que le sien, elle risquait de succomber aux charmes, hélas incontestables, de ce diable de Russell !

Du reste, qu'elle fût légère ou innocente, elle était sa maîtresse et ne tarderait pas à être sa femme ! La peste des doutes ! Il était grand temps de clamer à la face du monde que celle qui avait conquis son cœur et ensorcelé ses sens allait être sa compagne pour la vie !

Après avoir fait tant d'efforts pour cacher son identité, Sarah nierait vraisemblablement, de prime abord, qu'elle fût Mme de Tamerville, et repousserait une nouvelle fois sa demande en mariage ; toutefois il disposait, maintenant, grâce aux nuits envoûtantes de Maiden Lane, de quelques armes nouvelles pour emporter son assentiment.

Oui, grâce aux moments d'intimité passés avec Mme de Tamerville, il connaissait les caresses auxquelles elle ne savait pas résister. Si Sarah restait sourde à ses propos, il la prendrait dans ses bras ; et le langage subtil des corps se ferait son meilleur avocat !

# 22

Cinq jours plus tard, tout en se regardant dans la petite glace miteuse de la chambre qu'il occupait depuis la veille, dans l'auberge la plus proche des Reynolds, Quentin se félicitait d'être parti sans son valet de chambre. Il aurait trouvé l'endroit détestable et indigne de son maître ; sans compter qu'il se serait plaint pendant tout le voyage, qui avait été exténuant…

Après avoir échangé sa propre monture contre un mauvais cheval de selle dans une auberge très passante, Quentin avait connu le désagrément de constater, à mi-chemin du relais suivant, que l'animal avait perdu un fer. Il avait poussé la bête, qui boitait, pendant plus d'une lieue, pour apprendre, audit relais, que le maréchal-ferrant était absent pour la journée, et qu'aucun cheval n'était disponible.

Il ne fut pas en selle avant midi, le lendemain ; encore avait-il dû offrir au forgeron une belle pièce d'or pour qu'il consentît à laisser de côté ses autres tâches et s'occupât de ferrer son canasson.

Peu après son départ, les gros nuages sombres qui attristaient le jour crevèrent tous ensemble et une pluie continue et serrée se mit à tomber. Elle devint, bientôt, diluvienne, transformant la route en une rivière de boue.

Bien que tout retard supplémentaire le rendît fou d'impatience, il savait que ç'aurait été pure folie de lancer au galop sa monture quand il ne voyait qu'à peine le chemin.

Aussi poursuivit-il sa route au petit trot, voire au pas. A ce train, il dut renoncer à atteindre l'étape qu'il s'était fixé et s'arrêta dans une auberge très modeste où il tenta de faire sécher ses vêtements trempés, devant un feu de mauvais bois qui tirait mal.

Il progressa un peu mieux le troisième jour, mais ce ne fut qu'à la fin du quatrième qu'il parvint enfin dans le village le plus proche des Reynolds. Epuisé et crotté de la tête aux pieds, il jugea préférable d'attendre d'être reposé et lavé de frais avant de se rendre au manoir — quoique ce voyage interminable n'eût fait qu'augmenter ses craintes au sujet de la menace qu'Alden Russell représentait assurément pour celle qu'il aimait et dont il voulait faire sa femme.

Avec un soupir, il repoussa la cuvette où flottait la mousse du savon à raser qu'il venait d'utiliser et sonna pour qu'une servante vînt l'emporter puis, ayant enfilé une chemise propre, il noua une cravate autour de son cou.

Dans un premier mouvement de jalousie, il avait cru Russell capable de profiter de la situation de Sarah pour abuser d'elle ; puis, s'étant raisonné, il avait voulu se convaincre que Russell n'oserait pas, en raison de ses origines nobles, lui manquer de respect.

Il craignait, cependant, presque plus la réaction de la jeune femme, car, bien qu'elle eût déclaré vouloir se retirer de la société, il ne la croyait pas capable de vivre seule et sans tendresse, particulièrement depuis l'épisode de Maiden Lane.

Sans doute saurait-elle résister aux avances d'un homme qui n'aurait d'autres intentions que de la suborner mais, peut-être, se laisserait-elle convaincre d'accepter une offre de mariage si un prétendant respectable et bien né lui jurait un amour fidèle et sincère ?

Russell, s'il modérait ses élans et savait se montrer rassurant, était en mesure de conquérir son cœur. Il trouverait aisément les mots justes, lui qui était tombé sous le charme de Sarah dès que Quentin la lui avait présentée…

Elle succomberait, sans doute, à la déclaration d'un homme comme Alden — un homme qui, contrairement à lui, Quentin, n'était pas aveuglé par six années d'une relation purement amicale et avait compris, au premier coup d'œil posé sur Sarah, qu'elle était une femme infiniment désirable.

Mais peut-être celle-ci n'avait-elle pas encore eu le temps de mesurer la dureté de l'isolement qu'elle s'imposait ?

Du reste, Russell n'était pas, autant qu'il sache, à la recherche d'une épouse. Il serait vraisemblablement plutôt enclin à batifoler avec Sarah — aussi longtemps que sa mère le retiendrait en captivité à Hillcrest, mais pas plus.

Quelle était la probabilité pour qu'il fût déjà tombé amoureux de Sarah dans le court espace — une semaine, peut-être — qui venait de s'écouler depuis son arrivée dans son fief ?

Eh ! Lui-même ne s'était-il pas laissé ensorceler en une seule nuit ?

A la pensée qu'Alden jouissait peut-être des privautés de l'imprévisible Sarah, il sentait la raison le quitter et la jalousie s'emparer de lui d'une façon primitive.

Il lança un dernier coup d'œil dans la glace et sortit de la pièce. Si Alden était tombé amoureux de Sarah, c'était regrettable, mais il n'y pouvait rien. En revanche, s'il s'était montré entreprenant avec elle… et, surtout, s'il en avait été récompensé, il ne le supporterait pas. Il serait contraint de lui en demander réparation, et il lui passerait son épée au travers du corps !

Il était temps d'aller trouver Sarah et de lui demander sa main, une fois pour toutes !

Il brûlait tant de la revoir qu'il dut faire un grand effort, en chemin, pour ne pas lancer son cheval au galop.

Il espérait que, lorsqu'elle l'apercevrait, Sarah, émue,

courrait sans réfléchir se jeter dans ses bras. Alors, il la serrerait sur son cœur, et il ne lui laisserait pas le loisir de s'interroger — ni de regretter son geste ! Il l'embrasserait jusqu'à en perdre haleine et ne détacherait ses lèvres des siennes que pour lui laisser dire « oui » à sa demande solennelle.

Le cœur battant à l'évocation de cette scène, il engagea son cheval entre deux hauts piliers de granit qui marquaient l'entrée des Reynolds et remonta l'allée bordée de grands hêtres, au bout de laquelle se dressait la vieille demeure dont les fenêtres à meneaux brillaient dans les premiers rayons du soleil.

Bientôt il atteignit l'entrée de la maison, descendit de cheval et confia sa monture à un palefrenier qui s'était avancé vers lui. Puis il gravit les marches du perron et, s'approchant de la porte, allait en soulever le marteau… quand elle s'ouvrit sur le maître d'hôtel.

Son enthousiasme retomba quelque peu ; le digne serviteur l'informa en effet que Mlle Sudley était partie de grand matin inspecter certains bâtiments en construction.

Ravalant le juron qui allait franchir le seuil de ses lèvres, Quentin s'efforça de cacher sa déception et suivit le valet de pied que le maître d'hôtel venait de désigner pour le conduire sur le chantier.

Il approchait maintenant, à découvert, des écuries en construction, sans plus aucune chance de surprendre Sarah dans l'intimité…

Il lui faudrait trouver le moyen d'entraîner la jeune femme à l'écart. Là, loin des yeux des ouvriers et des palefreniers, il la prendrait dans ses bras et, à son contact, elle redeviendrait la femme mystérieuse qui l'avait enchanté au long de deux nuits magiques…

Se laisserait-elle aller contre lui ou, si elle avait passé les trois semaines qui venaient de s'écouler à s'endurcir le cœur, trouverait-elle la force de le repousser ?

Quentin aperçut tout à coup un groupe de maçons qui montaient un mur, dans le prolongement d'un bâtiment. Impatient de voir si Sarah était parmi eux, il accéléra le pas sans tenir compte de son guide.

Alors qu'il faisait le tour d'un tas de poutres et de bois de charpente, son regard fut attiré par une silhouette bleu ciel. Il ralentit puis s'immobilisa.

Sarah était assise un peu plus loin, sur une couverture étendue sur une importante pierre d'angle, et elle consultait un plan que devait lui présenter le maître d'œuvre. Derrière elle se tenait Russell — et il avait la main posée sur son épaule !

Sans doute Quentin avait-il malgré lui manifesté tout haut son indignation car Alden tourna la tête.

Il lut dans son regard la même intention meurtrière que celle qui venait de germer en lui.

Le bonheur qui l'avait saisi en apercevant Sarah s'était mué en rage. Il marqua un temps d'arrêt avant de reprendre sa marche ; car il craignait de dire quelque chose qu'il regretterait — sans parler de l'envie qu'il avait de retirer violemment la main d'Alden de l'épaule de la jeune femme et de le rosser d'importance.

Alors qu'il luttait contre cette impulsion, elle tourna à son tour la tête vers lui. Plissant les yeux pour se protéger du soleil qui l'aveuglait, il distingua son doux visage, dont le regard s'éclaira alors même qu'un sourire émerveillé paraissait sur ses lèvres. Elle voulut se lever, mais Quentin vit très distinctement Russell l'en empêcher d'une pression sur son épaule.

Il faillit bondir, saisir le bras d'Alden et le lui tordre dans le dos jusqu'à ce qu'il entendît l'os craquer.

— Quentin, quelle surprise ! fit Russell avec une froideur qu'il ne cherchait pas même à dissimuler.

— Oh ! oui, lui fit écho Sarah d'une voix mal assurée.

J'ignorais que vous étiez dans la région. Vous avez, sans doute, affaire dans le comté ?

Quentin aurait peut-être pu poursuivre l'entretien en se maîtrisant si Russell ne s'était pas carrément avancé entre lui et la jeune femme, comme s'il voulait lui interdire de lui parler.

Les règles de la bienséance ne suffirent pas à contenir la colère de Quentin. Bousculant Russell, il saisit Sarah par la main et l'obligea à se lever.

— Il faut que nous parlions ! dit-il entre ses dents.

— Qu'est-ce qui vous prend, Quentin ? fit-elle.

— Hé ! là ! Branson ! protesta Russell en retenant Quentin par la manche de sa jaquette. Sont-ce là les manières d'un gentilhomme ?

— Je n'ai rien à te dire, Russell ! répliqua Quentin en dégageant son bras.

Puis, plongeant le regard dans celui de la jeune femme :

— Venez avec moi, Sarah, s'il vous plaît ! insista-t-il. C'est important…

Russell leva une main menaçante sur Quentin.

— Voulez-vous que je le renvoie dans ses pénates, mademoiselle Sudley ?

— Je vous remercie, lord Russell, mais ça ne sera pas nécessaire. Je… Je vous rejoins dans un instant.

Après avoir terrassé Quentin du regard, Sarah se laissa guider par lui jusqu'à la plus proche écurie.

— Eh bien, lord Branson ? fit la jeune femme en se tournant vers lui, les bras croisés sur la poitrine, dès qu'ils furent à l'abri des regards. Pouvez-vous m'expliquer cette conduite inqualifiable ?

Quentin ouvrit la bouche, mais ne put prononcer la phrase qu'il avait préparée et qui avait pour but d'endiguer toutes velléités de résistance de la part de Sarah. Il lui avait été si intolérable de voir Russell si proche d'elle qu'il en avait perdu la voix.

Toujours aussi ému et redoutant de s'emporter et de crier : « Comment avez-vous pu le laisser vous toucher ? » ou « Pourquoi m'avez-vous tenu à l'écart si longtemps ? », il plongea la main dans la poche intérieure de sa redingote et en sortit un châle de soie noire brodé de fleurs de lys, qu'il brandit devant Sarah.

— La voici, l'explication !

Elle retint son souffle, les yeux grands ouverts et le sang aux joues.

Estimant que sa réaction avait valeur d'aveu, Quentin, qui croyait effacer tout malentendu entre eux grâce à cette évocation des instants de passion qu'ils avaient partagés, avança vers elle, espérant qu'elle tomberait dans ses bras.

Elle recula, cependant, jusqu'à coller son dos au mur.

— Je ne vois pas le lien entre votre présence ici et ce morceau d'étoffe, répondit-elle en désignant du menton l'étole, qui était tombée à terre.

— Je vous en prie, Sarah. Ne niez pas que vous l'avez reconnue !

— Je ne nie rien du tout… Vous perdez la tête, mon pauvre Quentin.

— Ne portiez-vous pas cette étole sur vos épaules dans les jardins de Vauxhall, Mme de Tamerville ?

Elle releva le menton d'un air supérieur.

— Je ne sais pas de quoi vous voulez parler… Vauxhall ? Vous savez pertinemment que je n'y étais pas.

— Vous m'avez assez torturé, Sarah. Quand je pense que je vous retrouve presque dans les bras de Russell alors que, la dernière fois que je vous ai vue, à Maiden Lane… Avez-vous oublié les baisers, les caresses, la folie de ces deux nuits que nous avons passées ensemble ?

Il s'approcha d'elle.

— Non ! s'écria-t-elle en levant la main pour se protéger.

Ses joues écarlates trahissaient ce qu'elle ne voulait pas avouer, mais son regard restait impénétrable.

— Vous dites n'importe quoi ! Vraiment, Quentin, vous êtes tombé sur la tête !

— Si j'ai perdu la raison, c'est vous, Sarah, qui me l'avez fait perdre !

Il se tut pour reprendre sa respiration puis poursuivit :

— Sarah, vous ne m'avez jamais menti. Vous n'allez pas commencer, aujourd'hui, à le faire, en me laissant croire que vous n'étiez pas Mme de Tamerville, que vous ne m'avez pas conduit des jardins de Vauxhall dans un appartement de Mayfair, que vous ne m'y avez pas fait don de votre virginité ! Ah ! Quel magnifique cadeau ! Vous reconnaîtrez avec moi, ma chérie, qu'après une aussi merveilleuse expérience, il est impératif que nous nous marions !

Elle demeura longuement silencieuse, les yeux levés sur lui, le souffle rapide, et il brûlait de franchir le faible espace qui les séparait, de la prendre dans ses bras, de la rassurer, de lui dire que tout se passerait bien aussi longtemps qu'ils seraient ensemble… Las, le regard hostile qu'elle lui opposait l'en dissuada.

Resserrant ses bras qu'elle gardait croisés devant elle, elle repartit enfin :

— Même si ce que vous dites était vrai, je ne vois pas pourquoi nous devrions nous marier ? Un homme ne doit pas se sentir obligé d'épouser une femme simplement parce qu'il a partagé avec elle des moments… d'intimité. Ni une femme, d'ailleurs. En tout cas, pour ma part, je ne me sens pas dans cette obligation.

— Vous parlez comme votre sœur. Est-ce elle qui vous a dicté cette conduite ? Sachez que je n'ai rien de commun avec un Holden Freemont. De même que vous êtes parfaitement différente d'Ailis…

— Vous oubliez que nous avons la même mère.

— Certes, mais je crois sincèrement que seule Ailis a hérité de son tempérament.

— C'est vrai, reconnut Sarah.

Mais, loin de se soumettre, elle lança un regard plein de défi à Quentin quand elle reprit :

— Si je ressemblais à Ailis, je vous ferais raccompagner par mon valet de pied jusqu'à votre cheval pour vous être comporté comme vous l'avez fait devant des témoins qui sont, en outre, des ouvriers à mon service. Vous n'ignorez pas qu'il est difficile pour une femme de s'affirmer dans un milieu masculin. Quelle autorité voulez-vous que j'exerce sur mes employés s'ils me voient maltraitée par le premier venu ? Quel effet croyez-vous que cette scène leur ait fait ? Ils vous ont vu débouler ici comme un fou puis m'arracher à mon devoir et à la compagnie très courtoise de lord Russell pour me traîner dans une écurie ! Priez le ciel que je n'aie pas à me plaindre des conséquences de cette apparition incongrue, lord Branson, car, sinon, notre amitié, préservée jusqu'à aujourd'hui malgré vos simagrées d'un autre temps, pourrait en pâtir !

— Je n'ai pas cherché à vous desservir auprès de vos ouvriers ni de vos domestiques, se défendit Quentin en se passant nerveusement la main dans les cheveux.

— Peut-être, mais le résultat est le même. Aussi, Quentin, vous demanderai-je de bien vouloir vous retirer aussi discrètement que possible…

— Mais nous ne pouvons pas en rester là ! Nous n'avons pas réglé cette affaire…

— Assez ! se récria Sarah que les maladresses de langage de son ami exaspéraient de plus en plus. Je ne veux pas entendre un mot de plus à ce sujet !

Là-dessus, elle releva le menton et, rejetant les épaules en arrière, passa devant Quentin sans prêter attention au châle, qu'elle foula aux pieds.

Le jeune lord se pencha pour ramasser l'étoffe souillée et la secoua pour en faire tomber la poussière puis, se précipitant en avant, il rattrapa la jeune femme, qu'il saisit par le bras.

— Nous ne sommes pas quittes, Sarah !

Elle libéra son bras et lui fit face :

— De quel droit me retenez-vous de force ?

Il tendit une main plus suppliante que menaçante.

— Si vous me touchez encore, dit-elle pourtant d'une voix tremblante, je vous fais jeter dehors.

— Vous ne supportez pas de sentir ma main sur votre peau à cause de ce qui s'est passé entre nous, n'est-ce pas ?

En réponse, elle lui tourna le dos.

— Bonne journée, Quentin, fit-elle en s'éloignant. C'était très aimable de venir me rendre visite, mais j'ai encore trop de travail pour me permettre d'accueillir des amis de passage. J'espère que vous ferez de bonnes affaires dans le Hampshire.

— Vous savez fort bien que je ne suis ici que pour vous, Sarah.

Elle ne répondit rien et continua à marcher. Considérant qu'il ne ferait que l'exaspérer davantage s'il insistait, Quentin la laissa aller ; mais il entendait bien, à un moment plus propice, revenir à la charge.

Car il était incontestablement tombé au plus mauvais moment. Peut-être aurait-il dû se retirer dès qu'il avait appris que Sarah n'était pas à la maison… Bah ! l'effet de surprise était, de toute façon, perdu : le maître d'hôtel aurait, évidemment, informé la jeune femme de sa visite.

Il avait la confirmation, au moins, que Sarah et Mme de Tamerville n'étaient qu'une seule et même personne…

Hélas, il avait été si furieux de la trouver en compagnie de Russell que les mots qu'il avait choisis de lui dire s'étaient brutalement dissipés, ne laissant de place dans son esprit que pour la fureur.

Oui, il lui faudrait revenir auprès de Sarah à un moment plus opportun, lui demander pardon et l'implorer de l'écouter une dernière fois.

Il ignorait comment il s'y prendrait pour la décider à le recevoir après avoir commis une telle maladresse, mais il ne manquait pas de persévérance et avait déjà affronté des périls plus grands.

De toute façon, il ne renoncerait jamais à celle qu'il aimait. S'il avait une certitude aujourd'hui, c'était bien d'être follement amoureux de Sarah.

Résolu à rétablir au plus vite la situation, il sortit lentement de l'écurie. Sarah s'entretenait avec le maître d'œuvre pendant que les ouvriers écoutaient avec attention et respect. Il était patent que la jeune femme avait gagné leur estime et avait su s'imposer, bien qu'elle n'eût pas le soutien d'un mari.

Il fut rempli d'admiration devant une telle compétence et il sentit son amour pour la jeune femme grandir encore — si cela était possible...

Il avait toujours à la main le châle de soie. Il le replia, le glissa à l'intérieur de sa jaquette, puis reprit sa marche.

Il s'attendait à ce que Sarah l'ignorât au moment où il passerait près d'elle mais, avec une grâce admirable, elle interrompit sa conversation avec le maître-maçon et, se tournant vers lui, lança aimablement :

— Bonne journée, lord Branson. Merci de votre visite.

Bien qu'elle rougît légèrement en s'adressant à lui, rien dans son comportement ne laissait voir qu'un instant plus tôt elle l'avait menacé de le faire chasser par ses gens.

— Votre serviteur, mademoiselle Sudley, répondit-il en s'inclinant devant elle avant de gratifier Russel d'un bref signe de tête.

La lueur de triomphe qu'il lut dans le regard de ce dernier faillit balayer sa résolution de quitter les lieux avec le minimum de dignité qu'il lui restait ; mais, n'ignorant pas qu'il serait imprudent de compromettre davantage ses chances de reconquérir Sarah en réduisant en poudre son ami d'autrefois, il trouva la force de ne pas se jeter sur lui et de s'éloigner d'un pas régulier.

Comme il s'éloignait, il glissa la main sous son gilet pour sentir la soie brodée, à laquelle étaient attachés des souvenirs si précieux…

Il ne se pouvait pas qu'il eût perdu Sarah ! La vie sans elle serait comme une longue et interminable nuit…

# 23

A la fin de cette longue journée qui l'avait vue accomplir tant de tâches et régler tant de problèmes, Sarah rejoignit enfin le sanctuaire de son bureau.

Quentin, par sa visite inattendue, avait bouleversé le semblant d'ordre qu'elle avait cru rétablir dans sa vie…

Oui, alors même qu'elle croyait enfin s'affranchir de la dépendance dans laquelle elle vivait depuis de si longues années et qui, depuis trois semaines, s'était aggravée d'une douloureuse façon ; alors même que, grâce aux attentions de lord Russell, elle semblait réussir à oublier les nuits enchanteresses passées dans les bras de Quentin — ces nuits de bonheur indicible et de déception cuisante aussi où, malgré ses efforts pour n'être pas reconnue, elle avait espéré de toute son âme et de tout son cœur que Quentin comprendrait qui elle était, qu'il la nommerait même sans avoir vu son visage, qu'il lui dirait, dans l'intimité de leur alcôve, où flottaient les odeurs confondues de leurs corps, qu'il l'aimait et qu'il voulait dormir auprès d'elle toutes les nuits de sa vie ; alors même qu'elle croyait enfin atteindre une certaine sérénité et envisageait, d'ailleurs, d'écrire à Quentin pour l'inviter à venir la voir, il avait surgi, soudain, dans sa nouvelle vie, anéantissant d'un coup tous les progrès qu'elle avait accomplis !

Depuis qu'elle avait obtenu son départ, son souvenir n'avait pas cessé de la hanter, et elle n'avait aspiré à rien d'autre qu'à un moment de tranquillité et de solitude, afin de pouvoir enfin faire le point sur ses sentiments et réfléchir à l'attitude et aux propos sans précédents que lui avait tenus Quentin.

Elle sortit d'un tiroir la liste de ses défauts — qu'elle n'avait pas eu le courage de détruire. Effarée devant tant d'inconstance, elle se mit à regarder les mots qui lui étaient devenus familiers.

Après la scène que venait de lui faire Quentin, elle pouvait rétablir « arrogant » et « prétentieux »…

Cependant, dans la mesure où il avait enfin compris que Mme de Tamerville et sa chère Sarah ne faisaient qu'une, que pouvait-elle attendre d'autre de sa part ?

Etant donné sa conception des relations entre les hommes et les femmes, et son sens aigu du devoir, il n'y avait rien d'étonnant à ce que, sachant qu'il lui avait pris sa virginité, il voulût réparer son acte et l'épouser. Non, connaissant Quentin comme elle le connaissait, elle ne pouvait rien attendre d'autre de lui.

Mais il était hors de question qu'elle acceptât de s'unir à lui dans ces conditions. Si Quentin ne l'aimait pas d'un amour sincère et profond, il était inconcevable de recevoir le sacrement du mariage. Lorsque les premiers mois de passion seraient passés — après s'être si bien entendue avec Quentin dans le petit appartement de Mayfair, elle était en droit de penser qu'un lien passionnel était possible entre eux, même s'il était éphémère —, elle redoutait plus que tout que Quentin ne fît comme beaucoup d'autres hommes de la bonne société et n'entretînt une ou deux maîtresses.

Elle ne le souffrirait pas et préférait cent fois ne jamais le revoir plutôt que d'endurer une telle humiliation.

Mais il allait revenir. Il avait trop de volonté pour se laisser décourager aussi vite. Il ne serait sans doute pas long avant de se présenter derechef aux Reynolds.

Elle fut aussitôt envahie par le désir fébrile d'être dans ses bras…

N'était-elle pas idiote ? En quoi une autre visite de Quentin lui serait-elle profitable ? Elle courrait seulement le risque de lui céder, s'il sollicitait d'elle ce qu'elle lui avait donné sous le couvert d'un déguisement.

Après tout, il aurait pu lui déclarer sa flamme, dans l'écurie. Or il n'avait rien fait de tel. Tout avait tourné, encore et toujours, autour des notions de devoir, de réparation… Il était exaspérant. S'il n'avait rien d'autre à lui dire après les instants torrides qu'ils avaient vécus ensemble, elle préférait vraiment ne plus le voir !

Avec un soupir, elle prit la feuille et la remit dans le tiroir. Au moment où elle allait le refermer, elle revit, en esprit, Quentin arriver devant les écuries. Elle ne lui avait jamais vu cette expression, quand ses yeux s'étaient dirigés sur la main qu'Alden Russell avait posée négligemment sur son épaule…

Peu à peu, en se remémorant tous les détails de la scène, elle en arriva à une conclusion qui la remplit de joie.

Un sourire se dessina lentement sur son visage tandis que la prunelle de ses yeux d'ambre se mit à briller…

Pour la première fois depuis qu'elle avait vu Quentin quitter à l'aube l'appartement de Maiden Lane, après leur seconde nuit d'amour, son espoir ressuscitait !

Elle prit sa plume et écrivit sur la feuille : « jaloux ».

C'était un défaut, certes, mais qui lui apporterait, peut-être, plus de joie que toutes les qualités si Quentin, mû par ce sentiment, venait à tomber à ses genoux en lui jurant un amour éternel !

Tard dans la soirée, Sarah referma enfin son livre de comptes, où elle venait d'inscrire toutes les dépenses de la semaine, et ne put contenir un bâillement. Elle avait envoyé se coucher ses domestiques depuis longtemps ; aussi, après avoir allumé un bougeoir pour se guider jusqu'à sa chambre, éteignit-elle toutes les bougies qui brûlaient dans la bibliothèque et dans le hall.

En montant l'escalier de pierre, elle pensa avec regret que Quentin aurait pu revenir la voir, en fin de journée, après le départ de lord Russell. Quand bien même se seraient-ils querellés…

Elle était vraiment incorrigible, pensa-t-elle en secouant la tête d'un air désespéré, si elle se réjouissait à l'idée qu'elle aurait pu, une seconde fois dans la même journée, se disputer avec Quentin !

En tout cas, plus tôt il se présenterait, mieux ce serait ; et s'il se retrouvait en présence d'Alden Russell, ce ne serait en fin de compte pas si mal. Elle pourrait ainsi s'assurer, une nouvelle fois, à sa réaction, qu'il était effectivement jaloux. Peut-être arriverait-elle à pénétrer si ce sentiment était lié à un besoin de protection, comme celui d'un grand frère à l'égard de sa petite sœur, ou à la jalousie viscérale, sauvage, d'un homme qui ne supporte pas que la femme qu'il aime, celle qu'il désire, soit soumise à la convoitise d'un autre.

En entrant dans sa chambre, elle eut un frisson à la pensée d'un lord Branson fou de désir et de jalousie ! S'il avait réellement peur qu'elle se donnât à un autre homme, ce sentiment lui permettrait peut-être de comprendre qu'il n'éprouvait pas que de l'affection pour elle, mais qu'il l'aimait, d'un amour humain, charnel, d'un amour possessif, intransigeant, passionnel… et il trouverait enfin les mots pour l'exprimer !

Elle souriait en elle-même quand elle entendit une voix qui murmurait :

— N'ayez peur, ma belle. La mascarade reprend, comme une certaine nuit, dans les jardins de Vauxhall…

Elle se retourna, le cœur battant, balaya la chambre du regard : personne !

— Ce n'est pas un fantôme, madame de Tamerville, reprit la voix qui n'était que trop familière à Sarah, mais quelqu'un qui vous veut du bien.

— Quentin… Où êtes-vous ? Arrêtez cette plaisanterie, je vous prie !

Les rideaux s'écartèrent et Quentin parut, la tête enturbannée dans le châle de soie de Sarah, de telle manière que son visage était dissimulé.

Il devait voir, néanmoins, car il se déplaçait facilement dans la pièce.

— Je voudrais, chère amie, dit-il en français, vous témoigner muettement mon amour, comme vous-même me l'avez témoigné, en un charmant appartement de Mayfair…

En parlant, il s'était approché de Sarah et, sans lui laisser le temps de réagir, il la souleva dans ses bras et la porta sur le lit.

— Quentin ! Que faites-vous ? fit-elle en se débattant. Vous n'y songez pas !

Pour toute réponse, il s'assit sur le lit et la prit sur ses genoux. Il n'aurait servi à rien d'essayer de se libérer. La disproportion entre leurs forces était trop grande. Et puis, elle était si bien dans ses bras, la tête contre sa poitrine — elle percevait d'ailleurs les battements précipités de son cœur… Quentin était ému ; beaucoup plus qu'il ne le laissait paraître.

— Celui qui vous retient captive, belle amie, commença-t-il d'une voix chaude et mélodieuse, avait reçu d'une jeune fille un don très précieux : celui de son amour. Mais il était aveugle et n'avait pas su apprécier la valeur et la beauté de la pierre précieuse qu'elle lui offrait. Et lorsque la jeune fille s'est transformée et épanouie en une jeune femme très séduisante, il n'a pas vu ce changement. Il n'a mesuré que très tardivement qu'il s'était attaché, au fil des ans, à cette jeune femme, et qu'il l'aimait dans le secret de son âme. Peut-être, à cause de son aveuglement et de sa surdité, a-t-il perdu tout droit sur ce cœur pur qui s'offrait à lui. Mais s'il n'est pas trop tard, je vous en prie, douce amie, soulagez sa souffrance ; dites-lui que la jeune fille veut bien lui pardonner…

Il desserra l'étreinte de ses bras, comme pour rendre à Sarah sa liberté ; mais à peine se fut-elle redressée que, ayant brusquement retiré le châle noir derrière lequel il se dissimulait, il prit son visage entre ses mains et s'empara de ses lèvres.

Le baiser de Quentin fut ardent, conquérant. Enivrée par la ferveur de ses lèvres amoureuses et cédant, elle-même, au désir qu'elle refoulait depuis trois semaines, Sarah répondit à ses baisers avec la même passion.

Quentin devint, soudain, très doux, très tendre, comme s'il voulait lui dire qu'elle était l'objet le plus précieux de la terre à ses yeux ; et Sarah, qui s'en rendit compte aussitôt, sentit son cœur se dilater.

« Ma place est dans ses bras », chuchotait une petite voix au fond de son cœur.

Lorsqu'il cessa ce baiser d'une indicible suavité qui les laissa étourdis de désir, elle posa la tête contre sa poitrine et entendit, de nouveau, son cœur battre à toute force, à l'instar du sien.

— Quentin…, murmura-t-elle.

Puis, relevant les yeux, elle reprit, mutine :

— Ce n'est pas juste, Quentin… Vous m'avez prise par surprise… Comment avez-vous osé vous introduire dans ma chambre, au cœur de la nuit ?

— Pourquoi aurais-je manqué d'audace avec celle qui m'a donné rendez-vous à une mascarade et, dissimulée sous un déguisement, m'a conduit dans un nid d'amour où elle m'a rendu fou de plaisir ?

Elle le regardait en souriant et ne répondait rien.

— Après ma crise de jalousie, reprit Quentin, j'avais si peur que vous ne me laissiez plus vous approcher que j'ai opté pour la ruse. Il fallait que je vous voie et que je vous parle, seul à seul.

— Je vous écoute, Quentin, répondit-elle, la gorge serrée.

Car elle craignait — absurdement peut-être, mais l'inquiétude du cœur est longue à apaiser — que ce qu'il avait à dire ne fût pas à la hauteur de qu'elle rêvait d'cntendre. « Fais vite, ajouta-t-elle en son for intérieur, avant que le plaisir d'être sur tes genoux me rende impossible de te refuser quoi que ce soit. »

— Vous reconnaissez que vous êtes Mme de Tamerville ? demanda-t-il en présentant le châle de soie à la jeune femme.

Elle acquiesça d'un signe de tête.

— Pourquoi avoir usé de ce stratagème ?

— J'avais trop besoin d'être dans vos bras et j'ai pensé qu'il n'y avait pas d'autre moyen… Mais ce n'est pas parce que je vous ai donné ma virginité que vous devez m'épouser, Quentin. Personne n'est au courant de cette aventure — à l'exception d'Ailis, qui ne trahira jamais notre secret. Je suis certaine qu'elle n'aura aucune conséquence.

— Oh ! vous vous trompez, ma chère amie, les conséquences sont énormes ! Si une jeune fille hardie et pleine de charmes n'avait pas osé commettre un acte aussi scandaleux, celui qui vous parle, trop content de lui pour distinguer la vérité, aurait persévéré dans son erreur !

Il la prit dans ses bras et poursuivit :

— Le merveilleux don que vous m'avez fait, Sarah, où je vois sans nul doute la marque d'un très grand amour, m'a révélé de la façon la plus extraordinaire qui soit que vous êtes la seule femme au monde qui compte à mes yeux. Je vous aime, Sarah, de toute mon âme et de tout mon cœur.

Elle levait sur lui de grands yeux où brillaient des larmes.

— Quentin…, murmura-t-elle au comble de l'émotion.

— Vous m'aimez aussi, n'est-ce pas ? demanda-t-il en lui effleurant les lèvres d'un baiser.

— Oh ! Oui… je vous aime, répondit-elle, éprouvant, tout à coup, une impression de légèreté merveilleuse. Depuis le premier jour où je vous ai vu. Lorsque vous êtes venu vous présenter à papa. Je vous vois encore approcher de la grille d'entrée, sur votre grand cheval. Vous étiez si beau que j'ai cru voir un dieu descendu de l'Olympe. Il y a, dans la bibliothèque de Sudley, un livre sur la mythologie grecque où Apollon est représenté avec des boucles d'or, autour d'un visage aux traits ciselés. J'ai pensé que c'était lui qui s'approchait de notre maison, mais au lieu d'être derrière son char, il était fièrement assis sur un grand étalon, et il avait troqué sa tunique contre une redingote et des culottes de peau, au travers desquelles je distinguais la splendeur de cuisses musclées…

Il déposa un autre baiser sur les lèvres de Sarah.

— Vous allez me rendre fou de désir, Eléonore, si vous parlez ainsi.

Elle le repoussa, l'air chagriné.

— Vous m'inquiétez, Quentin, dit-elle. Est-ce avec Sarah Sudley que vous voulez passer le reste de vos jours ou avec Mme de Tamerville ?

— Ne sont-ce pas une seule et même femme ? C'est cette alchimie fantastique entre la candeur et la sensualité, la simplicité et l'artifice, la sincérité et le jeu qui me fascine chez vous. Je ne doute pas que vous ayez en vous les admirables qualités que j'ai découvertes chez la sage Sarah au fil des ans, mais ce zeste de folie que m'a offert *l'autre* Sarah, celle qui m'était restée jusque-là inconnue, à l'exception de cet instant trop court hélas sur le balcon de la duchesse d'Avon… est un élément tout aussi essentiel — et ô combien étourdissant ! — de votre personnalité.

— Vous n'aviez pourtant pas eu l'air de beaucoup apprécier ces baisers innocents ?

— Ils m'ont surpris sans doute, tout comme votre superbe robe dorée. Mon Dieu ! Que vous étiez belle, ce soir-là ! Mais l'image de la jeune fille réservée de province était si ancrée en moi que je n'ai pas su, sur le moment, concilier ces deux aspects de votre tempérament… Je me réjouis, à présent, d'avoir vécu une partie de la saison londonienne avec vous, puisqu'elle m'a permis de vous découvrir totalement, c'est-à-dire vraiment.

Il l'embrassa derechef avec une douceur infinie.

— Quelle preuve supplémentaire de mon amour voulez-vous, Sarah ?

Elle le dévisageait de ses grands yeux aux reflets ambrés.

— Que vous me serriez très fort dans vos bras ; que vous manifestiez la même passion qu'à Mayfair…

— Ce ne sera que trop facile de vous contenter, Sarah, mais d'abord promettez-moi d'accepter de m'épouser. Je ne pourrais pas vivre sans vous, Sarah. Vous êtes la lumière de ma vie.

Il présenta sa main, la paume tournée vers le ciel :

— Mettez votre main dans la mienne et répétez après moi : « Je suis à vous, Quentin, pour toute la vie ; je veux être votre femme. »

Elle le regardait comme le premier jour où elle l'avait vu, avec une égale émotion ; et, mettant sa main fine dans la sienne, elle répéta :

— Je suis à vous pour toute la vie, Quentin ; je veux être votre femme.

Il retint un cri de joie et, se dressant sur ses jambes,

souleva Sarah dans ses bras. Il fit quelques pas de valse, puis alla l'étendre sur le lit.

— Mon amour, dit-il dans un souffle en s'agenouillant près d'elle, je crains que vous ne dormiez guère, cette nuit…

ANNE HERRIES

# Une alliance scandaleuse

LES HISTORIQUES

*éditions* Harlequin

*Titre original :* ROSALYN AND THE SCOUNDREL

*Ce roman a déjà été publié dans la collection* ROYALE
*en 2001 sous le titre* UN PRINCE EN EXIL


83/85 boulevard Vincent-Auriol 75646 PARIS CEDEX 13.
Service Lectrices — Tél. : 01 45 82 47 47
**www.harlequin.fr**

# 1

Mais pourquoi diable était-il revenu dans ce pays ? songeait Damian Wrexham pour la centième fois. S'il avait un peu de bon sens, il repartirait aussitôt vers l'Inde, ou peut-être vers une nouvelle vie en Espagne, là où il faisait, chaud.

Cependant, au fond de lui-même, il savait bien ce qui l'avait ramené au bercail : le respect de la parole donnée.

Adossé à un arbre, perdu dans ses pensées, il avisa soudain une tache de couleur dans le verger, un peu plus loin. Il distingua alors un chien bondissant dans sa direction, suivi d'une jeune femme.

Il retint son souffle : on eût dit Diane chasseresse parcourant la campagne de son pas à la fois léger et décidé ! Lui-même, au demeurant, n'avait jamais particulièrement aimé, même au temps de sa jeunesse dissipée, les débutantes minaudières des salons londoniens qui semblaient en permanence marcher sur des œufs ! D'ailleurs, l'une des erreurs à l'origine de son exil avait été son faible pour les femmes plus âgées, des femmes mariées qui trouvaient leur plaisir dans une liaison clandestine avec un homme jeune.

— Se pourrait-il qu'il s'agisse de miss Eastleigh ? se demanda-t-il à voix haute.

Non, il y avait sûrement erreur : on lui avait décrit sa plus proche voisine comme une « vieille fille » ! La demoiselle qui s'approchait devait être plutôt quelque cousine en visite... Damian sentit son intérêt s'éveiller. Lui qui envisageait de faire un saut à Londres pour tromper l'ennui, peut-être trouverait-il une diversion sur place. Mais cette déesse consentirait-elle encore à le fréquenter lorsqu'elle aurait découvert sa réputation sulfureuse ? La société ne manquait pas d'âmes charitables qui s'empresseraient de lui apprendre que Damian Wrexham était un libertin, un roué qu'il convenait de fuir comme la peste si elle tenait à sa réputation. Toutefois, en attendant, il serait amusant de lui faire la cour — oh ! seulement pour badiner, bien sûr !

Quelle magnifique journée ! pensait dans le même temps miss Rosalyn Eastleigh, ragaillardie par l'arrivée tant attendue du printemps après de longues semaines de pluie incessante. Elle sentait avec plaisir la caresse du soleil sur sa tête nue et se grisait de la brise légère qui faisait voler quelques mèches folles échappées de son chignon.

Bien qu'incontestablement attirante, Rosalyn Eastleigh ne correspondait pourtant pas aux canons de beauté en vogue dans la société : elle avait la peau trop mate et des yeux trop hardis. En outre, elle était plus grande que la plupart des hommes de sa connaissance, défaut fâcheux à une époque où les messieurs préféraient invariablement les fragiles créatures qui semblaient perdues sans l'aide d'un bras viril. Mais Rosalyn se souciait peu de son apparence et de l'opinion de ces prétendus gentlemen. A vingt-sept ans, elle était classée dans les « vieilles filles » depuis trop longtemps pour qu'elle se préoccupât encore de trouver un époux.

— Sheba, au pied !

Elle siffla la chienne que son frère Freddie lui avait offerte lors de sa dernière visite éclair : à l'époque, ce n'était qu'une adorable boule de poils, douce et affectueuse. En entendant l'appel de sa maîtresse, Sheba, devenue d'une taille respectable, revint à grands bonds et posa ses pattes boueuses sur la robe de Rosalyn.

— Assise ! s'écria cette dernière en secouant sa jupe. C'est la troisième robe que tu me salis cette semaine ! Je ne sais ce qui me retient de te donner au fermier !

Sheba jappa joyeusement, sachant fort bien que sa maîtresse n'en pensait pas un mot, et repartit à la poursuite d'un chat.

— Sheba ! Reviens ici !

L'animal continua sa course sans lui prêter la moindre attention. Elle avait pris l'habitude de disparaître parfois pendant des heures, mais, jusqu'à présent, avait toujours retrouvé son chemin.

— Vous devriez lui apprendre à vous obéir. Les colleys peuvent devenir impossibles s'ils ne sont pas bien dressés.

Rosalyn sursauta au son de cette voix d'homme. Elle se croyait seule, n'ayant pas aperçu l'inconnu immobile contre un pommier. Ses vêtements et ses bottes de cuir, simples mais d'excellente qualité, révélaient un goût sûr dénué d'affectation.

— Pardonnez-moi, murmura-t-elle, prenant soudain conscience de fixer l'inconnu avec plus d'acuité qu'il n'eût convenu. Puis-je vous aider ? Etes-vous en difficulté ?

Ses voisins ne passaient jamais par le verger pour venir la voir, et se déplaçaient plus rarement encore à pied, comme semblait l'avoir fait l'inconnu. Qui était-il, et que voulait-il ? Elle hésita, se demandant si elle devait rappeler Sheba.

— Je vous ai observée, dit-il, un sourire aux lèvres. Vous ressemblez à la belle Diane, déesse de la Chasse, venue sur terre conquérir des mortels.

— Désolée de vous décevoir, répliqua Rosalyn. Je ne suis que miss Eastleigh, venue dans son verger promener sa chienne. C'est très prosaïque, je sais, mais c'est ainsi !

— Miss Rosalyn Eastleigh ? s'exclama l'inconnu, stupéfait, avant de s'incliner. Je croyais… Veuillez pardonner mon incorrection, miss Eastleigh. Je suis Damian Wrexham, votre nouveau voisin — au moins pour les prochains mois.

— En effet, lady Orford m'avait dit que son mari avait loué Orford Hall, mais je croyais que ce monsieur était de type indien. J'ai dû mal comprendre.

— Absolument pas, répondit Wrexham, une lueur d'amusement dans les yeux. Mon… élève, Jared, est né de père indien et de mère anglaise. Leur idylle, évidemment, a fait scandale mais tous deux ont tenu bon et se sont mariés.

— C'est passionnant, murmura Rosalyn, captivée. Quel courage de braver ainsi les conventions pour suivre son cœur… Je rêve moi aussi d'aventures et j'ai entendu dire que l'Inde était un très beau pays.

— C'est vrai. Exotique, sauvage, dangereux… mais incontestablement magnifique.

Tout en devisant, ils étaient arrivés devant la maison et Rosalyn n'hésita pas à inviter son compagnon à entrer, comme elle l'aurait fait pour tout autre voisin venu lui rendre visite.

Mais il déclina son offre.

— Une autre fois, peut-être, miss Eastleigh. En fait, j'étais venu vous inviter à dîner demain. Jared doit se familiariser avec les coutumes anglaises et il lui serait profitable de converser avec des personnes du cru. Toutefois, nous n'avons pas de chaperon à vous proposer, et vous… pour être franc, je vous croyais plus âgée.

Il avait l'air à la fois si embarrassé et si satisfait qu'elle eut envie de rire.

— Vraiment, monsieur. Et pourquoi donc ?

— Oh ! ne me regardez pas de cet air sévère ! dit-il, faussement penaud. Vous n'imaginez pas tout ce que les gens disent…

— Au contraire, répliqua Rosalyn sans plus retenir son rire. On vous a raconté que j'étais une vieille fille… Oh ! ne protestez pas, monsieur Wrexham, c'est inutile. Je sais ce que l'on dit de moi — et, en l'occurrence, ce n'est pas faux. J'ai vingt-sept ans et des habitudes bien ancrées !

— Me voilà prévenu. Comprenez-vous mon problème, miss Eastleigh ? Il n'y a que des hommes chez nous, à part l'excellente intendante des Orford, bien entendu. Or, croyez-vous qu'une dame puisse décemment venir souper chez nous — fût-elle comme vous d'un âge canonique ? ajouta-t-il plaisamment.

— Seule ? Oh ! sûrement pas, cela nuirait à ma réputation ! Toutefois, ce n'est pas cela qui me retiendrait, mais bien la crainte de choquer la pauvre Maria !

— Maria ? fit-il en levant les sourcils. De grâce, dites-moi qui est cette « pauvre Maria » !

— Miss Maria Bellows, ma cousine, est une dame fort respectable qui vit avec moi depuis la mort de Père voilà trois ans. Elle a alors estimé qu'il était de son devoir de s'occuper de moi et je n'ai pas pu refuser car elle se serait retrouvée sans travail. Par ailleurs, il eût été… inconvenant que je vive seule, ne croyez-vous pas ?

Il sourit finement.

— Allons, à votre grand âge, je ne vois pas où est le problème ! A moins que vous ne voyez sujette à, disons… d'inavouables tentations ?

— Vous êtes impossible, monsieur !

Rosalyn riait de bon cœur. Décidément, ce nouveau voisin lui plaisait beaucoup. S'il était toujours aussi amusant, l'été promettait d'être fort agréable.

— Vous mériteriez que je m'offusque, cher monsieur, mais je vous pardonnerai — à condition que votre invitation s'étende également à Maria.

— Vous viendrez, alors ? dit Damian, l'air sincèrement réjoui. Vous êtes la générosité même, miss Eastleigh. Je suis certain que Jared et vous vous entendrez à merveille.

Il lui adressa un nouveau sourire, si chaleureux qu'elle en eut le souffle coupé.

— Alors, rendez-vous demain à 18 h 30. Nous dînons à 19 heures. C'est un peu tard, mais nous avons pris l'habitude, en Inde, d'attendre la fraîcheur du soir pour dîner. J'espère que cela ne vous dérange pas ?

— Pas du tout. Ce sera avec plaisir.

— Alors, à demain, miss Eastleigh.

Il s'inclina profondément avant de tourner les talons et de repartir par le même chemin. Rosalyn le suivit quelques instants du regard, toute, au plaisir d'avoir bavardé avec un homme aussi séduisant. Quel soulagement de trouver enfin un homme plus grand qu'elle ! Mais, rectifia-t-elle aussitôt, ce n'était pas pour cela seulement qu'il lui avait plu. Une aura de mystère planait autour de lui. A deux reprises, Damian Wrexham avait parlé de son élève, Jared. Or, il n'avait pas vraiment le physique d'un précepteur : avec ses larges épaules, son menton volontaire et son teint hâlé, sa vigueur, on l'eût mieux imaginé soldat, voire... garde du corps. D'autant qu'en Inde, il était courant pour les personnes en vue de bénéficier d'une protection rapprochée. N'avait-elle pas lu récemment un entrefilet dans le journal à propos d'un prince indien qui avait échappé à une tentative d'assassinat ?

En tout cas, une chose était sûre : franc et direct, Damian Wrexham ressemblait bien peu aux gentlemen qu'elle avait l'habitude de côtoyer. On sentait qu'il ne se pliait pas servilement aux conventions et qu'à l'approche de la quarantaine, il avait derrière lui une vie bien pleine. La description qu'il avait donnée de l'Inde, un pays « exotique mais dangereux », eût aussi bien pu lui convenir à lui. Car son charme singulier avait de quoi faire perdre la tête à bien des femmes...

— Ah ! te voilà enfin, ma chérie ! A qui donc parlais-tu à l'instant ? Je ne connais pas ce gentleman.

Arrachée à ses réflexions, Rosalyn tressaillit. La petite dame rondelette, toute de gris vêtue, qui l'accueillait ainsi n'était autre que Maria. La jeune fille soupira : Maria avait un cœur en or, mais son bavardage incessant et son irrépressible curiosité pouvaient parfois être lassants !

— C'est notre nouveau voisin, M. Damian Wrexham,

qui a loué Orford Hall. D'après ce que j'ai compris, il est le précepteur d'un jeune Indien. Nous sommes invitées à souper chez eux demain.

— Souper ? s'exclama Maria, affolée. Mais, Rosalyn, ma chérie, crois-tu qu'il soit bien raisonnable de… ?

— Maria ! Ne sois donc pas si guindée ! Ces gens sont certainement tout à fait respectables, sans quoi lord Orford ne leur aurait pas loué sa maison. Tu verras que nous passerons une excellente soirée. D'ailleurs, j'ai promis à lady Orford de présenter ses locataires à tous nos voisins.

— Tu as raison, comme toujours, concéda Maria, résignée. Je ne suis qu'une sotte ! Parfois, je me demande comment tu me supportes.

— Je sais que tu agis toujours pour mon bien, répondit Rosalyn en déposant un baiser affectueux sur sa joue.

Il était tard, plus de 23 heures, lorsque Rosalyn referma son livre en étouffant un bâillement. Maria était montée se coucher depuis longtemps, mais la jeune fille avait voulu terminer son roman, dont la fin s'était révélée décevante car trop prévisible. Et en cet instant, comme souvent le soir à la même heure, Rosalyn ressentait sa solitude — sans pour autant regretter d'avoir choisi d'habiter la campagne. Elle aurait pu bien sûr aller vivre avec sa tante Susan à Bath, ou avec son frère Freddie à Londres, mais elle tenait trop à son indépendance pour se laisser enfermer dans un cercle mondain. A Lyston House, elle jouissait d'une pleine liberté de mouvement où pouvait s'épanouir son esprit imaginatif et rebelle, comme l'avait toujours souhaité son père. Du vivant de sir Robert Eastleigh, elle ne s'était jamais ennuyée, partageant une complicité de chaque instant avec cet homme extraordinaire. Trois ans après sa mort, il lui manquait encore.

Elle se leva et alla jusqu'à la fenêtre, laissant son regard errer sur le jardin baigné par le clair de lune argenté. Quelque chose en Damian Wrexham — son franc-parler, peut-être ? — lui rappelait son père. Elle-même, d'ailleurs, avait hérité de lui ce trait de caractère qui, pour une femme, était plutôt un défaut qu'une qualité !

Sa rêverie fut brutalement interrompue lorsqu'elle aperçut une ombre dans les buissons. Un homme qui rôdait là ! Certainement pas un domestique, à cette heure tardive... Soudain, elle entendit un aboiement familier et vit Sheba sortir des buissons, suivie d'un homme de petite taille. La lune, qui éclairait la scène comme en plein jour, lui permit de voir qu'il s'agissait en fait d'un jeune garçon coiffé d'un turban. C'était donc l'élève de Damian Wrexham à qui Sheba faisait fête en lui léchant le visage avec enthousiasme ! Rassurée, Rosalyn se demanda toutefois ce que faisait l'enfant dehors à cette heure tardive... Wrexham était-il au courant ?

Au moment où elle s'apprêtait à ouvrir la fenêtre, une autre silhouette surgit et bondit sur le garçon, qui s'écarta avec un cri. Rosalyn sortit sur la terrasse à l'instant précis où Sheba se jetait sur l'intrus, prête à défendre son nouvel ami. L'homme, mordu au bras, laissa échapper une exclamation de douleur et recula de quelques pas. Apercevant à ce moment la jeune fille, il adressa à Jared quelques mots dans une langue étrangère avant de faire demi-tour, visiblement contrarié.

— Il ne reviendra pas, dit alors le jeune garçon. Le chien et vous m'avez rendu un grand service, *mem-sahib.*

Sheba grondait toujours d'un air menaçant, elle qui n'avait jamais attaqué personne.

— Qui était cet homme ? s'enquit Rosalyn, déconcertée. Et pourquoi aviez-vous peur de lui ?

— Je n'ai peur de personne, répliqua le garçon fièrement. J'étais simplement mécontent qu'il m'ait suivi.

— Je vois... Du calme, Sheba, tu vas réveiller la maison !

— C'est votre chienne ? Elle a suivi *sahib* Wrexham ce

matin. Il a dit qu'elle appartenait à miss Eastleigh, notre voisine, et l'a renvoyée. Mais elle est revenue, et comme je n'arrivais pas à dormir, je l'ai suivie, pour m'assurer qu'elle retrouvait bien son chemin.

L'adolescent parlait parfaitement anglais, avec un accent légèrement chantant.

— Je suppose que vous êtes Jared ? dit Rosalyn. M. Wrexham m'a parlé de vous.

— Oui, *mem-sahib*, confirma le garçon avec hésitation. Je m'appelle Jared et *sahib* Wrexham est mon tuteur.

— Quel âge avez-vous ?

— Quatorze ans et trois mois, *mem-sahib*.

Il était plus âgé qu'il ne le paraissait et possédait indéniablement un sens très aigu de la dignité. Pour ce qui était de ses manières, songea Rosalyn, personne, même dans la meilleure société, ne pourrait y trouver à redire. Mais si son père avait voulu l'envoyer poursuivre sa scolarité dans une école privée en Angleterre, pourquoi Wrexham et lui avaient-ils choisi de s'installer dans une demeure isolée en pleine campagne ?

— M. Wrexham sait-il que vous vous promenez ainsi dans la campagne à cette heure, Jared ?

— Non, *mem-sahib*, répondit l'enfant, visiblement mal à l'aise. Vous ne lui direz pas, n'est-ce pas ? Il serait fâché contre moi.

— Il serait surtout inquiet, à juste titre ! Mais rassurez-vous, je ne dirai rien — à condition que vous me révéliez qui était cet homme.

— Rajib n'oserait jamais me faire du mal, répondit Jared d'un air dédaigneux. Mon père le punirait s'il essayait. Parfois, c'est vrai, il me regarde étrangement, comme s'il me haïssait… Je sais qu'il a toujours détesté ma mère, alors, je ne l'aime pas mais je n'ai pas peur de lui.

— Pourquoi n'en parlez-vous pas à M. Wrexham ? Il pourrait renvoyer Rajib.

— Rajib est mon serviteur, répliqua Jared avec hauteur. Je peux le renvoyer moi-même si je le veux, mais Nessa n'aurait plus personne pour l'aider.

— Nessa ?

— C'est ma vieille *ayah*. Elle a pris soin de ma mère jusqu'à sa mort, l'année dernière, expliqua Jared, tandis que des larmes perlaient à ses yeux. Tout a changé depuis : je suis de trop désormais dans la maison de mon père.

— Voyons, pourquoi votre père ne voudrait-il plus de vous ? questionna doucement Rosalyn, émue par la détresse qui perçait dans la voix de son jeune interlocuteur.

L'expression de ce dernier changea, comme si un paravent invisible s'était soudain élevé entre eux.

— Je n'ai pas le droit d'en parler. Il faut que je rentre.

— Prenez Sheba avec vous, alors, en la tenant par son collier. Ainsi, vous ne vous perdrez pas, car elle connaît bien le chemin. Une fois chez vous, il suffira de la lâcher, elle saura revenir.

— Vous êtes très gentille, *mem-sahib*, dit Jared, redevenu souriant. Je suis content que mon précepteur vous ait invitée à venir chez nous. D'accord, je prends Sheba, mais uniquement parce que je ne suis pas sûr, du chemin.

— Bien entendu !

Damian avait assisté à la scène de loin, caché dans les fourrés, sans pouvoir entendre les mots échangés. Cette rencontre imprévue le contrariait énormément. Il ne lui restait plus qu'à espérer que Jared n'ait rien révélé qui puisse éveiller les soupçons de miss Eastleigh. C'était une femme intelligente et peu ordinaire, mais elle ne devait absolument pas intervenir, sous peine de rainer ses plans et de les mettre tous en danger.

Le lendemain matin, Rosalyn bâillait sur son raccommodage lorsque Maria entra dans le salon. Elle avait passé une nuit agitée, rêvant d'hommes menaçants embusqués dans les buissons, et de M. Wrexham.

— Deux lettres sont arrivées pour toi, ma chérie, annonça-t-elle. Une de Freddie et une de Mme Buckley.

— Tante Susan ? s'étonna Rosalyn. Elle m'avait déjà écrit la semaine dernière. Je me demande… Oh ! pauvre enfant !

— Que se passe-t-il ?

— La fille de Celia, ma cousine, a attrapé la scarlatine, répondit Rosalyn en parcourant rapidement la missive. Elle est guérie maintenant, mais le médecin lui prescrit un repos complet pendant plusieurs semaines. Ma tante demande si nous pourrions la prendre ici quelque temps. Tu voudrais bien, Maria ?

— Comment peux-tu en douter ? Réponds-lui tout de suite que nous serons ravies d'avoir cette petite. Tu sais que j'adore les enfants, même si je ne connais pas ceux de ta cousine Celia.

— La dernière fois que j'ai vu Sarah Jane, c'était une vraie peste. Tous les enfants de Celia sont excessivement exubérants. Elle ne leur impose aucune discipline et c'est l'une des raisons pour lesquelles je n'ai pas voulu aller vivre avec tante Susan : Celia et ses garnements s'y rendent trop souvent ! Le séjour de Sarah Jane chez nous ne sera pas une sinécure mais tant pis, nous devrons nous préparer à subir cette épreuve avec philosophie !

— Rosalyn, ma chérie ! s'offusqua Maria, qui n'avait jamais pu s'habituer à la franchise de sa cousine.

— Je vais aller me promener un peu, j'ai mal à la tête, déclara placidement Rosalyn.

— Très bonne idée. Je m'occuperai du raccommodage pendant ce temps.

Rosalyn glissa la lettre de son frère dans sa poche et sortit par la porte arrière, un châle sur les épaules. Elle avait à peine fait quelques pas qu'elle manqua être renversée par Sheba.

— Sheba ! Au pied ! Pardonnez-moi, miss Eastleigh, elle

a tiré sur sa laisse en vous voyant et, comme un sot, je l'ai lâchée. Etes-vous blessée ?

En reconnaissant son nouveau voisin, Rosalyn se sentit aussitôt de meilleure humeur, sans trop savoir pourquoi.

— Non, non, j'ai l'habitude, vous savez, ce n'est pas votre faute. Sheba, vilaine ! Assise !

La chienne, qui avait continué à bondir joyeusement autour de sa maîtresse, s'assit aussitôt en remuant la queue.

— Juste ciel, elle m'a obéi ! s'exclama Rosalyn, ravie. Est-ce vous qui lui avez appris cela, monsieur Wrexham ?

— Hélas, non ! Le mérite reviendrait plutôt à Jared. Je les ai trouvés tous deux dormant à poings fermés sur le tapis, ce matin. Jared n'aime pas les lits européens... Il m'a raconté votre rencontre hier soir. Je vous remercie de l'avoir fait raccompagner par Sheba.

— Qui est vraiment ce jeune homme, monsieur Wrexham ? s'enquit Rosalyn avec curiosité. J'ai eu l'impression hier que vous ne m'aviez pas tout dit à son sujet.

— C'est pourquoi je suis venu vous donner quelques explications, afin de vous rassurer. Rajib a pour tâche de surveiller Jared, ce qui a le don d'irriter mon élève au plus haut point.

— Je l'avais bien compris... Je vous inviterais volontiers à entrer, mais je viens moi-même de m'échapper pour respirer un peu d'air frais. Nous pourrons parler plus tranquillement en faisant quelques pas. A l'intérieur, ma cousine se joindrait à nous, et nous n'aurions plus une minute de tranquillité.

— Pauvre Diane ! dit Damian, gentiment moqueur. La captivité ne vous réussit pas, miss Eastleigh. Vous êtes née pour être libre. Les tracas domestiques doivent parfois vous insupporter, n'est-ce pas ?

Avait-il lu dans son esprit ? se demanda Rosalyn, étonnée par la justesse de l'observation.

Elle lui lança un regard qui se voulait, sévère, mais qui ne résista pas longtemps au rire franc de Damian.

— Parlez-moi plutôt de Jared, monsieur Wrexham, ce jeune homme si singulier. J'imagine que son père est un homme riche, et sans doute un personnage important ?

— Quelle perspicacité, miss Eastleigh ! Pour des raisons que je suis obligé de taire, le père de Jared a estimé qu'il serait plus sûr pour son fils de passer quelques mois en Angleterre. Comme nous sommes amis depuis longtemps, il m'a demandé de le ramener avec moi. J'avais justement des affaires personnelles à régler ici, ce qui m'a permis de soustraire Jared à un environnement… hostile.

— Il m'a dit qu'il était de trop chez son père.

— Vraiment ? A-t-il dit pourquoi ?

— Seulement que tout avait changé depuis la mort de sa mère.

— C'est malheureusement vrai, reconnut Damian. Ahmed, son père, s'est remarié avec une superbe créature bien plus jeune que lui. Il y a eu quelques problèmes de jalousie, des deux côtés. Et comme Ahmed avait toujours promis à sa première femme que Jared étudierait dans un collège anglais… C'était le moment ou jamais.

Rosalyn regarda son interlocuteur bien en face. Il n'avait certainement aucune raison de mentir. Alors, pourquoi ne pouvait-elle se défendre de l'impression qu'il lui cachait quelque chose ? Peut-être ne lui faisait-il pas entièrement confiance… Son impression initiale d'avoir affaire à un homme à qui les épreuves n'avaient pas été épargnées se confirmait. Damian Wrexham était un homme au lourd passé, et il eût été intéressant de découvrir ses secrets…

— N'allez pas imaginer Dieu, sait quoi, insista Damian, comme s'il avait deviné ses pensées. Jared souffre encore de la disparition de sa mère et je crois que votre compagnie lui ferait, du bien : vous ressemblez à Anna, par certains côtés.

— Je serais heureuse de pouvoir l'aider, même si je ne vois pas très bien comment…

— Soyez vous-même, tout simplement.

En disant ces mots, il avait fait un pas vers la jeune fille qui continuait à le fixer. Dans un élan, il se pencha pour baiser furtivement ses lèvres.

Trouble, surprise, choc : Rosalyn se raidit face à cet assaut et recula d'un bond.

— Pardonnez-moi, s'excusa-t-il aussitôt, contrit. Je n'ai pas pu résister, mais j'ai eu tort.

Rosalyn sentait ses joues la brûler et son cœur battre à grands coups dans sa poitrine. Que lui arrivait-il donc ? Elle aurait pu, *dû*, être furieuse — mais ce n'était pas le cas.

— Vous êtes... audacieux, monsieur, déclara-t-elle posément. La prochaine fois, prévenez-moi : un baiser anticipé est d'autant plus savoureux !

Wrexham la considéra, incrédule, avant de partir de ce rire joyeux que Rosalyn aimait tant.

— Ailleurs, mon impertinence m'aurait valu une bonne gifle, assura-t-il. Je savais que vous n'étiez pas une femme comme les autres, miss Eastleigh. Vous ressemblez encore plus à Anna que je ne le croyais.

C'était manifestement un compliment. Rosalyn sentit croître sa curiosité à l'égard de cette femme qui avait eu le courage d'épouser un Indien et d'affronter les préjugés de son milieu.

— Comment était-elle ?

— La mère de Jared ? Très belle... et très déterminée. Elle n'élevait jamais la voix, mais obtenait tout ce qu'elle voulait. Son mari l'adorait. C'est d'ailleurs la raison de son remariage précipité : il ne supportait pas la solitude. Dans leur couple, c'était Anna la plus forte.

— Alors, je crains de ne pas lui ressembler tant que cela, dit-elle en souriant, car je n'arrive pas toujours à contrôler mes mouvements d'humeur.

— J'en prends note. Et maintenant, miss Eastleigh, je dois vous quitter... A ce soir.

— A ce soir…

Rosalyn le suivit du regard, pensive. Quelle forte personnalité avait cet homme ! Son charme indéniable, cependant, ne suffisait pas à annihiler l'aura de mystère, voire de danger, qui l'entourait. Etait-il bien prudent, dans ces conditions, de le fréquenter plus avant ? Rien n'était moins sûr…

# 2

Rosalyn ne se souvint de la lettre de son frère qu'au moment où elle se changea pour aller souper chez Wrexham. Elle lut rapidement l'étonnante nouvelle : Freddie annonçait son arrivée la semaine prochaine pour plusieurs jours, et surtout, il amenait deux invitées ! Or, les rares apparitions de sir Frederick Eastleigh dans le Cambridgeshire étaient toujours impromptues et très brèves. Qu'il ait pris la peine d'écrire sortait donc vraiment de l'ordinaire !

Y aurait-il du mariage dans l'air ? Ce fut la première chose à laquelle Rosalyn pensa, mais elle garda ses soupçons pour elle lorsqu'elle rejoignit Maria dans le hall, se contentant de la prévenir de l'arrivée imminente de Freddie et de ses amies. Pendant le trajet jusqu'à Orford Hall, elle resta perdue dans ses pensées et ses souvenirs. A la mort de leur père, son frère, âgé alors de vingt et un ans, était devenu l'un des dandys les plus en vue de la capitale, s'adonnant à tous les plaisirs que pouvait lui offrir sa considérable fortune. Comme elle le savait fondamentalement raisonnable, Rosalyn ne s'était toutefois jamais vraiment inquiétée. Mais aujourd'hui, elle ne pouvait s'empêcher de ressentir un petit pincement au cœur : Freddie avait-il vraiment l'intention de convoler si jeune ? Elle ne voyait pas pourquoi, dans le cas contraire, il eût amené avec lui Mme Jenkins et miss Béatrice Holland…

Arrivées à destination, elles furent accueillies à Orford

Hall par Mme Browne, la fidèle gouvernante, qui les débarrassa de leur châle.

— M. Wrexham et le jeune Jared vous attendent, miss Eastleigh, ainsi que le pasteur.

— Ce cher M. Waller est là aussi ? s'exclama Maria, qui avait un faible pour le révérend.

Laissant sa cousine bavarder avec la gouvernante, Rosalyn se dirigea vers le salon. Elle fréquentait cette maison depuis longtemps et s'y sentait presque chez elle. Arrivée au seuil de la pièce, elle s'arrêta un instant pour se pénétrer de l'atmosphère accueillante de ce lieu plus confortable qu'élégant, où brûlait un beau feu de cheminée.

Damian Wrexham et son invité interrompirent leur conversation en la voyant et se levèrent pour l'accueillir.

— Bonsoir, miss Eastleigh, dit le pasteur. Quel plaisir de vous voir ici, ma chère ! Voilà plusieurs jours que je songeais à vous rendre visite.

— Je sais que vous êtes très occupé, révérend, répondit Rosalyn avec un sourire affectueux.

Le pasteur s'était montré un ami fidèle et un grand soutien pendant la maladie de son père.

— Miss Eastleigh..., dit Damian en portant à ses lèvres la main qu'elle lui tendait. Soyez la bienvenue dans notre logis provisoire. Jared, venez, je vous prie, saluer notre invitée.

Rosalyn admira l'élégance de son hôte, à laquelle même Freddie n'aurait rien trouvé à redire, puis se tourna en souriant vers le jeune garçon. Ce dernier avait revêtu un frac noir à l'anglaise, dont le classicisme contrastait d'amusante façon avec son superbe turban doré.

— Soyez la bienvenue, *mem-sahib*, dit-il poliment.

— Merci.

Maria entra à ce moment et les présentations furent faites, après quoi l'adolescent se retira dans un coin, une lueur si triste dans les yeux que Rosalyn ne put s'empêcher d'en parler à son précepteur.

— Jared n'a pas l'air heureux, ce soir. S'est-il passé quelque chose ?

— J'ai été obligé de restreindre sa liberté, répondit Damian en fronçant les sourcils. Et il n'aime pas se retrouver prisonnier chez lui.

— Prisonnier ? Que voulez-vous dire ?

— Le mot est sans doute mal choisi. N'allez pas croire que Jared est mal traité, ici, miss Eastleigh. Mais les circonstances nous obligent parfois à agir d'une certaine façon, et nous ne sommes pas toujours maîtres de notre destin.

Pourquoi parlait-il de son élève comme d'un prisonnier ? Y avait-il un danger qu'il n'osait révéler ? Quoique brûlant de curiosité, Rosalyn renonça pour l'instant à répondre à ces épineuses questions.

— Vous avez sans doute raison. Mais vous veillez à ce qu'il prenne le bon air de la campagne régulièrement, j'espère ?

— Naturellement. Hélas ! Jared n'aime guère être accompagné, si ce n'est de votre chienne, qui a passé la journée ici.

— Je me demandais où elle était passée ! On dirait que Sheba a adopté votre élève. En tout cas, je suis sûre qu'elle le protégera en cas de besoin. Elle peut rester ici aussi longtemps que Jared le voudra. D'ailleurs, vous avez pu constater qu'elle ne m'écoute absolument pas : elle n'en fait qu'à sa tête !

— Comme sa maîtresse, peut-être ? demanda Damian malicieusement.

— Bien vu !

En entendant le rire joyeux de Rosalyn, Maria et le pasteur tournèrent la tête, étonnés. La jeune fille avait beau être toujours bien disposée, elle riait rarement aussi franchement.

Rosalyn rougit, consciente de leur curiosité et du regard insistant de Damian.

— Excusez-moi, je vais parler un instant avec Jared.

Elle se dirigea vers le garçon dont le visage, d'abord fermé, se détendit peu à peu.

— Sheba est dans ma chambre, lui confia-t-il à voix basse. Je lui ai donné à manger avant de descendre.

— Je suis sûre que vous saurez bien vous occuper d'elle. Je disais justement à M. Wrexham qu'elle pouvait rester ici si vous le vouliez.

Jared hocha vigoureusement la tête.

— Vous êtes généreuse, *mem-sahib.*

— Je pense que nous pouvons devenir de bons amis, non ? M. Wrexham et vous serez toujours les bienvenus chez moi.

— Aimeriez-vous faire du cheval avec nous demain ?

Surprise, Rosalyn se tourna vers Damian qui s'approchait, une coupe en cristal à la main.

— J'espère que vous aimez le champagne ? Il y a aussi du sherry, si vous préférez… A propos de chevaux, les nôtres sont arrivés cet après-midi. Jared est un excellent cavalier et une bonne promenade à cheval nous fera le plus grand bien. Qu'en pensez-vous, miss Eastleigh, vous qui recommandiez de profiter du bon air ?

— Je pense que c'est une excellente idée. J'ai l'habitude de chevaucher tôt le matin, avant le petit déjeuner.

Rendez-vous fut pris pour le lendemain, puis Mme Browne vint annoncer que le dîner était servi.

Assise entre Jared et le pasteur, Rosalyn put observer à son aise Damian qui avait entrepris d'amadouer Maria. Le projet était ambitieux, mais petit à petit, la brave femme se laissa conquérir et, à la fin du dîner, elle lui avait promis de le présenter à tous leurs voisins dimanche prochain après la messe.

— Et nous allons bientôt avoir de la visite, poursuivait-elle. Sarah Jane doit avoir l'âge de Jared, ils pourront s'amuser ensemble. Il faut absolument que vous veniez prendre le thé un jour, avec ce cher garçon. N'est-ce pas, Rosalyn ?

— Oui, bien sûr.

La jeune fille se demandait pourquoi Wrexham s'était donné tant de mal pour s'attirer les bonnes grâces de Maria. Ce ne pouvait être par bonté d'âme uniquement, le diable d'homme devait avoir quelque motif caché.

L'horloge sonnait dix coups lorsque les convives prirent congé. Jared, qui avait été autorisé à se coucher plus tard pour l'occasion, prenait congé de Rosalyn lorsqu'une dame âgée, aux yeux noirs et à la chevelure grisonnante, surgit de l'office et l'appela d'un ton pressant.

— Venez vite, monseigneur Jared, dit-elle en anglais. Il est temps d'aller vous coucher.

— Bonsoir, *mem-sahib*, dit Jared en s'inclinant. Nessa m'appelle.

— A demain, Jared.

Rosalyn regarda l'enfant courir vers son *ayah* qui l'accueillit avec tendresse. La lueur hostile qu'elle avait cru discerner dans les yeux de la vieille femme lorsque celle-ci l'avait fixée n'était donc finalement que l'expression d'une jalousie possessive. Mais pourquoi l'avait-elle appelé « monseigneur » ? Le jeune Indien serait-il issu d'une caste plus prestigieuse encore qu'elle ne l'avait imaginé ? Décidément, le mystère ne faisait que s'épaissir autour des nouveaux venus !

— A demain, miss Eastleigh. Je me réjouis de galoper avec vous.

Rosalyn offrit sa main à Damian, qui l'effleura des lèvres, sans pour autant la quitter des yeux.

— Merci pour cette excellente soirée, murmura-t-elle, troublée.

— Quel homme charmant, ce M. Wrexham ! s'extasia Maria tandis que leur voiture ramenait les deux femmes à Lyston House. J'avoue que j'avais quelque appréhension à aller dîner chez un célibataire, mais puisque le pasteur était là, les convenances sont sauves. Et puis M. Wrexham a des manières exquises. Il faut absolument que nous leur rendions l'invitation la semaine prochaine, Rosalyn.

Cette dernière laissa sa cousine babiller, se contentant de murmurer « oui » ou « non ». Etait-il prudent de continuer à fréquenter Damian Wrexham, même si elle en avait grande envie ? Elle en était de moins en moins certaine, mais ne parvenait cependant pas à se résoudre à le tenir à distance : voilà si longtemps que quelqu'un d'aussi intéressant n'était pas entré dans son petit monde !

Damian, de son côté, faisait pendant ce temps sa promenade nocturne habituelle avant d'aller se coucher. L'apparition de Nessa avant le départ des invités l'avait contrarié. La domestique n'avait-elle pas enfreint ses directives ? Certes, il la savait dévouée corps et âme à ce garçon qu'elle avait élevé depuis sa naissance, mais si elle n'obéissait pas et persistait à l'appeler « monseigneur » en public, de graves ennuis étaient à prévoir. Ne feraient-ils pas mieux de trouver une autre maison, plus près de Londres, afin de fuir les questions qu'il avait lues dans les yeux expressifs de Rosalyn ?

Damian soupira, maudissant une nouvelle fois le serment qui l'avait forcé à revenir dans ce pays. S'il n'avait tenu qu'à lui, il serait resté en Inde, où il avait refait sa vie. S'il n'avait pas été tant attaché à son passé… S'il n'avait pas promis au père de Jared de prendre soin de son fils… Si… Encore et toujours des « si »…

Il aperçut soudain l'adolescent qui flânait dans la pénombre en compagnie de Sheba. Fronçant les sourcils, il se dirigea vers eux. Jared avait encore désobéi ! Lui, Damian, ne pensait pas que la vie de l'enfant puisse être en danger ici en Angleterre, et encore moins en compagnie de la chienne, mais il ne voulait prendre aucun risque. Voilà pourquoi il surveillait très étroitement Jared, quitte à passer aux yeux de Rosalyn pour un affreux cerbère ! Un sourire lui vint aux lèvres à l'évocation de la jeune femme. Cette dernière ne correspondait vraiment pas au portrait de la « vieille fille » qu'on lui avait dressé ! Pourvu qu'elle ne le croie pas capable de maltraiter Jared…

Mais après tout, que lui importait l'opinion d'une femme qui ne signifiait rien pour lui ? se gourmanda-t-il aussitôt. Il avait bien assez de soucis comme cela sans y ajouter une relation sentimentale ! Et pourtant, cette femme hors du commun le fascinait. En d'autres circonstances, il aurait essayé de séduire cette Diane rebelle, si réfractaire aux codes rigides que la société imposait aux femmes.

En l'entendant s'approcher, Sheba bondit pour lui faire fête, suivie à contrecœur par Jared. Damian scruta le visage boudeur de l'adolescent et réprima un soupir : la tâche s'annonçait plus lourde que prévu ! Néanmoins, il était déterminé à tenir sa promesse.

— Ne vous avais-je pas dit de ne pas quitter la maison sans moi ?

— Oui, *sahib*, murmura Jared, les yeux baissés. Mais je jouais juste dans le jardin, avec Sheba.

— Je ne tiens pas à vous enfermer, Jared, cependant, si vous m'y forcez, je le ferai.

— Oui, *sahib*, répéta l'enfant. Vous n'allez pas renvoyer Sheba ?

— Pas si vous m'obéissez. Vous savez pourquoi vous devez suivre mes instructions.

— Oui, je sais.

Pendant un instant, son visage trahit la colère et la crainte avant de redevenir impénétrable.

« La situation serait la même en d'autres lieux », songea Damian en regardant l'enfant s'éloigner vers la maison, Sheba sur ses talons. Partout, une prison restait une prison… Il ne lui restait qu'à prier pour que miss Eastleigh aie la discrétion de garder ses soupçons pour ellc.

*
* *

Le lendemain, Rosalyn sentit son cœur battre plus vite en voyant s'approcher le précepteur et son élève, aussi à l'aise l'un que l'autre sur leurs magnifiques pur-sang arabes.

— Bonjour, miss Eastleigh, dit Damian en s'arrêtant à côté d'elle. Je suis ravi que vous ayez pu venir.

— Je n'y aurais renoncé pour rien au monde. En outre, je voulais inviter Jared à venir prendre le thé à la maison cet après-midi. Cela vous tente-t-il, Jared ?

— Béaucoup, *mem-sahib.*

— Alors, c'est entendu... Si nous allions vers la rivière ? proposa-t-elle avec un sourire à Damian. C'est la limite entre la propriété de lord Orford et celle de nos autres voisins, les Sheldon. Avez-vous déjà fait la connaissance de sir Matthew ?

— Nous n'avons pas encore eu ce plaisir.

— Il faut que vous veniez à la messe dimanche matin. Le pasteur et moi-même nous ferons une joie de vous présenter à tout le monde.

Ils se mirent en route, Jared galopant devant eux ; le garçon semblait être un cavalier accompli, aussi Rosalyn fut-elle étonnée lorsque Damian lui cria de ne pas aller trop vite.

— Ne craignez-vous pas que Jared se rebelle encore plus si vous le surveillez trop étroitement ? demanda-t-elle.

— Je suis responsable de lui, répondit fermement Damian. Pouvons-nous galoper un peu afin que je ne le perde pas de vue ?

Elle accepta et ils partirent à bonne allure, gardant le rythme pendant près d'une heure, après quoi Damian insista pour escorter la jeune fille chez elle. Une fois devant les écuries, il l'aida à descendre et la tint par la taille plus longtemps que nécessaire. Rosalyn trouva la sensation si agréable qu'elle se laissa faire — jusqu'au moment où elle s'avisa qu'il la couvait d'un regard étrange. Elle se raidit alors, et il la lâcha, saisissant aussitôt les rênes de son cheval pour se donner une contenance.

— Jared sera là à 15 heures, déclara-t-il très vite. Rajib l'accompagnera mais n'entrera pas.

— Et vous ? s'enquit Rosalyn. Je n'ai peut-être pas été claire : l'invitation vous concernait aussi, bien sûr.

— Merci infiniment, miss Eastleigh. Ce serait avec plaisir mais j'ai des affaires à régler. Vous voudrez bien m'excuser pour cette fois.

— Très bien. Alors, à tout à l'heure, Jared.

— Je viendrai avec Sheba, promit le jeune garçon. Comme cela, Rajib n'aura pas à m'accompagner.

— Partons, maintenant, dit Damian. Merci encore pour votre compagnie, miss Eastleigh.

Rosalyn les suivit du regard, déçue malgré elle de la défection de Damian. Elle avait décidé, au cours d'une nuit agitée, de ne pas cesser tout contact avec ses nouveaux voisins, même si certains de leurs comportements lui semblaient singuliers. Comme les hirondelles, M. Wrexham était venu passer quelques mois dans la région, puis il repartirait à la fin de l'été. En conséquence, les relations avec lui ne pourraient jamais être que superficielles et il n'y avait donc pas lieu de s'inquiéter.

En entrant dans sa maison, Rosalyn entendit des voix dans le salon. Grand Dieu ! Etait-ce tante Susan ? Elle n'avait tout de même pas déjà reçu la lettre où elle l'invitait à amener Sarah Jane ? Et pourtant…

— Quel plaisir de te voir, ma tante ! s'exclama Rosalyn en l'embrassant affectueusement. Je t'ai écrit hier, mais je ne t'attendais pas avant plusieurs jours !

— Désolée de t'envahir ainsi, dit Susan Buckley d'un air contrit. J'étais sûre que tu serais d'accord, c'est pourquoi je n'ai pas attendu ta réponse. Tommy a attrapé la rougeole, et Celia ne craignait qu'une chose : que Sarah Jane l'attrape aussi, après la scarlatine !

— Tu as bien fait, tante Susan. Où est-elle ?

— Elle se repose dans sa chambre, car elle se plaignait d'avoir mal à la tête ; elle si pleine de vie d'habitude...

— La pauvre petite, dit Maria avec sympathie. Ne vous inquiétez pas, Rosalyn et moi serons aux petits soins pour elle.

— Bien sûr, confirma Rosalyn, sans laisser paraître ses craintes d'avoir à traiter avec une enfant gâtée et difficile. Jusqu'à quand comptes-tu rester, tante Susan ?

— Je dois repartir dès demain car Celia, qui est de nouveau enceinte, ne peut s'occuper de Tommy par crainte de la contagion. Mais assez parlé de moi ! Maria m'a dit que vous avez de nouveaux voisins, dont un jeune Indien ? C'est passionnant !

— En effet, confirma Rosalyn, constatant une nouvelle fois avec amusement que Maria n'avait pas perdu de temps. Il est dommage que tu ne puisses pas rester et faire leur connaissance. Jared viendra prendre le thé cet après-midi, mais sans M. Wrexham qui est retenu ailleurs.

— Wrexham..., répéta Susan Buckley en fronçant les sourcils. Où ai-je déjà entendu ce nom ? Y a-t-il un rapport avec les Wrexham d'Oxfordshire ? Figure-toi que j'ai failli épouser sir Robert Wrexham, un cousin du comte de Marlowe, mais ce dernier a estimé, dans son orgueil, que je n'étais ni assez riche ni assez noble pour sa famille ! Et comme ses jugements avaient force de loi... Lorsque l'aîné de ses petits-fils a été exilé, cela m'a semblé un juste retour des choses. Voyons, comment s'appelait-il déjà ?

— Pourquoi a-t-il été exilé ? demanda Rosalyn, saisie d'une vague appréhension.

— Je ne l'ai jamais vraiment su, car j'étais déjà mariée et mère de famille lorsque cela s'est produit. Mais c'était une vilaine histoire. Le garçon devait avoir dix-sept ou dix-huit ans. Quel âge a ton M. Wrexham ?

— Trente-sept ans, environ.

— A-t-il vécu dans quelque lointain pays ?

— En Inde. Mais je doute qu'il s'agisse du même homme.

— Quel est son prénom ? Est-ce « Damon », ou quelque chose de ressemblant ?

— Damian.

— Voilà ! Damian Wrexham ! Le scandale concernait une femme, bien entendu, mais je ne me souviens pas des détails, assez compliqués. Je me demande même si quelqu'un n'a pas été tué. En tout cas, son père l'a déshérité et chassé, en lui interdisant de revenir en Angleterre de son vivant. Pauvre lord Edward, il est mort peu après dans un accident de chasse. Remarque, je ne l'ai jamais beaucoup aimé, il était abrupt et glacial, comme le comte de Marlowe. Lord Jacob, son frère, était quant à lui beaucoup plus gentil. Et son cousin sir Robert aussi, bien entendu.

Rosalyn frissonna. Quel crime avait donc commis M. Wrexham pour que son père le déshérite ? Elle fit un effort pour garder une voix calme.

— Es-tu toujours en contact avec, cette famille ?

— Sir Robert est décédé il y a quelques années. Quant à lord Jacob, je ne l'ai pas vu depuis longtemps mais sa femme vient prendre les eaux à Bath une ou deux fois par an. Veux-tu que je lui demande des nouvelles de son neveu Damian ?

— Oh non ! s'écria Rosalyn, consciente d'avoir rougi. Ce serait gênant s'il apprenait que… non, cela ne me regarde pas. C'est de l'histoire ancienne. Si cet homme est revenu en Angleterre, c'est que le scandale est oublié.

Soudain, Rosalyn n'avait aucune envie d'apprendre que M. Wrexham était un homme infréquentable.

— Voire…, dit sa tante, dubitative. Il y a des choses qu'on n'oublie pas, ou qu'on ne pardonne pas. Ce pourrait être fâcheux pour toi de le fréquenter.

— Il ne peut s'agir de la même personne, intervint Maria,

à la grande surprise de Rosalyn. M. Wrexham est un parfait gentleman !

— Oui, tante Susan, renchérit la jeune fille, saisissant la balle au bond. Il y a sûrement quelque erreur. Et même si c'était vrai… ce n'est pas à nous de remuer ces vieilles histoires, n'est-ce pas ?

— Tu as raison, concéda Mme Buckley tout en se promettant de faire sa petite enquête dès son retour à Bath. Cela ne nous regarde pas.

Rosalyn était pour sa part bien déterminée à ne pas laisser ces vilaines rumeurs troubler sa sérénité. Le passé de M. Wrexham ne pouvait en rien affecter son existence. C'était décidé, elle n'y penserait plus !

Damian Wrexham hésita avant d'entrer dans l'auberge. Après avoir fait route jusqu'à Cambridge, il eut soudain envie de repartir, d'agir comme si la lettre de son oncle ne lui était jamais parvenue. Mais pouvait-il ignorer cet appel désespéré ?

Il soupira et poussa la porte. De toute la famille, Jacob était le seul à l'avoir aidé. Sans son oncle, il eût été obligé de quitter l'Angleterre sans un sou en poche. Dès lors, comment eût-il pu refuser, aujourd'hui son aide à l'homme qui l'avait soutenu dans cette période difficile ?

La salle sentait la bière rance et le moisi. Damian regarda autour de lui et ne vit qu'un homme âgé, les traits creusés, assis dans un coin. Ce ne pouvait être son oncle ! Et pourtant, l'intéressé, se leva et se dirigea en souriant vers lui.

— Damian ? murmura-t-il, l'air soulagé. J'avais peur que tu ne viennes pas.

— Je vous ai donné ma parole, monsieur. Quelle que soit votre opinion de moi, je tiens toujours mes promesses.

— Damian, sache que je n'ai jamais cru un mot de ce qui a été raconté sur toi à l'époque. Je savais que tu étais incapable de commettre un meurtre. Tu étais imprudent, souvent même irresponsable, mais pas violent.

— Vous êtes hélas ! le seul à le penser, répondit Damian avec un sourire amer.

— Ton père ne t'a jamais pardonné, déplora lord Jacob. Mais ton grand-père, en revanche, avait révisé son opinion. A la fin, il voulait te revoir. Nous avons essayé de retrouver ta trace, mais c'était trop tard. Il voulait que tu lui pardonnes.

— Il n'avait rien à se faire pardonner, si ce n'est son entêtement. Il a prêté foi à ces calomnies, c'est tout, alors que mon père, lui, m'a toujours profondément détesté. C'est vrai que j'ai tué Roderick Harrington, mais en duel. J'y ai été forcé... Vous le savez bien, même si vous ne connaissez pas tous les détails de l'affaire.

— Je sais surtout que tu n'as pas mérité d'être traité ainsi. Viens donc t'asseoir. Nous devons parler.

Damian le suivit, envahi malgré lui par tous les souvenirs qu'il avait essayé de chasser de son esprit lorsque sa famille l'avait rejeté.

— Les avoués ne pouvaient-ils tout régler ? demanda-t-il. Je n'attendais pas d'héritage. Pourquoi ne puis-je pas simplement signer les papiers vous cédant la propriété ?

— Parce que je n'ai pas les moyens de régler les dettes, répondit son oncle tristement. Ton père a perdu une fortune au jeu, en hypothéquant lourdement la maison.

— Qu'attendez-vous de moi ? Que j'apure ce passif ?

— J'ai entendu dire que tu avais fait fortune.

— Mon oncle, je suis revenu parce que je n'oublie pas que vous m'avez aidé. Que ferez-vous de la maison ?

— Je la vendrai, dit aussitôt le vieil homme. Elle ne vaut rien sans les terres, perdues depuis longtemps. Ni moi ni mon fils ne voudrions y vivre. Pour cela, j'ai besoin de ta signature car le testament de ton grand-père stipule clairement que c'est toi qui hérites, et non moi. Or, je ne veux pas compromettre l'avenir de mon fils.

— Bien sûr, mon oncle, murmura Damian, pensif. Je vais m'en occuper. J'irai voir la maison un de ces jours et je paierai ce qu'il faudra — contre justificatifs.

— Comment ? s'étonna Jacob. Mais les avocats ont déjà tout calculé. Ne me dis pas que tu vas te compliquer avec ces détails ridicules ?

— Au contraire. Je sais que, dans votre milieu, il n'est pas honorable de s'intéresser à l'argent, mais j'ai gagné ma fortune à la sueur de mon front et je n'ai pas l'intention de payer un centime de plus que nécessaire. S'il n'y a rien d'autre, je vais vous quitter.

— Damian... Penses-tu revenir un jour en Angleterre ? Tu pourrais racheter les terres et restaurer la maison, reprendre ta place dans la société. Pourquoi ne viendrais-tu pas nous voir, pour en discuter ?

— Il n'y a rien à discuter. Je suis revenu pour une raison précise. Une fois cette affaire réglée, plus rien ne me retiendra ici.

Mais Damian savait, tout en prononçant ces mots, qu'il ne disait pas toute la vérité. Il n'était plus si sûr, désormais, d'avoir tant envie de quitter l'Angleterre.

# 3

Rosalyn constata avec soulagement que sa tante se comportait avec le jeune Indien comme avec n'importe quel autre adolescent, le pressant de reprendre des gâteaux et le soumettant à un interrogatoire en règle.

— Aimez-vous l'Angleterre ? Irez-vous à l'université ?

Jared répondait poliment mais évasivement, gêné d'être au centre des attentions. L'arrivée de Sarah Jane constitua donc une distraction bienvenue.

— Te voilà, ma chérie ! dit sa grand-mère avec un sourire indulgent. Te sens-tu mieux ?

— Un peu…, répondit Sarah Jane, ses grands yeux bleus méfiants fixés sur Jared. Qui est-ce ? Il a la peau d'une drôle de couleur !

— Sarah ! dit sévèrement Rosalyn. Jared a une très jolie couleur de peau. Il vient d'Inde, où le soleil est extrêmement chaud.

— Et il n'a pas de parasols chez lui ?

Rosalyn allait répliquer mais Jared la devança :

— Mon père possède mille parasols, riposta-t-il avec dédain. Certains sont encore plus grands que cette pièce. Vous n'êtes qu'une petite ignorante ! Chez mon père, nous avons tous la peau sombre. C'est vous autres qui êtes bizarres avec votre peau blanche qui devient toute rouge au soleil.

Sarah Jane ouvrit et referma la bouche comme un poisson hors de l'eau : jamais personne ne lui avait parlé sur ce ton.

Cependant, il y avait une autorité naturelle chez Jared qui forçait le respect, aussi s'abstint-elle d'insister. Mme Buckley et Rosalyn se regardèrent à la dérobée, réprimant une forte envie de rire. Heureusement, Sheba déboula à ce moment dans le salon, et sauta sur Jared, entreprenant de lui débarbouiller le visage à grands coups de langue. Rosalyn eut une soudaine inspiration.

— Jared, Sarah Jane n'est jamais venue ici. Avec Sheba, vous pourriez lui faire visiter le jardin.

La fillette était déjà debout, visiblement enchantée par cette suggestion.

— Venez ! dit-elle avec un geste impérieux vers Jared. Je veux voir le jardin.

Outré, le jeune garçon dut faire un effort pour garder sa dignité.

— Puisque vous le désirez, miss Eastleigh, finit-il par marmonner avec condescendance, j'emmènerai... cette enfant dehors.

Il avait quatorze ans et Sarah Jane, treize, mais il jugeait visiblement que son statut de mâle lui conférait une incontestable supériorité ! Susan et Rosalyn attendirent qu'ils fussent sortis, suivis d'une Sheba bondissante, pour se mettre à rire.

— Oh ! ciel, soupira Mme Buckley en s'essuyant les yeux, j'espère que cette promenade ne fatiguera pas Sarah Jane ! Un peu d'air frais devrait lui faire du bien. Je trouve parfois que Celia protège trop les petits.

Ce qui était un doux euphémisme pour dire que ses petits-enfants bien-aimés étaient outrageusement gâtés ! Les trois femmes purent prendre le thé tranquillement en bavardant, tandis que le rire des deux adolescents leur parvenait par la fenêtre ouverte. Une heure plus tard, une Sarah Jane ébouriffée entra en coup de vent.

— Puis-je aller prendre le thé demain chez Jared ?

demanda-t-elle impétueusement. S'il te plaît, grand-mère ? Dis oui !

— C'est à Rosalyn qu'il faut poser la question, car je dois repartir demain matin : ta mère a besoin de moi.

— Je peux, Rosalyn ? insista la fillette. Dis oui, s'il te plaît, Jared a promis de me montrer toutes sortes de choses !

— S'il t'a invitée…, commença Rosalyn, voyant que malgré son air hautain Jared avait les yeux brillants d'impatience, eh bien, c'est d'accord. Et maintenant, je dois le raccompagner, comme je l'ai promis à son tuteur.

Ils se mirent en route, laissant à la maison une Sarah Jane dépitée de ne pouvoir les suivre, sa grand-mère craignant que trop d'exercice ne provoquât une rechute. Rosalyn, de son côté, n'était pas mécontente d'avoir l'occasion de parler seule avec Jared.

— Vous avez su vous y prendre avec ma nièce, confia-t-elle. Elle manque parfois de délicatesse, mais c'est sans méchanceté. Je suis contente qu'elle ait enfin quelqu'un de son âge à qui parler.

— Elle est supportable, pour une fille ! concéda Jared avec un sourire. Chez moi, les autres enfants n'oseraient jamais me parler comme elle.

L'expression de ses yeux émut Rosalyn. Comme il avait dû se sentir seul ! Cependant, elle n'insista pas, sachant que toute confidence devait venir naturellement.

Ils étaient presque arrivés à Orford Hall lorsqu'un homme surgit à leur rencontre. Aussitôt, le cœur de Rosalyn s'emballa.

— Miss Eastleigh ! Je suis rentré plus tôt que prévu. Voulez-vous entrer boire quelque chose ?

— Merci, monsieur Wrexham, mais je ne peux pas rester. Ma tante est arrivée, et si je ne rentre pas, elle pensera que je la néglige.

— Permettez-moi alors de faire une partie du chemin avec vous… A tout de suite, Jared.

Sheba hésita en voyant Rosalyn repartir et gémit devant ce choix déchirant. Puis, comme sa maîtresse ne se retournait pas, elle finit par courir après Jared.

— Vous allez perdre votre chien, observa Damian. Voulez-vous que j'en achète un autre pour Jared et que je vous renvoie Sheba ?

— C'est inutile, dit-elle en le regardant pensivement.

Etait-ce là le même homme dont lui avait parlé tante Susan ? Quel était donc ce scandale qui avait provoqué son exil ?

— C'est Sheba et non un autre chien que veut Jared, poursuivit-elle. Il peut la garder pour l'instant. Ce n'est pas un trop grand sacrifice pour moi : cette chienne a toujours eu l'habitude de courir partout. En outre, j'ai d'autres raisons, plus intéressées, pour attirer Jared à la maison...

Elle lui expliqua alors comment sa petite-nièce avait perdu son air minaudier après avoir joué dans le jardin avec Jared.

— Je pense que cela leur fera du bien à tous les deux, conclut-elle. Serez-vous encore en Angleterre cet automne, monsieur Wrexham, ou repartirez-vous en Inde ?

— Je n'en sais rien encore, répondit Damian, l'air soucieux. Pourquoi ?

— Oh ! pour rien ! fit Rosalyn sur un ton évasif. Me voilà presque arrivée, il est inutile de m'accompagner plus loin. A bientôt, monsieur Wrexham.

Mais, comme elle se détournait, Damian la saisit par le bras pour l'obliger à le regarder en face. Elle ne l'avait jamais vu aussi courroucé.

— Qu'y a-t-il, miss Eastleigh ? Qu'avez-vous entendu à mon sujet ?

Rosalyn hésita puis se décida : autant tirer l'affaire au clair.

— Rien de précis : seulement des ragots concernant un vieux scandale.

— Morbleu ! s'écria Damian. J'aurais dû vous en parler

tout de suite, mais j'avais espéré que cette vieille histoire serait oubliée… Voilà : j'ai été chassé du pays par ma propre famille il y a de cela exactement dix-neuf ans et trois mois.

Son visage trahissait l'amertume, la colère, et peut-être une pointe de regret.

— J'ai tué un homme, miss Eastleigh, je ne l'ai jamais nié, mais c'était au cours d'un duel conduit dans les règles. J'ai des témoins qui certifieront que je me suis comporté en gentleman. Certaines… circonstances ont poussé néanmoins ma famille à me rejeter. Des circonstances dont je ne puis parler, même avec vous.

— Vous n'y êtes pas obligé.

— Et vous ne m'en voulez pas de ne vous avoir rien dit ?

— Non.

Il la regarda intensément et lut dans son beau regard franc qu'elle était sincère.

— Vous êtes vraiment une femme extraordinaire, miss Eastleigh, assura-t-il avec gratitude. Réellement, vous n'êtes pas choquée ?

— Par une histoire vieille de vingt ans ? Non.

Allait-il l'embrasser de nouveau ? Le souffle court, Rosalyn attendit qu'il la prenne dans ses bras et la couvre de baisers. C'était donc cela, le désir ! Elle, qui n'avait jamais encouragé les avances d'aucun homme, se tenait devant lui, tremblant d'un indicible émoi, les lèvres entrouvertes, offertes…

— Ne me regardez pas ainsi, dit Damian brutalement, car il était lui-même surpris de la tournure des événements. Vous n'avez aucune idée du danger que vous courez en ce moment, miss Eastleigh. J'ai quitté l'Angleterre depuis si longtemps que j'ai oublié les bonnes manières. En Inde, lorsqu'une femme regarde un homme ainsi, droit dans les yeux, il sait ce qui lui reste à faire.

Rosalyn rougit violemment. Ciel ! elle était en train de le provoquer ! Qu'allait-il penser d'elle ?

— Si vous lâchez mon bras, je cesserai de vous regarder, monsieur, répliqua-t-elle sèchement.

Déconcerté par le fait qu'elle ne cherchait même pas à nier, il se détendit et esquissa un sourire.

— Pardonnez-moi, miss Eastleigh, je ne suis pas un tel goujat d'habitude, mais vous m'avez vraiment tenté. Oui, je le confesse humblement, j'ai eu envie de vous embrasser — et même plus ! En conséquence, si quelqu'un est à blâmer dans ce qui s'est passé, c'est donc moi, et non vous.

— Mais vous pensez tout de même que je suis une petite aguicheuse, n'est-ce pas ? murmura-t-elle, oppressée.

— Non. Vous êtes simplement différente des femmes hypocrites que j'ai l'habitude de fréquenter, et je m'en félicite.

Lorsqu'il lui souriait comme en cet instant, Rosalyn sentait fondre toute rancœur. Une petite voix intérieure lui soufflait qu'elle ferait bien de cesser toute relation avec Damian avant qu'il soit trop tard, mais une force irrésistible la poussait vers lui. Tout se passait comme si elle n'avait vécu que dans l'attente de ce moment — et de cet homme.

En proie à des sentiments antagonistes, elle eut du mal à trouver le sommeil la nuit suivante. Pourquoi donc avait-elle laissé Damian Wrexham bouleverser son petit monde tranquille ? Elle qui avait repoussé tant de propositions de mariage émanant de messieurs respectables et riches, voilà qu'elle s'éprenait d'un homme à la réputation douteuse ! Qui sait s'il n'avait pas une maîtresse, ou même une femme légitime en Inde ?

Et pourtant, l'cspace de quelques secondes, elle avait été prête à lui sacrifier sa réputation, son bien le plus précieux. Il eût suffi d'un geste, d'un regard, pour qu'elle s'abandonne. Si Damian ne s'était pas comporté en gentleman, démentant par ses actes ses propres paroles, l'irréparable aurait eu lieu…

L'aube pointait quand, enfin, elle s'endormit d'un sommeil agité.

*
* *

Lorsqu'elle pénétra dans l'église ce dimanche matin, Rosalyn ne se doutait pas que Damian, lui aussi, avait mal dormi, hanté par des rêves qu'il croyait morts depuis longtemps.

En remontant la nef, la jeune fille aperçut l'homme de ses pensées qui regardait autour de lui, comme s'il cherchait un endroit où s'asseoir. Elle se dirigea vers lui et lui toucha légèrement le bras.

— Venez vous asseoir avec nous, chuchota-t-elle avec un sourire.

— Merci. Je craignais de prendre une place réservée à quelqu'un d'autre.

Après le sermon long et confus — comme d'habitude — du révérend Waller, tout le monde quitta l'église et Rosalyn capta les regards curieux de ses voisins en direction de Damian. Elle fit alors les présentations et rit sous cape lorsque lord et lady Sheldon invitèrent le nouveau venu à dîner le soir même : ils avaient encore trois filles à marier, et M. Wrexham semblait un parti fort intéressant ! Elle le salua donc et quitta le petit groupe qui s'était formé autour de lui. En l'invitant à partager leur banc de famille, elle lui avait donné toutes les recommandations dont il avait besoin pour être introduit dans la bonne société. Nul doute qu'il ne tarderait pas à être très demandé…

De retour chez elle, la jeune fille se prépara à accueillir son frère. Freddie avait envoyé un valet la prévenir de son arrivée, un geste si inhabituel que Rosalyn commençait à croire qu'il amenait des invitées encore plus augustes qu'elle ne l'avait imaginé ! Soucieuse de faire bonne impression, la jeune femme se regarda dans l'imposante glace qui ornait le palier du premier étage et remit une boucle rebelle en place. Avec sa robe gris pâle et son strict chignon, elle donnait une impression d'austérité que démentait toutefois la vivacité de son regard.

Elle se détourna en entendant Maria monter l'escalier.

— Ils arrivent ! s'exclama cette dernière, haletante. Je les ai vus par la fenêtre du salon !

— J'allais descendre, Maria. Calme-toi, tu es tout essoufflée !

— Evidemment ! Ce n'est pas tous les jours que ton frère nous amène deux dames !

Elle jeta à Rosalyn un regard si lourd de sous-entendus que la jeune fille, irritée, dut se retenir pour ne pas répondre sèchement. Freddie pouvait bien se marier, cela ne changerait rien : après la mort de leur père, il lui avait promis qu'elle pourrait toujours vivre dans leur maison du Cambridgeshire, car il préférait leurs propriétés de Londres et du Devon. Grâce au compte bancaire ouvert par leur père à son nom, elle jouissait d'une indépendance financière qui lui évitait de vivre à la charge de son frère ou d'un parent proche, comme c'était le lot habituel des vieilles filles.

Rosalyn avait commencé à descendre l'escalier lorsque Freddie entra avec ses invitées. La plus jeune était une délicieuse personne d'apparence fragile et délicate, avec des boucles dorées et un teint de pêche. La dame revêche qui l'accompagnait était tout son contraire : forte de carrure, avec des yeux gris hostiles.

— Freddie ! s'écria Rosalyn en se hâtant de descendre les dernières marches. Que je suis contente de te voir !

— Rosalyn ! Cela fait si longtemps ! Je t'ai vraiment négligée ces derniers temps !

— Mais non ! En revanche, tu négliges tes invitées ! Peux-tu me présenter ?

— Quel mufle je fais !

Sir Frederick se tourna vers la dame plus âgée avec, dans les yeux, un mélange de respect et d'antipathie.

— Voici madame Jenkins, Rosalyn. Madame, voici ma sœur, miss Rosalyn Eastleigh.

— Votre frère nous a beaucoup parlé de vous, dit Mme Jenkins d'une voix aiguë.

— Et cette demoiselle, dit Freddie en la prenant par la main, est miss Béatrice Holland.

— Miss Eastleigh…, murmura timidement miss Holland. Nous sommes si heureuses, d'être ici ! J'espère que notre venue ne vous dérange pas trop ?

— Bien sûr que non…, commença Rosalyn avant d'être interrompue par Mme Jenkins.

— Voyons, Béatrice, dit-elle d'un ton péremptoire. Miss Eastleigh doit toujours accueillir avec plaisir les invités de son frère chez lui.

— Tante Patricia…, murmura Béatrice, affreusement gênée. Je vous en prie…

— Mme Jenkins a raison, dit Rosalyn calmement. Je suis toujours heureuse d'accueillir les amis de Freddie. A propos, Fred, n'as-tu pas quelque chose d'important à me dire ? Mme Jenkins, le voyage a dû vous fatiguer. Ma cousine va vous montrer votre chambre, n'est-ce pas, Maria ? Allons, Freddie, veux-tu bien venir avec miss Holland ?

L'expression indignée de Mme Jenkins à se voir traitée de façon aussi cavalière n'empêcha pas les deux jeunes gens de saisir la perche tendue et de l'abandonner en compagnie de Maria.

— Alors, tu as deviné ? commença Freddie en regardant sa sœur avec une certaine appréhension. Je suis désolé, j'aurais dû te prévenir plus tôt, mais…

— Je suis enchantée de recevoir miss Holland, et, bien que tu ne m'aies toujours rien dit, je présume que tu vas l'épouser ?

— Oh, Freddie ! intervint Béatrice sur un ton de reproche. Tu m'avais promis… Je vous assure, miss Eastleigh, qu'il devait vous en informer avant notre arrivée…

— Eh bien, voilà qui est fait ! Je suis ravie pour vous deux, ma chère Béatrice. Vous permettez que je vous nomme ainsi ? Et appelez-moi Rosalyn, je vous prie. J'espère que nous serons de bonnes amies.

Elle lui prit les mains et l'embrassa affectueusement.

— Vous êtes si jolie ! Te rends-tu compte de ta chance, Freddie ?

— Bien sûr ! Tous les célibataires de la ville l'adulaient, mais c'est moi qu'elle a choisi, je me demande bien pourquoi ! Alors qu'elle aurait pu avoir lord Hamilton ou le duc de Devonshire…

— Grand sot ! s'écria Béatrice avec une spontanéité qui conquit l'affection de Rosalyn. Ils ne me plaisaient pas ! Tante Patricia estime que j'aurais dû accepter le duc, mais vraiment, je n'aurais pu…

Elle fut interrompue par l'arrivée de Mme Jenkins, qui entendait signifier par cette intrusion qu'elle ne se laisserait pas écarter si facilement.

— Eh bien, ma chère ? dit-elle en fixant ses yeux froids sur Béatrice. Tout est réglé ? Miss Eastleigh sait maintenant que tu vas épouser sir Frederick ?

— Oui, ma tante.

— Bien ! approuva la harpie en se tournant, l'air décidément hostile, vers Rosalyn. Je voulais que l'annonce fût faite avant de quitter Londres, mais sir Frederick a tenu à vous en informer d'abord.

Rosalyn fronça les sourcils : quel besoin avait cette femme de se montrer aussi agressive ?

— Cela pouvait certainement attendre : vous ne craignez tout de même pas que mon frère change d'avis à la dernière minute, j'espère ? riposta-t-elle. Je suis très heureuse que Béatrice et Frederick soient venus me le dire, car j'aurais été peinée de l'apprendre dans la *Gazette*.

— Nous devrions lancer des invitations, Rosalyn, dit Frederick avec un regard reconnaissant vers sa sœur. Pour présenter Béatrice aux voisins…

— Excellente idée, s'interposa Mme Jenkins. Puisque

Béatrice viendra vivre ici après votre lune de miel, il vaut mieux qu'elle se fasse des amis tout de suite.

Rosalyn perçut l'embarras de son frère. Il était manifestement outré que Mme Jenkins montrât aussi peu de tact, mais son air coupable, prouvait qu'elle n'avait fait que dire la vérité : il avait effectivement l'intention de venir vivre ici ! Elle essaya de cacher le trouble dans lequel cette découverte la jetait. Une conversation en tête à tête s'imposait !

— Il faudra même donner un bal, je pense, dit-elle en affectant l'insouciance. Mais nous discuterons de tous les détails plus tard. Ah ! voici le thé ! Maria, veux-tu faire le service, s'il te plaît ? Je dois parler à Mme Simmons. Ne m'attendez pas, je reviens dès que possible.

Maria lui jeta au passage un regard troublé, et Rosalyn comprit immédiatement que la malheureuse s'inquiétait pour son avenir. Si Freddie et sa jeune épouse venaient vivre ici, Rosalyn n'aurait plus besoin d'une dame de compagnie…

Une vague de colère submergea Rosalyn. Comme d'habitude, Freddie ne pensait qu'à lui, il n'avait pas cherché à la prévenir, la ménager ! Peu lui importait qu'elle apprît tout d'un coup son congé, de la bouche d'une personne aussi antipathique que Mme Jenkins de surcroît ! Il n'en faisait qu'à sa tête, et aux autres de s'adapter de leur mieux !

— Rosalyn, attends ! dit Freddie, qui l'avait suivie dans le vestibule. Laisse-moi t'expliquer…

— Plus tard, dit brièvement Rosalyn. Tu n'as rien à expliquer : c'est ta maison et tu as le droit d'en faire ce que tu veux.

— Je pourrais étrangler cette femme ! s'exclama Freddie avec colère. Je voulais t'en parler calmement, te dire pourquoi Béatrice souhaite vivre ici…

— Cela ne peut-il attendre ? Je dois donner des ordres pour faire raccompagner Jared. Oui, nous avons de nouveaux voisins, dont un adolescent indien, Jared, qui a le même âge que la fille de Celia. Ils sont devenus inséparables… Je t'en parlerai plus tard.

Cette fois, son frère n'essaya pas de la retenir.

Mais une heure plus tard, au retour de Rosalyn, tous deux eurent une conversation en aparté.

— Bien sûr que cela ne me dérange pas que vous veniez habiter ici, déclara Rosalyn. Comme je te l'ai déjà dit, c'est ta maison et tu as tous les droits.

— Je t'avais promis que tu pourrais vivre ici aussi longtemps que tu le voudrais et je ne reviendrai pas là-dessus, assura Freddie, son visage exprimant un mélange de honte et de détermination. Béatrice sera ravie de t'avoir avec nous : au moins au début, elle aura besoin de ton aide pour diriger la maison. Béa désire une grande famille, c'est l'une des raisons pour lesquelles elle préférerait vivre ici plutôt que dans le Devon.

— Evidemment ! La maison du Devon est trop petite et trop éloignée de toute animation. Personnellement, j'ai toujours apprécié la vie à la campagne — pourvu que la ville ne soit pas trop loin.

— Je suis désolé, Rosalyn, répéta son frère. Tout cela a dû être un choc pour toi.

— En effet, j'aurais aimé être prévenue, j'aurais eu ainsi davantage de temps pour réfléchir à l'avenir. Et Mme Jenkins ? Vivra-t-elle avec vous ?

— Grand Dieu, non ! s'exclama Freddie, horrifié. Je ne l'accepterais pas même si Béa le voulait, ce qui est loin d'être le cas. Sa vie a été un enfer dernièrement, avec cette femme qui la harcelait constamment pour qu'elle fasse un bon mariage. C'est pour se débarrasser d'elle que nous avons décidé de nous marier si vite. C'était une façon de l'éloigner sans pour autant couper les ponts : elle est la seule parente en vie de Béa, qui devra attendre sa disparition pour hériter. Personnellement, la fortune de ma fiancée m'indiffère totalement, mais ma conscience m'interdit de la priver d'un héritage qui lui revient de droit, même si je ne supporte pas cette vieille chouette !

— Freddie ! le réprimanda Rosalyn. Tu ne dois pas parler ainsi de la tante de ta fiancée. Espérons simplement qu'elle ne viendra pas trop souvent après votre mariage.

— Hélas ! sa propriété ne se trouve pas loin, dit Freddie, l'air lugubre. Je crains qu'il ne faille s'attendre à plusieurs visites par an.

Rosalyn sourit. Cette discussion la conforta dans l'idée qu'elle devrait partir : la cohabitation aurait encore pu être supportable quelque temps avec Béatrice, qui était charmante et aurait effectivement besoin d'elle les premiers temps, mais si Mme Jenkins devait venir fréquemment, alors, cela changeait tout.

— Eh bien, tu n'as plus qu'à ronger ton frein, dans l'intérêt de Béatrice, conclut-elle. Allons nous changer, si nous ne voulons pas nous faire attendre pour le dîner.

— Es-tu très fâchée, Rosalyn ?

Freddie avait l'air si anxieux que sa sœur sentit son irritation s'évanouir.

— Bien sûr que non, dit-elle en l'embrassant. Je pense que je m'entendrai bien avec Béatrice, et je suis très heureuse pour toi.

— Tu ne vas pas nous quitter ?

— Pas tout de suite. A terme, c'est sûr, je préférerais avoir ma propre maison, mais je viendrai vous voir souvent — en espérant que mes visites ne vous ennuieront pas !

— Ne dis pas de bêtises, Rosalyn ! Je voudrais que tu continues à te considérer chez toi. Rien ne t'oblige à partir — sauf évidemment si tu envisages de te marier aussi.

Rosalyn secoua la tête et n'en dit pas plus. Déjà, la nostalgie l'envahissait : elle avait été heureuse dans cette maison, remplie de doux souvenirs. Mais il lui était impossible d'y rester éternellement : Béatrice ne se sentirait jamais vraiment chez elle, ce qui tôt ou tard ne manquerait pas d'entraîner des tensions.

Au moins avait-elle les moyens de vivre seule, grâce à la prévoyance de son père. Car la solitude, c'était probable, resterait son lot… A cet instant, le visage d'un homme s'imposa à son esprit. Elle soupira. A quoi bon penser à Damian Wrexham ? Elle ne l'avait pas vu depuis plusieurs jours, ce qui pouvait signifier qu'il l'évitait. Il n'avait même pas encore répondu à sa dernière invitation à dîner. Peut-être avait-elle affiché ses sentiments trop clairement la dernière fois ? Ne voulant se lier avec une femme qu'il jugeait trop âgée pour être une épouse potentielle, il avait visiblement décidé de se tenir à l'écart.

Sans qu'elle pût s'en défendre, cette pensée lui fit mal.

# 4

Damian Wrexham retira sa pèlerine d'un geste las et adressa quelques paroles aimables à la gouvernante avant d'entrer dans le bureau où l'attendaient un repas froid et un grand feu de cheminée. Il revenait fatigué et irrité d'une inspection du domaine, autrefois magnifique puis laissé à l'abandon, légué par son grand-père. Sa contrariété, pourtant, s'évanouit en découvrant l'invitation de Rosalyn. Lorsque, en arrivant à Orford Hall, il avait invité sa voisine à dîner, il avait pour simple but de se faire accepter dans la société très fermée du Cambridgeshire. Mais maintenant qu'il avait fait plus ample connaissance avec miss Eastleigh, ses sentiments avaient changé du tout au tout…

Lors de leur dernière rencontre, elle n'avait pas caché être attirée par lui. Fière et courageuse comme Diane chasseresse, elle se serait donnée à lui s'il l'en avait priée, même en sachant qu'à cause d'un scandale ancien, le mariage était impossible : jamais il n'aurait l'audace de lui demander de porter un patronyme entaché de honte. A un moment, il avait espéré retrouver sa place dans la société anglaise, mais il voyait maintenant qu'il y aurait toujours quelqu'un pour le montrer du doigt et colporter des rumeurs dans son dos. En outre, il avait appris, en faisant son inspection, que la succession de son grand-père comportait surtout des dettes colossales ! Depuis, il n'avait plus qu'une hâte : régler tous ses comptes et partir au plus vite.

*
* *

Rosalyn poussa un soupir excédé. Voilà des heures qu'elle se tournait et se retournait dans son lit sans trouver le sommeil. A bout de nerfs, elle finit par repousser ses couvertures et enfila sa robe de chambre. Seigneur, que lui arrivait-il ? Ce n'était tout de même pas le mariage imminent de son frère qui la troublait ainsi ! Certes, Mme Jenkins était odieuse, mais elle se sentait capable de la supporter le temps nécessaire, même s'il lui fallait pour cela souvent ravaler des répliques cinglantes. Maria, en revanche, se montrait moins stoïque, qui était venue la trouver après le dîner, reniflant bruyamment dans son mouchoir.

— Je ne sais pas ce que je ferai après le mariage de sir Frederick ! avait-elle gémi. Mme Jenkins m'a clairement fait comprendre que je ne serai plus la bienvenue ici.

— Ce n'est pas à elle d'en décider, Maria. Ne t'inquiète pas, de toute façon, je ne resterai pas non plus éternellement ici et tu auras toujours une place chez moi. Tu penses bien que je ne te laisserai pas congédier sans intervenir.

Revenue au présent, Rosalyn saisit un chandelier et descendit chercher dans la bibliothèque son recueil de poèmes favori dans l'espoir d'y trouver un peu de sérénité. Malheureusement, le livre avait mystérieusement disparu. Déçue et perplexe, la jeune femme décida alors de sortir dans le jardin. L'air frais dissiperait peut-être la migraine qui avait commencé à lui serrer les tempes pendant le dîner. Cette Mme Jenkins avait une voix si forte et si désagréable ! Pauvre Freddie… La fortune considérable dont devait hériter Béatrice compenserait-elle le désagrément que continuerait à leur causer le despotisme de sa tante ?

A cet instant de ses réflexions, un mouvement dans les buissons la fit tressaillir. Pendant un instant, son cœur battit si fort qu'elle crut défaillir. Puis la lune parut entre les nuages et Rosalyn soulagée reconnut Damian.

— Vous ai-je fait peur, miss Eastleigh ? Je promenais Sheba quand elle s'est échappée. J'étais justement en train de la chercher lorsque je vous ai aperçue.

— Elle saura bien vous retrouver lorsqu'elle le voudra. Voulez-vous que nous fassions quelques pas ensemble ? La nuit est si belle ! Je ne vous ai pas vu pendant plusieurs jours : étiez-vous parti ?

Elle rosit aussitôt de son indiscrétion, mais ne s'excusa pas. Pourquoi devrait-elle se cacher d'apprécier la compagnie de cet homme ? Il lui avait manqué, c'était indéniable, et elle se sentait incapable de feindre le contraire... D'ailleurs, Damian ne semblait nullement offusqué par son audace. Lui-même était si franc, si direct... Quel réconfort ce devait être de se réfugier dans ses bras solides lors des moments difficiles, même pour quelqu'un d'aussi indépendant qu'elle !

— Jared ne vous a donc rien dit ? demanda Damian, visiblement surpris. Il devait être trop content de ces vacances inespérées ! En réalité, mes affaires m'ont retenu en voyage. Voilà pourquoi vous ne m'avez pas vu durant plusieurs jours.

Ainsi, il n'avait pas cherché à l'éviter ! Rosalyn sentit à cette révélation une étrange euphorie l'envahir.

— A présent que vous voilà de retour, dit-elle d'un ton enjoué, il ne pourra donc plus passer tout son temps avec Sarah Jane... Ils sont devenus les meilleurs amis du monde, vous savez. Ma nièce va beaucoup le regretter s'il ne vient plus tous les jours à la maison.

— Elle peut venir partager ses leçons si elle le souhaite. Mais je crains qu'elle les trouve affreusement ennuyeuses : Jared étudie la politique et les affaires internationales, sans parler du tir et de l'escrime. Il aura peut-être un jour un rôle important à jouer dans les plus hautes sphères.

— Puis-je vous demander qui est son père, ou est-ce par trop indiscret ?

Damian hésita un instant, puis se décida. Son instinct

lui soufflait qu'il pouvait faire confiance à cette femme pas comme les autres.

— Ahmed est le prince héritier d'un Etat situé dans les montagnes de l'Inde, et Jared est son fils aîné, révéla-t-il. Mais certains contestent son droit à succéder à son père parce que sa mère n'était pas indienne — et cela bien qu'Ahmed ait eu soin d'élever Jared dans sa propre religion. J'ai tardé à vous dire la vérité, miss Eastleigh, de crainte de vous effrayer : en fait, nous sommes venus en Angleterre car on a essayé de le tuer.

Il n'ajouta pas que seule sa rapidité de réaction avait pu sauver l'enfant et que, dans cet attentat, lui-même avait été grièvement blessé.

— Oh ! c'est terrible ! s'écria Rosalyn, horrifiée. Pauvre petit ! C'est pour cela qu'il avait l'air si triste et effrayé la première fois que je l'ai vu. Mais qui peut bien vouloir le tuer ?

— Les ennemis de son père, répondit Damian sombrement. Tous ceux qui pensent qu'Ahmed devrait choisir comme successeur le fils que sa nouvelle épouse lui a donné. Devant son refus, l'agitation a commencé, c'est pourquoi Ahmed m'a demandé d'emmener son fils en exil.

— Je comprends maintenant pourquoi vous tenez à le surveiller de si près…

— Sans parler de Rajib et Nessa qui, bien que totalement dévoués à Jared, acceptent mal mon autorité. Sous leur influence, il m'écoute moins. Enfin… si la situation se calme, peut-être Ahmed fera-t-il revenir son fils.

— Et vous le suivrez, je suppose ? dit Rosalyn d'un ton qu'elle voulait indifférent. Vous devez avoir tant de liens là-bas… peut-être vous y sentez-vous davantage chez vous qu'en Angleterre.

Il la fixa avec attention.

— Quelle est exactement votre question, miss Eastleigh ?

Que voulez-vous savoir ? Si j'ai une femme ou une fiancée en Inde ?

— Non, bien sûr ! répliqua Rosalyn en rougissant furieusement. Ce serait de l'impertinence de ma part. Je n'ai aucun droit…

Damian la saisit par le bras.

— Aucun droit ? En êtes-vous sûre, miss Eastleigh ?

— Peu importe, murmura Rosalyn, la gorge sèche. Je… Damian…

Avant qu'elle ait pu poursuivre, Damian l'avait saisie dans ses bras. Ses lèvres trouvèrent celles de la jeune femme, qui se sentit fondre sous ce baiser à la fois tendre et avide. Elle se laissa emporter par la sensation la plus merveilleuse qu'elle eût jamais éprouvée et laissa échapper un soupir de regret lorsque, enfin, il se décida à la lâcher.

— Voilà, ma douce, pourquoi vous avez le droit de poser toutes les questions qui vous passent par la tête, dit Damian en lui caressant la joue. Et la réponse est non : il n'y a personne d'autre.

— Oh, Damian, je ne sais pas ce qui m'a pris ! Jamais je n'ai ressenti cela et je m'en veux de… de…

— De quoi, chère Rosalyn ? Vous n'êtes pas prête à vous mettre au ban de la société, c'est cela ? Vous répugnez à devenir une femme déchue en m'appartenant ?

Le regard malicieux de Damian démentait le cynisme de ses paroles. Et pourtant, il y avait du vrai dans ses questions. De tout son cœur, de tout son corps aussi, Rosalyn désirait cet homme. Mais sa raison lui ordonnait d'attendre, d'être prudente. Que savait-elle de celui qui passait, telle une étoile filante, dans sa vie si bien réglée ?

— Je sais que j'ai tort d'hésiter, murmura-t-elle. A mon âge, je devrais me réjouir d'avoir la chance de connaître l'amour, même s'il ne dure qu'un instant. Et je ne vous demande rien, en tout cas pas de m'épouser. Je comprends que vous ne cherchiez pas à vous marier.

— Qu'en savez-vous ? demanda Damian, stupéfait de comprendre qu'elle envisageait sérieusement de devenir sa maîtresse. Je ne me sens pas le droit de vous demander de partager ma disgrâce, c'est certain, mais cela ne veut pas dire que je n'y ai pas songé.

— Votre disgrâce ? Vous voulez parler de ce vieux scandale ?

— L'histoire n'est pas vraiment finie. J'ignore ce qui va se passer dans les prochaines semaines, c'est pourquoi il m'est impossible de vous faire ma demande maintenant.

Elle s'en était doutée, mais entendre cette phrase de sa bouche lui fit tout de même mal. Refoulant ses larmes, elle le regarda courageusement.

— Je comprends. Donnez-moi un peu de temps, Damian. Il faut que je sois certaine de ma décision.

Pour toute réponse, il l'embrassa de nouveau, si passionnément qu'elle sentit sa résolution vaciller, son corps exigeant le plaisir qu'elle ne connaissait pas mais que, elle en était sûre, cet homme saurait lui donner. Pourquoi attendre ? A quoi bon ? A vingt-sept ans, elle ne risquait plus guère de tomber amoureuse d'un autre homme ! Elle serait bien sotte de ne pas saisir cette chance unique de connaître le bonheur, fût-il éphémère…

— Damian, dit-elle haletante, je crois…

— Chut ! l'interrompit-il en posant un doigt sur ses lèvres. Pas ce soir. Prenez le temps de réfléchir. Je viendrai dîner demain soir et vous me donnerez votre réponse à ce moment-là.

Il la reprit dans ses bras pour un dernier baiser enflammé et s'enivra de sentir le corps de la jeune fille épouser si naturellement le sien.

— Partez, ma belle amazone, dit-il d'une voix rauque en la repoussant. Pendant que j'ai encore la force de résister à la tentation…

Au moment où il allait reprendre le chemin du retour, il

aperçut un visage derrière une des fenêtres du premier étage. Ce ne pouvait être Rosalyn, qui venait à peine de rentrer dans le salon. Quelqu'un avait dû les observer ! Mais qui ? Damian maudit sa propre négligence : il ne savait que trop bien comment des esprits malveillants pouvaient, à partir d'un baiser innocent, répandre des ragots assassins. N'était-ce pas pour défendre l'honneur d'une femme qu'il avait défié Roderick Harrington ? Hélas ! il n'avait découvert qu'après la mort de ce dernier que le coupable était en fait un autre homme. Roderick Harrington avait attiré la jeune fille sur une route de campagne déserte et l'avait forcée, malgré ses cris et sa résistance, à monter dans sa voiture, où son frère, Bernard Harrington, l'avait violée. Tant d'horreur avait poussé la jeune fille au suicide et, comme si cela ne suffisait pas, le même homme avait plus tard ruiné le père de Damian au jeu. C'était donc pour son père, décédé prématurément, et pour son grand-père, mort dans la solitude, que le jeune homme voulait à présent demander justice à Bernard Harrington, en l'affrontant en duel si nécessaire.

Au retour de sa promenade matinale habituelle, Rosalyn trouva Mme Jenkins dans la salle à manger, en train de prendre son petit déjeuner avec Maria.

— J'avais donné des instructions pour que le plateau de Béatrice soit monté dans sa chambre, dit Rosalyn aimablement. Nous pouvons faire la même chose pour vous, si vous le préférez.

— Je n'ai pas l'habitude de me lever tard, répondit Mme Jenkins en la regardant étrangement. D'ailleurs, je dors très peu. Hier soir, j'ai emprunté un recueil de poèmes, bien que je n'approuve pas lord Byron. Je trouve ses œuvres et sa morale inconvenantes, pour ne pas dire scandaleuses.

— Vraiment ? fit Rosalyn, tout miel. Dans ce cas, vous

trouverez certainement dans la bibliothèque d'autres livres qui recueilleront votre approbation.

— Je vous laisse, dit Maria en se levant. Je dois aller cueillir des fleurs pour décorer la maison.

Elle sortit en hâte, suivie par le regard étonné de sa cousine. Que diable cette odieuse Mme Jenkins lui avait-elle encore raconté ?

— Je ne sais ce que je ferais sans Maria, enchaîna-t-elle. Elle m'a beaucoup aidée depuis la mort de mon père.

— En effet, vous n'auriez pas pu continuer à vivre seule ici, décréta Mme Jenkins avec aigreur. Quoique je me demande si vous n'auriez pas mieux fait de choisir une dame mariée pour protéger votre réputation.

— Protéger ma réputation ? répéta Rosalyn, stupéfaite. Je ne vous comprends pas, madame.

— Oh ! je n'en dirai pas plus pour le moment ! dit hypocritement Mme Jenkins. Mais vous auriez tort, ma fille, de me prendre pour une sotte ! Libre à vous d'ignorer l'opinion des autres, moi, je me préoccupe de Béatrice. Je ne permettrai pas que son nom soit traîné dans la boue !

Muette d'étonnement, Rosalyn tenta de déchiffrer ces désagréables allusions — et soudain, elle comprit. La chambre de Mme Jenkins donnait sur la partie du jardin où elle avait rencontré Damian hier soir. Elle avait dû les voir s'embrasser... Une vague de colère la submergea. De quoi cette sainte-nitouche se mêlait-elle ?

— Il est inutile de vous soucier de la réputation de Béatrice ou de la mienne, répliqua-t-elle avec un calme dont elle ne se serait pas crue capable. A présent, veuillez m'excuser, je dois aller donner des ordres à Mme Simmons pour le dîner de ce soir.

La tête haute, elle sortit, ulcérée de se voir donner des leçons de morale sous son propre toit. Au diable cette société étouffante, si injuste pour les femmes ! Puisqu'elle avait toujours rêvé de voyager et qu'elle devait de toute façon quitter cette maison, pourquoi ne partirait-elle pas avec Damian ? Elle préférait de loin être montrée du doigt plutôt que de s'étioler sans amour…

Dès lors, son choix était fait : elle dirait à Damian d'attendre le mariage de Freddie puis, s'il voulait encore d'elle, tous deux partiraient ensemble.

Les invités de Rosalyn, ce soir-là, apprirent avec plaisir les fiançailles de Freddie. Un jeune couple donnerait nécessairement davantage de bals et de réceptions qu'une femme célibataire !

— Je me réjouis pour votre frère, confia le pasteur à sa voisine de table. J'espère cependant que miss Bellows et vous-même n'allez pas nous quitter ?

— Pas tout de suite, répondit Rosalyn. Mais bien entendu, lady Eastleigh voudra être maîtresse chez elle un jour, c'est très légitime. Quant à Maria, elle sera toujours la bienvenue chez moi, où que j'aille.

— Ainsi, nous ne serons peut-être plus voisins, murmura le pasteur, pensif. Je vois… Quel dommage ! Miss Bellows a toujours apporté son précieux concours à nos œuvres. Elle nous manquera beaucoup — et vous aussi, naturellement, miss Eastleigh.

Rosalyn se demanda soudain si l'assiduité de sa cousine à toutes les manifestations organisées par la paroisse s'expliquait uniquement par le désir de rendre service à la communauté. A la fin du repas, en la voyant discuter à l'écart des invités avec le pasteur, ses soupçons se muèrent en certitude. Comment n'avait-elle jamais remarqué que Maria devenait plus animée, plus souriante, en compagnie du révérend ?

— A quoi pense donc ma charmante hôtesse ?

Rosalyn leva la tête et ses yeux rencontrèrent ceux de Damian, malicieux et tendres. Que n'aurait-elle pas donné pour qu'ils fussent seuls !

— Je me disais que je devrais essayer d'amener Maria et le pasteur à s'avouer leurs sentiments l'un pour l'autre avant mon départ.

— Car vous avez l'intention de partir ? demanda Damian en la regardant intensément.

— Oui, après le mariage. J'envisageais de chercher un petit cottage à la campagne ou une maison à Bath, mais je me dis maintenant que je préférerais peut-être vivre à l'étranger. J'ai toujours rêvé de voyager. Et après le mariage, je serai libre de vivre ma vie comme je l'entends.

— Je comprends, dit Damian, les yeux brûlants du feu de la passion. Beaucoup de choses se seront passées d'ici au mariage de votre frère. D'ailleurs, je pense aussi quitter l'Angleterre.

Ils se comprenaient parfaitement… Très émue, Rosalyn sentit que son destin était désormais scellé. Bientôt, elle quitterait tout pour suivre celui qui avait capturé son cœur.

A ce moment-là, la voix stridente de Mme Jenkins la ramena brutalement au présent.

— Monsieur Wrexham ? Etes-vous par hasard de la famille de lord Edward Wrexham ?

Damian s'écarta de Rosalyn, le visage impassible.

— En effet, madame, répondit-il d'un ton mesuré. C'était mon père.

— Votre père ? s'étrangla Mme Jenkins. Alors, vous êtes Damian Wrexham, le voyou qui a assassiné mon petit frère ! Osez le nier ! Vous avez tué Roderick… Assassin !

Elle avait crié l'accusation d'une voix suraiguë, attirant l'attention de tous les autres invités. Damian resta coi, se contentant d'échanger un regard rapide avec Rosalyn, comme pour s'excuser de l'incident.

— Niez-vous que vous avez tué Roderick Harrington, monsieur ? glapit la mégère.

— Je ne nie pas qu'il soit mort des suites d'une blessure

que je lui ai infligée, répliqua Damian, le regard glacial. Mais ce fut au cours d'un combat loyal.

— Un combat dans lequel vous l'avez attiré en traître ! s'écria Mme Jenkins, sa lourde poitrine gonflée d'indignation. Comment avez-vous l'aplomb de vous insinuer chez les honnêtes gens, vous un meurtrier, un moins que rien ! Si j'avais su que vous étiez reçu dans cette maison, je n'y aurais jamais amené Béatrice ! J'espère pour vous, miss Eastleigh, que vous n'étiez pas au courant du passé ignominieux de cet homme !

Un silence de mort tomba sur l'assemblée. Rosalyn était si furieuse qu'elle aurait pu gifler son ennemie. Comment osait-elle faire un tel scandale ?

— Eh bien, qu'avez-vous à dire ? insista Mme Jenkins, voyant que Rosalyn ne disait rien. Allez-vous prier ce monsieur de partir, ou dois-je ramener Béatrice à Huntingdon ?

— Ramener Béa…, balbutia Freddie, soudain inquiet. Je ne comprends pas. Rosalyn… Wrexham, est-ce vrai ?

— Il est exact que j'ai tué Roderick Harrington en duel, répondit Damian, songeant à part lui que Freddie manquait singulièrement de caractère. Mais c'était un duel régulier.

— C'était un meurtre, oui ! L'affaire a été étouffée, bien entendu, grâce à son grand-père, le comte Marlowe… Miss Eastleigh, j'exige que ce scélérat quitte cette maison immédiatement, ou je repars avec Béatrice, et le mariage sera annulé !

— Freddie ! s'écria Béatrice, effrayée. Je t'en prie, ne la laisse pas…

Elle se tut sous le regard noir de sa tante, sachant bien qu'elle n'hésiterait pas à mettre sa menace à exécution.

— Ne vous inquiétez pas, miss Holland, dit Damian en s'inclinant brièvement. Je vais me retirer. Si j'avais su, je ne vous aurais pas imposé ma présence… Rosalyn, pardonnez-moi, mais je dois partir.

— Damian…

Rosalyn ne put que le regarder sortir, impuissante. Elle ne pouvait offrir à Mme Jenkins un prétexte pour détruire le bonheur tout neuf de Béatrice et Freddie. Elle devait laisser Damian partir, même si cela lui brisait le cœur.

Béatrice fut la première à rompre le silence gêné qui avait suivi le départ de Wrexham.

— Tante Patricia, vous ne pensez tout de même pas que Rosalyn était au courant ? Cet homme vient d'arriver dans la région…

Maria ouvrit la bouche puis la referma, comprenant que le moment était mal venu pour prendre la défense de Wrexham. Rosalyn, pour sa part, bouillait de rage contenue de se retrouver dans cette situation impossible !

— Le passé de M. Wrexham ne me regarde pas, finit-elle par déclarer. Mais naturellement, je ne l'aurais pas invité ce soir si j'avais été au courant de… la regrettable tragédie dans votre famille, madame Jenkins.

Si l'expression de Mme Jenkins montra qu'elle n'était pas convaincue, elle n'insista toutefois pas.

— Oui, vous n'étiez certainement pas au courant, admit-elle froidement. Je suis désolée d'avoir haussé le ton, mais vous comprendrez que je ne pouvais rester sous le même toit que cet homme.

Il y eut quelques murmures parmi les invités, dont la plupart avaient trouvé M. Wrexham plutôt sympathique. Certes, ils plaignaient Mme Jenkins, mais, à leurs yeux, l'honneur d'un homme justifiait tout… Embarrassés, ils ne tardèrent pas à partir, prenant congé affectueusement de Rosalyn sans pour autant évoquer ouvertement l'incident.

Après leur départ, la jeune fille monta directement à sa chambre : elle n'avait guère envie de parler à son frère ni à Mme Jenkins. Mais, lorsqu'un coup discret fut frappé à sa porte, elle dit avec résignation :

— Entrez.

Freddie ouvrit la porte et resta quelques instants sur le seuil, l'air honteux.

— Rosalyn, commença-t-il en baissant les yeux, je ne sais pas quoi dire… Mme Jenkins ne pouvait quand même pas se réjouir de la présence de l'homme qui a tué son frère !

— Certes, non. Cependant, elle aurait pu t'en parler en privé. Il était parfaitement inutile de faire une telle scène devant nos invités et de forcer M. Wrexham à partir ainsi. Je te le dis franchement, Freddie, je n'aime pas cette femme. Tu devras faire attention si tu ne veux pas qu'elle transforme votre vie en enfer.

— Tu sais bien que s'il n'y avait pas Béa, je lui aurais déjà ordonné de faire ses valises ! Mais dis-moi, Rosalyn, y a-t-il… quelque chose entre Wrexham et toi ? Non que cela me gêne, il m'a l'air d'un garçon plutôt bien, mais tu comprends, vu les circonstances…

— Je comprends parfaitement, répliqua Rosalyn, en essayant de contenir sa colère devant l'inconsistance et l'égoïsme de son frère. Rassure-toi, j'ai beaucoup d'estime pour M. Wrexham mais il n'y a absolument rien entre nous et je ne le réinviterai pas dans cette maison tant que Mme Jenkins sera là.

— Rosalyn, je sais que je n'ai guère le droit de te le demander mais… pourrais-tu cesser de le voir jusqu'au mariage ? Cette horrible femme serait capable de tout annuler si elle entendait… des rumeurs sur vous deux.

— Vraiment ? s'exclama la jeune femme, outrée. Et quel genre de rumeurs, je te prie ? Ecoute-moi bien, Freddie : je suis assez grande pour savoir comment je dois me comporter et je n'ai de comptes à rendre à personne. Quels que soient les ragots que l'on t'a racontés, sache que ce sont d'ignobles calomnies ! Tu devrais maintenant me laisser, avant que je ne sorte de mes gonds et dise des choses que nous serions susceptibles de regretter tous les deux. Je te promets de ne pas te faire honte, du moins jusqu'à ton mariage !

Là-dessus, à bout de nerfs, elle lui claqua la porte au nez. C'était la faute de cette harpie si son propre frère se permettait de la traiter ainsi ! Certes, elle ne voulait aucunement nuire à Freddie, mais elle était néanmoins bien décidée à suivre son cœur…

# 5

— Pourquoi ne puis-je pas voir Sarah Jane ? s'indigna Jared. Avez-vous honte de la couleur de ma peau ?

Il faisait face à son tuteur, fier et hautain, en bon prince qu'il était.

— Comment peux-tu dire cela ? s'exclama Damian, irrité. Tu sais bien que je t'ai toujours considéré comme mon petit frère ! J'étais l'ami de ton père aussi bien que de ta mère, et je ne pense qu'à ta sécurité. Crois-tu que cela me réjouisse de devoir limiter ta liberté de mouvements, ou t'empêcher de te faire des amis ?

— Mon père m'a chassé. Il ne me permettra jamais de revenir en Inde, parce que je suscite trop de dissensions parmi la population. Je ne suis plus chez moi nulle part.

Le visage du jeune garçon trahissait la colère et la douleur, rappelant à Damian ses propres sentiments lorsque lui aussi avait été contraint de s'exiler.

— Alors, nous sommes deux à être au ban de la société, lui dit-il gentiment. Tu dois rester avec moi jusqu'à ta majorité, ensuite tu pourras m'envoyer au diable si tu le souhaites ! En attendant, comporte-toi comme un homme, et non comme un enfant. Tu es intelligent, cultivé, sensible : tu sauras te faire respecter pour ta différence et tes talents. Fais-moi confiance.

Après quelques secondes de réflexion, Jared finit par sourire.

— Je vous fais confiance, *sahib*, mais je voudrais revoir Sarah Jane. C'est ma seule amie, à part vous. Je veux lui donner un cadeau… afin qu'elle ne m'oublie pas.

— Je verrai ce que je peux faire, promit Damian. Sois patient. Pour l'instant, nous ne pouvons pas aller chez miss Eastleigh, pour ne pas lui causer de tort. Mais nous trouverons un moyen.

— Pourquoi ne puis-je pas voir Jared ? s'écria Sarah Jane en tapant du pied. C'est mon ami ! Je te déteste ! Je veux le voir et je le verrai !

Rosalyn soupira car elle ne comprenait que trop bien la révolte de l'adolescente devant cette injustice.

— Je suis vraiment désolée, Sarah, il ne faut pas m'en vouloir. Je t'assure que je ne veux pas t'empêcher de voir Jared, mais je n'ai pas le choix pour l'instant. Pour moi aussi, c'est difficile, je voudrais bavarder avec M. Wrexham mais c'est impossible.

— C'est à cause de cette horrible femme, n'est-ce pas ? Je l'ai entendue ce matin chuchoter des choses à Béatrice à propos de M. Wrexham et toi.

— Mme Jenkins n'aime pas Damian à cause d'une vieille querelle, expliqua sommairement Rosalyn. Et elle menace d'interdire le mariage si notre voisin revient ici. Or, nous ne voulons pas rendre Freddie et Béa malheureux, n'est-ce pas ?

— J'aime, bien Béatrice, concéda Sarah. Mais Jared pourrait venir, non ? Ou alors, je pourrais aller le voir. La tante n'a pas besoin de savoir où je vais.

Rosalyn finit par céder. Sarah Jane avait trouvé un ami, et il n'était pas juste que les enfants soient victimes des disputes des adultes.

— Un peu de patience, Sarah, je ferai de mon mieux pour essayer d'arranger cela.

Il fallut attendre trois longues journées avant qu'une occasion se présente. Comme Mme Jenkins avait demandé à voir l'église avant de décider si le mariage devait se faire ici ou à Londres, un déjeuner avait été prévu au presbytère le vendredi. Lorsque Rosalyn annonça le matin que Sarah Jane ne se sentait pas bien et qu'elle-même resterait à la maison pour lui tenir compagnie, elle s'attira des exclamations déçues de la part de Béatrice et Maria — et un regard soupçonneux de la tante.

— Non, Maria, il vaut mieux que ce soit moi qui reste, dit Rosalyn avec fermeté, comme la brave femme s'offrait pour la remplacer. Je ne m'y connais pas en fleurs ni en musique et, de toute façon, j'ai un peu mal à la tête.

— Je te trouve pâle, en effet, reconnut Freddie. Pauvre Rosalyn, tu n'as pas l'habitude d'avoir autant de monde chez toi. Reste donc ici avec un bon livre, cela te fera du bien.

Rosalyn retint un sourire de satisfaction. Elle n'éprouvait aucun remords à leur mentir : si son frère avait eu le courage d'affronter Mme Jenkins et de la soutenir, elle ne serait pas obligée aujourd'hui de recourir à ce stratagème.

Dès que la voiture disparut de sa vue, elle appela Sarah.

— Nous devons faire vite, dit-elle en lui prenant la main. Personne ne doit savoir où nous sommes allées. Si on te le demande, tu diras que nous avons juste fait un tour dans le verger.

Sarah Jane acquiesça, les joues rouges d'excitation. L'aventure était d'autant plus exaltante que c'était une grande personne qui lui recommandait de mentir. Et elle n'en aimait que plus sa cousine Rosalyn !

Elles sortirent de la maison par-derrière et se dirigèrent tranquillement vers le verger, ne hâtant le pas qu'une fois suffisamment éloignées de la demeure. Dans le champ qui les séparait d'Orford Hall, elles aperçurent deux cavaliers venant dans leur direction. Sarah poussa un cri de joie et courut à leur rencontre. Quant à Rosalyn, elle dut faire un effort sur elle-même pour ne pas l'imiter.

— Jared ! s'écria la fillette, le visage illuminé de plaisir. Nous allions chez vous ! Comme tu m'as manqué ! J'ai l'impression que cela fait des siècles qu'on ne s'est pas vus !

Le jeune Indien sauta à bas de son cheval et saisit les mains de Sarah Jane, l'air aussi ravi qu'elle. Ils s'éloignèrent quelque peu, absorbés dans leur conversation. Le cœur de Rosalyn se serra en les voyant si heureux ensemble et bientôt condamnés à être séparés.

Damian la regardait du haut de sa monture, lisant sur le visage expressif de la jeune femme tout ce qu'elle ne disait pas.

— Je ne descends pas de cheval au cas où quelqu'un nous apercevrait, murmura-t-il. Jared et moi sommes venus ici tous les jours, dans l'espoir de vous rencontrer. Vous ai-je rendu la vie impossible, mon amour ? Regrettez-vous le jour où nous nous sommes rencontrés ?

— Jamais de la vie ! s'exclama-t-elle avec feu. Si seulement je pouvais partir avec vous immédiatement…

— Etes-vous vraiment prête à me suivre dans un pays étranger, en sachant que vous ne pourrez jamais revoir votre famille ? Qu'à leurs yeux, vous serez une femme perdue ?

— Oui. Sans aucune hésitation. Je ne reste que par égard pour mon frère, même s'il ne le mérite pas. J'étais furieuse l'autre soir qu'il n'ait pas eu le courage de faire taire cette femme.

— Vous êtes trop sévère, ma belle amazone ! dit Damian en riant. Rares sont les hommes qui ont votre droiture. Il valait mieux que je parte, j'aurais fini par dire des choses que je n'ai pas le droit de révéler, même à vous.

— Ce duel… Vous aviez de bonnes raisons de tuer cet homme, n'est-ce pas ?

— C'est ce que je croyais, répondit-il gravement. Peut-être

vous en parlerai-je un jour, mais certainement pas devant cette femme… Jared ! Nous devons repartir !

— Le faut-il vraiment ? murmura Rosalyn, attristée à l'idée de le quitter si rapidement, sans savoir quand elle pourrait le revoir. J'ai l'impression que notre dernière rencontre, dans le jardin, est si lointaine…

Il se pencha pour lui prendre la main tendrement.

— Ne prenons pas de risques pour l'instant, ma chérie. Je dois aller à Londres quelques jours, pour régler une affaire. Ensuite, j'emmènerai Jared ailleurs. Mais je viendrai vous voir d'abord. Et quand votre frère sera marié…

— Je vous rejoindrai, dit-elle sans hésiter. Nous partirons loin, là où le scandale ne pourra pas nous atteindre, et où nos actes ne porteront pas préjudice aux autres.

— Je vous aime, chuchota-t-il en la caressant des yeux. Ne l'oubliez jamais… Jared, tu viens ?

Jared glissa quelque chose dans la main de Sarah Jane et remonta sur son cheval pour rejoindre Damian.

— Il a dit que nous serions toujours amis, où que nous soyons, dit Sarah Jane en le suivant d'un regard rêveur. Je lui ai donné un joli galet que j'aimais beaucoup et regarde ce qu'il m'a laissé ! Il a dit que je devais le garder et qu'un jour, nous nous reverrions.

Dans sa main, elle tenait une magnifique perle grosse comme un œuf de pigeon, d'un rose irisé. Rosalyn l'admira, la gorge serrée, car elle doutait qu'ils se revoient jamais. Jared rentrerait dans son pays, tandis que Sarah Jane rencontrerait de nouveaux amis. Qui sait ? Elle se souviendrait peut-être d'un certain été où elle avait lié amitié avec un jeune prince indien…

— Il faut rentrer maintenant, dit-elle avec douceur. Dommage que nous n'ayons pas pu rester plus longtemps.

— Oh ! ce n'est pas grave ! répondit légèrement Sarah.

Inutile de dire à Rosalyn qu'avec Jared, ils avaient mis

au point un système pour s'envoyer des messages et se voir aussi souvent que possible.

Lorsque les autres revinrent de leur déjeuner chez le pasteur, ils trouvèrent Sarah Jane sur le canapé, confortablement adossée à une pile de coussins, en parfaite convalescente. Elle parvint à sourire faiblement et déclara que, oui, elle se sentait un peu mieux et pourrait même essayer d'avaler quelque chose plus tard.

— Et vous, miss Eastleigh ? demanda Mme Jenkins de sa voix haut perchée. Où en est votre migraine ?

— C'était juste un léger mal de tête, répondit Rosalyn. Je vais beaucoup mieux, merci.

Pour dissiper la tension que sa tante créait partout où elle allait, Béatrice commença à raconter leur matinée avec animation, se déclarant enchantée par la petite église du village. C'était là qu'elle voulait se marier, affirma-t-elle, et nulle part ailleurs.

— Nous avons même arrêté la date en accord avec le révérend, conclut-elle gaiement. Ce sera le troisième dimanche de ce mois.

— La réception sera donc organisée ici, déduisit Rosalyn. Dois-je engager du personnel, Freddie, ou préfères-tu t'en charger toi-même ?

Elle savait que son frère, qui avait la réputation d'être un gourmet, aurait préféré organiser la cérémonie à Londres, mais il avait cédé sans un murmure aux désirs de sa fiancée, ainsi qu'il le ferait probablement toute sa vie. Freddie décida de faire venir son propre cuisinier de Londres dix jours avant le mariage et d'engager autant de personnel que nécessaire au village.

— Et le bal ? lui rappela Rosalyn. N'oublie pas qu'il est prévu deux semaines avant le mariage.

— Dans ce cas, je repars dès demain à Londres et je supplie M. Maurice, mon cuisinier, de venir immédiatement.

Il déteste la campagne, mais je pense qu'il m'accordera cette faveur pour l'occasion.

M. Maurice avait en effet un caractère difficile et s'emportait à la moindre contrariété ! Rosalyn frémit en pensant au remue-ménage qu'il ne manquerait pas de provoquer dans les habitudes simples de la maison, mais il fallait bien reconnaître qu'il était un véritable artiste de la cuisine et qu'en conséquence, ses talents valaient bien quelques sacrifices !

— J'ai encore un essayage prévu pour ma robe de mariée, annonça Béatrice. Que diriez-vous d'aller tous ensemble à Londres durant quelques jours ?

— Et tous les préparatifs ici ? argua Rosalyn. Sans parler de Sarah Jane, que je ne peux pas laisser seule si longtemps !

— Voyons, Maria peut sûrement s'en charger, intervint Freddie. Je voudrais que tu viennes avec nous, Rosalyn. Toi aussi, il te faut des toilettes pour le mariage et le bal, non ?

— Absolument, confirma Maria. Dresse-moi une liste et je m'occuperai de tout. Depuis le temps que tu n'es pas allée à Londres… Sarah et moi serons très bien ensemble, n'est-ce pas, ma petite ?

— Bien sûr !

— Alors, si vous insistez tous, c'est entendu ! concéda Rosalyn de bonne grâce. Je sais que je peux faire confiance à Maria. Tu ne te sentiras pas trop seule, j'espère, Sarah ?

— Pas du tout, dit la fillette en essayant de cacher sa satisfaction devant cette liberté inattendue. Est-ce que tu me ramèneras un cadeau ?

— Qu'est-ce qui te ferait plaisir ?

— Une tenue d'amazone, répondit Sarah sans hésiter. Je veux apprendre à monter à cheval. Papa a toujours dit que je devrais m'y mettre, mais avant, je ne voulais pas.

Rosalyn réprima un sourire, devinant sans peine ce qui l'avait amenée à changer d'avis. Décidément, elle avait parfois du mal à reconnaître sa petite cousine frivole d'autrefois :

ces dernières semaines, Sarah avait beaucoup mûri, et tout laissait à penser qu'elle continuerait dans cette voie.

Satisfaite, la jeune femme se leva pour aller donner des instructions à Mme Simmons et se préparer pour le voyage du lendemain. Finalement, elle n'était pas fâchée d'aller à Londres : non seulement elle avait vraiment besoin de nouvelles toilettes, mais cela lui offrirait une opportunité inespérée de rencontrer Damian qui s'y trouvait aussi…

— Quel plaisir de me promener avec vous ! s'exclama Béatrice. Tante Patricia ne me laisse aller nulle part sans elle.

Après une matinée passée chez la couturière, les deux jeunes femmes profitaient du beau temps pour flâner dans Regent's Park avant de rentrer. Mme Jenkins avait décidé à la dernière minute de ne pas les accompagner afin d'écrire quelques lettres.

— La vie avec votre tante ne doit pas être facile tous les jours, dit Rosalyn avec un regard de sympathie. Mais cela va bientôt changer. Je crois d'ailleurs que vous devriez commencer à lui tenir tête.

— Si vous saviez comme j'aspire à lui échapper ! Je l'ai toujours redoutée, tout comme son frère Bernard. Je hais Bernard Harrington ! Il me fait peur et parfois, j'ai même l'impression… Enfin, j'évite de me trouver seule avec lui.

— Béatrice ! s'exclama Rosalyn, en voyant l'air troublé de sa compagne. A-t-il jamais eu… des gestes inconvenants ?

— Une fois seulement, quand il avait bu plus que de raison. Mais je n'ose pas m'en ouvrir à ma tante qui l'adore et ne supporte pas que l'on dise du mal lui. Sans, doute parce qu'elle a perdu Roderick si jeune… Depuis, elle voue une rancune tenace à M. Wrexham. C'est étrange, mais moi, je trouve cet homme plutôt sympathique et je l'imagine mal en assassin.

— Moi aussi, approuva Rosalyn. Mais surtout, n'en dites rien à votre tante, si vous tenez à votre héritage.

— J'ai déjà l'argent de maman, cela me suffit.

— Freddie le sait-il ?

— Non… non, je ne le lui ai jamais dit. Croyez-vous que je devrais ? Peut-être avez-vous raison. Je ne tiens pas à cet argent si Freddie non plus n'y tient pas.

— A mon avis, mon frère ne tient qu'à vous et il a bien raison !

Rosalyn était sincère : malgré tous les problèmes que ces fiançailles impromptues lui avaient causés, elle se réjouissait de voir Freddie épouser une jeune personne aussi estimable.

Du coin de l'œil, elle aperçut, soudain un homme venant dans leur direction — et son cœur se mit à battre plus vite : elle eût reconnu cette silhouette entre mille !

— Regardez, Rosalyn, quand on parle du loup ! s'exclama Béatrice en s'avançant d'un pas déterminé vers le nouveau venu. Bonjour, monsieur Wrexham, je suis ravie de vous rencontrer : je déplorais de n'avoir pas eu plus tôt la possibilité de vous présenter mes excuses pour l'incident de l'autre soir.

Damian ôta galamment son chapeau avant de s'incliner.

— Vous n'avez pas à vous excuser, miss Holland. C'est moi qui suis navré d'avoir gâché votre soirée… Quelle surprise de vous rencontrer ici, miss Eastleigh ! ajouta-t-il en se tournant vers Rosalyn.

— Nous sommes venues procéder aux derniers essayages avant la cérémonie, déclara cette dernière d'un ton qu'elle espéra posé. Nous rentrons à la fin de la semaine… En attendant, ce soir, nous sommes invitées au bal de lord Renshaw.

— Ah oui, un bal prestigieux, à ce qu'il paraît… Il y aura foule !

— C'est à cela que l'on juge la réussite d'un bal ! renchérit

Béatrice en riant. Si l'on ne se marche pas sur les pieds, la soirée est considérée comme un désastre !

— Assurément… Eh bien, je vous souhaite une excellente soirée, mesdemoiselles.

Rosalyn soupira en le regardant s'éloigner. Damian n'avait pas parlé de se rendre lui aussi au bal — et cela n'avait au fond rien d'étonnant : il était peu probable que le « paria », selon sa propre expression, ait été invité à l'un des événements mondains les plus en vue de la saison.

Depuis son arrivée à Londres, Damian faisait en vain le tour des clubs, toujours très exclusifs, où était susceptible de frayer Bernard Harrington. Fallait-il en déduire que Harrington avait renoncé à son vice ? Le connaissant, Damian pensait plutôt que, devenu *persona non grata* dans les établissements sélects, il devait se rabattre sur des endroits plus douteux.

— Seigneur ! s'écria soudain une voix familière. Est-ce vraiment toi, Damian ? J'avais entendu dire que tu étais revenu au pays ! Pourquoi n'es-tu pas venu me voir ?

Damian fit volte-face — pour se trouver face à un homme qu'il n'avait plus vu depuis des années. Un sourire chaleureux éclaira alors son visage : son ami avait certes pris du poids, mais il demeurait parfaitement reconnaissable.

— Renshaw ! fit-il en lui rendant son accolade. J'avais bien pensé te rendre visite, mais je n'étais pas sûr…

— Que me chantes-tu là ? protesta lord Hugh Renshaw en fronçant les sourcils. Tu es toujours le bienvenu chez moi, quoi qu'en pensent les autres, Damian ! Après tout ce que tu as fait pour Helen… Jamais je ne l'oublierai. C'est moi qui aurais dû défier cette canaille !

— Toi, le plus mauvais tireur d'Angleterre ? Tu manquerais un éléphant à trois mètres dans un couloir ! répondit Damian en riant devant l'air vexé de son ami.

Puis, redevenu grave :

— Nous l'aimions tous les deux, Hugh. L'important était de la venger.

— A quel prix pour toi ! Exilé loin de ta famille, de ton pays… Dis-moi, est-il vrai que tu as fait fortune en Inde ? Que tu es devenu un nabab ? Ah ! quelle juste revanche !

— Grand-père m'a tout laissé — surtout des dettes. Je suis revenu en Angleterre pour les acquitter, car oncle Jacob ne peut agir sans mon aide.

— A ta place, je les laisserais se dépêtrer ! déclara Renshaw, péremptoire. Quelle bande de lâches… Excuse-moi, Damian, mais tes proches n'ont pas de quoi être fiers. Aucun n'a levé le petit doigt pour te défendre ! Nous ne te remercierons jamais assez d'avoir gardé le silence toutes ces années. Personne, en dehors de notre famille, ne sait que ma sœur a été…

L'émotion lui étrangla la voix : la douleur était toujours là, intacte.

— Je l'aimais autant que toi, réaffirma Damian en lui serrant le bras. Elle était un peu la petite sœur que je n'ai jamais eue… J'ai quelque chose à te dire à ce sujet, quelque chose que j'ai découvert trop tard.

— Cela concerne Helen ?

— Oui, répondit Damian sombrement. L'affaire n'est pas définitivement réglée, Hugh, et je pourrais avoir besoin de ton aide.

— Tout ce que tu veux, Damian. Viens donc déjeuner avec moi… Au fait, ma femme organise une petite soirée, aujourd'hui. Pourquoi ne viendrais-tu pas ?

— Une *petite* soirée ? plaisanta Damian. J'ai entendu dire que le Tout-Londres s'y bousculerait et que ce serait par conséquent un énorme succès.

— Comme tous les bals de ma tendre épouse, confirma Hugh d'un air faussement blasé.

Damian savait qu'en réalité, son ami était très fier de sa

ravissante femme, malgré — ou plutôt *à cause* de — ses extravagances. Quant à lui-même, Damian n'aimait pas particulièrement les bains de foule, mais il n'allait certainement pas perdre cette occasion de voir Rosalyn !

# 6

— Vous êtes ravissante, dit Rosalyn en regardant sa future belle-sœur avec approbation. Ce bleu vous va vraiment très bien.

Toutes deux se trouvaient dans la chambre de Rosalyn et se préparaient à se rendre au bal des Renshaw.

— C'est vous la plus belle, Rosalyn ! assura Béatrice avec sincérité. Je ne pourrais pas porter un vert aussi soutenu, mais sur vous, cette nuance est magnifique !

— Le vert émeraude a toujours été ma couleur préférée... Je crois que nous devrions descendre maintenant, si nous ne voulons pas faire attendre votre tante.

Une servante vint à ce moment les prévenir que Mme Jenkins ne se sentait pas bien et ne pourrait sortir ce soir.

— Mais alors, devrons-nous rester nous aussi ? s'écria anxieusement Béatrice.

— Je vais aller la voir, temporisa Rosalyn. A moins qu'elle ne soit vraiment très malade, il n'y a pas de raison pour que nous renoncions à ce bal.

C'était la deuxième fois dans la journée que Mme Jenkins se décommandait... Perplexe, Rosalyn frappa à sa porte et trouva la mégère allongée sur son lit, le teint bilieux.

— Voulez-vous que j'envoie chercher le docteur, madame Jenkins ? s'enquit-elle avec sollicitude.

— Non, je vous remercie. J'ai parfois ces vertiges... Il

me faut juste du calme et du repos. Irez-vous quand même au bal ?

— Vous ne voudriez pas que Béatrice manque une soirée aussi prestigieuse, n'est-ce pas ?

— Non… bien sûr que non, répondit Mme Jenkins en respirant son flacon de sels. Après tout, elle sera accompagnée par vous-même et sir Frederick.

— Elle ne court aucun risque avec mon frère, la rassura Rosalyn. Je vous laisse vous reposer. N'hésitez pas à sonner si vous avez besoin de quoi que ce soit.

Après avoir souhaité bonne nuit à Mme Jenkins, Rosalyn descendit avec le sentiment qu'un poids avait été ôté de ses épaules. Ce n'était peut-être guère charitable de sa part, mais elle ne pouvait s'empêcher de se réjouir d'être délivrée du joug de ce dragon !

Un peu plus tard, en pénétrant dans l'imposant hôtel des Renshaw situé dans le quartier résidentiel de Mayfair, ils constatèrent la justesse des prévisions de Béatrice : dans les immenses pièces brillamment éclairées se pressait une foule compacte d'élégantes couvertes de bijoux et de messieurs en frac. Malgré les fenêtres grandes ouvertes, il régnait une chaleur étouffante… Rosalyn accepta une coupe de champagne et se dirigea vers un coin tranquille. Là, elle balaya du regard la brillante assemblée et reconnut certains gentlemen de sa connaissance, amis de Freddie ou de son père.

— Vous ne dansez pas, miss Eastleigh ?

Au son de cette voix familière, le cœur de Rosalyn fit un bond.

— Damian ! s'exclama-t-elle, ravie. J'espérais… mais comme vous n'aviez rien dit, j'ai pensé que vous ne viendriez pas !

— Renshaw a insisté pour que je fasse acte de présence, répondit Damian. Il me reste encore quelques amis à Londres, même si j'évite de leur imposer ma présence.

— Comment pouvez-vous dire cela ? S'il n'y avait pas

en jeu le mariage de Freddie, j'aurais prié Mme Jenkins de partir, l'autre soir !

— Vraiment, ma belle amazone, vous auriez eu ce courage ? Dites-moi, seriez-vous assez téméraire pour danser avec moi ?

— D'autant plus volontiers que votre ennemie jurée n'est pas là ce soir. Une vilaine indisposition la retient au lit… Ne souriez donc pas ainsi, méchant ! Ce n'est pas bien de se réjouir ainsi du malheur d'autrui !

— Me voilà récompensé de m'être laissé convaincre par Hugh… Allons, voyons si je sais encore danser.

Et il entraîna sa compagne dans une polka endiablée…

Lorsque la musique s'arrêta, Rosalyn essaya de quitter la salle surchauffée pour respirer un peu d'air frais en compagnie de Damian, mais elle fut aussitôt assaillie par une nuée de messieurs, tous désireux de la faire danser. Une telle popularité l'étonna car, lors de ses débuts, elle n'avait pas connu tant de succès. Sa modestie naturelle l'empêchait de voir que la grande fille dégingandée d'alors s'était muée en femme sensuelle et radieuse…

Damian observait la scène de loin, un sourire contraint aux lèvres. Il n'était pas naïf au point d'espérer que ces hommes n'auraient pas vu ce qui lui avait sauté aux yeux dès leur première rencontre, à savoir que Rosalyn débordait de charme et de vitalité. S'il écartait les jeunes gandins, il n'en restait pas moins deux ou trois séduisants aristocrates qui, tous, pouvaient offrir à Rosalyn une position enviée dans la société. Tandis que lui…

Il fut soudain assailli par le doute. Comment avait-il pu imaginer un avenir possible avec cette femme ? Allons, il ferait mieux de partir : ne devait-il pas vérifier les pistes suggérées par Hugh pour continuer sa chasse ?

Frustré, il se dirigea vers la porte — mais n'alla pas loin.

— Tu ne pars pas déjà, j'espère ? intervint Hugh Renshaw

en lui barrant le passage. Quelle beauté, cette miss Eastleigh ! Si je n'étais pas amoureux fou de mon épouse, je pense que j'aurais tenté ma chance moi aussi.

— Tous ses soupirants valent mieux que moi, répondit amèrement Damian. Je n'ai rien à lui offrir, si ce n'est la disgrâce.

— Tu veux parler de cette histoire ? C'est du passé, Damian, tu ne pourras pas ramener Helen en ce monde. Alors, oublie tes plans de vengeance et épouse ta fière amazone.

— Et ensuite, qu'adviendra-t-il ? Tu es le seul à m'avoir invité depuis que je suis en ville, Hugh. Ce n'est pas une vie pour une femme comme elle ! Regarde-la ! C'est un pur diamant, qui doit pouvoir briller de tous ses feux ! Elle mérite quelqu'un comme Forster ou Davenport.

— Autrement dit, tu voudrais qu'elle choisisse entre un coureur de jupons et un vieux barbon ? Honte à toi, vieux frère ! Au moins, laisse-la faire son propre choix. Je suis sûr qu'elle en est parfaitement capable.

— Tu as peut-être raison, murmura Damian, un peu rasséréné. Parfois, je me dis que je ne suis qu'un fieffé imbécile.

— Miss Eastleigh a l'air d'avoir un peu chaud. Si tu ne lui proposes pas tout de suite une promenade, quelqu'un d'autre s'en chargera.

— C'est bon, Hugh, j'ai compris ! dit Damian en riant.

Il retourna dans la salle de bal et suivit discrètement Rosalyn qui se dirigeait vers la terrasse. Il la regarda un instant en silence, ému une nouvelle fois par cette impression de mélancolie et de solitude qui émanait parfois d'elle, comme si sa vie n'avait pas été celle qu'elle aurait souhaité.

— Rosalyn…

Elle se retourna, l'ombre sur son visage aussitôt dissipée.

— Damian ! Je croyais que vous étiez parti.

— Hugh m'a convaincu de rester. Mais je me demande s'il n'aurait pas mieux valu pour vous que je parte.

Il s'était rapproché d'elle et la dévisageait si intensément qu'elle en fut toute remuée.

— Pourquoi dites-vous cela ? Vous savez que je vous aime… que je vous désire. Depuis que je vous connais, je me sens vivante de nouveau !

Devant tant de courage et de franchise, il se sentit une nouvelle fois indigne d'elle.

— A la campagne, j'ai cru que nous pourrions être heureux, dit-il avec hésitation. Mais ici, j'ai vu que vous étiez comme ces étoiles qui brillent, inaccessibles, dans le firmament… Vous méritez une vie meilleure que celle que je peux vous offrir.

— Vous vous trompez, monsieur, répliqua fièrement Rosalyn, si vous croyez que je tiens à tout cela. Si j'avais voulu une brillante vie mondaine, j'aurais épousé un duc à dix-huit ans. J'ai *choisi* de rester célibataire, je n'y ai pas été forcée.

— Ne le prenez pas mal, Rosalyn. Mais il y a ici au moins une douzaine de gentlemen prêts à mettre leur cœur et leur fortune à vos pieds. Alors, je voulais m'assurer que vous saviez à quoi vous renonceriez en me suivant.

— Croyez-vous que j'ignore ce que j'ai à perdre, et surtout à gagner ? s'exclama Rosalyn, les yeux brillant de larmes retenues. Me prenez-vous pour une sotte, à qui quelques compliments suffisent pour tourner la tête ?

Maudissant sa maladresse, Damian l'attira dans ses bras et la tint un long moment contre lui sans rien dire, se délectant du parfum léger de ses cheveux. Puis il cueillit sa bouche en un voluptueux baiser.

— Si vous saviez comme j'ai besoin de vous, murmura-t-il d'une voix rauque. Vous hantez tous mes rêves… J'ai essayé de lutter, mais en vain. Toute ma vie, j'essaierai d'être digne de vous, j'en fais serment.

Il avait de nouveau ce regard tourmenté que Rosalyn ne s'expliquait pas. Quel mystérieux passé hantait ainsi cet homme ?

— Damian…

Elle s'interrompit en voyant son frère surgir sur la terrasse. Promptement, elle s'écarta de Wrexham.

— Ah ! tu es là ! dit Freddie. Béatrice voulait… Oh ! Wrexham ! Je ne vous avais pas vu. Au fait, désolé pour l'autre soir, mais j'étais pris à la gorge, vous comprenez ?

— C'était regrettable pour nous tous, répondit Damian. Veuillez m'excuser, j'ai un rendez-vous urgent… Pardonnez-moi, Rosalyn, il faut vraiment que j'y aille.

— Damian… quand nous reverrons-nous ?

— Bientôt, promit-il. Ce ne sera plus long, mon amour. Eastleigh, à bientôt.

Après son départ, il y eut un silence tendu que Freddie fut le premier à rompre.

— Tu as donc jeté ton dévolu sur lui ?

— Tu n'as pas à t'inquiéter, Freddie, rien ne se passera jusqu'à ton mariage. Ensuite seulement, nous irons vivre à l'étranger. De la sorte, nous ne te nuirons pas.

— Rosalyn ! protesta Freddie, un peu honteux. Je ne suis pas si veule ! Béa m'a dit qu'elle se moquait de son héritage, alors nous n'aurons plus à nous soucier de sa tante. Quant à la famille de Wrexham… son grand-père, du moins, était quelqu'un de bien. Il a légué tous ses biens à Damian, tu sais : le titre, un manoir délabré près de Hastings — et aussi des dettes, hélas ! Si vous avez besoin d'argent…

— Ce ne sera pas nécessaire. J'ai mes rentes et Damian aussi. L'argent m'importe peu, je peux être heureuse n'importe où avec l'homme que j'aime. Ne t'inquiète pas pour moi : je sais exactement ce que je veux, et je suis prête à en assumer les conséquences.

— J'en suis sûr, Rosalyn, dit Freddie en lui offrant son

bras pour la ramener à l'intérieur. Tu aurais dû naître homme, tu as toujours été beaucoup plus courageuse que moi !

Le lendemain matin, Mme Jenkins, parfaitement remise, avait retrouvé son humeur autoritaire. Attribuant son indisposition à l'agitation de la ville, elle annonça son intention de repartir immédiatement pour sa propriété de Huntingdon avec sa nièce, qu'elle ne ramènerait chez Rosalyn que la veille du bal. Devant les supplications et les larmes de Béatrice, elle finit cependant par consentir à se rendre directement dans le Cambridgeshire, non sans avoir obtenu au préalable de Freddie la permission d'y inviter son frère.

— Bernard m'a écrit, confia-t-elle à Freddie lors d'un aparté. Il a quelques problèmes d'argent en ce moment et voudrait m'en parler.

— Je croyais que M. Harrington était en ville ? s'étonna Freddie. Pourquoi ne pas lui dire de venir ici ?

— C'est, hors de question ! répliqua sèchement la vieille dame. S'il veut que je l'aide, il peut bien se rendre à la campagne !

Ce que Mme Jenkins s'était bien gardée de dire, c'était que son frère était un joueur invétéré, incapable de se tenir à l'écart des tables de jeu. Il avait gagné des fortunes par le passé, qu'il avait toujours dilapidées rapidement. Dernièrement, la chance semblait le bouder, peut-être parce qu'il buvait trop. Sa sœur le soupçonnait de fréquenter des établissements peu recommandables et tenait à l'éloigner de la ville dans la mesure du possible.

C'est ainsi que Freddie, ignorant l'aversion de Béatrice pour son oncle, renouvela aimablement son invitation, sans se douter des ennuis que Harrington allait causer...

Le trajet de retour s'effectua sans encombre, et les retrouvailles se firent dans l'enthousiasme.

— Enfin, te voilà, ma chérie ! s'exclama Maria en embrassant

Rosalyn. Dieu que tu as de belles couleurs ! Et ces mèches folles te vont fort bien… As-tu changé de coiffure ?

— Non, c'est juste le vent ! répondit Rosalyn en riant. Nous avons fait les derniers kilomètres la vitre ouverte, car Mme Jenkins ne se sentait pas très bien.

— Ce doit être pour cela qu'elle est montée directement dans sa chambre, en me saluant à peine… Eh bien, tant mieux, tu pourras me raconter ton voyage tranquillement. Je suis si contente que tu sois revenue !

— Tu as l'air en forme, toi aussi. Et Sarah Jane, comment va-t-elle ? Au fait, pourquoi ne vient-elle pas nous accueillir ?

— Je crois qu'elle promène le chien. Elle s'en est beaucoup occupée, et je dois reconnaître qu'elle a changé. Toujours gentille et prête à rendre service… Sa grand-mère ne va pas la reconnaître ! D'après sa lettre, elle viendra la semaine prochaine et restera jusqu'au bal, mais pas jusqu'au mariage — à moins que Celia et son mari ne décident également de venir, auquel cas ils resteront tous deux semaines.

— Doux Jésus, je me demande où nous allons caser tout ce monde ! Mme Jenkins a invité son frère aussi.

— Je peux aller chez une amie, proposa Maria en rougissant. Rosalyn… tu ne vas pas en croire tes oreilles… Moi-même… enfin, ce cher révérend Waller m'a… m'a demandé de devenir sa femme et j'ai accepté, sous réserve que cela ne t'ennuie pas.

L'expression de Rosalyn s'illumina.

— M'ennuyer ? Voyons, Maria, bien sûr que non ! Je suis absolument ravie ! C'est la meilleure chose qui pouvait t'arriver et je te souhaite tout le bonheur du monde !

— Je te remercie, ma chérie. Mais rien ne presse, il faut d'abord penser à toi.

Leur conversation fut interrompue par l'arrivée de Béatrice, puis de Sarah Jane. Le thé fut servi tandis que les jeunes femmes déballaient leurs cadeaux et emplettes.

— Maria m'a dit que tu t'étais occupée de Sheba, dit Rosalyn à sa nièce, quand toutes deux se retrouvèrent seules. C'est vraiment gentil de ta part.

— Oh ! je l'ai juste un peu promenée ! répondit l'adolescente en évitant son regard. Merci encore pour l'amazone. J'ai déjà fait quelques randonnées à cheval, mais maintenant, j'aurai la tenue adéquate.

— Ta grand-mère sera bien étonnée, la semaine prochaine !

— Et comment ! J'espère que nous resterons pour le mariage, Béatrice m'a rapporté une si jolie robe ! Elle a dit qu'elle aimerait que je sois sa demoiselle d'honneur.

— Dans ce cas, je ferai mieux d'écrire tout de suite à tes parents pour leur dire de venir !

L'adolescente opina, et toutes deux continuèrent à deviser agréablement. Tout semblait s'arranger, songea Rosalyn avec satisfaction. Maria allait se marier, et Sarah Jane repartirait avec sa famille après les noces de Freddie.

Quant à elle, elle serait enfin libre… Une douce chaleur l'envahit au souvenir de sa dernière rencontre avec Damian, et de la fougue avec laquelle il l'avait embrassée.

Où se trouvait-il en ce moment ? Reviendrait-il bientôt et pourrait-elle le voir ? Elle l'espérait de toute son âme…

# 7

Damian fronça le nez en entrant dans l'établissement de jeu. C'était le genre d'endroit où l'on trouvait essentiellement des joueurs cyniques et impitoyables, prêts à dépouiller de leur fortune les jeunes naïfs qui s'y aventuraient. De temps en temps, quelques aristocrates venaient aussi s'y encanailler, pour mettre un peu de piment dans leur vie monotone.

Bernard Harrington était-il tombé si bas ? Hugh Renshaw avait évoqué des dettes et des beuveries qui l'auraient fait exclure des clubs sélects dont il avait été membre.

— On dit qu'il est presque ruiné et que ses terres sont complètement hypothéquées, lui avait-il confié. Davenport détient plusieurs de ses reconnaissances de dettes. Plus personne ne les accepte maintenant, c'est pourquoi il est forcé d'aller jouer ailleurs.

Damian avait racheté à Davenport ces billets pour la somme de dix mille livres sterling.

— Qu'allez-vous en faire ? avait demandé négligemment ce dernier. Je doute que Harrington puisse en honorer la moitié.

— Affaire personnelle, avait répondu Damian. Qui, de surcroît, aurait dû être réglée il y a longtemps.

— Vous n'avez pas tué l'homme qu'il fallait, c'est cela ? Je ne suis pas complètement idiot, Wrexham. Vous n'avez jamais rien dit, ce qui était sacrément courageux de votre part, surtout quand on voit comment votre père vous a traité, mais n'importe qui d'un peu clairvoyant a compris pourquoi vous avez défié Roderick Harrington. Nous savions que Renshaw était comme un frère pour vous. Il a eu beau étouffer l'affaire, nul n'ignore que la mort de sa sœur était un suicide.

— Il n'y avait pas que Roderick, son frère est impliqué aussi dans cette sinistre affaire, affirma Damian. Mais à l'époque, la malheureuse n'a nommé qu'un seul de ses violeurs. Cela reste entre nous, bien entendu…

— Comptez sur moi. Entre nous, j'ai toujours pensé que vous nous aviez rendu un fier service en débarrassant la société de cette canaille. Il ne reste plus qu'à espérer que Bernard Harrington comprenne tout seul qu'il ferait mieux de se faire sauter la cervelle — mais j'en doute.

— Dans ce cas, je le ferai peut-être pour lui.

— Vous avez l'intention de finir vos jours en Inde ? Voyons, Wrexham, ce scélérat ne vaut pas pareil sacrifice. D'autant que, si par hasard vous décidiez de reprendre votre juste place dans la société, vous seriez beaucoup mieux accueilli que vous ne le pensez.

Damian s'abstint de répondre. Il s'apprêtait à quitter cette horrible salle empestant la sueur, le tabac et l'alcool, lorsqu'une altercation éclata soudain au fond de la pièce. Un homme se leva en titubant et cria d'une voix avinée :

— On ne peut pas gagner à tous les coups ! Espèce de tricheur !

— Morbleu ! Je vais vous faire rentrer ces mots dans la gorge ! Choisissez vos seconds, Harrington !

Wrexham n'en croyait pas ses yeux. Harrington n'avait qu'une dizaine d'années de plus que lui mais il avait l'apparence d'un vieillard : gros, le visage bouffi par l'alcool et les nuits blanches. Toute la salle attendit dans un silence tendu sa réaction. Harrington hésita puis secoua la tête comme s'il prenait soudain conscience de la situation, avant de se détourner et de sortir d'un pas mal assuré, renversant une table sur son passage.

— Pauvre imbécile ! marmonna son adversaire. Toujours aussi lâche !

— Vous avez raison, monsieur, dit Damian en s'approchant de la table. Je m'appelle Damian Wrexham. Puis-je vous parler un instant ?

— Mon nom est Tamworth, répondit l'autre en lui serrant la main. Asseyez-vous donc. Je vous ai vu l'autre soir chez Renshaw, vous êtes l'héritier du comte Marlowe. Que puis-je faire pour vous ?

— Avez-vous des reconnaissances de dettes signées par Harrington ?

— Béaucoup trop ! Il me doit déjà cinq mille livres, c'est plus que ne valent ses terres ! Je doute qu'il puisse un jour me payer !

— Si vous me laissez votre adresse, je vous enverrai dès demain matin une traite pour vous racheter les billets de Harrington.

— Que vous a-t-il donc fait, ce Harrington ? Oh ! et puis non, ne me dites rien ! Je suis sûr qu'il mérite ce qui va lui arriver.

Lorsque Damian fut parti, empochant les billets signés par Harrington, Tamworth se tourna vers un ami qui avait assisté à toute la scène.

— Eh bien, que dis-tu de cela ?

— Tu ne connais pas l'histoire ? Wrexham a tué le frère cadet de Harrington au cours d'un duel, voilà des années. Il a laissé Roderick tirer son coup de feu, puis il lui a tourné le dos, ayant sans doute décidé d'en rester là. Hélas ! Roderick avait un autre pistolet caché dans sa veste, tout petit mais assez puissant pour blesser Wrexham au bras. Wrexham, alors, s'est retourné, a pris son temps pour viser et lui a mis une balle entre les deux yeux.

— Seigneur ! s'exclama Tamworth. Et maintenant, il en a après l'aîné ! Mais pourquoi ?

— L'affaire a été étouffée, bien entendu, mais on raconte

qu'une jeune fille a été enlevée et violée. Roderick a certainement pris part au kidnapping car il faisait tout ce que Bernard lui disait, mais je ne crois pas qu'il ait abusé de cette malheureuse.

— Et maintenant, Wrexham connaît la vérité sur Bernard. Je commence à croire que même la prison pour dettes est trop douce pour Harrington !

— Encore faut-il qu'il y aille ! Il a une sœur richissime à qui il essayera de soutirer de l'argent.

— Oh, Rosalyn ! s'écria Béatrice en entrant dans le salon, au comble de l'agitation. Il est ici ! Bernard Harrington ! Tante Patricia l'a invité sans me prévenir, et Freddie l'a laissée faire ! Il va tout gâcher !

— Voyons, il n'oserait pas se montrer inconvenant à la veille de votre mariage, dit Rosalyn, soucieuse de calmer la jeune fille dont le visage trahissait la peur et la répulsion. Pourquoi n'en parlez-vous pas à Freddie ?

— Cela causerait une scène terrible… Non, je ne peux pas ! fit Béatrice en se tordant les mains. Promettez-moi, Rosalyn, de ne jamais me laisser seule avec Bernard, je vous en supplie ! Je mourrai s'il essaie encore de m'embrasser ! C'est l'homme le plus répugnant que j'aie jamais vu ! Vraiment, vous devez me croire !

Voyant sa future belle-sœur proche de l'hystérie, Rosalyn lui prit les mains.

— Je vous crois, ma chérie, et je ferai tout pour vous protéger. Soyez tranquille.

Rosalyn ne comprit vraiment l'aversion de Béatrice pour leur visiteur que lorsqu'elle fit sa connaissance un peu plus tard. Son regard, froid et lubrique, créait un malaise immédiat chez ses interlocutrices. Béatrice n'avait pas exagéré : malgré ses flatteries, on ressentait en présence de cet homme une étrange appréhension…

— Tout ce qu'on m'a dit sur votre beauté était bien en deçà de la vérité, assura-t-il en s'inclinant sur la main de Rosalyn. On ne parle que de vous en ville ! Il paraît que Davenport et Forster étaient prêts à se battre pour obtenir vos faveurs au bal de Renshaw !

Ecœurée par le contact de sa main moite et molle, Rosalyn réprima un frisson de dégoût. Il lui fallut faire un effort sur elle-même pour rester polie avec l'invité de son frère. Le marivaudage de Harrington la révulsait, mais ce qui l'étonna le plus, c'était le sourire complaisant de Mme Jenkins quand elle les observait. Se pouvait-il que, malgré toutes ses insinuations, elle la considérât comme une fiancée possible pour son frère ? Cela semblait improbable, et pourtant le doute persista, à mesure que les jours passaient et que Harrington continuait à la couvrir de louanges.

Il ne lui restait plus, décida Rosalyn en désespoir de cause, qu'à repousser aussi poliment que possible ces avances indésirables. La pauvre Béatrice, pour sa part, ne s'éloignait jamais de Freddie et ouvrait à peine la bouche lorsque Harrington se trouvait dans la même pièce. Même Maria admit son antipathie pour lui ; quant à Sarah Jane, elle se mit en demeure de le fuir systématiquement.

— Il est trop affreux ! confia-t-elle à Rosalyn. Et ses yeux… Argh ! on dirait un requin ! Toi, tu es obligée de rester polie, mais moi, je ne suis encore qu'une enfant. On n'attend pas de moi que je connaisse toutes les règles sociales.

Rosalyn ne put s'empêcher de sourire devant tant de mauvaise foi. De toute façon, Sarah Jane était rarement à la maison ces derniers temps : lorsqu'elle ne promenait pas Sheba, elle faisait du cheval avec l'un des garçons d'écurie. Cette vie en plein air lui réussissait et elle affichait de belles couleurs.

La seule qui semblait contente de la présence de Harrington était sa sœur. Aussi, la veille du bal, Rosalyn fut-elle fort surprise, au retour d'une promenade, d'entendre par la porte du salon filtrer les bruits d'une dispute.

— Je t'ai déjà dit, Bernard, que je ne paierai pas tes dettes de jeu !

— Morbleu ! Je l'aurais déjà fait si j'en avais les moyens, Patricia ! Toutes mes terres sont hypothéquées ! Même si je les vendais, cela ne couvrirait pas le tiers des dettes ! Il semble que les billets que j'ai signés ont été rachetés par quelqu'un qui exige un règlement immédiat. C'est malheureusement tout à fait légal et si je ne m'exécute pas…

— Essaie de demander à cette personne un peu de temps. Même si je t'aidais, il me faudrait plusieurs semaines pour avoir l'argent.

— L'avocat me donne quinze jours, après quoi il s'adressera aux tribunaux. Et là, ce sera la fin. J'ai signé des traites sur des biens qui ne m'appartiennent plus, des terres hypothéquées auprès de la banque. C'est de l'escroquerie et je risque la prison !

— Trouve une autre solution, alors, dit sèchement Mme Jenkins. Epouse miss Eastleigh. Elle a un capital de 15 000 livres, au moins. J'ai vu les papiers sur le bureau de sir Frederick, à Londres. Elle pourra faire ce qu'elle voudra de cet argent, une fois mariée.

— Elle ne voudra jamais de moi.

— A toi d'essayer de la persuader, d'une façon ou d'une autre…

Ulcérée, Rosalyn se détourna. Elle en avait entendu plus qu'assez ! Désormais, elle veillerait à ne jamais se trouver seule avec Harrington.

Deux jours plus tard, Rosalyn se changeait pour le souper lorsque Sarah Jane entra en trombe, décoiffée, sa robe déchirée et une égratignure sur la joue.

— Que t'est-il arrivé ? s'exclama Rosalyn, alarmée. Tu es tombée de cheval ? Quelqu'un t'a attaquée ?

— Non, parvint à balbutier Sarah, à bout de souffle. C'est Jared… deux hommes… des ennemis de son père… ils essaient de l'enlever !

— Mon Dieu ! Où sont-ils ?

— Dans le champ, derrière le verger. Sheba s'est jetée sur eux, mais ils ont blessé Rajib, et j'ai peur qu'ils tuent Jared ! Il faut le sauver, Rosalyn… Vite !

Sans perdre une seconde, cette dernière s'empara, dans sa commode, d'un pistolet ayant appartenu à son père et qu'elle avait nettoyé et chargé récemment.

— Va prévenir Freddie, ordonna-t-elle à sa nièce, mais n'en parle à personne d'autre ! Et surtout, reste dans la maison !

Là-dessus, elle dévala l'escalier et s'élança en direction du verger. Plus tard, elle demanderait à Sarah par quel miracle elle se trouvait avec Jared, mais pour l'instant, elle ne craignait qu'une chose : arriver trop tard. Elle n'aurait jamais imaginé que les ennemis d'Ahmed auraient osé s'attaquer une nouvelle fois à Jared en Angleterre et en plein jour ! Eperdue, elle releva le bas de sa robe de chambre pour pouvoir courir plus vite encore…

Sans Sheba, il eût sans doute été trop tard. La scène terrifiante que Rosalyn aperçut en sortant du verger devrait hanter longtemps encore ses cauchemars. La chienne avait saisi la jambe d'un des hommes entre ses crocs et la mordait férocement. L'homme hurlait de douleur… C'est alors qu'un second individu leva un long sabre incurvé et l'abattit sans pitié sur l'animal. Puis il bondit sur Jared qui semblait pétrifié par la vue de corps inanimé de la chienne qu'il avait tant aimée. Quelques pas plus loin, un troisième larron gisait à terre — sans doute Rajib.

Rosalyn tira alors un coup de feu dans la direction de l'homme blessé à la jambe. Elle était trop loin pour atteindre sa cible, mais la détonation suffit à les effrayer tous. En la voyant s'arrêter pour mieux viser, ils crièrent quelque chose dans leur langue avant de commencer à battre en retraite. Un autre coup de feu déchira le silence… Terrifiés, les deux lascars détalèrent sans demander leur reste.

Le soulagement de Rosalyn fut terni par la vue de Jared en larmes, penché sur le cadavre de Sheba.

— Elle m'a sauvé la vie, sanglota-t-il, et maintenant, elle est morte !

Pleine de compassion, Rosalyn caressa doucement la tête du garçon. Un gémissement attira son attention ; Rajib avait repris conscience. Il portait plusieurs blessures à la poitrine et au bras.

— Tout va bien, assura la jeune fille en s'agenouillant à son côté. Jared est en sécurité. Il faut vous ramener chez vous.

— Le fils de mon maître…, murmura Rajib. J'ai entendu les coups de feu… Vous êtes arrivée à temps, *mem-sahib.* S'ils avaient emmené Jared, je ne me serais jamais pardonné d'avoir failli à mon devoir.

— Heureusement que Sarah est venue me prévenir. Pouvez-vous marcher si nous vous aidons ?

— Je vais essayer…

Avec difficulté, il parvint à se mettre debout.

— Venez, Jared, dit doucement Rosalyn, nous enverrons plus tard quelqu'un chercher Sheba pour l'enterrer. En attendant, aidez-moi à soutenir Rajib. Il faut le soigner vite, sinon il va perdre tout son sang.

Jared se redressa et vint offrir son épaule à son serviteur.

— Vous avez failli perdre la vie à cause de moi, dit-il avec un air humble. Damian avait raison. Je n'aurais pas dû vous désobéir et m'éloigner de la maison. Pardonnez-moi, Rajib.

Le serviteur eut un faible sourire.

— Je sais que vous n'aimez pas être surveillé, mais c'était

mon devoir. Mon maître me l'avait demandé... *Mem-sahib*, votre robe de chambre va être tachée de sang.

— Eh bien, j'en achèterai une autre ! Ne gaspillez pas votre souffle, Rajib. Partons vite avant que ces assassins reviennent.

— D'autres viendront. Jared ne sera en sécurité que lorsque son père aura choisi un autre héritier.

— Dès que Damian sera au courant, il m'emmènera ailleurs, répliqua Jared. Là où ils ne pourront pas me trouver.

Il ne fut pas aisé de ramener à Orford Hall un Rajib défaillant, mais lorsqu'ils furent presque en vue de la maison, ils aperçurent Damian venant en toute hâte à leur rencontre.

— Mon Dieu, Rosalyn ! s'exclama-t-il avant de se tourner vers les domestiques qui l'avaient suivi. Vite, emmenez Rajib et dites à Nessa de panser ses blessures. J'arrive tout de suite !

— J'ai manqué à mon devoir, murmura faiblement Rajib. Je n'ai pas su protéger Jared. Vous devez me renvoyer.

— Vous avez fait de votre mieux, répondit Damian. Ne dites plus rien, Rajib. Nous verrons plus tard comment éviter que cela ne se reproduise.

Le serviteur opina, les traits crispés.

— Heureusement que vous êtes rentré ! dit Rosalyn lorsque Rajib se fut éloigné, soutenu par des domestiques. Je m'inquiéterai moins pour Jared.

— Que s'est-il passé ? Etes-vous blessée ?

— Mes agresseurs ont blessé Rajib, et Sheba les a attaqués, expliqua Jared. Mais ils l'ont tuée, et c'est miss Eastleigh qui nous a sauvés... C'est ma faute, Damian. Je vous ai désobéi en sortant tous les jours. Ils savaient où me trouver.

— C'est moi qui n'aurais pas dû m'absenter si longtemps, protesta Damian, l'air sombre. Rosalyn, vous êtes toute pâle. Voulez-vous prendre un remontant ?

— Non, je... je n'ai pas le temps. Je dois rentrer donner

des ordres pour Sheba et des explications à ma famille. Non, ne m'accompagnez pas, Damian. Vous êtes davantage indispensable ici, et puis, j'ai de quoi me défendre ! conclut-elle en exhibant son pistolet.

— Soit… Je viendrai dans le verger ce soir. Essayez de vous échapper, nous devons parler.

— A 23 h 30. Prenez bien soin d'eux, Damian.

Rosalyn repartit en courant, mais au bout de quelques mètres, elle dut ralentir sa course tant elle se sentait faible. Dans le feu de l'action, elle n'avait pensé qu'à la sécurité de Jared, puis aux blessures de Rajib. Mais maintenant, ses nerfs la trahissaient et l'émotion la submergeait. Le contrecoup d'un choc terrible…

Arrivée à destination, elle n'avait plus qu'un désir : gagner sa chambre et se jeter sur son lit pour laisser libre cours aux sanglots qui l'étouffaient. Hélas ! ce fut impossible car Freddie et toute la maisonnée l'attendaient de pied ferme dans le vestibule.

— Oh ! Seigneur, tu es blessée ! s'écria Maria, affolée. C'est la faute de cette maudite Sarah Jane ! Si seulement elle avait prévenu sir Frederick…

— Ne dis pas de bêtises ! ordonna Rosalyn. Freddie, Sheba est morte, il faut la faire enterrer dans la roseraie. Quant à moi, je dois me changer.

— Mais que s'est-il passé, Rosalyn ? Nous croyions que tu avais été enlevée !

En quelques mots, Rosalyn lui raconta l'incident avant de se diriger vers Mme Jenkins et son frère qui observaient la scène dans un silence tendu.

— Veuillez excuser ma tenue, dit-elle en hâte. J'allais m'habiller lorsque Sarah Jane est venue me chercher, et il fallait faire vite. Si j'avais tardé une seule minute, je serais certainement arrivée trop tard : ils avaient déjà blessé Rajib et s'apprêtaient à enlever Jared.

— Vous auriez dû prévenir sir Frederick, commenta

Mme Jenkins sur un ton pincé. Toutefois, si ce que vous dites est vrai, je dois reconnaître que vous avez agi courageusement. Reste à espérer que votre réputation ne souffrira pas de cette expédition dans une tenue… fort peu convenable.

— Tu es ingrate, Patricia, intervint son frère, une lueur indéchiffrable dans ses yeux gris. Je vous admire, miss Eastleigh. Ainsi, vous avez effrayé ces bandits ?

— Mon père m'a appris à me défendre. Il m'a offert un petit pistolet que j'emporte avec moi quand je fais du cheval seule. En l'occurrence, ce revolver qui lui appartenait m'a semblé plus indiqué. Vous voyez, il peut tirer plusieurs coups.

Elle se sentait de plus en plus mal à l'aise sous le regard concupiscent de cet homme.

— Maria, va voir dans la cuisine s'il est possible de servir le souper, pria-t-elle. Il ne me faudra que quelques minutes pour me changer.

En réalité, la jeune femme avait hâte d'en finir avec le dîner, car lorsque tout le monde se serait retiré pour la nuit, elle pourrait enfin s'échapper pour aller retrouver Damian.

# 8

Dans les bras l'un de l'autre, Damian et Rosalyn étaient seuls au fond du verger baigné par le clair de lune.

— J'ai éprouvé un tel choc en vous voyant arriver avec Rajib ! murmura Damian. Quand je pense aux risques que vous avez pris… Vous auriez pu être tuée, ma chérie. Que serais-je devenu, sans vous ? Venez avec moi, tout de suite ! Je dois mettre Jared en sécurité, et si vous partez avec nous, nous ne serons plus séparés.

— Je le voudrais tant ! Mais j'ai promis à Freddie et Béatrice de rester ici jusqu'à leur mariage. Si elle soupçonnait quoi que ce soit, Mme Jenkins serait capable de tout annuler, même à la dernière minute. En ce moment, elle se montre polie avec moi, sans doute parce qu'elle espère que j'épouse son frère. C'est évidemment hors de question mais…

— Comment ! l'interrompit Damian. Cet homme se trouve ici ? Vous voulez dire que Bernard Harrington habite chez vous ?

— Mais… oui, répondit Rosalyn, stupéfaite par la violence de sa réaction. Pourquoi, qu'y a-t-il ?

— Cet homme est l'incarnation du Mal, assura Damian d'une voix chargée d'émotion. Je vous en conjure, ne restez jamais seule avec lui.

Comme Rosalyn continuait à le fixer d'un air interrogateur, Damian comprit que le moment était venu pour lui de révéler ce secret douloureux qu'il avait tu si longtemps.

— Il a violé une jeune fille, presque une enfant, énonça-t-il avec peine. Elle avait à peine dix-sept ans. Elle était jolie et délicate, comme miss Holland…

Stupéfaite, Rosalyn leva les sourcils.

— D'après les rumeurs, c'était son frère le responsable, et c'est pour cela que vous l'aviez défié.

— C'est en partie exact, murmura Damian, la mâchoire contractée. Helen était comme une petite sœur pour moi. Nous étions voisins, et je me rendais souvent chez les Renshaw. Un jour, je l'ai trouvée assise dans le jardin en train de pleurer amèrement. Au début, elle ne voulait pas parler. J'ai insisté et elle a fini par m'avouer qu'en revenant d'une promenade, elle avait croisé Roderick Harrington qui l'avait entraînée de force dans sa berline. Elle s'était débattue avant de s'évanouir sous la torture qu'il lui infligeait. Elle ne m'a pas donné de détails précis, mais il n'était pas difficile de deviner ce qu'elle avait enduré.

— C'est affreux, murmura Rosalyn, bouleversée. Mais quel rapport avec Bernard Harrington ?

— Aucun, ou du moins c'est ce que j'ai cru longtemps. J'ai consolé Helen comme j'ai pu, en lui promettant vengeance, puis je l'ai laissée là, dans son jardin. Le soir même, elle était morte. Elle avait avalé du poison…

— Oh ! quelle horreur ! s'écria Rosalyn, navrée. Pauvre, pauvre Helen ! Comme elle a dû souffrir !

— Elle n'a pas supporté son supplice. Je suis aussitôt allé demander des comptes à Roderick, qui a affirmé n'avoir pas abusé d'elle, mais je n'ai rien voulu entendre. Je n'ai connu la vérité que plus tard.

— C'était. Bernard le responsable, alors ? s'enquit Rosalyn dans un souffle.

— Il s'en est vanté auprès d'un ami, mon père l'a appris et m'a accusé d'avoir tué un innocent avant de me bannir. Il ne m'a pas dit alors qu'il connaissait le vrai coupable. Pendant toutes ces années, je me suis torturé l'esprit, en me demandant si j'avais mal compris Helen… Mon père, de toute façon, ne m'a jamais aimé. Il m'a accusé de me mêler de ce qui ne me regardait pas, d'être un assassin et de l'avoir contraint, par mon inconséquence, à accepter les défis aux cartes que lui lançait Bernard Harrington — lequel, bien sûr, trichait pour gagner.

— Qu'allez-vous faire maintenant ? demanda Rosalyn, inquiète.

Il lui caressa tendrement la joue, encore une fois émerveillé par la douceur de sa peau et le léger parfum qui flottait autour d'elle. Il avait connu d'autres femmes, mais aucune n'avait jamais suscité une telle émotion en lui.

— Ne vous inquiétez pas, dit-il en souriant. M. Harrington ne restera pas impuni. J'ai racheté ses reconnaissances de dettes, qui dépassent largement la valeur de ses biens, et il finira probablement en prison. La page sera alors tournée pour moi.

— Pas de duel, alors ? Je m'en réjouis car je n'aurais pas supporté pareille angoisse.

— Sans vous, j'aurais peut-être pris le risque, mais maintenant… Rosalyn, mon amour, voulez-vous m'épouser ?

Le visage de la jeune fille s'illumina.

— Oh ! Damian ! Bien sûr que oui ! Il ne saurait exister plus grand bonheur pour moi !

— Nous devrons peut-être vivre quelque temps à l'étranger. Et… pour ne rien vous cacher, j'envisageais d'adopter Jared. Ainsi, il aurait enfin des parents aimants pour veiller sur lui. Mais évidemment, si vous y voyez quelque objection…

— Certainement pas ! J'aime beaucoup ce garçon. Et je sais combien vous tenez à lui.

— Je savais que vous diriez cela, parce que vous êtes profondément généreuse, ma Rosalyn. Dès que Rajib sera en état de voyager, nous partirons, peut-être sans vous prévenir. Mais je reviendrai vous chercher dès que je le pourrai.

— Quand vous reverrai-je ?

— Vous serez trop fatiguée demain soir après le bal… Après-demain dans l'après-midi, plutôt ? Je n'aime pas vous savoir dehors la nuit, surtout avec ce Harrington chez vous. Promettez-moi de faire attention. S'il vous faisait du mal… je le tuerais !

— Ne dites pas cela, protesta Rosalyn. Il m'a vue avec le revolver de mon père et sait que je n'hésiterais pas à l'utiliser. Embrassez-moi une dernière fois avant que je parte.

Il la serra passionnément contre lui, en se répétant qu'il devait se montrer fort et attendre patiemment le moment où tous deux seraient enfin libres de s'appartenir.

— Vous allez me rendre fou, Rosalyn, murmura-t-il dans son cou. Allons, venez, je vous raccompagne.

— Seulement jusqu'à la haie, Damian. Mme Jenkins a le sommeil léger et il ne faut pas qu'elle vous voie. A bientôt, mon amour. Je vous retrouverai dans le verger dès que possible.

Ils se séparèrent à regret. Rosalyn traversa la pelouse en courant et rentra chez elle, non sans avoir jeté un dernier regard à celui qui était devenu sa raison de vivre.

Que diable faisait miss Eastleigh dehors la nuit ? se demandait Bernard Harrington, caché derrière un rideau. D'où venait-elle à cette heure tardive ? Etait-elle allée retrouver quelque amant ? Cette hypothèse le réjouit en lui laissant entrevoir la possibilité d'exercer sur elle un chantage… Car, réflexion faite, la suggestion de sa sœur d'épouser miss Eastleigh méritait d'être considérée. La fortune de Rosalyn n'était certes pas considérable, mais elle suffirait à calmer les créanciers le temps que la chance tourne. En outre, cette union lui conférerait une nouvelle respectabilité… Oh ! bien sûr, il semblait évident que la péronnelle rejetterait sa demande en mariage avec mépris, mais si elle avait un amant, tout n'était peut-être pas perdu — surtout si l'amant en question, ce qui paraissait probable, se trouvait être un homme marié. Quel scandale si les gens l'apprenaient ! Les lèvres minces de Harrington s'étirèrent en un sourire déplaisant. Désormais, il resterait à l'affût, traquant le moindre faux pas de la jeune femme…

Loin d'imaginer que quelqu'un l'espionnait, Rosalyn avait pendant ce temps regagné la demeure.

— Alors, Béatrice, tout se passe bien, j'espère ? demanda-t-elle à sa future belle-sœur qui s'avançait à sa rencontre. Vos joues sont toutes rouges ! Pourquoi ne demandez-vous pas à Freddie de vous emmener prendre un peu l'air ?

— Je crois que c'est ce que je vais faire, répondit Béatrice en regardant nerveusement autour d'elle. M. Harrington est censé être mon cavalier pour la prochaine danse, mais je n'ai aucune envie de valser avec lui… Oh ! voilà Freddie ! A tout à l'heure, Rosalyn, conclut-elle en s'éloignant très vite.

Rosalyn fronça les sourcils. Quelles privautés Harrington avait-il bien pu s'accorder pour la terrifier à ce point ? Se pouvait-il qu'il ait osé davantage qu'un simple baiser ? Après les révélations de Damian, cela n'était pas exclu, et il devenait urgent de prévenir Freddie…

— Je venais chercher Béatrice, déclara soudain Harrington dans son dos, la faisant sursauter. Pourquoi est-elle partie en courant ?

— Elle… elle avait trop chaud, je crois.

— Cette petite a toujours été nerveuse, assura-t-il avec une moue dédaigneuse. Tandis que vous, au contraire, êtes douée d'un remarquable sang-froid… C'est là une qualité que j'admire chez une femme.

— Je suis plus âgée, c'est tout, répliqua sèchement Rosalyn en priant pour qu'il la laissât tranquille.

Ses espérances furent déçues…

— Voudriez-vous m'accorder cette valse, miss Eastleigh ? s'enquit suavement l'importun.

N'ayant pas promis cette danse à quelqu'un d'autre, Rosalyn ne pouvait refuser sans paraître impolie. Elle se résigna donc et endura de son mieux le contact désagréable des mains moites de son partenaire. Quand les dernières notes se furent égrenées, Harrington la remercia et s'en fut en direction de la bibliothèque où des tables de jeu avaient été dressées. Soulagée, Rosalyn respira mieux : elle allait enfin pouvoir profiter de la soirée !

— Rosalyn, ma chérie, je te trouve resplendissante ce soir, lui dit Susan Buckley. Tes yeux brillent d'un éclat particulier.

— C'est parce que je suis heureuse, ma tante.

— Je crois plutôt que tu es amoureuse ! Ah ! ce n'est pas trop tôt ! Dis-moi donc qui est l'heureux élu… ou plutôt, non, laisse-moi deviner : c'est M. Wrexham, le comte de Marlowe, n'est-ce pas ? Où est-il ? J'ai hâte de faire sa connaissance.

— Damian n'est pas ici, ma tante, à cause de Mme Jenkins. Cette histoire de duel… la mort de son frère cadet… La situation est très gênante pour nous.

— J'ai fait ma petite enquête, Rosalyn, et je dois te dire que M. Wrexham a été traité de manière fort injuste par sa famille. Ils l'ont banni alors qu'ils auraient dû au contraire le remercier d'avoir débarrassé la société d'une telle canaille.

— C'est certain, approuva Rosalyn avec feu. Et j'ai appris hier des détails fort intéressants… Mais le moment est mal choisi pour en parler.

— Oui, bien sûr, nous nous verrons plus tard… Tiens, j'aperçois Freddie et Béatrice qui reviennent. Cette petite est vraiment charmante. Dommage qu'elle ait une tante aussi odieuse ! Ce n'est pas parce qu'on est riche qu'on a le droit d'être aussi grossier. Si elle continue à prendre ses grands airs, je me verrai forcée de lui donner une petite leçon de savoir-vivre !

— Comme je suis contente que tu sois venue, tante

Susan ! s'exclama Rosalyn en riant. Cela me fait au moins une alliée dans la place !

A cet instant, Freddie vint l'entraîner sur la piste de danse, laissant Susan et Béatrice en tête à tête.

— Je t'ai vue danser avec Harrington, tout à l'heure, lui dit-il d'un air de reproche. A ta place, j'essaierais de l'éviter. Je n'aime pas cet homme, ni la façon dont il regarde Béa.

— Elle a peur de lui. Il est vrai qu'il a une façon détestable de regarder les femmes : même Maria et Sarah Jane s'en sont plaintes. Cet homme, je le pressens, est capable du pire. Veille à ne jamais laisser Béatrice seule avec lui.

— Comment cela ? s'écria Freddie, inquiet. Que sais-tu exactement de lui ? Et surtout, pourquoi ne m'as-tu rien dit avant ?

— Ne parle pas si fort ! Et ne me regarde pas de cet air accusateur… Je n'ai rien dit avant parce que je ne savais rien de précis et que, de toute façon, je ne voulais pas risquer une autre querelle avec Mme Jenkins. Pourquoi crois-tu que j'aie accepté de danser avec son frère ?

— Tu n'imagines pas que je crains cette femme à ce point-là, j'espère ? se récria Freddie, visiblement gêné. Evidemment, j'aurais préféré éviter un esclandre, mais les choses étant ce qu'elles sont… Dès demain, je prierai Harrington de partir. Si d'aventure Mme Jenkins s'avisait d'annuler les fiançailles, cela causerait un scandale, et je ferai en sorte que tout le monde sache pourquoi. Cette harpie peut tout au plus déshériter Béatrice, ce qui nous est bien égal.

— Parles-en d'abord à ta fiancée, mais pas ce soir. Tu ne voudrais pas lui gâcher le bal, quand même ?

— Non, bien sûr. Mais tu as eu tort de ne pas m'en avoir parlé plus tôt. Enfin, je vais y réfléchir.

Rosalyn se sentit attristée par l'attitude de son frère : une fois de plus, il lui adressait des reproches qu'elle ne méritait pas. Mais après tout, quelle importance ? Dans quelques jours, elle vivrait avec quelqu'un qui, au contraire de Freddie, se souciait de ses états d'âme et aurait à cœur de la rendre heureuse.

— Déjà au travail ?

Il était plus de midi lorsque Rosalyn descendit le lendemain matin. La maison semblait endormie, et seule Maria s'affairait dans le salon.

— La soirée a été une réussite, n'est-ce pas ? dit-elle avec satisfaction. M. Waller… enfin, Edward et moi avons décidé de nous marier une semaine après ton frère. Ce sera une cérémonie toute simple, bien sûr, et j'espère que tu seras là.

— Si je le peux, c'est promis. Je vais te dire quelque chose, Maria, mais tu dois me promettre de n'en parler à personne. D'accord ? Eh bien, voilà…

Elle prit une inspiration, puis révéla à mi-voix :

— Je vais partir avec M. Wrexham. Nous allons nous marier, mais pas avant d'avoir quitté l'Angleterre. Damian doit d'abord mettre Jared en lieu sûr, puis il reviendra me chercher.

— Je m'y attendais, ma chérie ! dit Maria en la serrant affectueusement dans ses bras. Tu n'as jamais eu l'air aussi radieuse. Je suis si heureuse pour toi ! Tu m'écriras de temps en temps ?

— Bien entendu ! J'ignore ce que j'aurais fait sans toi, toutes ces années, répondit Rosalyn avec émotion. As-tu vu Freddie ce matin, par hasard ?

— Il est sorti voilà une demi-heure, la mine courroucée. Quand je lui ai demandé ce qui n'allait pas, il m'a dit que cela ne me regardait pas !

— Vraiment ? s'exclama Rosalyn, soucieuse. Je suis sûre qu'il ne voulait pas se montrer impoli avec toi, mais l'imminence du mariage le rend irritable. Tout ce que j'espère, c'est qu'il ne s'est pas disputé avec Béatrice… Vous vouliez me voir, madame Simmons ? demanda-t-elle à la gouvernante qui venait de surgir sur le seuil.

— C'est Mme Jenkins, miss, répondit la domestique. Elle a été très malade toute la nuit. Elle dit qu'elle ne veut pas de médecin, mais je lui trouve vraiment mauvaise mine. Vous devriez venir la voir.

— J'arrive, dit Rosalyn en se levant aussitôt.

C'était au moins la troisième fois en une semaine que la tante de Béatrice souffrait d'une telle crise. En entrant dans sa chambre, Rosalyn fut alarmée par sa pâleur et les cernes bistre qui ombraient ses yeux. Manifestement, son état devenait de plus en plus préoccupant…

— Je suis désolée de vous causer tout ce dérangement, murmura Mme Jenkins d'une voix défaillante. J'ai une potion contre ce genre de malaise, mais elle ne semble plus agir. J'ai même l'impression qu'elle aggrave les symptômes…

— Voyons, ne vous excusez pas, répondit Rosalyn. Vous devez vous reposer. Le médecin va venir, il pourra vous prescrire un autre médicament, qui soulagera vos nausées.

Mme Jenkins se sentait trop faible pour protester. Sa conscience, en outre, la tourmentait : cette jeune femme, qu'elle avait toujours traitée en ennemie, faisait preuve à son égard d'une compassion qu'elle ne méritait nullement…

Honteuse, Patricia Jenkins détourna la tête pour cacher une larme.

De toute sa vie, elle n'avait aimé qu'une seule personne, son frère Roderick. La mort de ce dernier, encore si jeune, avait fait d'elle la femme aigrie que tous connaissaient.

Rosalyn, de son côté, ne se trouvait aucun mérite. En voyant Mme Jenkins si mal en point, elle avait éprouvé un mouvement de sympathie instinctive. Pour elle, il était tout naturel de prendre soin du bien-être de ses invités.

En redescendant, elle trouva Béatrice qui l'attendait, les yeux rougis comme si elle venait de pleurer.

— Avez-vous vu Freddie ? demanda-t-elle d'une voix

altérée. Il était si fâché contre moi, tout à l'heure… Je l'ai cherché partout, et je ne le trouve pas.

— Maria l'a vu sortir. Il a dû prendre l'un des chevaux… Vous seriez-vous querellés, par hasard ?

— Il m'a… interrogée à propos de Bernard, murmura Béatrice entre deux sanglots. Je lui ai tout raconté. Oh ! ce fut terrible ! J'étais morte de honte, et Freddie semblait si furieux ! Il a crié que j'aurais dû le prévenir plus tôt, qu'il n'aurait jamais accepté un pareil scélérat sous son toit !

Elle marqua une courte pause, puis se décida enfin à confier à sa future belle-sœur le lourd secret qu'elle avait tu jusque-là :

— Un soir, il est venu dans ma chambre et il a essayé… J'ai appelé ma suivante qui dormait dans la pièce d'à côté justement parce que j'avais peur qu'il vienne… Alice l'a frappé avec une brosse à cheveux et il est parti. Mais le lendemain, il m'a menacée de dire à tante Patricia que je l'avais aguiché. C'était sa parole contre la mienne, disait-il, et je suis sûre qu'elle aurait cru son frère et pas moi !

— Ma pauvre chérie ! s'exclama Rosalyn, horrifiée. Quelle affreuse expérience ! Et personne à qui vous confier… Je ne m'étonne plus que vous ne supportiez pas la présence de ce monstre !

— J'avais trop honte pour en parler, mais je vous jure que je ne lui ai jamais donné de raisons de croire… Pourtant, Freddie est très fâché contre moi.

— Vous n'avez absolument rien à vous reprocher, Béatrice. Freddie est en colère à cause du danger auquel il vous a exposée sans le savoir. Il se sent coupable, c'est évident… Je ne sais pas où il se trouve en ce moment, mais dès qu'il reviendra, j'aurai quelque chose à lui dire.

— Bon sang ! J'en crois à peine mes oreilles !

Freddie se trouvait dans la bibliothèque d'Orford Hall,

face à Damian. Les révélations de Béatrice l'avaient mis dans une telle fureur qu'il avait galopé à bride abattue jusque chez son voisin, en quête d'une confirmation.

— Vous voulez dire que j'ai hébergé un violeur sous mon toit ? s'exclama-t-il, écœuré. C'est monstrueux ! Et Rosalyn qui ne m'a pas prévenu !

— Elle n'en savait rien jusqu'à avant-hier, intervint Damian, les sourcils froncés. Elle était la première scandalisée. Je crois qu'elle voulait vous en parler, mais elle n'était pas sûre que…

— Comment, vous pensez que j'aurais été capable de fermer les yeux pour avoir la paix ? s'écria Freddie, partagé entre l'ire et la honte. Que diable, Wrexham, je ne suis pas si vil ! Cette affaire est trop grave, trop dangereuse ! De toute façon, quoi qu'en dise sa tante, Béatrice m'épousera, même si nous devons pour cela nous enfuir loin d'ici !

— A la bonne heure ! dit Wrexham avec satisfaction.

— Quand je pense que Béa a dû se montrer polie avec cet homme ! Cela me rend malade ! Ce monstre ne mérite pas de vivre, Wrexham !

— Ses crimes ne resteront pas impunis, faites-moi confiance, affirma tranquillement Damian. Mais j'avoue que je me sentirai plus tranquille lorsqu'il sera parti. Je dois retrouver Rosalyn dans une heure, après quoi je m'absenterai quelques jours. Je reviendrai chercher votre sœur et nous nous marierons lorsque nous aurons atteint notre destination. Vous avez ma parole que mes intentions sont honorables et que je ferai tout pour la rendre heureuse.

— Où vivrez-vous ? demanda Freddie, l'air sceptique. A l'étranger ? Pourquoi ne pas attendre et vous marier ici ? Faites les choses convenablement, Wrexham, laissez ma sœur avoir sa famille et ses amis autour d'elle !

Damian hésita avant de répondre :

— Rosalyn est capable de prendre elle-même sa décision, Eastleigh. J'ai certaines obligations envers Jared, et des années peuvent s'écouler avant que je revienne vivre en Angleterre. D'ailleurs, votre sœur m'a dit qu'elle avait souvent rêvé de voyager.

— Dans ce cas…, murmura Freddie à contrecœur, vous avez bien sûr mon soutien. Mais je vous dis franchement que j'aurais souhaité autre chose pour ma sœur !

Damian serra sans rien dire la main tendue de son futur beau-frère. Il était le premier à savoir qu'une femme comme Rosalyn méritait beaucoup plus que ce qu'il pouvait lui offrir. Il mettait à ses pieds son nom et son amour. Serait-ce suffisant ? La réponse viendrait avec le temps…

# 9

Rosalyn courut vers le verger, priant pour que Damian fût encore là. Lorsqu'elle l'aperçut adossé à un tronc d'arbre, son cœur tressaillit de joie.

— Je suis en retard, s'excusa-t-elle, essoufflée. Ma tante avait tant de choses à me dire, j'ai cru que je ne pourrais jamais m'échapper ! Me pardonnez-vous ?

Pour toute réponse, il lui saisit les mains et l'attira contre lui pour l'embrasser passionnément.

— Je vous aurais attendue aussi longtemps qu'il l'aurait fallu, assura-t-il lorsque, enfin, leurs lèvres se séparèrent. Comment aurais-je pu partir sans vous revoir ? Jared commence à s'impatienter d'être retenu prisonnier dans la maison.

— Cela se comprend ! Où l'emmènerez-vous ?

— En France d'abord, puis nous continuerons peut-être vers l'Espagne dans quelques semaines. Un climat chaud, conviendra davantage à Jared. Moi aussi, je me suis habitué à la chaleur, après toutes ces années en Inde.

— Ce sera merveilleux, Damian, de visiter ces pays que je ne connais qu'à travers les livres, de rencontrer des gens et des cultures différentes ! Quand revenez-vous ?

— Dans une semaine au plus, je pense. La veille du mariage de votre frère, ou le lendemain au plus tard.

— Je serai prête, promit-elle. Dès que Freddie sera marié, plus rien ne me retiendra ici. Je dois partir maintenant, avant qu'on s'aperçoive de mon absence. Mais je penserai à vous tous les jours jusqu'à votre retour.

Après une dernière étreinte, ils se séparèrent à contrecœur.

Perdue dans ses pensées, Rosalyn traversa lentement le jardin, espérant pouvoir remonter discrètement dans sa chambre afin d'avoir un peu de temps pour rêver à Damian et à leur future vie commune. Perdue dans ses pensées, elle n'aperçut Bernard Harrington que lorsqu'il apparut brusquement devant elle, lui bloquant le passage.

— Oh ! monsieur Harrington ! Que voulez-vous ? !

— Je vous ai vue rejoindre votre amant dans le verger ! dit-il d'un air mauvais. Déjà, l'autre soir, en vous voyant rentrer à une heure tardive, j'ai eu des soupçons — que vous venez de confirmer ! Alors, qui est-ce ? Le mari d'une voisine ? Mes félicitations : la fière et hautaine miss Eastleigh qui se jette à la tête d'un homme comme une vulgaire catin... En voilà, une découverte croustillante !

— Comment osez-vous ! cria Rosalyn en le giflant. Vous m'avez espionnée et insultée ! Ma vie privée ne vous regarde pas, monsieur !

— Oh ! que si !

Il lui saisit le poignet.

— J'ai décidé que vous seriez l'épouse idéale pour moi : j'aime les femmes de caractère, surtout quand elles sont rentières ! Epousez-moi, et je me tairai. Refusez, et je dirai au monde quelle traînée vous êtes !

— Plutôt mourir ! riposta Rosalyn.

D'un violent coup de pied dans les chevilles, elle l'obligea à lâcher prise et, au lieu de s'enfuir, lui fit courageusement face, les yeux étincelant de colère.

— Vos menaces ne me font pas peur, monsieur ! J'épouserai Damian peu après après le mariage de Freddie et...

— Damian... Vous voulez dire Wrexham, l'assassin ? Patricia m'avait bien dit que vous l'aviez invité ici !

— Damian n'est pas un assassin ! cria Rosalyn, indignée. C'est *vous* qui avez tué votre frère ! Vous avez préféré le laisser mourir à votre place plutôt que d'avouer votre crime ! Indirectement, vous avez tué deux personnes : Roderick, et cette malheureuse jeune fille qui s'est suicidée après que vous ayez abusé d'elle !

— Que savez-vous de cette histoire ? balbutia Harrington. Quels mensonges avez-vous répandu ?

— Ce ne sont pas des mensonges, et vos crimes ne resteront pas impunis. Lorsque mon frère saura que vous m'avez brutalisée, il vous priera de quitter immédiatement cette maison. Vous n'êtes plus le bienvenu ici. Freddie sait également que vous avez essayé de forcer Béatrice à vous céder et que vous l'avez menacée de raconter qu'elle vous avait encouragé !

Bernard hésita, partagé entre la rage de la voir lui tenir tête et la crainte d'alerter la maisonnée. Et puis, il y avait plus urgent : il venait d'apprendre que l'homme qui détenait toutes ses reconnaissances de dettes et pouvait donc l'envoyer en prison n'était autre que Damian Wrexham ! Il allait d'abord lui apprendre à se mêler de ses affaires, et ensuite seulement, il s'occuperait de cette femme…

— Je m'en irai avec joie, assura-t-il, machiavélique. Allez au diable avec votre frère ! Je ne suis venu m'enterrer ici que parce que Patricia l'avait exigé, et tout cela pour quoi ? Ses doigts crochus ne lâcheront pas le moindre penny avant sa mort !

Sur ce constat cynique, il s'en fut d'un pas rapide. Rosalyn, restée seule, s'aperçut qu'elle tremblait. Respirant profondément pour se calmer, elle leva la tête et aperçut une silhouette derrière l'une des fenêtres du premier étage. Quelqu'un avait dû les voir, les entendre aussi ! Elle se hâta de rentrer, mais lorsqu'elle arriva en haut de l'escalier, il était trop tard : le mystérieux observateur avait disparu. Rosalyn soupira, contrariée. Elle ne pourrait empêcher l'histoire d'arriver aux oreilles de Mme Jenkins, qui en rejetterait la faute sur elle, ou sur Damian…

Se souvenant soudain que son ennemie était souffrante, elle chassa ses griefs et résolut d'aller frapper à sa porte. Quelques secondes s'écoulèrent avant que la vieille dame ne vînt ouvrir. Bien que son teint fût encore jaunâtre, elle semblait aller nettement mieux.

— Je suis désolée de vous déranger, commença Rosalyn. Je suis venue prendre de vos nouvelles et m'assurer que vous n'aviez besoin de rien.

— Je vous remercie, miss Eastleigh, je vais beaucoup mieux. Je pense même descendre dans quelques instants. Le médecin a dit que ma potion avait une odeur bizarre, il l'a emportée et m'en a donné une autre.

— Alors, il ne nous reste plus qu'à vous souhaiter un prompt rétablissement. Ce serait dommage si nous devions reporter le mariage, n'est-ce pas ?

— Ne craignez rien, dit Mme Jenkins à la grande surprise de son interlocutrice. Rien ne doit faire obstacle au bonheur de Béatrice. Vous aurez peut-être du mal à me croire, mais j'aime profondément ma nièce. Elle sera heureuse et en sécurité avec votre frère, et c'est tout ce que je souhaite.

Si l'étonnement de Rosalyn grandit, elle n'en laissa cependant rien paraître et invita la vieille dame à venir prendre le thé dans le salon.

— Merci, plus tard, peut-être. J'ai… j'ai quelque chose à faire dans l'immédiat.

— Comme vous voudrez.

Perplexe, la jeune femme referma la porte et gagna le rez-de-chaussée en se demandant ce qui avait pu causer un tel changement chez Mme Jenkins. Elle s'était montrée presque amicale ! Une chose au moins était sûre : ce n'était pas elle qui derrière un rideau, avait surpris son altercation avec Bernard Harrington ! Un des domestiques, alors, ou Maria ? Elle ne le saurait sans doute jamais, mais au fond, cela importait peu : du moment que rien ne venait contrarier Mme Jenkins, le mariage aurait lieu et c'était là l'essentiel.

Durant les jours qui suivirent, cette dernière se montra si affable que sa métamorphose fit bientôt l'objet de toutes les conversations.

— On dirait presque une autre personne ! s'exclama Mme Buckley lorsqu'elle fut seule avec Rosalyn. A ton avis, quelle est la raison d'un tel changement ?

— Je n'en ai aucune idée ! Mais je m'en réjouis, pour Béatrice et pour Freddie.

Les jours précédant le mariage s'écoulèrent si agréablement que la jeune fille put oublier ses craintes et se consacrer aux préparatifs de la noce. La veille du grand jour, elle prenait le thé dans le salon avec sa tante lorsque Sarah Jane entra et se laissa choir sur le canapé.

— Freddie a de la visite ! annonça-t-elle. Deux messieurs à la mine sombre, à ce que j'ai vu.

— J'espère qu'ils n'apportent pas de mauvaises nouvelles ! s'exclama Rosalyn, inquiète.

— Bien sûr que non, protesta sa tante pour la rassurer. Qu'est-ce qui pourrait bien…

Elle fut interrompue par l'arrivée de Freddie, dont le visage fermé leur fit craindre le pire.

— Que se passe-t-il, Freddie ?

— Je viens de recevoir une visite d'un représentant de la loi, Rosalyn. Il… il semblerait qu'il y ait eu… un meurtre.

— Un meurtre ! s'écria Mme Buckley en pâlissant. Qui a été tué ? Explique-toi, Freddie ! Pourquoi les policiers sont-ils venus ici ?

— Le corps a été découvert hier par un promeneur sur une petite route peu fréquentée entre le village et la limite de nos terres, expliqua Freddie, visiblement ébranlé. L'homme a été tué de deux ou trois balles tirées à bout portant. C'était un meurtre, il n'y a aucun doute là-dessus.

— Qui est la victime ? demanda faiblement Rosalyn, se doutant de la réponse.

— Bernard Harrington. La mort remonte à plusieurs jours, déjà. Peut-être a-t-il été tué le jour où il a quitté la maison.

— Mais qui a pu faire une telle chose ? s'étonna Mme Buckley. Je sais que cet Harrington n'était guère plaisant, mais de là à le tuer… C'est horrible !

— Les policiers soupçonnent-ils quelqu'un ? Ont-ils une piste, des témoins ?

— Rien, à ma connaissance, répondit Freddie, les yeux obstinément baissés, comme pour éviter le regard de sa sœur. Le mobile n'a pas été le vol, puisqu'il avait toujours sa bourse et sa montre — ce qui ne fait qu'épaissir le mystère.

Rosalyn le fixa, prise d'un affreux doute. Que signifiait l'air gêné de son frère ? Se pouvait-il qu'il soupçonnât… ?

— Non, Freddie, tu te trompes ! affirma-t-elle avec force. Damian est parti pour la France le soir même. Non seulement il n'aurait pas eu le temps de tuer M. Harrington, mais il n'aurait jamais agi de façon aussi sournoise. Il l'aurait défié en duel !

— Je n'ai pas dit que c'était lui, protesta Freddie, toujours sans la regarder en face.

— Mais tu l'as pensé ! Je le vois sur ta figure ! s'écria Rosalyn en se levant, saisie de colère. Comment peux-tu, toi, mon frère, imaginer pareilles ignominies ? Il n'y a pas de raison…

Elle s'interrompit brusquement en se rappelant comment Harrington l'avait agressée. Si Damian l'avait su, qui sait ce qu'il aurait été capable de faire !

— Harrington aurait-il porté la main sur toi ? Ou Béa ? demanda Freddie, inquiet, en voyant sa sœur pâlir.

— Il a essayé de me forcer à l'épouser en menaçant de révéler qu'il m'avait vue avec Damian, dit Rosalyn lentement. Il m'a traitée de catin. Quand il m'a tordu le bras derrière le dos, j'ai cru que… mais j'ai réussi à me dégager. Je lui ai dit tout ce que je savais de lui, et que tu le chasserais. Maintenant que j'y pense, il n'est pas rentré dans la maison… Tu crois que c'est Damian qui l'a tué, n'est-ce pas ?

— Peu importe ce que je crois, dit Freddie, le regard toujours fuyant. L'homme constituait vraiment un danger ! Je ne l'aurais jamais invité si j'avais été au courant… Je ne peux pas prétendre regretter sa mort bien sûr — non, ma seule crainte est qu'un scandale rejaillisse sur la famille. Bon sang ! Je me marie demain ! Si les gens apprenaient que ma sœur a l'intention de suivre l'homme qui a tué le frère de Harrington… Ils trouveront étrange que Bernard ait été assassiné ici. De là à penser que Wrexham a fui le pays… Notre nom sera traîné dans la boue !

— Tu n'as rien à craindre, répliqua froidement Rosalyn. Damian reviendra dans peu de temps me chercher. Si tu considères que mon bonheur t'est nuisible, tu peux toujours me renier.

— Tu le suivrais quand même, sachant qu'il est peut-être un meurtrier ? s'exclama Freddie, horrifié. Enfin, Rosalyn, tu perds l'esprit ! Ne vois-tu pas que tu ne peux plus l'épouser ?

Rosalyn sentit des larmes lui piquer les yeux. Comment son frère pouvait-il proférer semblables calomnies ?

— Non, je ne le vois pas ! cria-t-elle, ulcérée. J'ai la conviction que Damian ne tuerait jamais un homme de cette façon. Ton attitude, me dégoûte… Je monte dans ma chambre, veuillez m'excuser.

— Rosalyn ! s'écria son frère comme elle atteignait la porte. Je suis désolé… mais tout l'accuse, tu comprends ?

Elle se retourna et le fixa avec commisération.

— Vraiment, Freddie ? J'avais cru pourtant comprendre que toi aussi tu avais de bonnes raisons d'en vouloir à Harrington… Où étais-tu à l'heure de sa mort, peux-tu me le dire ?

Freddie resta muet de stupeur. Se faire ainsi insulter, dans sa propre maison ! Il entendit à peine sa tante déclarer d'un ton de reproche :

— Tu n'avais pas le droit de porter de telles accusations, Freddie. Tu dois beaucoup à Rosalyn, et tu ne l'as pas toujours traitée correctement. Cette maison, par exemple, était son foyer, et tu l'en chasses aujourd'hui, sans une pensée pour elle. Tu dois lui présenter tes excuses, sinon il se creusera entre vous un fossé qui pourrait bien n'être jamais comblé.

— Des excuses après ce qu'elle m'a dit ! se récria Freddie, outré. Qu'elle réfléchisse un peu, et ensuite c'est *elle* qui viendra me présenter des excuses !

Là-dessus, il partit en claquant la porte.

Pendant ce temps, dans sa chambre, Rosalyn, en proie à une agitation extrême, faisait les cent pas. Quelqu'un, après avoir été le témoin de sa dispute avec Harrington, avait tué ce dernier. Se pouvait-il qu'il s'agisse de Damian ? L'homme qu'elle aimait de tout son être était-il capable de meurtre ? Elle se refusait à le croire. Damian aurait défié ouvertement son ennemi, comme il l'avait fait pour Roderick. Quelqu'un d'autre avait abattu Harrington, sans même essayer de dissimuler le corps.

Au-delà du mystère, cependant, c'était la réaction de Freddie qui révoltait le plus Rosalyn. Comment osait-il accuser Damian sans preuves, et lui demander à elle de renoncer à sa seule chance de bonheur ? A moins qu'il n'essayât de cacher sa propre culpabilité ? Son visage reflétait un sentiment proche de la peur. Etait-il capable d'avoir commis cet acte insensé et, pour se dédouaner, de rejeter la faute sur un innocent ? Cela serait terrible — et pourtant pas inconcevable : Freddie avait toujours été égoïste, s'occupant d'abord de son propre confort avant de songer à celui des autres.

« Oh ! Damian, songea-t-elle, pourquoi n'es-tu pas ici ? Pour te défendre, et me serrer dans tes bras. J'ai tellement besoin de toi ! »

Toutefois, se gourmanda-t-elle aussitôt, sa propre détresse

n'était rien à côté de celle de Mme Jenkins. La malheureuse avait-elle été avertie du drame ? Freddie serait bien capable de lui cacher la vérité par crainte qu'elle ne s'avise de différer le mariage. Mais il n'était plus temps d'atermoyer. Il fallait avertir Mme Jenkins du décès de son frère, quelles qu'en fussent les conséquences…

Mue par cette résolution, la jeune femme se passa un peu d'eau froide sur le visage et se prépara à une entrevue délicate. Mais à ce moment, on frappa à la porte.

— Entrez, dit Rosalyn, pensant que Freddie venait poursuivre la discussion.

A sa grande surprise, ce fut Mme Jenkins qui entra.

— Pardonnez-moi de vous déranger, commença-t-elle d'une voix posée. Mme Buckley m'a informée de… du regrettable accident survenu à mon frère.

Rosalyn s'attendait à de la colère, de l'indignation, du désespoir, mais certainement pas à un tel calme.

— Vous… vous a-t-elle dit comment il est mort ? questionna-t-elle, déconcertée.

— Il a été tué par un braconnier, sans doute. Ou alors… Mon frère avait beaucoup d'ennemis, miss Eastleigh. A plusieurs reprises déjà, il avait été menacé de mort. Je dois dire que dernièrement, il avait des fréquentations très peu recommandables.

— Je… Vous avez sans doute raison, madame. C'est vraiment un regrettable accident. Si vous désirez que le mariage soit remis à plus tard, je comprendrai.

— Absolument pas ! Je ne veux faire cela à Béatrice. Après tout, peu de personnes savent que Bernard… a eu un accident. Faisons donc comme si rien ne s'était passé. Plus tard, je ferai paraître un avis de décès dans le journal. Cela devrait suffire.

— C'est très généreux de votre part, et très courageux.

— Bernard et moi avons suffisamment perturbé l'harmonie de cette maison, poursuivit la vieille dame. Si mon frère vous a importunée avec ses attentions, c'est ma faute. Je lui avais suggéré de régler ses difficultés financières en vous épousant. J'ai eu tort et je vous en demande pardon.

— Ce… cela n'a plus d'importance, balbutia Rosalyn, totalement déroutée par ce *mea culpa* inattendu. Je regrette néanmoins qu'un accident si terrible soit arrivé à votre frère et je vous adresse mes sincères condoléances.

— Non, non ! coupa Mme Jenkins en essuyant une larme. Vous savez, j'aimais mon frère Roderick plus que tout. Sa mort m'a bouleversée. Je suis devenue amère, aigrie… J'ai essayé d'aimer Bernard, mais… je ne me réjouis pas de sa fin, bien sûr, mais je peux vous assurer que je ne souffre pas outre mesure.

— Dans ce cas, nous n'en parlerons plus, madame, dit Rosalyn, heureuse de s'en sortir à si bon compte. Avez-vous prévenu mon frère que la cérémonie aurait lieu comme prévu ?

— Cela vous ennuie-t-il de le faire pour moi ? J'aimerais rester dans ma chambre ce soir.

— Etes-vous encore indisposée ? Les nausées sont-elles revenues ?

— Non, rassurez-vous. Votre médecin avait raison, miss Eastleigh. Ma poudre n'était plus bonne, c'est ce qui me rendait malade. Je suis certaine que ces crises ne reviendront plus maintenant.

Après le départ de Mme Jenkins, Rosalyn, épuisée, se laissa choir sur une chaise. Une pensée si terrible la hantait qu'elle en avait le vertige. Non, c'était impossible ! Elle était victime de son imagination débordante. Comme l'avait dit Mme Jenkins, la mort de Bernard était certainement un accident, et non un meurtre.

Dans un sursaut d'énergie, la jeune fille se leva. Elle devait aller tout de suite prévenir Freddie que le mariage était maintenu si elle ne voulait pas qu'il aille déranger Mme Jenkins. La malheureuse avait besoin de temps pour se remettre du terrible choc car, assurément, elle avait davantage de chagrin qu'elle ne consentait à le montrer…

# 10

Le dîner se passa sans incident, malgré la tension presque palpable qui régnait autour de la table. Rosalyn surprit plusieurs fois le regard perplexe de Béatrice, comme si cette dernière sentait qu'on lui cachait quelque chose : Freddie avait en effet exigé qu'elle ne fût pas informée, pour l'instant, de la mort de Harrington.

L'entretien entre le frère et la sœur s'était déroulé deux heures plus tôt dans la bibliothèque. Freddie s'était déclaré satisfait d'apprendre que le mariage pourrait avoir lieu comme prévu, mais ne s'était pas excusé pour sa conduite. Rosalyn, de son côté, avait campé sur ses positions : en fait, elle éprouvait tant de colère que, sans sa réelle affection pour Béatrice, elle aurait déjà quitté la maison.

Sitôt après le dessert, la jeune femme regagna sa chambre avec l'intention de boucler ses valises. Elle avait décidé de n'emporter que le strict minimum, c'est-à-dire les tenues achetées dernièrement et ses trésors personnels, des objets ayant appartenu à ses parents ainsi que les bijoux de sa mère.

C'est alors qu'en ouvrant le tiroir où elle rangeait les pistolets de son père, elle reçut un choc : l'un d'eux manquait ! Médusée, elle regarda l'emplacement vide. L'arme avait été soigneusement rangée après avoir servi à chasser les agresseurs, de Jared, elle en était sûre. En conséquence, *quelqu'un* l'avait volé depuis, en même temps que des munitions. Mais *qui* ?

Rosalyn se sentit soudain glacée. L'arme avait-elle servi à tuer Bernard Harrington ? Oh ! si seulement Damian avait été là pour la prendre dans ses bras et la rassurer ! Cette pensée l'amena à se rappeler que l'heure de leur rendez-vous approchait et, le cœur en émoi, elle s'empara d'un chandelier avant de quitter silencieusement la maison. Le jardin baignait dans la lumière argentée et romantique du clair de lune.

Mais dans l'heure qui suivit, Damian n'apparut point.

— Oh ! Damian, où es-tu ? murmura-t-elle, désespérée. J'ai tellement besoin de toi… Je voudrais te parler, me serrer contre toi…

Déçue, elle attendit encore puis, de guerre lasse, retourna se coucher. Demain, peut-être…

Le jour du mariage se leva, radieux. Béatrice, exquise dans sa robe immaculée, entra dans l'église pour unir sa vie à celle de Frederick. Rosalyn essuya discrètement une larme, amusée de voir sa tante Susan faire de même.

— J'espère qu'ils seront heureux, chuchota cette dernière. Regarde sur ta droite… Ne trouves-tu pas que Sarah Jane a beaucoup grandi ?

Rosalyn hocha la tête, incapable de prononcer un mot. Elle venait d'apercevoir, dissimulée derrière un pilier au fond de l'église, une silhouette qu'elle avait aussitôt reconnue. Damian était revenu ! Il lui fallut rassembler sa volonté pour ne pas courir vers lui. Après avoir attendu tout ce temps, elle pouvait bien faire ce dernier effort ! Mais les minutes lui semblèrent longues jusqu'au retour à la maison où la réception était organisée. Elle éprouva les plus grandes difficultés à garder le sourire et à écouter les bavardages des invités.

La réception battait son plein lorsque, à bout de patience, elle décida de s'éclipser quelques instants. Elle traversa sans hâte la foule des invités et se dirigea vers le verger. Au détour d'une haie, Damian apparut soudain devant elle.

— Vous êtes venue ! murmura-t-il en la prenant dans ses bras. Je ne savais pas si vous auriez l'opportunité de vous échapper, mais je ne pouvais pas attendre jusqu'à ce soir. Comme vous m'avez manqué, ma chérie !

— Vous aussi, répondit-elle dans un souffle. Tout est prêt. Je peux partir dès que…

Elle s'interrompit en voyant Damian fixer un point derrière elle. Inquiète, elle fit volte-face — pour voir Freddie se diriger vers eux à grands pas, le visage congestionné de colère.

— Je m'en doutais ! maugréa-t-il. Si tu te moques de ce que les gens diront de toi, pense au moins à la réputation de ma femme !

— Freddie ! s'exclama Rosalyn, outrée par cette accusation injuste. Alors que j'ai tout fait pour faciliter ton mariage, tu oses à présent m'accuser de ne penser qu'à moi ! De toute façon, Damian et moi nous allons bientôt partir. Dès lors, quelle importance, si quelqu'un nous voit ?

— Je ne tiens pas à ce que ma sœur soit vue avec un meurtrier.

— Qu'est-ce à dire ? intervint Damian, outré. Vous ne me croyez tout de même pas responsable du meurtre de Bernard Harrington, j'espère ?

— Vous ne niez donc pas qu'il s'agit d'un meurtre ! J'étais prêt à accepter votre relation avec ma sœur et à oublier le passé, mais votre nouveau forfait change tout.

— Je vous donne ma parole que je n'ai rien à voir là-dedans, affirma fièrement Wrexham. Me croyez-vous, Rosalyn ?

— Bien sûr, répondit-elle aussitôt. Je sais que ce n'est pas vous, Damian.

— Tu es folle ! gronda Freddie. Tu n'as que sa parole ! Tu pourrais donc l'épouser, sachant qu'il est peut-être un assassin ?

— Je l'épouserai envers et contre tout, répondit Rosalyn d'un ton sans appel. Damian m'aime, lui. On ne peut pas en dire autant de toi, Freddie. Et comme tu n'es pas mon tuteur, je suis libre d'épouser qui je veux… Damian, attendez-moi ici, s'il vous plaît, je n'en ai que pour quelques minutes.

— Si tu pars maintenant, c'en est fini entre nous ! menaça Freddie, blanc de rage. Tu ne pourras jamais remettre les pieds chez nous ! J'interdirai à Béatrice de te parler !

Pâle mais digne, Rosalyn soutint sans ciller le regard de son frère.

— Je ne tiens pas à revenir. Cette maison n'est plus la mienne, et tu n'es plus mon frère.

Et, le cœur en charpie, elle s'enfuit vers la demeure.

— J'espère que vous êtes content ? s'écria Freddie en retournant sa rage contre Damian. Vous croyez vous en tirer à bon compte, Wrexham, mais les gens jaseront, ils diront que vous avez tué Harrington ! Même si, en privé, ils pensent que vous leur avez rendu service, en public, ils refuseront de vous saluer ! Vous serez un paria, et Rosalyn avec vous !

Damian serra convulsivement ses poings, faisant un effort surhumain pour maîtriser sa colère. S'il infligeait une correction à Freddie, la rupture serait irréparable. Or, il ne voulait rien faire qui puisse empêcher Rosalyn de revoir un jour sa famille.

— Si vous n'étiez pas son frère, je vous demanderais des comptes, énonça-t-il entre ses dents serrées. Ne vous avisez jamais plus de lui faire de la peine ou vous tâterez de ma cravache !

— Allez au diable ! cria Freddie. Je vous maudis tous les deux !

Et sur un dernier regard venimeux, il partit sans se retourner.

Rosalyn s'apprêtait à quitter sa chambre, ses deux sacs de voyage à la main, lorsque sa tante entra. Cette dernière vit les yeux gonflés de la jeune femme et tira aussitôt les conclusions qui s'imposaient.

— Je viens de voir Freddie. Vous vous êtes encore disputés, c'est cela ?

— Il voulait m'empêcher de partir avec Damian, ma tante. Il dit que tout est fini entre nous et qu'il interdira à Béatrice de me parler. Mais cela m'est égal, tu comprends, j'aime Damian !

— Bien sûr, ma chérie, dit Mme Buckley en la serrant dans ses bras. Tu as ma bénédiction, et tu seras toujours la bienvenue chez moi.

— Merci, murmura Rosalyn, oppressée. En fait, je…

Elle n'eut pas le loisir de terminer sa phrase : Maria surgit, tout essoufflée.

— Tu n'allais pas partir sans nous dire au revoir, tout de même ?

— Certainement pas, Maria. Et ne pleure pas, voyons ! Pardonne-moi, car je ne serai pas là pour ton mariage, mais je t'écrirai dès que nous serons installés.

— Je descends avec toi, Rosalyn, déclara Susan Buckley. Je voudrais faire la connaissance de Wrexham, et l'assurer de ma sympathie.

— Moi aussi, compléta Maria. Et tant pis pour Freddie ! Son comportement à ton égard est impardonnable, et je ne manquerai pas de le lui dire.

— Merci, dit Rosalyn, touchée. Je suis contente de pouvoir montrer à Damian que toute ma famille n'est pas contre lui.

Wrexham n'avait pas bougé et attendait en compagnie de Sarah Jane. Cette dernière se tourna, radieuse, vers les arrivantes.

— J'ai donné à M. Wrexham un message pour Jared… Je dois rentrer, Rosalyn, avant que Béatrice ne parte à ma recherche. Je n'oublierai jamais combien tu as été généreuse envers moi et j'espère que nous nous reverrons bientôt.

Pétulante, elle planta un baiser sur la joue de Rosalyn avant de s'éclipser en courant.

— Damian, voici ma tante, Mme Susan Buckley, déclara

Rosalyn. Elle désirait faire votre connaissance. Quant à Maria, elle tenait absolument à vous dire au revoir.

— Je voulais vous souhaiter bonne chance, confirma Maria, une nouvelle fois au bord des larmes. J'ai confiance en vous, je sais que vous prendrez bien soin de Rosalyn.

Les adieux faits, Damian prit les valises de Rosalyn et se tourna vers elle, l'air interrogateur.

— Prête ?

— Absolument.

— Nous devrons marcher jusqu'à la maison. Je n'avais pas prévu de partir aussi rapidement.

— Moi non plus, répondit-elle avec un sourire un brin forcé. Ne vous inquiétez pas pour moi, Damian. Mon frère s'est montré odieux, mais nous ne le laisserons pas nous gâcher la vie.

Damian, soucieux, voyait qu'elle essayait avec peine de faire bonne figure. Ils ne se connaissaient que depuis peu de temps, et cette décision rapide l'éloignait de tout ce qui, jusqu'ici, constituait sa vie. Ne risquait-elle pas, un jour, de regretter son choix ?

Il faisait déjà nuit lorsqu'ils arrivèrent à Douvres. Rosalyn avait dormi pendant une bonne partie du voyage, sa tête sur l'épaule de Damian. Au début, ils avaient parlé de leur nouvelle vie, et Damian lui avait décrit la maison qu'il avait louée dans les environs de Paris.

— Nous n'y resterons qu'une semaine ou deux, mais je pense que vous vous y plairez. Nous irons écumer les magasins, ma chérie. Je vous achèterai tout ce qui vous plaira !

— Pourquoi ? J'ai mon argent, auquel Freddie ne peut pas toucher, heureusement. Vous n'avez pas besoin de m'offrir quoi que ce soit, Damian.

— Vous n'allez pas me priver de ce plaisir, tout de même ? Pendant des années, je n'ai fait qu'accumuler des richesses.

A présent que j'ai la possibilité de dépenser, vous n'allez quand même pas m'en empêcher !

— Vous êtes donc si riche ?

— Je le crains ! Mes années en Inde ont été bien employées. Cela vous gêne-t-il, par hasard ?

— Non… Mais si vous souhaitez vous ruiner pour moi, je dois vous avouer que j'ai un faible pour les chevaux ! C'est une passion inassouvie et je peux être extravagante dans ce domaine !

— Les chevaux ? Par exemple, encore un point commun ! Vous aurez ce qui se fait de mieux, c'est juré !

— Combien de temps resterons-nous à Paris ?

— Le temps de nous marier, ma douce. Jared se trouve à la campagne et nous le rejoindrons bientôt. En attendant, j'ai des amis à Paris et nous pourrons organiser une petite réception… Pourquoi cet air étonné ? J'ai certes été banni en Angleterre, mais pas en France ! Edward et Charlotte Forrester ont vécu en Inde pendant sept ans, et nous sommes devenus d'excellents amis. Ils seront ravis de faire votre connaissance, j'en suis sûr. Charlotte me harcèle depuis des années pour que je me marie !

Rosalyn avait souri, oubliant le sentiment de gêne qu'elle avait éprouvé lorsque Damian avait affirmé son intention de la couvrir de cadeaux. Certes, il était normal pour un mari d'offrir des présents à son épouse, mais elle n'avait pas l'habitude d'être ainsi choyée. Il lui faudrait des mois, peut-être même des années, pour accepter d'être enfin aimée…

Lorsqu'elle ouvrit les yeux, l'attelage faisait son entrée dans la cour bruyante d'une auberge.

— J'avais réservé deux chambres pour demain soir seulement, dit Damian en l'aidant à descendre. J'espère qu'ils pourront quand même nous loger. Il y a d'autres auberges dans la région, mais celle-ci est la meilleure.

Rosalyn lui sourit gaiement, bien décidée à s'accommoder de tout. Une grande aventure commençait pour elle avec l'homme de sa vie. Les dés étaient jetés, et malgré une légère appréhension, bien naturelle, elle se sentait enfin merveilleusement vivante !

D'autres attelages étaient arrivés presque simultanément, et les malles et les valises s'entassaient un peu partout. Damian dut attendre son tour pour apprendre qu'il ne restait plus qu'une chambre disponible.

— Je crains qu'il ne nous faille aller ailleurs, dit-il à Rosalyn. Il n'y a plus qu'une chambre de libre.

— Eh bien, cela suffit, il me semble, dit doucement la jeune femme.

Son regard était si doux, si prometteur... Damian hésita, sentant le désir monter en lui.

— Etes-vous sûre ? murmura-t-il, oppressé.

— Tout à fait sûre.

Il n'insista pas et retint la chambre pour la nuit. Ensuite, tous deux se rendirent dans la salle à manger déjà bondée où ils eurent la chance de trouver une dernière table isolée près de la fenêtre.

Rosalyn n'avait presque rien mangé pendant la réception et elle fit honneur au saumon poché et aux pointes d'asperges qu'on leur servit. Elle but deux verres d'un délicieux vin blanc qui farda ses joues d'un rose délicat. Damian, lui, toucha à peine à son plat et demeura étrangement silencieux jusqu'au moment où, d'une voix rauque, il proposa :

— Voulez-vous que nous montions, maintenant ?

Un délicieux frisson parcourut la jeune femme. Maintenant que le moment était venu, elle ne pouvait s'empêcher d'éprouver une certaine nervosité, comme toute jeune mariée le soir de ses noces, sans doute. Car même si elle ne portait pas encore d'alliance à son doigt, la nuit à venir serait sa première nuit d'amour...

— Oui, je suis prête, dit-elle enfin en lui tendant la main.

Une fois dans leur chambre, elle s'attarda un moment

devant la fenêtre à contempler la cour devenue calme avant de fermer les rideaux. Puis elle se retourna et vit que Damian l'observait avec, dans les yeux, une expression si étrange qu'elle s'inquiéta.

— Quelque chose ne va pas ?

— Non, non, dit-il en s'approchant pour lui effleurer la joue. C'est seulement que… Etes-vous vraiment sûre de vouloir m'appartenir ? Il n'est pas trop tard pour changer d'avis, je comprendrais.

— Et vous, avez-vous changé d'avis ?

— Bien sûr que non !

— Alors, pourquoi cet air soucieux ? Doutez-vous de mon amour ? Est-ce à cause de mon frère ? Freddie n'avait pas le droit de dire ce qu'il a dit.

— Il m'a accusé de meurtre…

— Chut ! mon amour. Je sais, moi, que vous n'avez pas tué Bernard Harrington. Peu m'importe l'opinion des autres. J'ai la conviction que vous êtes innocent. Je vous aime, et vous aimerai envers et contre tout.

— Alors, rien de mauvais ne peut nous arriver, dit-il en la prenant dans ses bras. Ma ravissante femme… mon amour… ma vie…

Rosalyn s'abandonna à son étreinte et répondit de toute son âme au baiser passionné qu'il lui donna avant d'effeuiller ses vêtements avec une infinie délicatesse et de la porter jusqu'à leur lit.

Ce ne furent plus ensuite que soupirs, caresses et murmures d'extase. Rosalyn ignorait qu'on pût éprouver pareilles félicités, et Damian avait oublié qu'il pût en exister.

Lorsque se fut dénoué l'écheveau de leur plaisir, il effaça une larme qui roulait sur la joue de son aimée.

— Tu pleures ? s'enquit-il, alarmé.

— De bonheur. J'ignorais que cela pouvait être aussi merveilleux.

— C'est *toi* qui es merveilleuse, assura-t-il avec ferveur. J'ai de la chance que personne ne t'ait enlevée à moi plus tôt.

Rosalyn s'abstint de répondre, se contentant de sourire. Ils avaient toute la vie devant eux pour parler. Un jour, elle lui dirait qu'elle avait toujours pensé que son âme sœur l'attendait quelque part et que le destin finirait par les réunir. Elle n'avait jamais fait de compromis, refusant de se marier uniquement pour avoir sa propre maison, comme tant d'autres femmes.

Elle savait maintenant qu'elle avait eu raison.

# 11

— Enfin ! J'attends ce jour depuis si longtemps ! s'exclama Charlotte Forrester en embrassant Rosalyn d'une étreinte parfumée. Vous êtes ravissante, ma chère ! Je comprends que vous ayez réussi là où tant de jolies femmes ont échoué !

— C'est vous qui êtes ravissante, Charlotte. Et si compréhensive… Je craignais que vous ne me jugiez mal, sachant que Damian et moi…

Elle s'interrompit, le feu aux joues.

— Quelle importance ? dit Charlotte. Votre attitude s'explique, surtout après que votre frère vous ait obligée à quitter la maison aussi brusquement… De toute façon, vous vous mariez la semaine prochaine, n'est-ce pas ? Alors, où est le problème ?

Depuis leur première nuit à l'auberge, Damian et Rosalyn ne s'étaient plus quittés : il leur semblait absurde de dormir dans des chambres séparées sous leur propre toit ! En outre, Rosalyn ne supportait plus la solitude. Elle connaissait avec Damian un bonheur insoupçonné et même si elle sentait parfois une étrange mélancolie s'emparer du jeune comte, elle l'acceptait, certaine qu'un jour, il se confierait de lui-même. En attendant, il lui suffisait d'aimer et d'être aimée.

— Alors, sommes-nous prêtes ? demanda Charlotte. Ces messieurs vont s'impatienter. Je vous préviens que la pièce de théâtre à laquelle nous allons assister est un peu osée, mais tout le monde dit que c'est extrêmement drôle !

Vous verrez, les Français arrivent à rendre tout beaucoup plus amusant !

Rosalyn la crut sur parole. Depuis leur arrivée quelques jours plus tôt, Damian l'avait emmenée voir plusieurs spectacles au café-concert, où régnait une atmosphère libertine des plus rafraîchissantes. Elle adorait ces journées passées à explorer la Ville Lumière au bras de son futur mari… Les rues animées formaient un tel contraste avec sa paisible campagne anglaise qu'elle n'avait pas le temps d'éprouver de regrets. D'ailleurs, qu'y avait-il à regretter ? La dispute avec son frère, peut-être, mais il en était responsable, et elle se refusait à le laisser gâter sa joie.

Ce soir-là, ils se rendirent donc au théâtre dans l'équipage des Forrester. Rosalyn éblouie découvrit le foyer pourpre et or, doté d'un majestueux escalier qui menait aux loges privées. Les dames rivalisaient d'élégance au bras de leurs cavaliers et les accords étouffés de l'orchestre se faisaient entendre.

— C'est magnifique ! chuchota-t-elle à Damian. Heureusement que tu m'as forcée à acheter cette robe ! J'aurais eu l'air d'une provinciale !

— Dans n'importe quelle tenue, tu seras toujours resplendissante, répliqua Damian. La pièce va bientôt commencer, il faut trouver notre loge. Je crois que…

Il s'interrompit brusquement, les sourcils froncés. Rosalyn suivit la direction de son regard — et sentit un grand froid l'envahir à la vue de Béatrice et Freddie. Ce dernier les avait également aperçus, à en juger par son expression outragée. Rosalyn se mordit la lèvre. Seigneur, elle avait oublié que son frère devait passer sa lune de miel à Paris ! Que faire ? Damian, l'air sombre, restait immobile. A ce moment, Béatrice les vit aussi et fit mine d'aller vers eux. Freddie lui chuchota alors quelques mots impérieux à l'oreille et l'entraîna d'autorité dans la direction opposée. Béatrice, impuissante, leur jeta un regard désespéré.

Freddie l'avait délibérément ignorée ! Rosalyn, très pâle, eut peine à masquer sa déception.

— Je suis navré, lui dit Damian en l'entourant d'un bras protecteur. Il aurait pu au moins te saluer. Il a été abominablement grossier,

— Peu importe, rétorqua-t-elle en relevant la tête d'un air de défi. Si mon propre frère choisit de ne plus me connaître, c'est son affaire. Dépêchons-nous, Charlotte va se demander où nous sommes passés.

Damian aurait voulu poursuivre Freddie et le forcer à s'excuser d'avoir ainsi profondément blessé Rosalyn, mais cela aurait provoqué une scène terrible qui n'aurait fait qu'aggraver la situation. Pendant toute la pièce, il se contenta donc d'observer du coin de l'œil Rosalyn qui essayait courageusement de faire bonne figure. Depuis leur arrivée à Paris, il lui avait acheté plus de robes qu'elle n'en pouvait porter, ainsi qu'une bague en diamant et émeraude qui complétait la parure qu'elle portait ce soir. D'autres bijoux attendaient dans leur écrin le moment propice pour lui être offerts. Cette débauche de cadeaux n'avait qu'un but : essayer de compenser tout ce qu'elle avait perdu en le suivant. Mais quel présent pourrait jamais réparer le mal qui lui avait été fait ce soir ? Aucun, il le craignait…

Rosalyn, de son côté, avait pleinement conscience du regard anxieux de Damian posé sur elle tandis qu'elle tentait de contrôler sa colère. Au diable Freddie ! C'était typique de sa part, de n'en faire qu'à sa tête sans se soucier d'elle. Combien de fois n'avait-elle pas déjà été blessée par son égoïsme ? Mais c'était fini. Plus jamais elle ne se laisserait atteindre par ce qu'il dirait ou ferait.

Cette nuit-là, Rosalyn se donna à Damian encore plus ardemment que d'habitude, comme poussée par une sorte de désespoir.

— Serre-moi très fort, Damian, répétait-elle. Aime-moi… Ne me quitte jamais…

— Petite diablesse ! s'exclama Damian. J'ai l'impression d'avoir une tigresse dans mon lit ! Aucun danger que je prenne une maîtresse : je n'en aurais pas l'énergie !

— Mais tu as déjà une maîtresse : moi, dit-elle d'une voix altérée.

Le sourire de Damian s'évanouit aussitôt, et il dit d'un ton sec :

— Seulement parce que je n'ai pas pu organiser la cérémonie plus tôt. C'était ton choix, Rosalyn. Moi, j'aurais attendu.

Rosalyn comprit alors qu'elle avait mis le doigt sur une blessure à vif. Quelle douleur ancienne Damian s'évertuait-il à cacher ?

— Je ne tenais pas à attendre, assura-t-elle doucement. Ne sois pas fâché, mon amour. Epouse ou maîtresse, je t'aime, et je sais que tu m'aimes aussi. Je n'ai pas le sentiment d'avoir été brusquée. Je suis venue à toi de mon plein gré, parce que je t'aime.

Il la regarda un instant sans répondre, le visage impénétrable, avant de l'attirer de nouveau contre lui.

— Je t'aimerai toujours, murmura-t-il dans son oreille. Je crains seulement qu'un jour, tu regrettes de n'avoir pas réfléchi à deux fois avant de quitter ta famille. C'est vrai, j'étais fâché tout à l'heure, mais pas contre toi. Dors, ma chérie.

Il sourit en voyant qu'elle était déjà presque endormie : elle possédait cette chance de pouvoir se mettre en boule comme un chaton et de s'endormir aussitôt. Lui, en revanche, qui avait connu la douleur de l'exil, ne pouvait se défaire d'un sentiment de culpabilité pour l'avoir enlevée à son foyer et à sa famille. Mais ce qui le révoltait plus que tout, c'était cette accusation de meurtre qui réveillait de si mauvais souvenirs. Mais que pouvait-il faire pour laver son nom, ce nom qu'il s'apprêtait à donner à Rosalyn ?

*
* *

— Es-tu sûre que cela ira ? demanda-t-il à Rosalyn le lendemain matin. Je déteste te laisser seule, ma chérie, mais j'ai plusieurs rendez-vous d'affaires.

— Mais bien sûr, voyons. Je suis tout de même capable de m'occuper seule pendant quelques heures ! Je dois écrire à Maria et à tante Susan.

Peu de temps après le départ de Damian, un visiteur inattendu fut annoncé. Rosalyn se leva, pleine d'appréhension : ce ne pouvait être que Freddie ! Que lui voulait-il ?

— Il ne s'agit pas d'une visite de courtoisie, tu t'en doutes ! lui annonça son frère sans préambule, en pénétrant dans le vestibule. Dans son testament, Père stipule que tu dois recevoir ta part d'héritage lors de ton mariage. Or, apparemment, la cérémonie n'a pas encore eu lieu…, conclut-il non sans ironie.

— La semaine prochaine, répondit posément Rosalyn. Veux-tu t'asseoir ? Béatrice n'est pas venue avec toi ?

— Tu n'imagines quand même pas que j'amènerais ma femme ici, dans cette maison ?

— Cela suffit ! cria Rosalyn, outrée. Je n'ai pas l'intention de te laisser m'insulter ! Dis ce que tu as à dire et va-t'en !

— Fort bien. J'espérais que tu retrouverais ta raison, mais je me trompais. Voici des papiers que tu dois signer et envoyer à mes avocats. Après, nous n'aurons plus rien à nous dire. J'ai interdit à Béatrice de t'écrire. Je ne tiens pas à ce que mon épouse fréquente la femme d'un meurtrier.

Rosalyn résista à l'envie de le gifler. Ne disait-on pas qu'il n'était pire vengeance que l'indifférence ?

— J'ai honte pour toi, Freddie, prononça-t-elle avec dignité. Je n'aurais jamais cru que tu pouvais te montrer aussi aveugle et cruel. Tu accuses Damian de meurtre, mais n'y as-tu jamais pensé toi-même ? Ne sois pas trop prompt à jeter la première pierre, car c'est toi qui en souffriras le plus.

Freddie détourna son regard, mal à l'aise, et partit aussi furieux qu'il était arrivé. Rosalyn demeura un instant immobile, les yeux fixés sur la porte fermée, puis elle jeta les papiers dans un tiroir avec l'intention de les lire plus tard. Pour l'instant, elle avait besoin de sortir prendre l'air !

— Oh, Damian ! Ils sont splendides ! Merci, merci infiniment ! Ils dépassent mes rêves les plus fous !

Aux anges, Rosalyn admirait les deux magnifiques chevaux que Damian venait de lui offrir de même qu'un superbe phaéton au réchampissage cerise.

— Je voulais ce qu'il y a de mieux, assura Damian, heureux de sa joie. J'en ai vu plus d'une douzaine avant de les trouver. Et toi, qu'as-tu fait de beau aujourd'hui ?

— Oh ! je suis restée dans le jardin ! répondit-elle d'un ton évasif, peu désireuse de dissiper l'enchantement en racontant la visite de Freddie. J'ai quand même réussi à écrire mes lettres.

Damian sentit qu'elle ne lui disait pas tout, mais il n'imagina pas la raison de cette réserve.

— Une lettre d'Ahmed m'attendait à l'ambassade, annonça-t-il. Il a fini par céder aux pressions et a fait de son second fils l'héritier officiel.

— Oh ! pauvre Jared ! s'exclama Rosalyn. Comment un père peut-il agir ainsi ?

— Il n'avait guère le choix, malheureusement. Mais il a versé une somme importante dans une banque parisienne afin que, plus tard, Jared ne manque de rien.

— L'argent peut-il remplacer l'affection d'un père ?

— Bien sûr que non. Mais Ahmed m'a donné son accord pour que j'adopte officiellement son fils. En lui donnant mon nom, je le mettrai à l'abri d'attaques calomnieuses, ce qui est essentiel.

Rosalyn se dressa sur la pointe des pieds pour lui donner un baiser sur la joue.

— Je suis heureuse que les choses s'arrangent. Jared va être si content de vivre avec toi !

— Je tiens à le lui annoncer moi-même, c'est pourquoi il conviendrait de partir immédiatement après le mariage.

— Bien sûr, approuva Rosalyn. Je serai prête.

La cérémonie fut simple mais émouvante, réunissant quelques amis du couple dont les Forrester. Un soleil éclatant brillait lorsque Rosalyn, radieuse, sortit de la petite église au bras de son mari. Après la réception organisée dans un palace, les nouveaux mariés se mirent en route dans la berline flambant neuve que Damian avait récemment acquise.

— Lady Marlowe est-elle heureuse ? demanda-t-il plaisamment.

— Follement heureuse ! répondit Rosalyn en riant.

Elle était désormais comtesse de Marlowe, ce qui, au vu des circonstances, ne manquait pas de sel !

— Pourquoi souris-tu ?

— Pour rien. Cela me fait drôle de m'entendre appeler « milady ».

— Je veux qu'il n'y ait aucun doute sur la légalité de notre mariage, expliqua gravement Damian. Ce titre de noblesse ne signifie rien pour moi, mais tu es libre de le porter ou non.

— Je suis ta femme et cela me suffit. Peu m'importe par quel nom on m'appelle.

Sous leurs yeux défilaient les paysages infiniment variés de la campagne française, les collines couvertes de vignobles, les étendues vertes des champs, et les petits villages endormis au soleil. A l'auberge où ils passèrent la nuit, ils connurent des transports encore plus passionnés qu'à l'habitude, comme si le fait d'avoir officialisé leur union avait encore renforcé leur amour.

Avant de s'endormir, Rosalyn songea avec plaisir qu'ils arriveraient le lendemain soir dans la maison qui serait leur foyer pendant quelques semaines, jusqu'à leur départ pour l'Andalousie.

# 12

— Nous y voilà, mon amour, dit Damian lorsque la berline tourna dans l'allée. J'espère que tu approuveras mon choix. Cette maison est ancienne mais devrait nous suffire… Ah ! je vois qu'on nous attendait !

Jared s'avançait à leur rencontre, tout sourire.

— Soyez les bienvenus, dit-il en tendant la main à Rosalyn pour l'aider à descendre. Alors, que pensez-vous de la maison ? Elle est belle, n'est-ce pas ? Sentez-vous l'arôme des fleurs ? Le soir, c'est toujours le parfum du jasmin qui domine.

Rosalyn lui sourit, émue par les changements subtils qui s'étaient opérés en lui durant ces dernières semaines : il avait pris plusieurs centimètres et semblait l'incarnation même du jeune gentleman, raffiné et élégant. Tout en lui racontant leur séjour à Paris, la jeune femme se demanda comment il réagirait en apprenant que son père l'avait renié au profit de son cadet. Elle se garda toutefois d'aborder cet épineux sujet et préféra lui confier son intention d'élever des pur-sang en Andalousie, projet qui, comme elle l'espérait, suscita l'enthousiasme du jeune homme.

Cette nuit-là, Damian lui fit l'amour avec sa fougue habituelle. Pourtant, très vite, son euphorie se dissipa tandis que s'emparait de lui la singulière mélancolie que Rosalyn avait appris à reconnaître.

— Qu'y a-t-il, Damian ? murmura-t-elle. Quelque chose ne va pas ?

— Rien du tout, ma chérie, répondit-il en l'embrassant. Dors, maintenant.

Rosalyn n'insista pas. Etait-ce la fin tragique d'Helen qui continuait à tourmenter Damian ? Peut-être la sœur de son ami lui avait-elle été plus chère qu'il ne le prétendait ? Dans ce cas, c'était à lui seul qu'il appartenait de surmonter ce deuil tragique. Elle, Rosalyn, ne pouvait que l'y aider en lui montrant chaque jour combien elle l'aimait.

— As-tu déjà rencontré le comte, Damian ? demanda Rosalyn le lendemain dans la voiture qui les emmenait chez Christophe Devere, un ami de Charlotte et Edward Forrester.

— Non, mais j'en ai beaucoup entendu parler. Riche, beau et charmeur, il est constamment assailli par une nuée de débutantes, mais reste un célibataire endurci.

— Vraiment ? Je suis curieuse de voir à quoi ressemble ce don Juan ! déclara Rosalyn en riant.

Ils furent accueillis dans un somptueux palais qui n'avait pas grand-chose à envier au château de Versailles. Quand on la présenta au comte, Rosalyn vit que sa réputation n'était pas usurpée : ses cheveux d'un noir de jais et ses yeux bleu nuit lui conféraient un air de prédateur à l'affût de quelque proie. Eminemment élégant, il reçut ses convives anglais avec une exquise urbanité — et manifesta un intérêt tout particulier à Rosalyn.

— Je suis enchanté de vous rencontrer, madame, murmura-t-il en s'inclinant sur sa main. Vous dépassez en perfection tout ce que l'on m'avait dit de vous… Mes félicitations pour votre choix, milord, votre femme est vraiment délicieuse.

— En effet, répliqua sèchement Damian. J'ai eu l'honneur insigne d'être élu parmi d'autres admirateurs également dévoués.

Rosalyn le regarda, étonnée par son ton hostile. Se pouvait-il qu'il fût jaloux ? C'était possible, et cependant son instinct lui soufflait qu'il y avait autre chose...

Pendant le dîner, elle fut placée à la droite du comte, tandis que Damian se retrouvait à l'autre extrémité de la table, mais du même côté, de telle sorte qu'ils ne purent guère se regarder.

— Dites-moi, lady Marlowe, susurra le comte à son oreille, votre mari est-il toujours aussi possessif ? Je le comprends, remarquez : un tel trésor doit être jalousement gardé. Puis-je vous demander depuis combien de temps vous êtes mariés ?

— Quelques semaines.

— Ah... Tout nouveau tout beau..., murmura le comte. Dommage... Si nous nous étions rencontrés plus tard...

— Milord, je vous en prie ! dit Rosalyn, mal à l'aise. Je n'aime guère ce genre de propos.

— Vraiment ? Vous êtes décidément une femme peu ordinaire, répliqua le comte avec un sourire carnassier. Qu'aimez-vous, alors, ma chère ?

Rosalyn s'abstint de répondre et opposa dès lors une froideur polie à son voisin, qui n'en eut d'ailleurs pas l'air affecté et continua à lui prodiguer ses attentions. Après le repas, les messieurs se dirigèrent vers le fumoir tandis que les dames se réunissaient dans un salon attenant où des tables de jeu avaient été dressées. Lorsque, un peu plus tard, Damian entra, Rosalyn lui jeta un regard de détresse qui l'alerta.

Aussitôt, il vint la rejoindre.

— Pouvons-nous rentrer ? chuchota-t-elle.

— Les parties vont commencer. Veux-tu vraiment rentrer si tôt ?

La jeune femme n'osa pas insister, car il semblait heureux de jouer aux cartes. Elle se retrouva donc enrôlée dans une partie de whist, où elle joua médiocrement.

— Je n'ai jamais beaucoup aimé les cartes, dit-elle à ses

compagnons en guise d'excuse. Mon père et moi préférions les échecs.

Une autre invitée ne tarda pas à la remplacer. Voyant que Damian était absorbé par sa partie de poker, elle se dirigea vers la fenêtre ouverte par laquelle on apercevait le ciel étoilé.

— Ainsi, vous n'aimez pas les cartes, madame ? murmura soudain une voix charmeuse dans son dos.

— Pas beaucoup, monsieur le comte, admit-elle en s'écartant instinctivement. J'ai appris à jouer aux échecs avec un maître, et je préfère les jeux de l'esprit à ceux de hasard.

— Je vois… vous aimez contrôler votre destin. Dans ce cas, aimeriez-vous voir une de mes plus belles pièces de collection ? J'ai un splendide échiquier dans mon salon privé. Si vous voulez, nous pouvons y aller maintenant.

Rosalyn hésita, ne voulant pas l'offenser, mais déterminée cependant à ne pas se laisser prendre à un piège aussi grossier. Elle se tourna vers Damian qui venait de remporter une manche. Il la regardait, l'air impénétrable.

— Je regrette, monsieur, dit-elle, mais je pense que nous allons plutôt rentrer chez nous. J'ai une légère migraine.

— Je suis navré, madame. Peut-être un jour me ferez-vous l'honneur d'une partie ?

Rosalyn sourit sans répondre et se dirigea vers Damian.

— Pouvons-nous partir ? pria-t-elle tout bas. J'ai expliqué au comte que j'avais mal à la tête.

— Il fallait me le dire plus tôt. Je n'ai pas voulu refuser cette partie, mais je peux m'arrêter quand je veux.

La jeune femme comprit l'allusion : elle n'avait pas oublié que le père de Damian s'était ruiné aux cartes.

Leur voiture fut avancée, et il s'installa à côté d'elle, laissant sa tête reposer contre le dossier. Il ne prononça pas un mot de tout le trajet. Rosalyn sentait qu'il était en colère, mais elle ne voulait pas l'interroger, n'ayant rien à se reprocher.

Elle déplorait simplement cette barrière de silence qui, sans qu'elle sût pourquoi, les séparait.

Une fois chez eux, il lui souhaita courtoisement bonne nuit, mais sans l'embrasser. Son expression était si fermée que Rosalyn en conçut une terrible inquiétude. Un jour, Damian lui avait dit qu'il craignait qu'elle regrettât un jour de l'avoir épousé. Etait-ce lui qui, ce soir, commençait à avoir des regrets ? S'était-il rendu compte qu'il ne parvenait pas à oublier Helen ?

Cette pensée amère ne quitta pas Rosalyn de la nuit, qu'elle passa seule. C'était la première fois depuis leur départ que Damian ne venait pas la rejoindre… Une pensée, soudain, lui vint : ce mois-ci, elle n'avait pas été indisposée ! Se pouvait-il qu'elle attende un enfant ? Si oui, elle n'était pas sûre de devoir s'en réjouir. Car quelle serait la réaction de son mari en apprenant la nouvelle ? Son attitude présente n'était pas de bon augure…

Oppressée, elle décida d'attendre un peu avant de lui confier ses espoirs.

L'aube venue, Damian sella lui-même son cheval pour une promenade matinale et solitaire, après avoir passé le plus clair de la nuit dans son bureau à siroter du whisky. Comme un nigaud, il n'avait pas su cacher la jalousie qu'il avait éprouvée en voyant le comte essayer de séduire sa femme, alors qu'il aurait dû en rire. Car non seulement Rosalyn n'avait rien fait pour encourager ces attentions, mais elle avait su magistralement remettre l'insolent à sa place. Au contraire d'Helen, elle n'était pas une proie facile et il n'existait aucune raison pour qu'elle mît fin à ses jours après s'être imprudemment laissé entraîner dans les filets de ce roué. Alors pourquoi ne parvenait-il pas à se défaire du sentiment qu'elle était en danger, et qu'il pourrait, elle aussi, la perdre ?

— Triple idiot ! cria-t-il de toutes ses forces.

Quand serait-il enfin libéré de ce terrible sentiment de culpabilité qui lui interdisait d'être pleinement heureux ?

Certes, il n'était pas responsable du suicide d'Helen, mais il n'avait jamais pu se pardonner de ne pas l'avoir évité. Rosalyn lui était infiniment précieuse, mais il demeurait rongé par la crainte qu'elle ne se lassât bientôt de cet exil forcé — et de lui.

Hier après-midi, en cherchant de la cire à cacheter, il était tombé par hasard sur le document permettant à Rosalyn d'entrer en possession de son capital sitôt son mariage conclu. La date inscrite au-dessus du cachet officiel indiquait qu'elle avait dû voir Freddie à Paris. Pourquoi ne lui en avait-elle rien dit ? Le jeune homme aurait-il accepté de la rencontrer à la seule condition qu'elle fût seule ? Cette pensée suscita en lui une profonde contrariété, qu'il se reprocha aussitôt. Allons, il se montrait vraiment stupide ! Pourquoi laisserait-il pareille vétille le perturber ? Les états d'âme de Freddie l'indifféraient, tout comme l'intérêt exagéré que le comte Devere portait à Rosalyn. D'ailleurs, songea-t-il pour se rassurer, d'ici à quelques semaines, sa femme et lui auraient quitté la France pour l'Espagne. Dès lors, il n'aurait plus rien à craindre.

Pourtant, son malaise demeura.

# 13

En découvrant le petit paquet joliment emballé sur sa coiffeuse, Rosalyn sourit de plaisir : encore un cadeau de Damian ! La boîte ouverte révéla une fleur aux pétales de quartz rose entourant un cœur de rubis, et des feuilles de jade attachées à une fine tige en or. Le bibelot était ravissant et très différent de ce que son mari lui offrait habituellement. Elle chercha une carte et n'en trouva pas, ce qui l'étonna car Damian lui écrivait toujours des petits mots tendres et drôles.

— Damian ! dit-elle comme il entrait à ce moment précis. Merci pour ton cadeau, mon chéri, je n'ai jamais rien vu d'aussi joli…

— Quel cadeau ? dit-il en fronçant les sourcils. Cela ne vient pas de moi, et il n'est nul besoin d'être mage pour deviner d'où provient cette chose… N'as-tu pas vu des objets semblables hier soir, chez Devere ?

— Tu crois que c'est le comte qui me l'a envoyé ? demanda Rosalyn, stupéfaite. Je ne puis accepter un cadeau d'une telle valeur. Je vais le faire porter chez lui immédiatement !

— Ce serait la meilleure chose à faire — à moins que tu ne souhaites l'encourager… Après tout, tu ne serais pas la première femme mariée à avoir une liaison !

C'était la stricte vérité, car si la société condamnait sans appel les jeunes filles légères, elle fermait hypocritement les yeux sur les amours coupables des femmes dûment mariées.

Mais Rosalyn, qui se faisait du mariage une haute idée, fut indignée par le cynisme de son époux… Comment osait-il la croire capable d'une telle duplicité ? C'était odieux !

— Damian ! s'insurgea-t-elle. Je ne peux croire que tu aies de moi une si piètre opinion !

Sitôt prononcés ces mots cruels, Damian les avait regrettés. Mais son orgueil, ou sa jalousie, l'empêchèrent de formuler des regrets sincères.

— Je suis désolé, dit-il avec raideur. Je sais bien que tu n'envisagerais jamais… Il n'empêche que le comte veut faire de toi sa maîtresse.

— C'est absurde ! s'écria-t-elle, furieuse. Ce cadeau est simplement destiné à m'être agréable, rien de plus !

Elle savait pertinemment qu'il n'en était rien, et que le comte, en effet, nourrissait des arrière-pensées. Mais elle avait soudain envie de blesser Damian pour le punir, pour qu'il souffre autant qu'elle-même souffrait en cet instant.

— Eh bien, garde-le, dit-il froidement, puisqu'il te plaît davantage que mes cadeaux à moi.

Il tourna les talons et quitta la chambre, laissant derrière lui Rosalyn effondrée. Damian ne s'était jamais comporté ainsi avec elle. C'était leur première dispute, et elle se sentait malheureuse comme les pierres…

Oppressée, elle sonna un domestique et lui donna des ordres pour qu'il fît porter le bibelot chez le comte Devere. Elle commençait à s'habiller lorsque Damian réapparut, l'air penaud.

— Je regrette, dit-il d'une voix rauque. Je… je suis jaloux. La façon dont Devere te regardait hier soir m'a rendu fou ! Là-dessus, comme tu avais l'air d'aimer son cadeau, j'ai perdu la tête. Je… je te demande pardon.

— Oh, Damian ! s'écria Rosalyn en se jetant dans ses bras. J'ai aussitôt renvoyé cet objet qui n'a aucune valeur pour moi. C'est *toi* que j'aime, et pas un autre. Tu le sais bien, non ?

— Oui. Au fond, je n'ai jamais douté de toi. J'essaierai de contrôler mes démons à l'avenir, mais promets-moi quand même d'être prudente. On ne peut pas faire confiance à Devere. Si quelque chose t'arrivait… je ne pourrais pas répondre de mes actes.

Son expression désespérée effraya Rosalye, qui se demanda de quoi son mari serait capable si d'aventure le comte essayait de la séduire. De tuer ?

L'avait-il déjà fait ?

Elle avait jusque-là toujours eu la certitude qu'il n'était pour rien dans l'assassinat de Bernard Harrington, mais à présent, un doute commençait à s'insinuer dans son esprit…

Elle garda toutefois ces pensées pour elle, d'autant que Damian, les deux jours suivants, se montra plus tendre que jamais.

— Madame Moreau et le comte Devere, annonça la soubrette.

Depuis la soirée chez le comte, trois jours plus tôt, Rosalyn avait reçu un défilé régulier de visiteurs, surtout des dames curieuses de faire plus ample connaissance avec celle qui avait su complaire à Devere. En ce moment même, son salon était presque plein !

Gracieuse, elle se leva pour accueillir les nouveaux venus.

— C'est un plaisir de vous recevoir ici, mentit-elle.

La sœur du comte regardait autour d'elle d'un air dédaigneux, indiquant clairement qu'elle trouvait la demeure bien misérable comparée au château de son frère. Ce dernier s'inclina sur la main de Rosalyn, sans chercher le moins du monde à cacher ses coupables intentions : de toute évidence, le retour de son cadeau n'avait fait qu'aiguiser ses instincts de chasseur !

La jeune femme regretta l'absence de Damian, parti avec

Jared visiter un haras. Comme elle aurait voulu qu'il fût là pour la défendre ! Allons, se gourmanda-t-elle aussitôt, elle était ridicule : avec une maison pleine de domestiques et une demi-douzaine de visiteurs, que pouvait-il lui arriver ?

Pourtant, lorsque ses hôtes commencèrent à prendre congé un à un, son anxiété s'accrut. Pourquoi le comte la fixait-il ainsi ? Pourquoi avait-elle l'impression qu'un piège implacable se refermait sur elle ?

Son inquiétude se mua en panique lorsque, une heure plus tard, elle se retrouva seule avec Devere et sa sœur — laquelle ne tarda pas à se lever.

— Non, non, reste, Christophe ! dit-elle à son frère qui, au demeurant, n'avait pas bougé. Je sais que tu souhaitais parler en privé à lady Marlowe, et je préfère vous laisser.

De toute évidence, tous deux étaient complices, songea Rosalyn avec fureur. Combien de fois avaient-ils déjà mis en pratique leur petit stratagème ? Mais, cette fois, ils en seraient pour leurs frais ! Elle n'était pas une oie blanche, prête à se laisser amadouer par des compliments pompeux !

Sitôt Mme Moreau partie, Rosalyn sonna une domestique pour débarrasser la table, puis se tourna vers le comte.

— Me pardonnerez-vous si je vous prie de partir maintenant, monsieur ? J'ai mal à la tête et je voudrais me reposer.

— Encore une migraine ? fit-il, l'air amusé. Vous m'inquiétez, madame. Seriez-vous souffrante ? Permettez-moi de vous recommander mon médecin personnel.

Rosalyn fut dispensée de répondre par l'arrivée des serviteurs. Elle se dirigea vers la porte-fenêtre qui ouvrait sur la terrasse et descendit jusqu'au jardin. Elle avait réellement la migraine et le soleil ne fit qu'accentuer l'étau qui lui pressait les tempes. Lorsqu'elle vit que le comte avait eu l'outrecuidance de la suivre, elle ne put retenir sa colère.

— Ne comprenez-vous donc pas, monsieur ? s'insurgea-t-elle, toute retenue oubliée. Je croyais pourtant avoir été claire ! Quand cesserez-vous de me harceler ?

Le comte eut un sourire incrédule : il n'avait pas l'habitude de se voir ainsi éconduit.

— Vous êtes magnifique quand vous êtes en colère, murmura-t-il d'une voix basse, tentatrice. Sachez que si vous étiez libre, je vous aurais épousée. Je mettrais une fortune à vos pieds pour que vous deveniez ma maîtresse.

— Je ne veux ni vous épouser ni devenir votre maîtresse ! Votre fortune ne m'intéresse pas, monsieur.

L'inquiétude l'étouffait. Mais le comte ne voyait que son indifférence, qui l'excitait et le frustrait encore plus.

— Pourtant, vous serez à moi ! marmonna-t-il en se jetant sur elle. Vous avez été la maîtresse de Marlowe avant de l'épouser ! Alors, pourquoi pas la mienne ? Je pourrais vous donner beaucoup plus…

Choquée, et abasourdie de voir qu'il n'hésitait pas à la brutaliser sous son propre toit, Rosalyn ne réagit pas assez vite et se retrouva plaquée contre son torse puissant. Elle le frappa de ses poings tandis qu'il prenait avidement possession de sa bouche. Le baiser ne dura qu'une fraction de seconde car, avec l'énergie du désespoir, elle réussit à s'arracher à son étreinte en criant :

— Vous êtes fou… Je vous ordonne de me lâcher !

— Certainement pas ! siffla-t-il, toute amabilité évanouie. J'obtiens toujours ce que je veux ! Pourquoi ne pas rendre la chose agréable pour tous les deux au lieu de vous débattre sottement ? J'ai de l'influence et puis être un ennemi terrible. Or, je vous veux et je vous aurai, dussé-je pour cela vous enlever et tuer votre mari !

— Non… Au secours ! Aidez-moi…

Le visage du comte se brouilla devant ses yeux. Le jardin se mit à tourner autour d'elle — puis ce fut le trou noir.

Lorsqu'elle reprit connaissance, elle était allongée sur le canapé du salon, tandis que Nessa lui bassinait le front avec de l'eau fraîche. Le comte avait disparu.

— Vous vous êtes évanouie, *mem-sahib*, dit l'Indienne. Rajib a vu ce qui s'est passé. C'est lui qui vous a portée ici.

— Je dois le remercier, murmura Rosalyn en essayant de se redresser. Le comte… Il m'a forcée… Je ne l'ai pas embrassé… Surtout, pas un mot de tout ceci à mon mari ! S'il le savait, il serait capable…

— Capable de quoi ?

Damian s'avança vers sa femme, le visage glacial. Rosalyn se redressa péniblement. Pourquoi la fixait-il de cet air accusateur ? Il avait déjà chassé d'un geste impérieux Nessa hors de la pièce.

— Quelle chance que je sois revenu plus tôt, n'est-ce pas, ma chère ? Autrement, jamais je n'aurais découvert ce qui se passait. Dites-moi, pourquoi exactement vous êtes-vous évanouie ? Parce que le comte vous brutalisait… ou parce que vous aviez le regret poignant de ne pouvoir l'épouser ?

Quelle amertume dans sa voix…

— C'est ridicule ! balbutia-t-elle, les yeux pleins de larmes. Tu m'accuses sans même attendre mes explications !

— Je vous écoute, madame. Dites-moi ce que Devere vous a proposé, et pourquoi vous demandiez à Nessa de garder le silence.

Rosalyn se leva péniblement. Elle n'avait d'autre choix que de lui raconter toute l'histoire en espérant qu'il la croirait — ce qui, hélas ! semblait peu probable.

— Le comte m'a insultée, en disant que j'avais été ta maîtresse avant de devenir ta femme, dit-elle d'une voix sourde. Il m'a promis une fortune pour que je te quitte. Rendu furieux par mon refus, il m'a empoignée et embrassée, malgré ma résistance. Puis il a dit qu'il me posséderait, même s'il devait pour cela m'enlever et te tuer ! J'étais terrifiée, j'ai appelé à l'aide et… j'ai perdu connaissance.

Damian la regardait en silence, sa fureur évanouie. La honte, à présent, le submergeait. Il comprenait brusquement que Rosalyn n'avait demandé le silence à Nessa que pour le protéger *lui*, afin qu'il ne fût pas obligé de défendre son honneur lors d'un duel meurtrier. Cependant, cette fatale issue était inévitable : comment pourrait-il ne pas laver l'affront fait à sa femme ? Tout était sa faute : en s'affichant avec Rosalyn avant leur mariage, il avait ouvert la voie aux insultes de ce genre.

— Pardonne-moi, dit-il en baissant la tête. J'ai eu grand tort de t'avoir dit ces choses terribles… Oh ! Seigneur !

Il eut juste le temps de la rattraper avant qu'elle ne s'affaisse, victime d'un malaise. Epouvanté, il pensa qu'elle devait être malade et appela les domestiques à grands cris pour qu'ils aillent quérir le médecin du village. Pendant ce temps, il la porta dans ses bras jusqu'à leur chambre, où il l'étendit avec mille précautions sur le lit.

— Rosalyn, ma chérie, murmura-t-il tout en lui essuyant le front avec une serviette fraîche. Je suis un misérable de te tourmenter ainsi. Je m'en veux tellement, si tu savais…

Elle ouvrit les yeux et lui pressa faiblement la main.

— Tu n'iras pas le défier, n'est-ce pas, Damian ? Je t'en supplie ! Il a juré de te tuer. Je ne pourrais pas le supporter…

Elle l'aimait donc encore ! Un immense soulagement envahit Wrexham : ses peurs stupides et sa jalousie avaient creusé un fossé entre eux mais tout n'était peut-être pas perdu.

— Sois tranquille, mon amour, il ne m'arrivera rien. Le médecin va bientôt arriver.

— Je crois que je sais ce que j'ai, dit-elle doucement. Je pense que… j'attends un enfant, Damian, *notre* enfant.

Il la dévisagea, d'abord incrédule, puis son expression s'illumina.

— Notre enfant ? Tu veux dire que… nous allons avoir un bébé ?

Si c'était vrai, c'était plus qu'il n'avait osé rêver !

— Oui, répondit Rosalyn en riant. En général, c'est ce qui se passe quand une femme est enceinte ! Bien sûr, il faut attendre la confirmation du médecin, mais je suis presque sûre de ne pas me tromper.

— Et moi qui t'adressais ces reproches injustes… Mon amour, peux-tu me pardonner encore une fois ?

— Oui, si tu m'expliques les vraies raisons de ta colère. Aurais-tu pensé que j'encourageais les avances du comte ? Pourquoi cette jalousie ? N'as-tu donc pas confiance en notre amour ?

— Si, j'ai entièrement confiance en toi, en dépit des apparences. Je ne sais pas comment t'expliquer… Mes craintes sont irrationnelles. C'est comme si je… je ne me sentais pas digne de toi, murmura-t-il, le regard de nouveau tourmenté. Comme si j'allais tout perdre si je m'autorisais à être heureux…

Il fut interrompu par une servante annonçant l'arrivée du médecin.

— Nous en reparlerons plus tard, ma chérie. J'attendrai en bas pendant qu'il t'examine.

Comment lui expliquer son angoisse et le profond sentiment de culpabilité causé par le suicide d'Helen ? S'il n'avait pas laissé la jeune fille dans le jardin, elle serait peut-être encore en vie. Certes, elle l'avait supplié de partir, mais il n'aurait pas dû l'écouter. Il aurait dû la ramener dans la maison et la confier à des mains attentives.

Depuis, il avait tué un homme, mais cela n'avait pas ramené Helen à la vie, ni soulagé sa culpabilité. Au contraire, ses remords n'avaient fait qu'empirer lorsqu'il avait découvert qu'il n'avait pas puni le véritable coupable.

Tout cela, cependant, remontait à si loin ! Pourquoi laisser le passé le hanter encore ? Il lui fallait exorciser ses démons et saisir l'occasion que Rosalyn lui offrait de se réconcilier avec le bonheur !

Après avoir fini son examen, le médecin le rassura quant à la probable grossesse de Rosalyn et prescrivit beaucoup de repos, tout en promettant de revenir dans deux jours.

Damian le raccompagna à la porte, puis il revint s'asseoir devant le secrétaire où Rosalyn aimait à écrire ses lettres en jouissant d'une vue dégagée sur le parc. Une petite pile de missives attendaient d'être décachetées, dont deux provenaient d'Angleterre. Sur la première, Damian reconnut l'écriture de Maria, mais l'autre lui était inconnue. Il sonna aussitôt pour faire porter les missives à son épouse, sachant que Rosalyn aurait plaisir à recevoir des nouvelles de chez elle.

— Dites à lady Marlowe que j'ai dû m'absenter et que je ne rentrerai pas pour le dîner, ordonna-t-il à la soubrette. Surtout, qu'elle reste allongée et se repose. Je la verrai demain matin.

— Oui, milord.

Damian, alors, se rendit dans son bureau et prit dans un tiroir une boîte en acajou sculpté. A l'intérieur reposait une paire de pistolets identiques. Certes, Devere aurait le choix de l'arme, pistolet ou épée, mais au moins ne pourrait-il exhiber un revolver d'un calibre différent…

Le regard déterminé, il quitta la maison, prêt à en finir avec cette affaire — à n'importe quel prix.

# 14

Rosalyn prit les lettres des mains de la servante et les posa sur sa table de nuit après y avoir jeté un coup d'œil distrait. Elle commençait à se sentir mieux et voulait parler à Damian afin de savoir enfin ce qui assombrissait son humeur depuis leur départ d'Angleterre. Etait-il possible qu'il ait effectivement tué Bernard Harrington pour la protéger et que ce meurtre pesât sur sa conscience ? La jeune femme secoua la tête. Non, c'était tout simplement inenvisageable chez un homme aussi droit. Par ailleurs, elle-même en était venue à se forger sa petite idée sur l'identité du véritable meurtrier…

Mais, pour en revenir à son mari, où donc était-il en ce moment ? Pourvu qu'il ne soit pas parti affronter le comte en duel… Cette pensée la glaça. Quelle folie habitait les hommes ! Car avec un peu de recul, elle avait la certitude que Devere ne pensait pas sérieusement l'enlever et tuer Damian : il n'avait pour elle aucun sentiment sérieux et voulait simplement l'ajouter à son tableau de chasse. Mais en aucun cas il n'irait mettre sa vie en jeu pour satisfaire un caprice ! Sauf, bien sûr, si Damian le provoquait…

Oppressée, elle repoussa ses couvertures et alla s'asseoir devant sa coiffeuse : elle avait déjà constaté que se brosser les cheveux apaisait ses migraines. Mais hélas ! cela ne suffit pas à calmer son angoisse et elle continua à redouter l'arrivée d'un messager qui viendrait lui annoncer une funeste nouvelle.

Aussi, quand un coup léger fut frappé à la porte, retint-elle de justesse un cri.

— Entrez ! Ah ! c'est vous, Rajib ? Qu'y a-t-il ?

— *Mem-sahib*, je viens vous parler en toute franchise. Nessa et moi avons décidé de retourner en Inde. Jared n'a plus besoin de nous.

— Je vois que votre décision est prise et je n'ai nullement l'intention de m'y opposer, même si je suis sûre que Jared vous regrettera… Merci de votre confiance, Rajib. Y avait-il autre chose ?

— Le *sahib* est allé se battre avec l'homme qui est venu ici cet après-midi, révéla gravement l'Indien. Je le sais parce qu'il a emporté ses pistolets. C'est une question d'honneur ; cet homme vous a attaquée. Le *sahib* doit le tuer. C'est son destin.

— Non ! s'écria Rosalyn en se levant, toute pâle. Ne dites pas cela ! Je sais qu'il me reviendra… Rajib, je voulais vous remercier d'être venu à ma rescousse tout à l'heure.

— Vous m'aviez sauvé la vie. Je n'ai fait que payer ma dette. Adieu, *mem-sahib*, demain matin, nous serons partis.

— Adieu, Rajib. Je vous souhaite bonne chance, ainsi qu'à Nessa.

L'Indien s'inclina sans mot dire, et bientôt Rosalyn se retrouva seule. Epuisée, elle s'étendit sur le sofa, bien décidée à attendre le retour de Damian. Que pouvait-elle faire d'autre, sinon prier pour qu'il rentre sain et sauf ?

Une heure plus tard, le bruit d'une chaise renversée la réveilla en sursaut.

— Qui est là ? s'exclama-t-elle en clignant des yeux dans la pénombre.

— Rosalyn ? Ne bouge pas, j'allume une chandelle. Que fais-tu là dans le noir ? Je te croyais au lit depuis longtemps !

Le soulagement de la jeune femme en reconnaissant la voix de son mari fut de courte durée : dès que la pièce fut éclairée, elle le vit s'écrouler sur une chaise avec une grimace de douleur. Son pantalon était trempé de sang.

— Damian ! s'exclama-t-elle en se précipitant vers lui. Le duel… As-tu tué le comte ?

En se penchant, elle sentit une forte odeur de brandy.

— Mais tu as bu !

— Oui, un verre ou deux…, marmonna Damian d'une voix légèrement pâteuse. C'était pour atténuer la douleur lorsque le médecin de Devere a retiré la balle de ma cuisse. Quel piètre tireur, ce comte ! De toute façon, soûl comme il l'était, il n'aurait pas pu m'atteindre, sauf par un malencontreux hasard ! C'est lui qui a insisté pour que nous réglions l'affaire entre gentlemen, et sur-le-champ.

— Il faut que tu t'allonges, car ta blessure s'est réouverte.

— Devere a bien proposé de m'héberger pour la nuit, mais j'ai trouvé que, vu les circonstances, c'eût été… déplacé. Alors je suis revenu à cheval.

Une petite flamme espiègle dansait dans ses yeux, et Rosalyn reconnut avec joie l'ancien Damian, celui dont elle était tombée éperdument amoureuse.

— Damian… Il faut que nous parlions. Dis-moi pourquoi tu étais si préoccupé ces derniers temps.

— C'était le remords, avoua-t-il avec franchise. Freddie avait raison. En t'emmenant loin de ta famille, je t'ai exposée aux outrages d'hommes comme Devere. Même s'il s'est excusé à la fois de m'avoir blessé et de t'avoir insultée, je n'en suis pas moins celui qui t'a amenée en France.

— Je t'ai suivie volontairement, parce que je t'aimais.

— Cela ne change rien à l'affaire. As-tu vu ton frère depuis notre départ ?

— Oui, à Paris, répondit-elle, étonnée par ce brusque changement de sujet. Charlotte lui avait donné notre adresse.

— Pourquoi ne m'en as-tu pas parlé ?

— Cela ne me semblait pas important. L'entretien ne

fut pas des plus agréables, Damian. Freddie m'a apporté des papiers à signer et m'a informée que nous n'avions plus rien à nous dire.

— Quel culot! Comment ose-t-il te traiter aussi cavalièrement? s'exclama Damian, furieux. C'est décidé! Je n'aurais pas dû fuir, mais rester sur place pour tirer les choses au clair. Il faut que nous rentrions, Rosalyn, affronter tous ceux qui m'ont traité d'assassin. Et je veux que Freddie te présente ses excuses.

— Que m'importe Freddie! Si nous rentrons, tu pourrais être accusé de meurtre! Alors que nous savons que tu n'as pas tué Bernard Harrington…

— Oui, tu crois en moi, et tu m'as confié ta vie, Rosalyn. C'est pour cela que je dois rentrer. Ma conscience ne me pardonnerait jamais de t'avoir forcée à partager un exil honteux. Je ne veux pas détruire ta vie après avoir brisé celle d'Helen.

— Oh! comment peux-tu dire cela? se récria la jeune femme. N'as-tu pas assez payé pour une erreur dont tu n'es même pas responsable? Damian, mon amour, le temps n'est-il pas venu de te pardonner? De tourner la page et de penser à l'avenir — à nous?

— Pour cela, il faut que j'affronte mes détracteurs la tête haute. Tu comprends?

— Oui, dit-elle lentement. Et j'irai avec toi. Mais en attendant, viens te reposer.

— Mais je ne veux pas rentrer en Angleterre! s'exclama Jared quand, le lendemain, Rosalyn lui parla de leurs nouveaux projets. Damian a promis que nous irions en Espagne! Et vous aviez dit que nous élèverions des chevaux!

— Nous pourrons toujours le faire en Angleterre, Jared, assura patiemment Rosalyn. Je sais que tu es déçu, et moi aussi, mais c'est important pour Damian. Et cela ne durera que quelque temps…

— Je ne suis pas d'accord ! Et je vais le lui dire !

Sur ce, le jeune Indien sortit à grands pas déterminés du salon. Rosalyn allait l'imiter lorsqu'une servante entra avec une splendide corbeille de fleurs exotiques.

— Cela vient d'arriver pour vous, madame, et vous avez de la visite.

— Merci, Isabelle. Laissez les fleurs ici, et faites entrer ces personnes.

Les fleurs venaient du comte. Rosalyn, perplexe, lisait la carte qui les accompagnait quand ses visiteurs entrèrent. Levant les yeux, elle reconnut avec stupéfaction son frère et Béatrice, qui hésitaient sur le seuil.

— Béatrice ! s'écria-t-elle avec joie.

Puis, redevenue circonspecte :

— Freddie… Je ne comprends pas… Pourquoi êtes-vous venus ?

— Vous n'avez donc pas reçu ma lettre ? dit Béatrice, désolée. Je l'ai envoyée voilà quelques jours pour dire que nous viendrions aujourd'hui. J'espère que vous ne nous en voulez pas, Rosalyn ?

— Bien sûr que non ! Je suis ravie de vous voir, Béatrice. Approchez donc, que je vous embrasse. Mais… qu'y a-t-il ? Vous n'allez pas bien ?

— Si, si ! répondit Béatrice en essuyant les larmes qui coulaient sur ses joues. Cette querelle entre Freddie et vous m'a bouleversée ! Je vous assure que je n'ai pas cessé de lui reprocher de s'être montré aussi odieux au théâtre à Paris !

— Tu m'avais accusé d'avoir tué Harrington ! s'écria Freddie, partagé entre l'indignation et la honte.

— Je suis désolée de t'avoir blessé, dit Rosalyn en le regardant en face. Toutefois, tu as accusé Damian du même crime. Tu as déclaré que tu ne voulais pas avoir de relations avec la femme d'un meurtrier. C'est *toi* qui ne voulais plus jamais me voir.

— Oh ! Rosalyn, Freddie n'aurait jamais dû… ! s'écria Béatrice. Dis-lui, Freddie ! Nous connaissons désormais la vérité, Rosalyn, nous savons qui a tué Bernard…

— Moi aussi, dit doucement Rosalyn.

Ses interlocuteurs la fixèrent, médusés.

— Vraiment ? balbutia Béatrice. Mais comment… ? Vous n'avez même pas lu ma lettre ! Nous n'avons découvert toute l'histoire qu'après sa mort !

— Alors, Mme Jenkins est morte ? Oh ! je suis navrée ! Elle allait pourtant mieux…

— Elle… elle s'est suicidée, dit Béatrice en recommençant à pleurer. C'était terrible !

Rosalyn l'entoura de son bras et la fit asseoir sur le canapé.

— Mme Jenkins a pris du laudanum, expliqua Freddie, l'air sombre. Mais elle a pris soin de laisser une lettre racontant toute l'histoire.

— Oui, sa conscience devait la tourmenter, renchérit Rosalyn. Elle a découvert que c'était Bernard qui avait violé Helen Renshaw, la poussant ainsi au suicide. Et Roderick, qui avait été complice de l'enlèvement, a été tué en duel par Damian à la place de son frère, le vrai coupable. Cette vérité a hanté Damian toutes ces années. Mme Jenkins devait se tenir à la fenêtre du premier étage lorsque Bernard m'a attaquée, et elle a tout entendu.

— Ce n'est pas tout, poursuivit Freddie. Bernard rajoutait du poison dans son médicament dans l'espoir d'hériter plus vite…

— Alors, la malheureuse a pris l'un des pistolets de votre père et lui a logé une balle dans le crâne, compléta Béatrice en s'essuyant les yeux. Dans son testament, elle vous lègue une broche de diamants. Nous sommes venus vous l'apporter…

— … et te demander pardon, conclut Freddie. Mais enfin, Rosalyn, si tu connaissais l'identité du meurtrier, pourquoi n'avoir rien dit ?

— Je n'avais pas de preuves, et je croyais que cela n'avait plus d'importance. Nous devions de toute façon quitter l'Angleterre. Et puis…

— Et puis, Rosalyn m'aime suffisamment pour ne pas se soucier de l'opinion des gens, dit Damian en surgissant sur le seuil. Ma femme a l'esprit plus noble que nous tous, Freddie.

Ce dernier rougit jusqu'aux oreilles.

— Je me suis comporté comme un imbécile, marmonna-t-il, gêné. Je vous présente toutes mes excuses.

— J'espère que vous nous pardonnerez, lord Marlowe, parce que Rosalyn me manque terriblement ! avoua Béatrice. Je serais tellement triste si nous ne redevenions pas amies !

— Si ma tendre épouse vous accorde son pardon, alors, je ne puis faire moins que de l'imiter, ma chère Béatrice, déclara Damian avec un sourire chaleureux, tout en boitillant vers sa femme. Tiens, tiens ! Des fleurs d'un admirateur ?

— D'un *ex*-admirateur… qui s'excuse…, répondit Rosalyn, soulagée de voir Damian prendre la chose avec humour. Je crois que je vais les garder, car elles sont vraiment magnifiques !

— Assurément… Freddie, si nous laissions ces dames bavarder pendant que nous réglons quelques ultimes détails ? J'en profiterai pour vous faire goûter un excellent bourgogne que j'ai découvert.

Rosalyn finissait de se préparer pour la nuit lorsque Damian entra. Elle pivota pour l'accueillir, un sourire tendre aux lèvres.

— Quelle journée ! dit-il en l'enlaçant. J'espère que tu

n'es pas trop fatiguée, ma chérie. Tu dois faire attention, dans ton état. Je ne veux pas que tu prennes de risques.

— Je vais très bien, je t'assure. Et ta jambe ?

— Ce n'est qu'une égratignure… Oh ! mon amour, te rends-tu compte que, grâce à la confession de Mme Jenkins, nous pourrions rentrer en Angleterre sans craindre le scandale ? Nous ne serions peut-être pas reçus partout, mais nous aurions certainement suffisamment d'amis pour ne pas nous sentir rejetés.

— Certes, mais je me passerai fort bien des soirées mondaines et des bals. Veux-tu toujours rentrer en Angleterre ? Jared était très contrarié hier quand je le lui ai appris…

— Ce retour n'est plus nécessaire, désormais, puisque je n'ai plus rien à prouver, assura-t-il en s'asseyant sur le lit. A toi de choisir : soit nous rentrons en Angleterre, soit nous partons pour l'Espagne comme prévu.

— Nous verrons demain, murmura-t-elle en lui coulant une œillade suggestive. Ne dit-on pas que la nuit porte conseil ?

— Mmm, c'est exact ! En outre, rien ne nous empêche de faire un petit séjour au soleil avant de rejoindre la glorieuse Albion… ou l'inverse ! Nous sommes libres comme l'air, maintenant. Libres de voyager et de nous aimer aux quatre coins du monde…

Il se pencha pour prendre les lèvres de Rosalyn et, radieuse, celle-ci répondit passionnément à son étreinte. Auprès de l'homme qu'elle aimait, elle ne doutait pas que son avenir, où qu'il la menât, serait merveilleux.

# A paraître le 1er août 2010

**L'INCONNU AU REGARD DE JADE,** ***de Ruth Langan - n°483***

***Etats-Unis, 1876.*** Lorsqu'elle voit arriver un cow-boy blessé, tenant dans ses bras une fillette comanche, Clarté du Matin ne sait quelle attitude adopter. Cet étranger a beau avoir risqué sa vie pour un enfant de la tribu, il n'en reste pas moins un ennemi – un visage pâle. Pourtant, dès qu'elle croise son regard, elle est bouleversée. Ces yeux de jade, ce sont ceux de Dan Conway, le garçon qui lui a sauvé la vie, autrefois ! Un garçon devenu homme qui allume en Clarté du Matin le feu d'une passion interdite. Car résonne encore à ses oreilles la terrible mise en garde d'Ishatar, le sorcier : *le malheur coule dans les veines de cet homme ; si tu l'aimes, tu trahiras les tiens...*

**LA PASSAGÈRE ET L'AVENTURIER,** ***de Meriel Fuller - n°484***

***Barfleur, 1135.*** Voyager en compagnie de Talvas de Boulogne, l'homme qui l'a offensée dès leur première rencontre ? Pour Emmeline, il n'y a pas pire épreuve... Pourtant, et bien qu'elle ne lui ait pas pardonné, elle doit ravaler sa fierté. Car, plus que jamais, elle a besoin de l'aide de ce rustre : si elle veut secourir sa sœur Sylvie, qui, après des mois de silence, l'implore de venir la chercher en Angleterre, elle n'a d'autre choix que de remettre son sort entre les mains de cet aventurier beau comme le diable. Le seul à pouvoir braver la tempête qui s'annonce...

**LA VAGABONDE DES HIGHLANDS,** ***de Joanna Maitland - n°485***

***Angleterre et Ecosse, 1815.*** À la mort de ses parents, Cassie Elliott endure les cruautés de son demi-frère, James, un ivrogne et un joueur. Elle s'en accommode tant bien que mal jusqu'au jour où elle apprend qu'il compte régler ses dettes de jeu... en la mariant de force ! Dès lors, Cassie ne voit plus qu'une issue : fuir. Fuir, même si elle sait n'être pas armée pour affronter les dangers d'une vie d'errance. Livrée à elle-même, elle fait bientôt la rencontre de Ross Graham, séduisant capitaine qui, après qu'elle lui a confié son histoire, lui offre de la protéger. Une proposition inespérée, qui plonge Cassie dans la confusion : en dépit de ses airs chevaleresques, quelle contrepartie Ross Graham exigera-t-il d'elle en échange de sa protection ?

**LE SERMENT TRAHI,** ***de Denise Lynn - n°486***

***Angleterre, 1171.*** Elizabeth est sous le choc. Guy de Hartford, son époux qu'elle croyait mort depuis sept ans, vient de réapparaître dans sa vie. Il n'est plus le même — son regard est plus dur et son corps porte le témoignage des épreuves qu'il a endurées —, mais Elizabeth voudrait pouvoir se réjouir de son retour. Hélas, seule l'appréhension habite son cœur : car comment Guy va-t-il réagir quand elle lui avouera qu'elle vient de mettre au monde un enfant, l'enfant d'un autre ? Un petit être innocent qu'Elizabeth a conçu par pur devoir, et sans imaginer une seconde qu'elle trahissait ainsi son serment d'épouse... Et risquait de perdre par là même, toute chance de retrouver la confiance et l'amour de Guy.

**UNE AUDACIEUSE IMPOSTURE,** ***de Catherine March - n°487***

***Londres et Saint-Pétersbourg, 1876.*** Si elle avait écouté la voix de la raison, Alexandra Packard n'aurait jamais épousé le major Reid Bowen, le fiancé de sa sœur Georgia ! Certes, elle aurait pu tout révéler, au moment de dire « oui », devant l'autel, dissimulée par son voile de mariée. Or, étrangement, aucun mot n'a pu franchir ses lèvres. Parce qu'elle avait trop peur de dénoncer la folle escapade de Georgia, qui s'est enfuie avec un autre ? Ou plutôt par crainte de gâcher son propre rêve : épouser un jour l'un des plus beaux partis de Londres ?

A présent que la nuit de noces approche, sur ce bateau qui les emmène, son mari et elle, vers Saint-Pétersbourg, Alexandra redoute l'instant fatidique où Reid découvrira la supercherie...

**L'ENFANT DE L'ESPOIR,** ***de K. Albright - n°488***

***Etats-Unis, 1836.*** En rejoignant Brandon Dumont au Texas où il s'est engagé dans l'armée, Caroline tente le tout pour le tout : Brandon l'a quittée sur un malentendu quelques jours avant leur mariage, après qu'elle a embrassé son frère Jake à la suite d'un pari stupide. Aujourd'hui, elle doit lui faire comprendre qu'il s'est trompé et qu'elle l'aime. Et surtout, elle s'apprête à lui avouer qu'elle porte son enfant. Mais au lieu du beau médecin dont elle est tombée amoureuse, c'est un tout autre Brandon qu'elle retrouve : un homme brisé par la guerre, persuadé de ne plus pouvoir aimer...

*Best-Sellers n°429 • thriller*

**Et vous serez châtiés - Erica Spindler**

L'inspecteur Mary Catherine Riggio est au désespoir : en l'espace de quelques jours, Dan, son fiancé, et Tommy, son jeune cousin, ont été abattus chacun d'une balle dans la tête. Anéantie par le chagrin, Mary Catherine n'a plus qu'une obsession : mettre la main sur celui qui a détruit sa vie et le lui faire payer. Mais l'enquête est confiée à sa coéquipière et amie de longue date, Kitt Lundgren. Et si Kitt, compatissante, l'autorise à participer aux investigations, Mary Catherine sait pertinemment qu'au moindre dérapage, elle en sera écartée.

*Best-Sellers n°430 • thriller*

**Je te volerai ta mort - Karen Rose**

A la demande d'une amie légiste, Sophie Johanssen, archéologue et historienne du Moyen Age, accepte sans hésiter d'intervenir sur une scène de crime. Mais l'excitation cède rapidement place à l'effroi car sur place, elle déterre les fruits d'une tragédie : neuf tombes contenant les cadavres positionnés selon des rites funéraires médiévaux que Sophie, en tant que spécialiste, repère immédiatement. Dès lors, comment pourrait-elle, malgré ses réticences, refuser son aide et son expertise à l'inspecteur Vito Ciccotelli – un homme qui lui a inspiré confiance dès le premier regard ? D'autant plus qu'il faut agir vite, car sept autres tombes sont déterrées – vides, elles semblent attendre les prochaines victimes.

*Best-Sellers n°431 • roman*

**La saison des fleurs sauvages - Emilie Richards**

Encore sous le choc d'un divorce douloureux, Tracy Deloche part s'installer dans la presqu'île de Happiness Key, le seul bien qu'il lui reste et que lui a transmis son ex-mari. Là, sous le soleil de Floride, elle espère prendre un nouveau départ. Mais à son arrivée, rien ne se passe comme prévu : au lieu des villas luxueuses qu'elle s'attendait à trouver, elle découvre quelques maisons au charme suranné et des habitants qui semblent se méfier d'elle –en particulier le séduisant inconnu qui vit non loin de la maison où elle s'est installée. Désemparée, Tracy ne sait pas encore qu'elle va tisser de nouveaux liens qui vont à nouveau bouleverser son existence et lui entrouvrir les portes du bonheur.

*Best-Sellers n°432 • roman*

**Retour à Blossom Street** - Debbie Macomber

Trois ans après l'ouverture de la boutique de Lydia « Au fil des jours », il se dégage toujours de Blossom Street une ambiance chaleureuse et enjouée. Car Blossom Street, c'est tout un univers. L'univers de Lydia, qui tente d'aider sa famille à traverser des moments difficiles tout en construisant avec Brad de nouveaux projets. Celui de Margaret, la sœur de Lydia, qui, inquiète pour sa fille, traverse une profonde crise personnelle. Celui de Colette, enceinte, qui tente de fuir son passé et de démarrer une nouvelle vie. Mais aussi celui d'Alix, qui a accompli de grands rêves mais qui court le risque de renoncer au plus beau d'entre eux.

*Série* Blossom Street, *volume n°3*

*Best-Sellers n°433 • historique*

**Sous l'emprise du destin** - Susan Wiggs

Séparée de ses parents dès son plus jeune âge, au cours d'un naufrage, Pippa de Lacey a grandi dans les rues de Londres parmi les jongleurs et les comédiens. Mais voilà qu'un jour, son insolence de fille des rues heurte un gentilhomme parmi les badauds, la condamnant au pilori. Arrêtée, Pippa ne doit son salut qu'à l'intervention d'un seigneur irlandais, Aidan O'Donoghue. Séduite par son sauveur, elle accepte avec reconnaissance la protection qu'il lui offre et la proposition qu'il lui fait ensuite de l'aider à retrouver sa famille. Un cadeau inespéré que le destin lui retire lorsque Aidan est jeté en prison sur ordre de la reine ! Révoltée, Pippa décide de le faire évader. Même si cela doit la conduire à l'exil… et compromettre sa seule chance de revoir un jour ses proches.

*Trilogie* La Rose des Tudor, *volume n°3*

Composé et édité par les
*éditions* Harlequin
Achevé d'imprimer en mai 2010

CPI
Bussière

à Saint-Amand-Montrond (Cher)
Dépôt légal : juin 2010
N° d'imprimeur : 100375 — N° d'éditeur : 15029

*Imprimé en France*